LA VIUDA

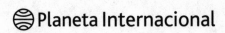
Planeta Internacional

FIONA BARTON

LA VIUDA

Traducción de Aleix Montoto

Planeta

Obra editada en colaboración con Editorial Planeta – España

Título original: *The Widow*

© 2016, Fiona Barton
© 2016, Aleix Montoto, por la traducción
© 2016, Editorial Planeta, S.A. – Barcelona, España

Derechos reservados

© 2016, Editorial Planeta Mexicana, S.A. de C.V.
Bajo el sello editorial PLANETA M.R.
Avenida Presidente Masarik núm. 111, Piso 2
Colonia Polanco V Sección
Deleg. Miguel Hidalgo
C.P. 11560, Ciudad de México
www.planetadelibros.com.mx

Primera edición impresa en España: junio de 2016
ISBN: 978-84-08-15554-6

Primera edición impresa en México: junio de 2016
ISBN: 978-607-07-3474-8

Impreso en los talleres de Edamsa Impresiones, S.A. de C.V.
Av. Hidalgo No. 111, Col. Fracc. San Nicolás Tolentino, Ciudad de México
Impreso y hecho en México - *Printed and made in Mexico*

Querido lector:

He pasado mucho tiempo observando a la gente. No sólo en cafeterías y estaciones de tren, sino también profesionalmente. Como periodista, ejercí de espectadora profesional —u «observadora cualificada», como solíamos decir en broma— y no dejé de fijarme en el lenguaje corporal y los tics verbales que nos singularizan y vuelven interesantes para los demás.

A lo largo de los años, entrevisté a víctimas, culpables, famosos y gente corriente afectada por la tragedia o la buena fortuna. Curiosamente, sin embargo, no siempre fue la gente bajo los focos la que más me llamó la atención. Con frecuencia, fueron más bien las personas que estaban en la periferia, los actores secundarios del drama, quienes me siguieron obsesionando.

En juicios importantes —por crímenes sonados y terribles que acaparaban titulares— me descubrí a mí misma observando a la esposa del acusado, preguntándome qué sabía o se permitía a sí misma saber en realidad.

Tú también la habrás visto en las noticias. Puede que hayas tenido que prestar especial atención, pero ahí está ella, detrás de su marido en la escalera del juzgado. Mientras él proclama su inocencia, ella asiente y se aferra a su brazo porque cree en él.

Pero ¿qué sucede cuando las cámaras ya no los enfocan y el mundo mira hacia otro lado?

No puedo borrar de mi mente la imagen de dos personas comiendo en casa un pastel de carne y papa como cualquier otra pareja de su calle, pero incapaces de hablar entre sí. El único sonido es el roce de los cubiertos en los platos mientras ambos son presa de las dudas que se filtran por debajo de la puerta de su hogar.

Y es que, sin testigos o distracciones, las máscaras terminan cayendo.

Yo quería —necesitaba— saber cómo lidiaba esta mujer con la idea de que su marido, el hombre con quien escogió vivir, pudiera ser un monstruo.

Y entonces apareció Jean Taylor. Se trata de la mujer tranquila que tantas veces vi en la escalera del juzgado, la esposa que permanecía con el rostro inexpresivo mientras su esposo ofrecía testimonio.

En ésta, mi primera novela, Jean cuenta las versiones, pública y privada, de un esposo al que adora y un matrimonio feliz que se ve alterado cuando una niña desaparece y la policía y la prensa se presentan en su puerta.

Espero que disfrutes este libro. A mí me encantó escribirlo y sólo tengo palabras de agradecimiento para Jean Taylor, y para las mujeres que la inspiraron.

FIONA BARTON

Para Gary, Tom y Lucy,
sin quienes nada tendría sentido

CAPÍTULO 1

Miércoles, 9 de junio de 2010

La viuda

Puedo oír el ruido que hace la mujer al recorrer el camino. Sus pasos son pesados y lleva zapatos de tacón. Ya casi llega a la puerta, y vacila y se quita el pelo de la cara. Va bien vestida. Saco de botones grandes, un respetable vestido debajo y los lentes sobre la cabeza. No es un testigo de Jehová ni un miembro del Partido Laborista. Debe de ser periodista, pero no parece la típica reportera. Hoy ya se presentaron dos (cuatro esta semana, y sólo estamos a miércoles). Apuesto a que me dice: «Lamento molestarla en unos momentos tan difíciles...». Todos lo hacen y ponen esa estúpida cara. Como si les importara.

Esperaré a ver si toca el timbre dos veces. El hombre de esta mañana no lo hizo. A algunos les aburre mortalmente intentarlo. En cuanto despegan el dedo del timbre, recorren de vuelta el camino tan rápido como pueden, se meten en el coche y se van. Ya pueden decirles a sus jefes que tocaron la puerta pero que ella no estaba en casa. Patético.

La mujer toca dos veces. Luego golpea la puerta con fuerza en plan pom-pom-pom-pom-pom-pom. Como un policía. Me ve mirando por el hueco lateral de las cortinas y sonríe de oreja a oreja. Una sonrisa muy hollywoodiense, como solía decir mi madre. Luego vuelve a tocar.

Cuando abro, la mujer me da la botella de leche que me habían dejado en el escalón de la puerta y dice:

—Será mejor que no la deje afuera o se pondrá mala. ¿Puedo entrar? ¿Está hirviendo agua?

No puedo respirar y menos todavía hablar. Ella vuelve a sonreír con la cabeza ladeada.

—Soy Kate —anuncia—. Kate Waters, periodista del *Daily Post*.

—Yo soy... —comienzo a decir, y de repente me doy cuenta de que no me lo preguntó.

—Ya sé quién es usted, señora Taylor —explica ella. Se sobreentienden las palabras «usted es la noticia»—. No nos quedemos aquí. —Y, mientras habla, de algún modo se las arregla para entrar en casa.

Me siento demasiado aturdida por el desarrollo de los acontecimientos y ella toma mi silencio como permiso para ir a la cocina con la botella de leche y prepararme una taza de té. Yo la sigo. No es una cocina muy grande y no dejamos de estorbarnos mientras ella va de un lado para otro, llenando de agua la tetera y abriendo todos los muebles en busca de tazas y azúcar. Permanezco ahí de pie, sin hacer nada.

Ella elogia los muebles de la cocina.

—Qué cocina más encantadora. Ojalá la mía tuviera este aspecto. ¿Los puso usted?

Me siento como si estuviera hablando con una amiga. Hablar con un periodista no es como pensaba. Creía que se parecería a cuando te investiga la policía. Que sería una experiencia terrible, un interrogatorio. Eso es lo que dijo mi marido, Glen. Por alguna razón, sin embargo, no lo es.

—Sí, nos decidimos por puertas blancas y manijas rojas porque se veía muy limpio —digo. Estoy en mi casa hablando sobre muebles de cocina con una periodista. A Glen le habría dado un ataque.

—Es por aquí, ¿no? —pregunta, y yo abro la puerta que da a la sala.

No estoy segura de si quiero que esté aquí o no; no estoy segura de cómo me siento. En cualquier caso, no me parece adecuado protestar ahora que ya está sentada con una taza de té en la mano. Es divertido, en cierto modo estoy disfrutando la atención. Me siento algo sola en casa ahora que Glen ya no está.

Y ella parece estar al mando de la situación. Lo cierto es que resulta agradable volver a tener a alguien que se encargue de mí. Estaba comenzando a temer que tendría que arreglármelas con todo yo sola, pero Kate Waters me comenta que ella se hará cargo de todo.

Lo único que debo hacer es hablarle de mi vida, me dice.

¿Mi vida? En realidad, ella no quiere saber nada sobre mí. No ha recorrido el camino de mi casa para oír hablar acerca de Jean Taylor. Lo que quiere es saber la verdad sobre él. Sobre Glen. Mi marido.

Y es que mi marido murió hace tres semanas. Atropellado por un autobús delante de un supermercado Sainsbury's. Un minuto estaba ahí, sermoneándome sobre el tipo de cereal que debería haber comprado, y, al siguiente, yacía muerto en la calle. Traumatismo craneal, dijeron. Sea como sea, murió. Yo me quedé inmóvil, mirándolo, ahí tirado. La gente corría de un lado para otro en busca de mantas y había un poco de sangre en la banqueta. Pero tampoco mucha. A él le habría complacido. Le desagradaba cualquier forma de suciedad.

Todo el mundo fue muy amable e intentó que no viera el cadáver. No podía decirles que en realidad me alegraba de que hubiera fallecido. Se habían acabado sus tonterías.

CAPÍTULO 2

La viuda

La policía vino al hospital, por supuesto. Incluso el inspector Bob Sparkes se presentó en urgencias para hablar sobre Glen.

No les conté nada ni a él ni a los demás. Les dije que no había nada que decir, que estaba demasiado afectada para hablar. Lloré un poco.

El inspector Bob Sparkes forma parte de mi vida desde hace mucho tiempo —más de tres años ya—, pero creo que quizá desaparecerá contigo, Glen.

A Kate Waters no le cuento nada de esto. Ella permanece sentada en el otro sillón de la sala, con la taza de té en las manos y moviendo ligeramente los pies.

—Jean —dice. Ya no me llama señora Taylor—, esta última semana debe de haber sido horrible para ti. Y más aún después de todo lo que ya habías pasado.

Me quedo mirando el regazo sin decir nada. Ella no tiene ni idea de todo lo que he pasado. En realidad, nadie lo sabe. Nunca he sido capaz de contárselo a nadie. Glen decía que eso era lo mejor.

Esperamos un momento en silencio y luego ella intenta otra táctica. Se pone de pie y toma una foto de la repisa de la chimenea en la que Glen y yo estamos riéndonos de algo.

—¡Qué joven estás aquí! —dice—. ¿Es de antes de que se casaran?

Yo asiento.

—¿Ustedes se conocían desde hacía mucho tiempo? ¿Quizá de la escuela?

—No, de la escuela no. Nos conocimos en una parada de autobús —le cuento—. Era muy guapo y me hizo reír. Yo tenía diecisiete años, era aprendiz de peluquera en Greenwich, y él trabajaba en un banco. Era un poco mayor que yo y llevaba traje y unos zapatos buenos. Era distinto.

Estoy haciendo que suene como una novela romántica y Kate Waters se lo está tragando todo. Toma notas en su cuaderno, me mira por encima de sus pequeños lentes y asiente como si comprendiera. A mí no me engaña.

En realidad, al principio Glen no parecía muy romántico. Nuestro noviazgo lo pasamos principalmente a oscuras (el cine, el asiento trasero de su Escort, el parque...), y no había mucho tiempo para hablar. Pero recuerdo la primera vez que me dijo que me quería. Noté un cosquilleo por todo el cuerpo, como si pudiera percibir cada centímetro de mi piel. Me sentí viva por primera vez en la vida. Yo también le dije que lo quería. Desesperadamente. Que no podía comer ni dormir pensando en él.

Mi madre decía que estaba «embelesada» cuando me veía deambular por casa absorta en mis ensoñaciones. No estaba segura de lo que quería decir con lo de «embelesada», pero yo deseaba estar con Glen a todas horas y por aquel entonces él decía que sentía lo mismo. Creo que mi madre estaba un poquito celosa. Se apoyaba en mí.

«Se apoya demasiado en ti —pensaba Glen—. No es sano ir a todas partes con tu hija.» Intenté explicarle que a mi madre le daba miedo salir sola, pero Glen señaló que estaba siendo egoísta.

Era muy protector: en el bar, era él quien escogía mi asiento, lejos de la barra («No quiero que sea demasiado ruidoso para ti»), y en los restaurantes pedía por mí para que probara cosas nuevas («Esto te encantará, Jeanie. Pruébalo»). Yo lo hacía y a veces esas cosas nuevas eran maravillosas. Y si no lo eran, me lo guardaba para no herir sus sentimientos. Solía quedarse callado si decía algo en su contra. Yo odiaba eso. Sentía que lo había decepcionado.

Nunca había salido con alguien como Glen, alguien que sabía lo que quería en la vida. Los otros chicos eran sólo eso: chicos.

Dos años después, cuando Glen me propuso matrimonio, no lo hizo arrodillándose. Simplemente me acercó a él y me dijo: «Me perteneces, Jeanie. Estamos hechos el uno para el otro... Casémonos».

Para entonces, ya se había ganado a mi madre. Glen solía venir con flores: «Un pequeño presente para la otra mujer de mi vida», le decía para hacerla reír, y luego se ponía a hablar sobre la serie de televisión *Coronation Street* o la familia real, y a mi madre le encantaba. Comenzó a admitir que yo era una chica con suerte. Que Glen era bueno para mí. Que haría alguien de mí. Se notaba que me cuidaría. Y efectivamente lo hizo.

—¿Cómo era él por aquel entonces? —pregunta Kate Waters inclinándose hacia delante para animarme a que siga hablando. Por aquel entonces. Quiere decir antes de todo lo malo.

—Era un hombre encantador. Muy cariñoso, me llenaba de atenciones —le cuento—. Siempre me traía flores y regalos. Decía que yo era su media naranja. Yo me sentía abrumada. Sólo tenía diecisiete años.

A ella le encanta. Lo anota todo con una divertida letra y levanta la mirada. Yo intento no reírme. Noto cómo el ataque crece en mi interior, pero al final lo exteriorizo en forma de sollozo y ella extiende la mano para tocarme el brazo.

—No te sientas triste —dice—. Ya pasó todo.

Y así es. Se acabó la policía, se acabó Glen. Y se acabaron sus tonterías.

No recuerdo bien cuándo comencé a utilizar esta palabra. Se trataba de algo que había empezado mucho antes de que yo le pusiera un nombre. Estaba demasiado ocupada encargándome de que nuestro matrimonio fuera perfecto, comenzando por nuestra boda en Charlton House.

Yo tenía diecinueve años y mis padres pensaban que era demasiado joven, pero los convencimos. Bueno, en realidad lo hizo Glen. Estaba tan empeñado y tan loco por mí que al final mi padre accedió y lo celebramos con una botella de Lambrusco.

Pagaron una fortuna por la boda porque yo era su única hija y pasé los meses previos mirando fotografías en revistas de novias con mi madre y soñando con mi gran día. Mi gran día. Me aferré a esa idea y llené mi vida con ella. Glen nunca se entrometió.

—Ése es tu terreno —decía, y se reía.

Lo decía como si él también tuviera uno. Yo pensaba que probablemente se trataba de su trabajo; solía admitir que era el principal sostén de la familia. «Sé que suena anticuado, Jeanie, pero quiero cuidar de ti. Todavía eres muy joven y tenemos toda la vida por delante.»

Siempre tenía grandes ideas y parecían muy excitantes cuando hablaba sobre ellas. Soñaba con que llegaría a convertirse en el director de la sucursal y que luego lo dejaría para poner su propio negocio y así ser su propio jefe y ganar mucho dinero. Yo ya lo imaginaba con un buen traje, secretaria y un buen coche. En cuanto a mí, estaría ahí para él. «Nunca cambies, Jeanie. Te quiero tal y como eres», me decía.

Así pues, compramos la casa del número 12 y después de la boda nos mudamos. Pasados todos estos años todavía estamos aquí.

La casa tenía un jardín delantero, pero pusimos grava para, tal y como dijo Glen, «ahorrarnos el tener que cortar el pasto». A mí me gustaba el pasto, pero a Glen le gustaban las cosas bien limpias y cuidadas. Al principio, nada más mudarnos, esto me resultó algo difícil porque yo siempre había sido un poco desordenada. Mi madre se pasaba el día recogiendo platos sucios y calcetines sin par que dejaba debajo de la cama. Glen se habría muerto si hubiera visto.

Todavía puedo verlo apretando los dientes y entrecerrando los ojos una tarde que me pescó echando migas de la mesa al piso con la mano después de tomar el té. Yo ni siquiera me había dado cuenta de ello, debía de haberlo hecho cientos de veces de forma inconsciente, pero ya no volvería a suceder. En esto, Glen ejerció una buena influencia en mí, pues me enseñó a hacer las cosas bien para que la casa estuviera impecable. A él le gustaba así.

Al principio, Glen solía hablarme de su trabajo en el banco: las responsabilidades que tenía, los empleados de menor experiencia que dependían de él, las bromas que se hacían unos a otros, el jefe que no podía soportar —«Cree que es mejor que nadie, Jeanie»— y la gente con la que trabajaba. Joy y Liz, que tenían funciones administrativas; Scott, uno de los empleados de ventanilla, que tenía una piel terrible y se sonrojaba por cualquier cosa; May, la becaria que no dejaba de cometer errores. A mí me encantaba escucharle, me deleitaba oír cosas de su mundo.

Supongo que yo le contaba cosas del mío, pero siempre parecíamos volver rápidamente al banco.

—Cortar pelo no es el trabajo más excitante del mundo —admitía—, pero tú lo haces muy bien, Jeanie. Estoy muy orgulloso de ti.

Glen decía que sólo intentaba que me sintiera mejor conmigo misma. Y lo lograba. Que él me quisiera me hacía sentir a salvo.

Kate Waters está mirándome y haciendo otra vez eso con la cabeza. Es buena, lo reconozco. Nunca antes había hablado con un periodista salvo para decirle que se fuera. Y menos todavía había permitido que entrara alguno en casa. Llevaban años presentándose en mi puerta de forma intermitente y ninguno había pasado adentro hasta hoy. Glen se aseguraba de ello.

Pero él ya no está aquí. Y Kate Waters parece distinta. Me dijo que siente una «verdadera conexión» conmigo. Dice que tiene la sensación de que nos conocemos desde hace años. Sé a lo que se refiere.

—La muerte de tu marido debe de haber supuesto una terrible conmoción para ti —indica al tiempo que vuelve a tomarme el brazo.

Yo asiento como una idiota.

No puedo contarle cómo había comenzado a permanecer despierta en la cama deseando que Glen estuviera muerto. Bueno, no muerto exactamente. No quería que le hicieran daño o que sufriera, sólo que ya no estuviera ahí. Solía fantasear con el instante en el que recibía la llamada de un agente de policía.

«Señora Taylor —imaginaba yo que me comunicaba una voz profunda—. Lo lamento pero tengo malas noticias. —La expectación que sentía por lo que venía a continuación solía provocar que se me escapara una risita—. Señora Taylor, me temo que su esposo falleció en un accidente.»

Entonces me veía a mí misma —lo hacía de verdad— sollozando y tomando el teléfono para llamar a su madre y decírselo. «Mary —imaginaba que le decía—, lo siento mucho, tengo malas noticias. Se trata de Glen. Murió.»

Puedo oír la conmoción en su grito ahogado. Puedo palpar su dolor. Puedo sentir la compasión de mis amigos por la pérdida que he sufrido, el calor de mi familia a mi alrededor. Y luego la secreta excitación.

Yo, la viuda doliente. No me hagas reír.

Tengo que reconocer que cuando pasó de verdad me pareció mucho menos real. Por un momento tuve la sensación de que su madre se sentía tan aliviada como yo de que todo hubiera terminado, luego dejó a un lado el teléfono y se puso a llorar por su hijo. Por lo demás, no hubo amigos a quienes decírselo y sólo unos cuantos familiares vinieron a verme.

Kate Waters me dice entonces que necesita ir al baño y que se tomaría otra taza de té. Yo me limito a darle mi taza y a indicarle dónde está el baño de la planta baja. En cuanto sale de la sala, echo un vistazo rápido a mi alrededor para asegurarme de que no hay nada de Glen. Ningún recuerdo que pueda robar. Glen me advirtió al respecto. Me contó todas esas historias sobre los periodistas. Oigo la cadena del escusado y, al poco, Kate reaparece con una charola y vuelve a lo extraordinaria que debo de ser para haberme comportado con semejante lealtad.

Yo no dejo de mirar la fotografía de la boda que cuelga de la pared sobre la chimenea de gas. Se nos ve muy jóvenes, como si fuéramos vestidos con la ropa de nuestros padres. Kate Waters se da cuenta de que estoy mirando la fotografía y la descuelga.

Se sienta sobre el brazo de mi sillón y la miramos juntas. 6 de septiembre de 1989. El día en el que nos casamos. Por alguna razón, comienzo a llorar —mis primeras lágrimas reales desde que murió Glen— y Kate Waters me rodea los hombros con un brazo.

CAPÍTULO 3

La periodista

Kate Waters cambió de postura en el sillón. No debería haber tomado antes esa taza de café; entre eso y el té de ahora, su vejiga estaba a punto de reventar y tendría que dejar a Jean Taylor sola con sus pensamientos. No era una buena idea a esas alturas del partido, sobre todo teniendo en cuenta que Jean se había quedado algo callada, y permanecía inmóvil sorbiendo su té con la mirada perdida. Kate no quería romper el vínculo que estaba creando con ella. Se encontraban en un punto muy delicado. Si perdía contacto visual con ella, el ambiente que había propiciado podía cambiar.

Su marido Steve comparó una vez su trabajo con el acoso a un animal. Había tomado más de una copa de Rioja y estaba fanfarroneando en una cena con amigos.

—Se acerca cada vez más a la presa, alimentándola con pequeñas muestras de amabilidad y humor, una mención al dinero futuro, la posibilidad de ofrecer su versión de la historia, hasta que la tiene comiendo de la palma de su mano. Es un verdadero arte —les dijo a los invitados congregados a su mesa.

Eran sus colegas del departamento de oncología y Kate se limitó a fingir una sonrisa profesional y a murmurar: «Vamos, querido, me conoces mejor que eso», mientras los invitados reían nerviosamente y le daban un trago a su vino. Luego, cuando ella y su marido recogían, le mostró su enojo aventando las cazuelas al fregadero y salpicando el piso con agua enjabonada, pero Steve la rodeó con los brazos y comenzó a besarla hasta que se reconciliaron.

—Ya sabes lo mucho que te admiro, Kate —le dijo—. Eres brillante en lo que haces.

Ella le devolvió el beso, pero él tenía razón. A veces, entablar una conexión instantánea con un desconocido receloso o incluso hostil se parecía a un juego o a un baile de seducción. A ella le encantaba. Adoraba la descarga de adrenalina que sentía al dejar atrás a sus competidores, ser la primera que pisaba el escalón de una puerta y tocar el timbre mientras oía los ruidos de la vida cotidiana en el interior de la casa. Podía ver entonces cómo cambiaba la luz a través de la escarcha de la ventana cuando la persona se acercaba y, en cuanto se abría la puerta, se metía de lleno en el papel.

Los periodistas tienen distintas técnicas para entrar en una casa. Un amigo con el que había estudiado llamaba «último cachorro de la canasta» a la expresión que ponía para obtener la simpatía de la persona que le abría la puerta; otra siempre le echaba la culpa a su redactor jefe por obligarla a tocar de nuevo una puerta; y había una que incluso había llegado a meterse una almohada debajo del suéter para fingir que estaba embarazada y pedir así permiso para utilizar el baño y entrar en la casa.

Ése no era el estilo de Kate. Ella tenía sus propias reglas: sonreír siempre, no acercarse nunca demasiado a la puerta, no comenzar con una disculpa e intentar que no se le notara el hecho de que iba detrás de la noticia. Ya había utilizado lo de la botella de leche antes, pero los lecheros cada vez escaseaban más. Se sintió muy satisfecha de sí misma por haber logrado cruzar la puerta de Jean Taylor con semejante facilidad.

A decir verdad, no había querido ir allí. Tenía que pasarse por la oficina para rellenar los formularios de gastos antes de que le cobraran el recibo de la tarjeta de crédito y su cuenta bancaria se vaciara. Pero a su redactor jefe le dio igual.

—Ve y toca en la casa de la viuda, te queda de camino —exclamó Terry Deacon por teléfono mientras de fondo se oían a todo volumen los titulares del radio—. Nunca se sabe. Puede que hoy sea tu día de suerte.

Kate suspiró. Supo de inmediato a quién se refería Terry. Sólo había una viuda a la que todo el mundo quería entrevistar esa semana, aunque también sabía que se trataba de un camino muy trillado. Tres colegas del *Post* ya lo habían intentado, y estaba segura de que ella debía de ser la última periodista del país en tocar esa puerta en específico.

Casi.

En cuanto llegó a la altura de la calle de Jean Taylor, buscó automáticamente a otros periodistas y divisó al instante al hombre de *The Times* de pie junto a un coche. Corbata aburrida, parches en los codos y raya al lado. Clásico. Ella siguió adelante mientras el tráfico de la calle principal avanzaba a ritmo lento, pero sin dejar de observar al enemigo. Tendría que dar una vuelta a la cuadra y esperar que, cuando volviera a pasar, el tipo ya se hubiera ido.

—¡Maldita sea! —murmuró al tiempo que ponía la direccional para girar a la izquierda y se metía en una calle lateral para estacionarse.

Quince minutos y un vistazo a los periódicos después, Kate se volvió a poner el cinturón de seguridad y arrancó de nuevo el coche. Su teléfono celular sonó y ella rebuscó en la bolsa con la mano hasta encontrarlo. Al sacarlo, vio el nombre de Bob Sparkes en la pantalla y respondió la llamada.

—Hola, Bob, ¿cómo estás? ¿Qué sucede?

El inspector Bob Sparkes quería algo, eso estaba claro. No era una de esas personas que llaman para platicar y estaba segura de que la conversación duraría menos de sesenta segundos.

—Hola, Kate. Bien, gracias. Algo ocupado, ya sabes cómo es la cosa. Tengo un par de casos en marcha, pero nada interesante. Verás, Kate, me preguntaba si todavía estabas trabajando en el caso de Glen Taylor.

—Por Dios santo, Bob, ¿acaso me espías con cámaras? Estoy a punto de tocar la puerta de Jean Taylor.

Sparkes se rio.

—No te preocupes, que yo sepa no estás bajo vigilancia.

—¿Hay algo que deba saber antes de que la vea? —preguntó Kate—. ¿Alguna novedad desde la muerte de Glen Taylor?

—No, en realidad no. —Percibió el tono de decepción en la voz del inspector—. Más bien me preguntaba si tú te habías enterado de algo nuevo. Bueno, si logras que Jean te cuente algo, te agradecería que me avisaras.

—Luego te llamo —dijo ella—, pero probablemente me cerrará la puerta en la cara. Eso es lo que ha hecho a todos los demás periodistas.

—De acuerdo, luego hablamos.

Llamada finalizada. Kate miró la pantalla del celular y sonrió. Cuarenta y un segundos. Un nuevo récord. La próxima vez que lo viera tenía que hacer algún comentario al respecto.

Cinco minutos después, la calle de Jean Taylor ya estaba libre de periodistas y recorrió el camino en dirección a la casa.

Ahora necesitaba la historia.

«¿Cómo diablos puedo concentrarme?», pensó mientras se clavaba las uñas en las manos para distraerse. No, así no.

—Lo siento, Jean, ¿te importaría que utilizara tu baño? —dijo disculpándose con una sonrisa—. El té no perdona, ¿verdad? Si te parece, puedo preparar otra taza para ambas.

Jean asintió y se levantó de su asiento para mostrarle el camino.

—Es por aquí —le indicó haciéndose a un lado para que Kate pudiera dirigirse al cuidado rinconcito que era el baño de la planta baja.

Mientras se lavaba las manos con el perfumado jabón para invitados, Kate levantó la mirada y se vio en el espejo. Pensó que parecía algo cansada, así que se arregló el cabello alborotado y se dio unos golpecitos en las bolsas de los ojos con las puntas de los dedos tal y como le había enseñado la chica que le hacía sus ocasionales tratamientos faciales.

Luego, sola en la cocina, aprovechó para leer las notas y los imanes del refrigerador mientras esperaba que el agua hirviera. Listas del súper y recuerdos vacacionales; allí no había nada para ella. Una fotografía de los Taylor tomada en un restaurante de playa mostraba a la pareja sonriendo y levantando sus vasos en dirección a la cámara. Glen Taylor aparecía con el pelo oscuro despeinado y una sonrisa de vacaciones en el rostro. En cuanto a Jean, llevaba el pelo rubio oscuro teñido para la ocasión y colocado cuidadosamente detrás de las orejas; tenía el maquillaje un tanto corrido por el calor y miraba de reojo a su esposo.

¿Era una mirada de adoración o de temor?, se preguntó Kate.

Estaba claro que los últimos dos años habían cobrado factura en la mujer de la fotografía. La Jean que la esperaba en la sala iba ataviada con unos pantalones anchos, una camiseta grande y un suéter y llevaba el pelo recogido en una media cola de la que se le habían escapado algunos mechones. Steve solía bromear con el hecho de que Kate siempre se fijara en los pequeños detalles, pero eso formaba parte del trabajo. «Soy una observadora cualificada», se burlaba ella y luego se divertía señalando algunos pequeños detalles reveladores. En esta ocasión, reparó inmediatamente en las ásperas y agrietadas manos de Jean —manos de peluquera, pensó Kate— y en la piel que rodeaba sus uñas, irregular a causa de los mordisqueos nerviosos.

Las arrugas alrededor de los ojos de la viuda contaban su propia historia.

Kate tomó su celular y capturó la fotografía de vacaciones. Advirtió que la cocina estaba impecable; nada que ver con la suya, en la que, sin duda, sus hijos adolescentes habrían dejado el rastro de los restos de su desayuno: tazas de café manchadas, leche agria, pan tostado a medio comer y un bote de mermelada abierto con un cuchillo adentro. Además de la obligatoria ropa de futbol sucia descomponiéndose en el piso.

La tetera se apagó —y con ella los pensamientos sobre su casa—, Kate preparó el té y llevó las tazas a la sala con una charola.

Jean tenía la mirada perdida y se mordisqueaba el pulgar.

—Esto ya me gusta más —dijo Kate—. Lamento la interrupción. ¿Por dónde íbamos?

Debía admitir que comenzaba a preocuparse. Llevaba casi una hora con Jean Taylor y tenía el cuaderno lleno de anotaciones sobre su infancia y primeros años de casada. Pero eso era todo. Cada vez que se acercaba al tema en cuestión, Jean cambiaba de idea y pasaba a algo seguro. En un momento dado, comentaron los desafíos de criar niños y luego hubo un breve interludio en el que Kate aceptó una de las insistentes llamadas de la oficina.

Terry no cupo en sí de gozo cuando se enteró de dónde estaba Kate.

—¡Genial! —exclamó al teléfono—. Bien hecho. ¿Qué te contó? ¿Cuándo puedes entregarnos algo?

Bajo la atenta mirada de Jean Taylor, Kate murmuró:

—Espera un minuto, Terry. Aquí la señal no es muy buena. —Y, fingiendo fastidio de cara a Jean con una teatral negación de cabeza, salió al jardín trasero—. Por el amor de Dios, Terry, estaba sentada a su lado. Ahora no puedo hablar —susurró—. Para ser honesta, la cosa va algo lenta, pero creo que está comenzando a confiar en mí. Deja que siga con ello.

—¿Ya firmó? —preguntó Terry—. Consigue que firme un contrato y luego ya podremos tomarnos nuestro tiempo para lo demás.

—No quiero asustarla con estas cosas, Terry. Haré lo que pueda. Hablamos luego.

Kate presionó el botón para colgar y consideró su próxima jugada. Tal vez debía mencionar el dinero directamente. Ya había preparado el té y mostrado compasión, ahora tenía que dejar de perder el tiempo.

Después de todo, Jean podía encontrarse en una situación apurada ahora que su marido había muerto.

Ya no estaba allí para mantenerla. Ni impedir que hablara.

CAPÍTULO 4

Miércoles, 9 de junio de 2010

La viuda

Todavía está aquí, una hora más tarde. Otro día le habría pedido que se fuera. Nunca me ha costado decirles a los periodistas que se pierdan cuando tocan mi puerta. No resulta difícil cuando son tan maleducados. «Hola», dicen, y luego comienzan a hacer sus preguntas. Preguntas horribles e intrusivas. Kate Waters no me ha preguntado nada duro. Todavía.

Hemos hablado sobre toda clase de cosas: cuándo compramos Glen y yo la casa, el precio de las propiedades en esta zona, las reformas que hicimos, el precio de la pintura, el vecindario, el barrio en el que me crie y fui a la escuela..., todo eso. Ella hace comentarios sobre todo lo que digo. «Oh, yo fui a una escuela como ésa. Odiaba a los profesores, ¿tú no?», por ejemplo. Me hace sentir igual que si estuviera platicando con una amiga. Como si fuéramos iguales. Es inteligente por su parte, pero posiblemente se comporta así cada vez que entrevista a alguien.

En realidad, no es tan mala. Creo que podría caerme bien. Es divertida y parece amable, aunque quizá sólo esté representando un papel. Me habló de su marido —su «hombre», lo llama— y me dijo que tiene que llamarle luego para avisarle que quizá llegará tarde a casa. No estoy segura de por qué debería llegar tarde, todavía no es la hora de comer y vive sólo a treinta minutos si

27

toma la Ronda Sur, pero le digo que lo llame ahora para evitar que se preocupe. Glen se habría preocupado. Y luego me habría armado una buena si yo hubiera estado por ahí sin decirle nada. «No es justo para mí», habría dicho. Sin embargo, eso no se lo cuento a ella.

Kate se ríe y me comenta que a estas alturas su hombre ya está acostumbrado, pero que se quejará porque tendrá que encargarse de los niños. Son adolescentes, me dice; se llaman Jake y Freddie y carecen de modales y de respeto.

—Tendrá que hacer la cena —afirma—, aunque apuesto lo que sea a que pide una pizza. A los chicos les encantará.

Al parecer, los chicos la vuelven loca, y también a su marido, porque no ordenan sus habitaciones.

—Viven en una pocilga, Jean —me explica—. No creerías cuántos tazones de cereal encontré el otro día en la habitación de Jake. Prácticamente una vajilla completa. Y pierden calcetines cada semana. Nuestra casa es como el Triángulo de las Bermudas del calzado. —Y entonces se vuelve a reír porque los quiere a pesar de sus pocilgas.

Lo único que yo puedo pensar es: «Jake y Freddie, qué nombres más encantadores». Me los guardo para luego, para mi colección, y asiento como si comprendiera cómo se siente. Pero en realidad no lo hago. Me habría encantado tener sus problemas. Me habría encantado tener un adolescente al que fastidiar.

En cualquier caso, me sorprendo a mí misma diciendo en voz alta:

—Glen podía ser un poco difícil cuando la casa estaba algo desordenada. —Sólo quería mostrarle que yo también había tenido mis propios problemas, que era como ella. Una estupidez, en realidad. ¿Cómo iba yo a ser como ella? ¿O como cualquiera? ¡Yo!

Glen siempre decía que yo era distinta. Cuando salíamos, presumía de mí y les iba con el rollo a sus amigos de que yo era especial. En realidad, yo no entendía bien a qué se refería. Trabajaba en una peluquería llamada Hair Today —una pequeña broma de Lesley, la dueña—[1] y pasaba todo el día lavándoles el pelo y preparándoles tazas de café a mujeres menopáusicas. Había pensado que trabajar en una peluquería sería divertido, o incluso glamuroso. Pensaba que cortaría el pelo y crearía nuevos estilos, pero apenas tenía diecisiete años y me encontraba en lo más bajo de la jerarquía.

—Jean —decía Lesley—, ¿puedes lavarle el pelo a esta señora y luego barrer alrededor de las sillas? —Ni «por favor» ni «gracias».

Las clientas no estaban mal. Les gustaba contarme sus noticias y problemas porque las escuchaba y no intentaba darles consejo como Lesley. Yo asentía, sonreía y me perdía en mis ensoñaciones mientras ellas cotorreaban sobre sus nietos inhaladores de pegamento o la vecina que les echaba los excrementos de su perro por encima de la reja. Pasaban días enteros sin que formulara una opinión más allá de «Qué bien» o haciendo planes de vacaciones para que la conversación siguiera fluyendo. Sin embargo, seguí trabajando ahí. Me apunté a cursos, aprendí a cortar y teñir y comencé a tener mis propias clientas. No ganaba mucho pero tampoco había ninguna otra cosa que se me diera especialmente bien. La escuela no era lo mío. Mi madre solía decirle a la gente que yo era disléxica, aunque la verdad era que no mostraba el menor interés.

Entonces apareció Glen y, de repente, yo pasé a ser «especial».

En el trabajo, las cosas no cambiaron demasiado. No socializaba con las otras tres chicas porque a Glen nunca le gustó que saliera por mi cuenta. Decía que mis compañeras eran solteras y que iban por ahí en busca de sexo y alcohol. A juzgar por las historias que contaban todos los lunes, probablemente tenía razón. Cuando me decían que saliera con ellas, me limitaba a ponerles excusas y al final dejaron de hacerlo.

Me gustaba mi trabajo porque podía abstraerme en mis cosas y no había estrés alguno. Me hacía sentir a salvo: el olor de los

[1] Juego de palabras intraducible entre *Hair* («pelo») y *Here* («aquí»), de pronunciación parecida, y la expresión *Here today, gone tomorrow*, que podría traducirse literalmente como «Hoy aquí, mañana ya no». *(N. del t.)*

29

productos químicos y el pelo alaciado, el ruido de las pláticas y las llaves abiertas, las secadoras encendidas y lo predecible que era todo. Mis días los regían las anotaciones hechas con un lápiz de punta roma en la agenda.

Todo estaba decidido, incluso el uniforme de pantalones negros y camisa blanca; salvo el sábado, cuando todas debíamos ponernos pantalones de mezclilla. «Es algo insultante para una mujer de tu experiencia. Eres estilista, no una novata, Jeanie», diría Glen más adelante. En cualquier caso, eso suponía que no tuviera que decidir cómo vestirme —ni qué hacer— la mayor parte de los días. Me evitaba complicaciones.

A todo el mundo le gustaba Glen. Los sábados venía a recogerme y solía inclinarse sobre el mostrador para hablar con Lesley. Era un gran conversador, mi Glen. Lo sabía todo sobre el lado empresarial de las cosas. Y podía hacer reír a la gente incluso cuando estaba hablando sobre temas serios.

—Tu marido es muy listo —decía Lesley—. Y muy guapo. Eres una chica afortunada, Jean.

Siempre tuve la sensación de que no podía creer que Glen me hubiera elegido a mí. A veces, yo tampoco podía. Cuando se lo contaba, él se reía y me atraía hacia sí.

—Tú lo eres todo para mí —me tranquilizaba entonces.

Me ayudó a ver las cosas tal y como eran. Supongo que me ayudó a crecer.

Cuando nos casamos, yo no tenía ni idea de administrar dinero ni llevar una casa, de modo que Glen me daba una asignación semanal para los gastos del hogar y un cuaderno para que yo apuntara todo lo que gastaba. Luego nos sentábamos y él cuadraba las cuentas. Aprendí mucho de él.

Kate está hablando otra vez, pero no oí cómo empezó. Es algo sobre un «acuerdo» y menciona dinero.

—Lo siento —le digo—. Me quedé un momento absorta en mis pensamientos.

Ella sonríe con paciencia y vuelve a inclinarse hacia delante.

—Sé lo difícil que es esto, Jean. Tener a la prensa en la puerta de tu casa noche y día. Aunque, honestamente, el único modo de librarse de los periodistas es hacer una entrevista. Créeme, así perderán interés y te dejarán en paz.

Asiento para demostrarle que estoy escuchándola, pero ella cree que estoy accediendo a realizar la entrevista y se entusiasma.

—Un segundo —digo un poco asustada—. No estoy diciendo ni que sí ni que no. Tengo que pensarlo.

—Estaríamos encantados de pagarte algo en compensación por tu tiempo y para ayudarte en estos momentos difíciles —se apresura a decir.

Es curioso cómo intentan disfrazar las cosas. ¡Compensación! Quiere decir que me pagará para que se lo cuente todo, pero no quiere arriesgarse a ofenderme.

Con el tiempo he tenido muchas ofertas con cantidades de esas que sólo se ganan con la lotería. Deberías ver las cartas que han dejado en mi buzón los periodistas. Te sonrojarían de lo falsas que son. Aun así, supongo que es mejor que las cartas llenas de odio que también recibo.

A veces, la gente arranca un artículo del periódico sobre Glen y escribe encima MONSTRUO con letras mayúsculas y lo subraya varias veces. Algunos lo hacen con tanta fuerza que la pluma rasga la página.

En cualquier caso, los periodistas hacen lo contrario. Pero resultan igual de nauseabundos.

«Querida señora Taylor —o, a veces, simplemente Jean—, espero que no le importe que le escriba en estos difíciles momentos, bla, bla, bla. Se han escrito muchas cosas sobre usted, si bien nos gustaría darle la oportunidad de que cuente su versión de la historia, bla, bla, bla.»

Glen solía leerlas poniendo voces y nos reíamos y luego yo las guardaba en un cajón. Pero eso era cuando aún estaba vivo. Ahora no tengo nadie con quien compartir esta oferta.

Bajo la mirada a mi té. Se enfrió y hay una pequeña capa en la superficie. Es esa leche entera que Glen insiste en que compre. Insistía. Ahora puedo comprar descremada. Sonrío.

Kate, que está vendiéndome lo sensible y responsable que es su periódico y Dios sabe qué más, ve la sonrisa como otra señal positiva. Me ofrece llevarme un par de noches a un hotel.

—Para alejarte de los demás periodistas y de toda la presión —dice—. Para que tengas un respiro, Jean.

«Necesito un respiro», pienso yo.

Y justo en ese momento suena el timbre de la puerta. Kate echa un vistazo por las cortinas de encaje y suelta un silbido.

—Maldita sea, Jean, afuera hay un tipo del canal de televisión local. No contestes y se irá.

Hago lo que se me dice. Como siempre. Kate está ocupando el lugar que le pertenecía a Glen. Me protege de la prensa. Salvo que, claro está, ella también es periodista. ¡Oh, Dios, estoy aquí con el enemigo!

Me volteo para decir algo, pero el timbre suena otra vez y levantan la tapa del buzón, con un ruido metálico.

—¿Señora Taylor? —Una voz resuena en el vestíbulo vacío—. ¿Señora Taylor? Soy Jim Wilson, de Capital TV. Sólo quiero un minuto de su tiempo. Será rápido. ¿Está en casa?

Kate y yo nos quedamos en silencio mirándonos la una a la otra. Está muy tensa. Es extraño ver a otra persona experimentando lo que yo he estado sufriendo dos o tres veces al día. Quiero decirle que he aprendido a permanecer en silencio. A veces incluso aguanto la respiración para que no sepan que hay alguien en casa. Sin embargo, Kate no puede estarse quieta. De repente, toma su celular.

—¿Vas a llamar a un amigo? —pregunto con la intención de romper la tensión, pero entonces el tipo de la tele me oye.

—Señora Taylor, sé que está ahí. Por favor, ábrame la puerta. Le prometo que de verdad será un momento. Sólo necesito hablar con usted. Queremos ofrecerle una plataforma...

—¡Vete a la mierda! —exclama Kate de repente, y yo me la quedo viendo.

Glen nunca habría permitido que una mujer dijera eso en su casa. Ella se voltea hacia mí, me pide perdón en voz baja y luego se lleva el dedo índice a los labios. El tipo de la tele efectivamente se larga.

—Bueno, está claro que eso funciona —admito.

—Lo siento, pero es el único lenguaje que comprenden —señala, y se echa a reír. Es una risa agradable, parece auténtica, y últimamente no he oído reír mucho—. Ahora resolvamos lo del hotel antes de que aparezca otro periodista.

Yo me limito a asentir. La última vez que fui a un hotel fue cuando Glen y yo pasamos un fin de semana en Whitstable, hace ya unos años. Fue en 2004. Para celebrar nuestro decimoquinto aniversario.

—Es un logro, Jeanie —dijo él—. Muchos robos armados reciben una condena menor. —Le gustaba bromear.

Whitstable sólo estaba a una hora de casa, pero nos hospedamos en un encantador hotel de la costa, comimos un buen *fish and chips* y dimos un paseo por la playa de piedras. Mientras caminábamos, yo iba tomando piedras planas para que Glen las hiciera rebotar en la superficie del mar y luego contábamos juntos los botes. El viento agitaba las velas en los mástiles de las pequeñas embarcaciones y echó a perder mi peinado, pero creo que fui verdaderamente feliz. Glen no habló mucho. Sólo quería pasear y a mí me bastaba con tener su atención.

Y es que por aquel entonces Glen estaba desapareciendo de mi vida. Estaba allí pero en realidad era como si no estuviera, no sé si se entiende lo que quiero decir. Parecía que estaba más casado con la computadora que conmigo. En todos los sentidos, como descubriría más adelante. Tenía una cámara de ésas para que la gente pudiera verlo y él a ellos cuando hablaban. La luz de esas cosas hace que todo el mundo parezca muerto. Una especie de zombi. Yo lo dejaba ser. Lo dejaba con sus tonterías.

—¿Qué haces ahí toda la tarde? —le preguntaba, y él se encogía de hombros y decía:

—Nada. Sólo platico con amigos. —Pero se pasaba horas haciendo quién sabe qué. Horas.

A veces, me despertaba a la mitad de la noche y él no estaba a mi lado en la cama. Podía oír el murmullo de su voz en el cuarto de invitados, pero sabía que no debía molestarlo. Mi compañía no era bienvenida cuando estaba en la computadora. Si le llevaba una taza de café, tenía que tocar la puerta antes de entrar. Él decía que si entraba directamente lo asustaba. Así pues, tocaba y entonces él apagaba la pantalla y se volteaba hacia mí para tomar su taza de café.

—Gracias —decía.

—¿Algo interesante en la computadora? —le preguntaba yo.

—No —contestaba él—. Lo de siempre. —Fin de la conversación.

Yo nunca utilizaba la computadora. Ése era su terreno.

Pero creo que siempre supe que ahí estaba sucediendo algo. Fue entonces cuando comencé a referirme a ello como sus «tonterías». Así podía mencionarlo en voz alta. A él no le gustaba que lo llamara así, pero en el fondo no podía decir nada. Era una palabra inocua. Tonterías. Algo y nada. Pero no era nada. Se trataba de obscenidades. Cosas que nadie debería ver, y menos todavía pagar por ver.

Cuando la policía encontró todo eso en su computadora, Glen me dijo que no fue cosa suya.

—Encontraron cosas que yo no descargué, cosas horribles que se descargan de forma automática al disco duro cuando uno está viendo otras cosas —me dijo Glen.

Yo no sabía nada sobre internet o discos duros. Podría haber pasado, ¿no?

—A un montón de tipos los están acusando injustamente, Jeanie —me comentó—. Sale todas las semanas en los periódicos. Hay gente que roba tarjetas de crédito y las utiliza para comprar cosas de éstas. Yo no hice nada y así se lo expliqué a la policía.

Y como no se me ocurrió nada, él prosiguió:

—No sabes lo que es que te acusen de algo así cuando no hiciste nada. Te hace polvo.

Yo extendí la mano y le acaricié el brazo. Él me tomó de la mano.

—Tomemos una taza de té, Jeanie —dijo. Y fuimos a la cocina y encendimos la tetera.

Al tomar la leche del refrigerador, me quedé mirando las fotografías que había pegadas en la puerta: nosotros engalanados en Fin de Año, nosotros cubiertos de manchas de color magnolia mientras pintábamos el techo del vestíbulo, nosotros de vacaciones, nosotros en la feria. Nosotros. Éramos un equipo.

«No te preocupes. Me tienes a mí, Jeanie —me decía cuando yo regresaba a casa después de un mal día o algo—. Somos un equipo.» Y lo éramos. Había demasiado en juego para separarnos.

Y yo estaba demasiado involucrada para poder dejarlo. Había mentido por él.

Ya lo había hecho con anterioridad. Todo comenzó cuando llamé al banco para decir que estaba enfermo un día que no se le antojaba ir. Luego volví a hacerlo cuando él me dijo que nos habíamos metido en problemas financieros y aseguré que habíamos perdido la tarjeta de crédito para que nos reembolsaran algunos de los cobros realizados.

—No haces daño a nadie, Jeanie —me prometió—. Anda, sólo esta vez.

Por supuesto, no fue sólo esa vez.

Supongo que esto es lo que Kate Waters quiere oír.

Oigo que pronuncia mi nombre en el pasillo y, cuando levanto la mirada, veo que está hablando con alguien por teléfono, diciéndole que venga a rescatarnos.

A veces, Glen me llamaba «su princesa», pero estoy segura de que hoy nadie va a venir a salvarme con un caballo blanco.

Decido volver a sentarme y esperar a ver qué sucede.

CAPÍTULO 5

Lunes, 2 de octubre de 2006

El inspector

Bob Sparkes sonrió la primera vez que oyó mencionar el nombre de Bella Elliott. Su tía favorita —una de las muchas hermanas pequeñas de su madre— se llamaba Bella; la gran desconocida. Pasarían semanas hasta que volviera a sonreír.

La llamada a emergencias se realizó a las 15:38. La entrecortada voz de la mujer sonaba afligida.

—Se la llevaron —decía—. Sólo tiene dos años. Alguien se la llevó...

En la grabación, reproducida una y otra vez en los días siguientes, el relajante timbre contratenor del operador telefónico formaba un angustioso dueto con el agudo tono de soprano de la mujer.

—¿Cómo se llama la pequeña?

—Bella... Se llama Bella.

—¿Y con quién estoy hablando?

—Soy su madre. Dawn Elliott. Ella estaba en el jardín, en la parte delantera. En casa. Vivimos en el 44a de Manor Road, Westland. Por favor, ayúdenme.

—Lo haremos, Dawn. Sé que esto es duro, pero necesitamos saber algunas cosas más que nos ayuden a encontrar a Bella. ¿Cuándo fue la última vez que la vio? ¿Estaba sola en el jardín?

—Estaba jugando con el gato. Sola. Después de la siesta. No estuvo mucho tiempo sola. Apenas unos pocos minutos. Salí a buscarla alrededor de las tres y media y ya no estaba. Buscamos por todas partes. Por favor, ayúdenme a encontrarla.

—De acuerdo. Siga conmigo, Dawn. ¿Puede describirme a Bella? ¿Cómo iba vestida?

—Tiene el pelo rubio. Hoy lo traía recogido en una cola. Es una niña pequeña. Poco más que un bebé... No logro recordar cómo iba vestida. Con una camiseta y unos pantalones de mezclilla, creo. Oh, Dios, no puedo pensar. Llevaba puestos los lentes. Son redondos y de armazón rosa. Los usa porque tiene un ojo vago. Por favor, encuéntrenla. Por favor.

El nombre de Bella no llegó a la atención del inspector Sparkes hasta treinta minutos más tarde, después de que dos agentes uniformados de la policía de Hampshire fueran a confirmar la historia de Dawn Elliott y realizaran una rápida inspección de la casa.

—Desapareció una niña de dos años, Bob —dijo el sargento tras irrumpir en el despacho del inspector—. Bella Elliott. No la han visto desde hace unas dos horas. La última vez estaba jugando en el jardín delantero de su casa, en un barrio de viviendas de protección oficial de las afueras de Southampton. La madre está deshecha. El médico está con ella ahora.

El sargento Ian Matthews dejó una pequeña carpeta sobre el escritorio de su jefe. El nombre de Bella Elliott estaba escrito con un marcador negro sobre la portada y, sujeta con un clip, había una fotografía a color de la pequeña.

Antes de abrir la carpeta, Sparkes dio unos golpecitos con el dedo sobre la fotografía y memorizó los rasgos de la pequeña.

—¿Qué estamos haciendo? ¿Dónde estamos buscando? ¿Dónde está el padre?

El sargento Matthews se dejó caer en el asiento.

—De momento ya inspeccionamos la casa, el ático y el jardín. No se ve bien. No hay señales de ella. La madre cree que el padre es de la zona de Birmingham; tuvieron una breve relación y desapareció antes de que naciera Bella. Estamos intentando localizarlo, pero la madre no ayuda. Dice que él no tiene por qué enterarse.

—¿Y qué hay de ella? ¿Cómo es? ¿Qué estaba haciendo mientras su hija de dos años jugaba en el jardín? —preguntó Sparkes.

—Dice que preparándole la merienda a Bella. La cocina da al jardín trasero, de modo que no podía verla. En el delantero sólo hay un muro tan bajo que casi ni es tal.

«Parece algo irresponsable dejar sola a una niña de esa edad», pensó Sparkes mientras intentaba recordar a sus dos hijos cuando tenían los mismos años. James ya había cumplido los treinta —y, quién lo iba a decir, trabajaba de contador—. En cuanto a Samantha, tenía veintiséis años y se acababa de comprometer. ¿Los dejaron él y Eileen alguna vez en el jardín cuando eran pequeños? La verdad era que no podía recordarlo. Por aquella época solía estar siempre en el trabajo e iba poco por allí. Se lo preguntaría a Eileen cuando llegara a casa... si es que esa noche llegaba a casa.

El inspector Sparkes extendió la mano hacia su abrigo, que colgaba de un gancho que había a su espalda y, tras rebuscar algo en uno de sus bolsillos, tomó las llaves de su coche.

—Será mejor que salga de aquí y vaya a echar un vistazo, Matthews. Necesito pisar el terreno, hablar con la madre. Tú quédate y prepáralo todo por si tenemos que montar un centro de coordinación. Te llamaré antes de las siete.

De camino a Westland, encendió el radio del coche para oír el noticiario local. Bella acaparaba la gaceta de noticias, pero el periodista no había descubierto nada que Sparkes no supiera ya.

«Gracias a Dios», pensó. Sus sentimientos respecto a los medios de comunicación locales eran decididamente contradictorios.

La última vez que desapareció una niña, las cosas se pusieron feas cuando los periodistas emprendieron su propia investigación e hicieron desaparecer pruebas. Al final, la policía encontró a Laura Simpson, una niña de cinco años de Gosport, sucia, asustada y escondida en un ropero en la casa del hermano de su padrastro. «Era una de esas familias en las que cada Tom, Dick y Harry era un pariente», le contó a Eileen.

Por desgracia, al principio de la investigación uno de los periodistas se había llevado el álbum familiar del departamento de la madre, de modo que la policía no había visto ninguna fotografía del tío Jim, un delincuente sexual de la zona, ni había reparado en su vínculo con la niña desaparecida.

Este familiar intentó mantener relaciones sexuales con la niña, pero no llegó a hacerlo, y Sparkes estaba seguro de que la habría matado mientras la policía daba vueltas en círculo —a veces a apenas unos metros de la prisión de la niña—, si otro pariente no se hubiera emborrachado y los hubiera llamado para darles su nombre. Laura escapó con golpes físicos y mentales. Él todavía tenía presente la imagen de sus ojos cuando abrió la puerta del ropero. Pánico: no había otra palabra para describirlo. Pánico a que él fuera como el tío Jim. Sparkes avisó entonces a una policía mujer para que tomara en brazos a la niña, al fin a salvo. Todo el mundo tenía lágrimas en los ojos salvo Laura. Parecía perturbada.

Él siempre tuvo la sensación de que, en cierto modo, la ayuda que le prestó a la niña fue insuficiente. Debería haber descubierto antes el vínculo con el tío. Tanto su jefe como la prensa trataron el hallazgo como un triunfo, pero él no pudo celebrarlo. No después de haber visto esos ojos.

Se preguntaba dónde estarían Laura o el tío Jim ahora.

Manor Road estaba llena de periodistas, vecinos y agentes de policía, todos entrevistándose entre sí en una especie de orgía verbal.

Sparkes se abrió paso entre la gente que se encontraba delante del número 44a y fue saludando con un movimiento de cabeza a los periodistas que reconocía.

—Bob —dijo de repente una voz de mujer—, hola. ¿Hay alguna novedad? ¿Alguna pista? —Kate Waters se acercó a él y esbozó una fatigada sonrisa. Se habían visto por última vez durante la investigación de un espantoso asesinato cometido en el parque de New Forest. En las semanas que tardaron en atrapar al marido disfrutaron de algunas copas y chismes.

Se conocían desde hacía mucho. Solían encontrarse de vez en cuando trabajando en distintos casos y seguían las investigaciones del otro ahí donde éste las hubiera dejado. No eran lo que se dice amigos, pensó él. Sin duda, se trataba de una relación estrictamente profesional, pero Kate le caía bien. La última vez, accedió a retrasar la publicación de una información que había descubierto hasta que él le dijo que podía hacerlo. Le debía una.

—Hola, Kate. Acabo de llegar, pero es posible que más adelante pueda hacer una declaración —dijo y, tras pasar entre los policías uniformados que hacían guardia, se dirigió hacia la casa.

La sala olía a gatos y cigarros. Dawn Elliott estaba hundida en el sillón con las temblorosas manos aferradas a un teléfono y una muñeca. Llevaba el pelo rubio recogido en una descuidada cola que le daba un aspecto más joven de lo que era. Ella levantó la mirada hacia el hombre alto y de semblante serio que había aparecido por la puerta y, con la cara compungida, le preguntó:

—¿Ya la encontraron?

—Señora Elliott, soy el inspector Bob Sparkes. Estoy aquí para colaborar en la búsqueda de Bella y quiero que usted me ayude.

Dawn se lo quedó viendo.

—Pero ya lo dije todo antes. ¿De qué sirve preguntarme las mismas cosas una y otra vez? ¡Encuéntrenla! ¡Encuentren a mi niña! —exclamó con voz ronca.

Él asintió y se sentó a su lado.

—La entiendo, Dawn, pero repasémoslo todo juntos de nuevo —dijo suavemente—. Puede que recuerde algo más.

De modo que ella lo volvió a contar todo entre sollozos secos. Bella era su única hija y había sido el resultado de una desafortunada relación con un hombre casado al que conoció en una discoteca. Era una niña dulce a la que le gustaban las películas de Disney y bailar. Dawn no se relacionaba demasiado con los vecinos.

—Me miran por encima del hombro por ser una madre soltera

que recibe prestaciones sociales. Creen que soy una aprovechada —le explicó a Bob Sparkes.

Mientras hablaban, el equipo de Sparkes y grupos de voluntarios de la comunidad, muchos de ellos todavía ataviados con ropa de trabajo, buscaban a la niña por jardines, botes de basura, arbustos, áticos, sótanos, cobertizos, coches, casetas de perro y montones de estiércol de toda la zona. Estaba comenzando a oscurecer y, de repente, se oyó una voz que exclamaba:

—¡Bella! ¡Bella! ¿Dónde estás, bonita? —Dawn Elliott se puso de pie de un salto y se asomó por la ventana.

—Vuelva a sentarse, Dawn —le pidió Sparkes—. Me gustaría saber si hoy Bella se portó mal.

Ella negó con la cabeza.

—¿No se enojó con ella por alguna cosa? —prosiguió él—. A veces, los niños pequeños pueden llegar a ser algo difíciles, ¿verdad? ¿No le pegó?

Al final, la joven se dio cuenta de cuál era la intención que había detrás de las preguntas del inspector y comenzó a proclamar a gritos su inocencia.

—¡No, claro que no! ¡Nunca le he pegado! Bueno, casi nunca. Sólo a veces, cuando se porta mal. Pero nunca le he hecho daño. Alguien se la llevó...

Sparkes le dio unas palmaditas en la mano y le pidió a la agente que hacía de enlace con la mujer que preparara otra taza de té.

Un joven agente se asomó por la puerta de la sala y le hizo una señal a su superior para indicarle que necesitaba hablar con él.

—Un vecino vio a un tipo deambulando por la zona a primera hora de la tarde —le dijo a Sparkes—. No lo reconoció.

—¿Descripción?

—Iba solo. Con el pelo largo y mala facha. Según el vecino, estaba mirando el interior de los coches.

Sparkes tomó el celular que llevaba en el bolsillo y llamó a su sargento.

—Esto no está bien —dijo—. No hay señales de la niña. Tenemos la descripción de un sospechoso que deambulaba por la calle a esa hora. Ahora recibirás los detalles. Pásaselos al equipo. Voy a hablar con el testigo.

»Y toquemos la puerta de todos los delincuentes sexuales que vivan en la zona —añadió al tiempo que se le revolvían las tripas ante la idea de que la niña estuviera en las garras de cualquiera de los veintidós delincuentes sexuales registrados que vivían en las casas de protección oficial de Westland.

El cuerpo de policía de Hampshire tenía identificados a trescientos delincuentes sexuales, una población fluctuante de exhibicionistas, *voyeurs*, amantes del sexo en grupo en zonas públicas, pedófilos y violadores que vivían camuflados como simpáticos vecinos en comunidades que ignoraban su pasado.

Al otro lado de la calle, Stan Spencer esperaba al inspector asomado a la ventana de su cuidada casa. A Sparkes le explicaron que, unos años atrás, este individuo formó una patrulla de vigilancia vecinal porque la gente que se desplazaba cada día para ir a trabajar no dejaba de estacionar su coche en el lugar que él consideraba que le correspondía a su Volvo. Al parecer, ni él ni su esposa Susan contaban con demasiadas distracciones desde su jubilación y él disfrutaba del poder que le conferían el portapapeles y la patrulla nocturna.

Sparkes le estrechó la mano y se sentaron en la mesa del comedor.

El vecino hizo referencia a sus notas:

—Son contemporáneas a los hechos, inspector —dijo, y Sparkes reprimió una sonrisa—. Estaba esperando que Susan regresara del súper después de la comida y vi a un hombre caminando por la banqueta de nuestra calle. No tenía muy buen aspecto, iba desaliñado, ya sabe, y temí que quisiera robar el vehículo de algún vecino o algo así. Hay que tener cuidado. Lo vi pasar por delante de la vagoneta de Peter Tredwell.

Sparkes enarcó las cejas.

—Lo siento, inspector. El señor Tredwell es un plomero que vive más abajo y al que han robado en la vagoneta varias veces. Yo impedí la última. Así pues, salí para vigilar las actividades de este tipo, pero ya estaba muy lejos. Lamentablemente, sólo pude verlo de espaldas. Pelo largo y sucio, pantalones de mezclilla y una de esas chamarras impermeables negras que se usan hoy en día. Luego sonó el teléfono y entré a la casa para contestar la llamada. Cuando volví a salir, ya no estaba.

El señor Spencer parecía muy satisfecho de sí mismo mientras Sparkes lo anotaba todo.

—¿Vio a Bella cuando salió a la calle?

Spencer vaciló, pero negó con la cabeza.

—No. Hace varios días que no la veo. Es una niña encantadora.

Cinco minutos después, Sparkes estaba sentado en la silla del recibidor de Dawn Elliott redactando un comunicado de prensa. Luego volvió junto a la madre.

—¿Tiene alguna noticia? —le preguntó ella.

—De momento no, pero voy a decirles a los medios de comunicación que necesitamos su ayuda para encontrarla. Y...

—¿Y qué? —dijo Dawn.

—Y que queremos identificar a cualquiera que estuviera esta tarde por la zona. Cualquier persona que pasara por Manor Road en coche o a pie. ¿Vio a un hombre caminando por la calle a primera hora de la tarde, Dawn? —quiso averiguar Sparkes—. El señor Spencer, de la casa de enfrente, dice que vio a un hombre de pelo largo y con chamarra oscura al que no había visto nunca. Puede que no sea nada, pero...

Ella negó con la cabeza. Las lágrimas le caían por las mejillas.

—¿Fue él quien se la llevó? —preguntó—. ¿Fue ese hombre el que se llevó a mi pequeña?

CAPÍTULO 6

Miércoles, 9 de junio de 2010

La viuda

Más pasos en la grava. En esta ocasión el teléfono de Kate suena dos veces y luego se queda en silencio. Debe de ser una especie de señal porque inmediatamente ella abre la puerta y deja entrar a un hombre con una gran bolsa al hombro.

—Éste es Mick —me dice Kate—. Es mi fotógrafo.

Mick me sonríe y extiende la mano.

—Hola, señora Taylor —saluda. Vino a recogernos y a llevarnos a un hotel—. Un sitio agradable y tranquilo —añade, y yo comienzo a protestar. Todo está yendo demasiado rápido.

—Esperen un momento —digo. Pero nadie me escucha.

Kate y Mick discuten sobre cómo sortear a los periodistas que se han reunido delante de la puerta. El tipo ese de la televisión debe de haberle dicho a alguien que dejé entrar a una persona y ahora se turnan para tocar la puerta y abrir la tapa del buzón y llamarme a gritos. Es terrible, como una pesadilla. Igual que al principio.

Cuando insultaban a Glen, acusándolo de todo tipo de cosas.

«¡¿Qué hizo, señor Taylor?!», le gritó uno.

«¿Tiene las manos manchadas de sangre, pervertido?», exclamó el periodista del *The Sun* cuando Glen salió a la calle para tirar la basura. Delante de la gente que pasaba por ahí. Glen me contó que uno de ellos escupió al piso.

Cuando volvió a entrar en casa estaba temblando.

Mi pobre Glen. Sin embargo, él me tenía a mí para que le ayudara. Cuando sucedían cosas así, yo le acariciaba la mano y le decía que no le diera importancia. Yo, en cambio, estoy sola y no sé si podré hacer frente a esta situación.

Una voz está gritando cosas terribles a través de la puerta:

—¡Sé que está ahí, señora Taylor! ¡¿Le pagan por hablar?! ¡¿Qué cree que pensará la gente si acepta dinero manchado de sangre?!

Me siento como si me hubieran golpeado. Kate se voltea, me toma de la mano y me dice que lo ignore, que ella hará que todo esto termine.

Quiero confiar en ella, pero es difícil pensar con claridad. ¿Qué significa que termine todo? Según Glen, esconderse era la única forma de lidiar con todo ello.

«Tenemos que dejar que pase», solía decir.

La táctica de Kate, en cambio, es hacerle frente. Quiere que me ponga de pie y exponga mi versión para callarle la boca a todo el mundo. Me gustaría hacerlo; sin embargo, eso supone convertirme en el foco de atención. La idea me resulta tan aterradora que no puedo moverme.

—Vamos, Jean —dice Kate al darse cuenta finalmente de que todavía estoy sentada en el sillón—. Podemos hacer esto juntas. Paso a paso. En cinco minutos habrá terminado el calvario y luego ya nadie podrá encontrarte.

Salvo ella, claro está.

No puedo soportar más el abuso de esos animales que están ahí fuera, de modo que hago caso a Kate y comienzo a recoger mis cosas. Tomo mi bolsa y meto unos calzones que saco de la secadora de la cocina. Luego subo al primer piso para tomar mi cepillo de dientes. ¿Dónde están las llaves?

—Sólo lo imprescindible —me dice Kate.

Ella me comprará lo que necesite cuando lleguemos. «¿Adónde vamos?», quiero preguntarle, pero para entonces ya se volvió a alejar. Está hablando por el celular con «la oficina».

45

Cuando habla con la oficina su voz es distinta. Más tensa. Y un poco entrecortada, como si acabara de subir por la escalera.

—De acuerdo, Terry —dice—. No, Jean está con nosotros... Te llamo luego. —No quiere hablar delante de mí. Me pregunto qué desean saber en la oficina. ¿Cuánto dinero me prometió? ¿Si saldré bien en las fotografías?

Apuesto lo que sea a que Kate quería decirles: «Su aspecto es penoso, aunque podemos hacer que salga presentable». Estoy aterrorizada y me acerco a ella para explicarle que cambié de opinión, pero todo está sucediendo muy deprisa.

Ella me asegura entonces que los «distraerá»: saldrá y hará ver que prepara el coche para nosotros mientras Mick y yo salimos por el jardín trasero y saltamos la barda. No puedo creer que esté haciendo esto. Comienzo a decir «un momento» otra vez, pero Kate ya está empujándome hacia la puerta trasera.

Esperamos a que ella salga a la calle. De repente, el ruido es ensordecedor. Como si una bandada de pájaros batiera las alas junto a la puerta.

—Cámaras —dice Mick.

Supongo que se refiere a los fotógrafos. Luego me cubre la cabeza con su chamarra, me toma de la mano y me saca al patio por la puerta trasera. No puedo ver mucho a causa de la chamarra, y los zapatos que llevo puestos no son los más prácticos. Intento ir deprisa pero se me salen de los pies. Todo esto es ridículo. Además, la chamarra no deja de resbalarse. Oh, Dios, ahí está mi vecina Lisa, mirando por la ventana del primer piso con la boca abierta. La saludo con la mano sin demasiado entusiasmo. A saber por qué. Hace siglos que no hablamos.

Al llegar a la barda, Mick me ayuda a saltarla. En realidad, no es muy alta. Su función es más decorativa que otra cosa. Llevo puestos unos pantalones, pero aun así me resulta difícil. Su vagoneta está a la vuelta de la esquina, dice, y recorremos despacio el callejón al que dan las partes traseras de las casas por si acaso hay algún periodista. De repente, siento ganas de llorar. Estoy a punto de meterme en un vehículo con alguien a quien no conozco para ir a quién sabe dónde. Seguramente, es la mayor locura que he hecho nunca.

A Glen le habría dado un ataque. Incluso antes de todo el asunto de la policía, le gustaba mantener la privacidad. Hemos vivido en esta casa durante años —toda nuestra vida de casados— pero, tal y como nuestros vecinos declararon una y otra vez a los medios de comunicación, no nos relacionábamos mucho con los demás. ¿No es eso lo que los vecinos dicen siempre cuando aparecen cadáveres o niños maltratados? En nuestro caso, era cierto. Uno de ellos —debió de ser la vecina de enfrente, la señora Grange— le dijo a un periodista que Glen tenía unos «ojos malignos». En realidad, sus ojos eran muy bonitos. Azules con pestañas largas. Ojos de niño pequeño. A mí me encantaban.

En cualquier caso, Glen solía decirme: «Nuestros asuntos sólo nos incumben a nosotros, Jeanie». Por eso la situación resultó tan dura cuando de repente nuestros asuntos incumbieron a todo el mundo.

La vagoneta de Mick está muy sucia. Las envolturas de hamburguesas, paquetes de papas fritas y viejos periódicos ocultan el piso. En el hueco del encendedor, hay conectada una rasuradora y a los pies del asiento del copiloto se puede ver una botella grande de Coca-Cola.

—Lamento el desorden —se disculpa—. Prácticamente vivo en esta vagoneta.

En cualquier caso, no me sentaré delante. Mick me lleva a la parte trasera y abre las puertas.

—Adelante —dice tomándome del brazo y ayudándome a subir. Me cubre la cabeza con la otra mano y hace que me agache para que no me golpee—. De momento, mantén la cabeza agachada y ya te avisaré cuando deje de haber moros en la costa.

—Es que... —comienzo a decir, pero él cierra las puertas de golpe y me quedo sentada en la penumbra, rodeada de equipo fotográfico y bolsas de basura.

CAPÍTULO 7

Jueves, 5 de octubre de 2006

El inspector

Bob Sparkes bostezó ruidosamente al tiempo que extendía los brazos por encima de la cabeza y arqueaba su adolorida espalda en su silla de la oficina. Intentó no mirar el reloj que había sobre el escritorio, pero el parpadeo de los números le llamó la atención y no pudo evitar fijarse en él. Eran las dos de la mañana. Llevaban tres días buscando a Bella y aún no tenían ninguna pista.

Docenas de llamadas sobre hombres de pelo largo y apariencia descuidada y otras pistas estaban siendo analizadas en un círculo creciente que los alejaba cada vez más de la zona en cuestión, pero era una tarea meticulosa y lenta.

Intentó no pensar en lo que debía de estar pasándole a Bella Elliott; o, si era honesto consigo mismo, lo que probablemente ya debía de haberle pasado. Tenía que encontrarla.

—¿Dónde estás, Bella? —le preguntó a la foto que descansaba sobre su escritorio.

Allá donde mirara veía su rostro: en el centro de coordinación había una docena de fotografías de la niña desde las que sonreía a los agentes que trabajaban en sus escritorios como si se tratara de un pequeño ícono religioso que bendijera su trabajo. Los periódicos también estaban llenos de fotografías de la «Pequeña Bella».

Sparkes se pasó la mano por la cabeza y reparó una vez más en la creciente calva de la coronilla. «¡Vamos, piensa!», se dijo a sí mismo al tiempo que se inclinaba hacia la pantalla de la computadora. Leyó de nuevo las declaraciones y los informes de los interrogatorios a los delincuentes sexuales locales, en busca de algún desliz en sus coartadas, pero no parecía haber la menor pista.

Repasó por enésima vez sus perfiles: en su mayor parte se trataba de criaturas patéticas. Tipos solitarios con olor corporal y pésima dentadura que vivían en su fantasioso universo de internet y que ocasionalmente incursionaban en el mundo real para tentar su suerte.

Luego estaban los reincidentes. Sus agentes habían ido a casa de Paul Silver. Éste había abusado de sus hijos durante muchos años y había estado encarcelado por ello, pero su esposa («¿La tercera? —se preguntó el inspector—, ¿o todavía es Diane?») confirmó con cansancio que continuaba en prisión, cumpliendo una condena de cinco años por entrar a robar en una casa. «Al parecer está diversificándose», le comentó Bob Sparkes a su sargento.

Naturalmente, en las primeras cuarenta y ocho horas se produjeron avistamientos de Bella por todo el país. Los agentes se apresuraron a comprobar las llamadas y algunas llegaron a acelerarle el pulso.

Una mujer que vivía en las afueras de Newark llamó para decirles que una nueva vecina había estado jugando en el jardín con una niña.

—Una niña rubia. Nunca había visto a una niña en su jardín. Pensaba que no tenía hijos —dijo.

Sparkes envió una patrulla local y se quedó en su despacho esperando que lo llamaran.

—Es la sobrina de la vecina, que vino a verla desde Escocia —le comunicó el inspector local, tan decepcionado como él—. Lo siento. Quizá la próxima vez.

Quizá. El problema era que la mayoría de las llamadas eran de oportunistas y buscadores de atención, desesperados por formar parte del drama.

En resumidas cuentas, la última vez que alguien vio a Bella, aparte de Dawn, fue en la tienda de periódicos que había al final de la calle. La mujer que la atendía, una abuela chismosa, recordaba que madre e hija entraron en su establecimiento sobre las once y media. Eran clientas habituales. Dawn solía ir casi a diario para comprar cigarros y esta visita, la última de Bella, estaba registrada en las granulosas imágenes entrecortadas de la barata cámara de seguridad de la tienda.

Primero, la pequeña Bella de la mano de su madre junto al mostrador; corte a Bella, con una bolsa de papel en la mano y el rostro borroso y poco definido como si ya estuviera desapareciendo; corte a la puerta cerrándose a su espalda.

De acuerdo con la declaración que hizo a la policía, la madre de Dawn llamó a casa de su hija después de comer —a las 14:17 según el registro de llamadas—, y oyó de fondo a su nieta cantando la entrada de «Bob el constructor». Pidió hablar con ella y Dawn la llamó, pero al parecer la niña se fue a buscar un juguete.

Para establecer la cronología de los siguientes sesenta y ocho minutos, la policía sólo contaba con la declaración de Dawn. Era imprecisa y estaba salpicada por los quehaceres del hogar que estuvo realizando. Los inspectores hicieron que las repitiera (cocinar, lavar y sacar de la secadora y doblar la ropa de Bella) para que tuviera una sensación más precisa sobre los minutos transcurridos desde que vio salir a su hija a jugar al jardín, poco después de las tres.

Margaret Emerson, que vivía en la casa contigua, fue a buscar algo a su coche a las 15:25 y estaba segura de que para entonces el patio estaba vacío.

—Cuando me veía, ella siempre me gritaba «Peepo».[2] Era como un juego para ella, pobrecita. Le encantaba que le pusieran atención. Su madre no siempre estaba interesada en lo que estuviera haciendo —dijo con cuidado la señora Emerson—. Bella solía jugar sola, llevando a su muñeca de un lado a otro en una

[2] Título de un célebre libro infantil ilustrado sobre lo que ve un bebé en varias escenas de su día. (N. del t.)

carriola y persiguiendo a *Timmy*, el gato. Ya sabe cómo son los niños pequeños.

—¿Lloraba mucho Bella? —le preguntó Sparkes.

La señora Emerson pensó bien la respuesta, pero al final negó con la cabeza y dijo enérgicamente:

—No, era una niñita feliz.

El médico de la familia y el asistente sanitario se mostraron de acuerdo.

—Una niña encantadora... Un tesoro —declararon al unísono.

—La madre tenía dificultades para criarla sola, pero ya sabemos que eso no resulta fácil, ¿verdad? —señaló el médico y Sparkes asintió como si efectivamente lo entendiera. Todo esto formaba parte de las ahora abultadas carpetas con pruebas y declaraciones, ejemplo del esfuerzo que sus agentes estaban realizando, pero él sabía que no significaba nada. No habían efectuado ningún progreso.

El tipo del pelo largo era la clave, concluyó, y, tras apagar la computadora y juntar las carpetas en su escritorio, se dirigió hacia la puerta para ir a dormir al menos cinco horas.

—Puede que mañana la encontremos —le susurró a su esposa dormida cuando llegó a casa.

Una semana después, todavía no había noticias y Kate Waters lo llamó por teléfono:

—Hola, Bob. Llamo para informarte que el director del periódico decidió ofrecer una recompensa por cualquier información que conduzca al paradero de Bella. Veinte mil libras. No está mal.

Sparkes gruñó de inmediato. «Malditas recompensas —se quejaría luego a Matthews—. Los periódicos obtienen toda la publicidad y nosotros nos quedamos con las llamadas de los chiflados y los estafadores del país.»

—Eso es muy generoso, Kate —dijo—. Pero ¿crees que es el momento adecuado? Estamos trabajando en un número de...

—Mañana saldrá en portada, Bob —lo interrumpió ella—. Mira, sé que normalmente la policía odia la idea de las recompensas, pero la gente que ve u oye cosas y que teme a llamar a la policía ve lo de los veinte mil y descuelga el teléfono.

Sparkes suspiró.

—Se lo diré a Dawn —dijo—. Necesito prepararla.

—Está bien —respondió Kate—. Una pregunta, Bob: ¿cuáles son las posibilidades de entrevistar a Dawn? La pobre mujer apenas pronunció una palabra en la rueda de prensa. Ésta sería una buena oportunidad para que hablara sobre Bella. Tendré mucho tacto. ¿Qué te parece?

Él pensó que desearía no haber contestado la llamada. Kate le caía bien, y no había muchos periodistas sobre los que pudiera decir eso, aunque sabía que era como un terrier con un hueso cuando estaba detrás de algo. Sabía que no descansaría hasta obtener lo que quería, y no estaba seguro de que él y Dawn estuvieran listos para este tipo de interrogatorio.

Dawn seguía siendo en su mayor parte una desconocida. Estaba emocionalmente deshecha y tenía que tomar pastillas para lidiar con los ataques de pánico. Era incapaz de concentrarse en nada durante más de treinta segundos. Bob Sparkes había pasado horas con ella y tenía la sensación de que sólo había rascado la superficie. ¿Estaba seguro de que podía dejar a Kate Waters a solas con ella?

—Hablar con alguien que no sea policía podría resultar beneficioso, Bob. Podría ayudarla a recordar algo...

—Se lo preguntaré, Kate, pero no te garantizo que esté en condiciones. Está tomando tranquilizantes y somníferos, y le resulta difícil concentrarse.

—Genial. Gracias, Bob.

Él pudo percibir la sonrisa en la voz de la periodista.

—No tan rápido. Todavía no es seguro. Deja que hable con ella esta mañana y te diré algo.

Cuando el inspector llegó a casa de Dawn, la encontró en la misma posición en la que estaba la primera vez que la vio, derrumbada en el sillón que se había convertido en su arca, rodeada por juguetes de Bella, cajetillas de cigarros aplastadas, páginas arrancadas de los periódicos y tarjetas de gente que le deseaba lo mejor y cartas en papel rayado de otros furiosos y enojados.

—¿Fuiste a la cama, cielo? —preguntó él.

Sue Blackman, la joven agente uniformada que actuaba como enlace, negó con la cabeza en silencio y levantó las cejas.

—No puedo dormir —dijo Dawn—. Necesito estar despierta para cuando mi niña llegue a casa.

Sparkes llevó a la agente Blackman al recibidor.

—Necesita descansar o terminará en un hospital —susurró.

—Lo sé, señor. Durante el día dormita en el sillón, pero odia que se haga de noche. Dice que a Bella le da miedo la oscuridad.

CAPÍTULO 8

Miércoles, 11 de octubre de 2006

La periodista

Kate Waters llegó a la casa de Dawn a la hora de la comida junto con un fotógrafo y un ramo de ostentosos lirios de supermercado. Se había estacionado al otro lado de la calle, lejos del tumulto, para poder salir del coche sin llamar la atención. Luego telefoneó a Bob Sparkes para hacerle saber que había llegado y pasó entre los periodistas que estaban sentados en sus vehículos con una Big Mac en las manos. Para cuando éstos salieron de los coches, ella ya había entrado en la casa. Oyó que un par de ellos maldecían en voz alta y se avisaban mutuamente de que acababan de pisotearlos, e intentó contener una sonrisa.

Mientras Bob Sparkes la guiaba a la sala, Kate se fijó en el desorden y el aletargamiento causados por el dolor: en el vestíbulo, la chamarra azul de Bella con una capucha forrada de piel y una mochila con forma de oso colgaban del pasamanos de la escalera; sus pequeñas y relucientes botas de agua rojas estaban junto a la puerta.

—Tómale una foto a eso, Mick —le susurró al fotógrafo que iba detrás de ella mientras se dirigían hacia la sala.

Por todas partes había juguetes y fotografías de la niña; la escena retrotrajo a Kate a sus primeros días de maternidad, cuando apenas podía hacer frente al caos. El día que llevó a Jake del hospital a casa se sentó y se puso a llorar presa de un arrebato hormonal posparto y una repentina sensación de responsabilidad. Recordaba que, a la mañana siguiente de dar a luz, le preguntó a la enfermera si podía tomarlo, como si el niño perteneciera al hospital.

Dawn levantó la mirada. Su joven rostro estaba arrugado y envejecido de tanto llorar, y Kate sonrió y la tomó de la mano. Iba a estrechársela, pero en vez de eso se limitó a apretársela suavemente.

—Hola, Dawn —dijo—. Muchas gracias por haber accedido a hablar conmigo. Sé lo difícil que debe de ser para ti, pero esperamos que pueda ayudar a la policía a encontrar a Bella.

Dawn asintió como en cámara lenta.

«Dios mío, Bob no bromeaba», pensó Kate.

Tomó un muñeco de Teletubbie rojo que había en el sillón.

—¿Es Po? Mis hijos prefieren los Power Rangers —dijo.

Dawn se la quedó viendo con expresión de interés.

—A Bella le encanta Po —matizó—. Le encanta hacer burbujas. Las persigue, intentando atraparlas.

Kate había reparado en una fotografía sobre la mesa en la que la niña estaba haciendo exactamente eso y se levantó para llevársela a Dawn.

—Aquí está —dijo, y Dawn se la quitó de las manos—. Es una lindura —añadió Kate—. Y seguro que también muy traviesa.

Dawn sonrió con gratitud. Las dos mujeres habían encontrado un terreno común —la maternidad— y ella comenzó a hablar de su hija.

«Por primera vez es capaz de referirse a Bella como una niña y no sólo como víctima de un crimen», pensó Bob Sparkes.

«Kate es buena. Hay que reconocérselo. Puede meterse en la cabeza de alguien con más rapidez que la mayor parte de mis policías», le contó más tarde a su esposa. Eileen se encogió de hombros y regresó al crucigrama de *The Telegraph*. En lo que a ella respectaba, el trabajo policial tenía lugar en otro planeta.

Kate tomó más fotografías y juguetes y mantuvo viva la conversación, dejando que Dawn contara la historia de cada objeto sin que apenas fuera necesario hacerle ninguna pregunta. Para registrar todas sus palabras, la periodista utilizaba una grabadora muy discreta que había dejado en el cojín que había entre ambas. Los cuadernos no eran una buena idea en una situación como ésa: se parecería demasiado a un interrogatorio policial. Ella sólo quería que Dawn hablara. Que se explayara sobre los placeres cotidianos y las dificultades diarias de ser madre. Que le describiera cómo preparaba a Bella para ir a dormir, a qué jugaban durante el baño, o la ilusión de la pequeña al escoger sus nuevas botas de agua.

—Le encantan los animales. Una vez, fuimos al zoo y quería quedarse mirando los changos. No dejaba de reírse —le contó Dawn, refugiándose temporalmente en los recuerdos de una vida anterior.

Kate sabía que estas inmersiones en la vida de Bella y Dawn le proporcionarían al público una idea clara de la pesadilla que estaba sufriendo la joven madre, y ya estaba escribiendo para sí la introducción del artículo.

«Un par de pequeñas botas de agua rojas descansan en el pasillo de la casa de Dawn Elliott. Su hija Bella las escogió dos semanas atrás y todavía no las ha estrenado...»

Esto era lo que sus lectoras querían leer para estremecerse en sus batas mientras tomaban té y pan tostado y les decían a sus esposos: «Podría habernos pasado a nosotros».

Y al director del periódico le encantaría. «Un estremeceúteros perfecto», diría y dejaría libre la portada y una doble página en el interior del periódico para la historia de Bella.

Al cabo de veinte minutos, Dawn comenzó a cansarse. Las medicinas estaban dejando de hacerle efecto y el pánico volvió a hacer acto de presencia en la estancia. Kate se volteó hacia Mick y éste se puso de pie con su cámara y dijo con suavidad:

—Si no te importa, Dawn, voy a tomarte unas fotografías con esa encantadora imagen de Bella haciendo burbujas.

Accedió como si ella misma fuera una niña.

—Nunca me lo perdonaré —susurró mientras sonaba el obturador de la cámara de Mick—. No debería haberla dejado salir al patio. Yo sólo estaba intentando prepararle el té. Apenas la perdí de vista un minuto. Haría lo que fuera para volver hacia atrás en el tiempo.

Y entonces se puso a llorar: unos sollozos secos sacudieron su cuerpo mientras Kate sostenía su mano con fuerza y el resto del mundo volvía a hacerse presente alrededor del sillón.

Kate siempre se maravillaba ante el poder de las entrevistas. «Cuando una habla con gente real, gente sin ego o algo que vender, puede surgir un profundo vínculo, una intensa intimidad que excluye a todos y a todo», le había dicho una vez Kate a alguien. ¿A quién? Debió de ser una persona a la que estaba intentando impresionar, pero recordaba cada línea de cada entrevista que la había conmovido de este modo.

—Fuiste muy valiente, Dawn —dijo la periodista al tiempo que volvía a apretarle la mano—. Muchas gracias por hablar conmigo y concederme tanto tiempo. Me pondré en contacto con el inspector Sparkes para avisarte de cuándo se publicará el artículo. Y te dejaré mi tarjeta para que puedas llamarme siempre que quieras.

Kate recogió sus cosas rápidamente, guardó la grabadora en su bolsa y cedió el asiento junto a Dawn a la agente de enlace.

Sparkes condujo a Kate y a Mick a la puerta.

—Fue fantástico. Gracias, Bob —le susurró al oído—. Te llamaré más tarde, cuando haya escrito el artículo.

Él asintió mientras ella pasaba a su lado y salía de la casa para hacer frente a la furia de sus colegas.

Una vez en el coche, permaneció un momento sentada repasando las citas en su cabeza e intentando organizar el artículo. La intensidad del encuentro la había dejado exhausta y, para ser honesta, un poco aturdida. Deseó no haber dejado de fumar pero, en vez de prender un cigarro, llamó a Steve. Le mandó a buzón —debía de estar atendiendo a algún paciente—, de modo que dejó un mensaje.

—Me fue muy bien —le dijo—. Pobre chica. Nunca se recuperará. Saqué una lasaña del congelador para esta noche. Hablamos luego.

Fue consciente del tembloroso tono de voz de su mensaje.

«Por el amor de Dios, serénate, Kate, no es más que trabajo —se dijo a sí misma y, tras arrancar el coche, se fue en busca de un estacionamiento tranquilo en el que comenzar a escribir el artículo—. Debo de estar ablandándome con la edad.»

Dawn Elliott comenzó a llamar a Kate Waters al día siguiente, cuando se publicó la entrevista. Lo hizo desde su celular y encerrada en el baño para evitar a la atenta Sue Blackman. No estaba segura de la razón de tanto secretismo, pero necesitaba algo que fuera únicamente suyo. La policía estaba desbaratando toda su vida y quería algo normal. Mantener una simple plática.

Kate se sintió emocionada: tener línea directa con la madre era un premio con el que se había permitido soñar, pero había procurado no darlo por hecho y lo había cultivado con esmero. No debía hacerle preguntas directas sobre la investigación. Tampoco fisgonear ni presionarla. Tenía que evitar que se asustara. En vez de eso, habló con Dawn como si fuera una amiga y compartió detalles de su propia vida: sus hijos, el tráfico, ropa nueva y chismes de celebridades. Dawn respondió tal y como Kate sabía que lo haría al final: confiándole sus miedos y las últimas pistas de la policía.

—Recibieron una llamada del extranjero. De un lugar cerca de Málaga, creo. Alguien que está pasando ahí las vacaciones vio a una niña en un parque que podría ser Bella —le contó a Kate—. ¿Crees que puede estar allí?

Kate murmuró un comentario consolador mientras lo anotaba todo y, luego, le escribía un mensaje al corresponsal de la sección de sucesos, un columnista dado a la bebida que últimamente había protagonizado un par de cagadas. Éste se alegró de verse incluido en las exclusivas confidencias de Kate, y llamó de inmediato a un contacto que tenía en el centro de coordinación y le pidió al redactor jefe que reservara un boleto de avión para España.

No era Bella. Pero el periódico obtuvo una emotiva entrevista con algunos turistas y, con ello, la excusa perfecta para otra doble página de fotografías.

—Valió la pena de todos modos —dijo el redactor jefe al equipo y, al pasar por delante del escritorio de Kate, añadió—: Bien hecho, Kate. Estás haciendo un buen trabajo con esto.

Tenía acceso a Dawn, pero debía andarse con cuidado. Si Bob Sparkes descubría lo de las llamadas secretas, podía enojarse.

Sparkes le caía bien. Se ayudaron mutuamente en un par de casos: él le proporcionó algunos detalles extra para que su artículo destacara por encima de los textos de los demás periodistas, y ella le compartió la información cuando descubría algo nuevo que podía ser de su interés. Era una especie de amistad útil para ambos, pensaba ella. Y se llevaban bien. Pero no había nada más. Ella casi se sonrojaba al recordar que había sentido una atracción más propia de una adolescente cuando se conocieron allá por la década de los noventa. Le atrajeron su tranquilidad y sus ojos cafés y le halagó que él le hubiera propuesto ir a tomar una copa en un par de ocasiones.

El encargado de la sección de sucesos del anterior periódico en el que había trabajado Kate solía bromear con ella por su estrecha relación con Sparkes, pero ambos sabían que el inspector no era un mujeriego como algunos de sus colegas. Era célebre por no conocérsele ningún lío de faldas, y Kate carecía de tiempo para aventuras extramatrimoniales.

—Es un policía íntegro de la cabeza a los pies —le dijo su colega—. Uno de los últimos.

Kate sabía que se arriesgaba a estropear el vínculo que tenía con Sparkes si seguía tratando con Dawn a sus espaldas, pero lo cierto era que tener acceso directo a ella hacía que valiera la pena. Esto podía llegar a ser la exclusiva de su vida.

Repasó mentalmente sus argumentos mientras conducía rumbo al trabajo: «Éste es un país libre y Dawn puede hablar con quien quiera, Bob... No puedo evitar que me llame... No soy yo quien la llama... No le hice ninguna pregunta sobre la investigación. Es ella quien me cuenta cosas». Sabía que nada de esto convencería a Sparkes. Había sido él quien la había colocado en esa situación.

—En fin, qué se le va a hacer... —se dijo a sí misma malhumorada, y se prometió que le contaría a Bob cualquier cosa que pudiera ayudar a la policía. Aunque lo hizo con los dedos cruzados.

La llamada de Sparkes no tardó mucho en llegar.

Cuando sonó su celular, ella descolgó y se dirigió a la privacidad del pasillo.

—Hola, Bob, ¿cómo estás?

El inspector estaba estresado y así se lo dijo. La agente de enlace oyó la última conversación telefónica que Dawn mantuvo con su periodista favorita en el baño, y Sparkes estaba decepcionado de Kate. Por alguna razón, eso era peor que si hubiera estado furioso.

—Un momento, Bob. Dawn Elliott es una mujer adulta, puede hablar con quien quiera. Es ella quien me llama.

—Estoy seguro, Kate, pero éste no era el trato. Yo te conseguí la entrevista y tú luego has hablado con ella a mis espaldas. ¿No te das cuenta de que esto puede afectar a la investigación?

—Mira, Bob, ella me llama para platicar sobre cosas que no tienen nada que ver con la investigación. Necesita evadirse durante un rato, aunque sólo sean un par de minutos.

—Y tú necesitas información. No te hagas la asistente social conmigo, Kate. Te conozco demasiado bien.

Se sintió avergonzada. Efectivamente, la conocía demasiado bien.

—Lamento que estés molesto, Bob. ¿Por qué no me acerco y nos vemos para tomar algo y lo hablamos con calma?

—Estoy demasiado ocupado, quizá la semana que viene. Y Kate...

—Sí, sí. Ya imagino que le habrás dicho que no me llame, pero no voy a ignorarla si lo hace.

—Entiendo. Haz lo que tengas que hacer, Kate. Espero que

Dawn entre en razón, pues. Alguien tiene que actuar como un adulto responsable.

—Bob, yo estoy haciendo mi trabajo, y tú estás haciendo el tuyo. No estoy perjudicando la investigación, la estoy manteniendo viva en el periódico.

—Espero que tengas razón, Kate. Tengo que colgar...

Kate se apoyó en la pared. En su cabeza, la discusión que había mantenido con Bob Sparkes seguía un curso completamente distinto. En esta versión, era Kate quien terminaba teniendo razón y Bob quedaba humillado.

Ya entraría en razón cuando se calmara, se dijo a sí misma, y le escribió a Dawn un mensaje de texto para pedirle perdón por cualquier problema que le hubiera causado.

Recibió de inmediato una respuesta que terminaba diciendo: «Luego hablamos». Su acuerdo seguía activo. Kate sonrió con la mirada puesta en la pantalla y decidió celebrarlo con un expreso doble y un panquecito.

—Por los pequeños triunfos de la vida —dijo al tiempo que alzaba la taza de cartón en la cafetería. Al día siguiente, iría a Southampton y se encontraría con Dawn en el centro comercial para tomar un sándwich.

CAPÍTULO 9

Miércoles, 9 de junio de 2010

La viuda

Kate sube a la vagoneta de Mick un par de kilómetros más adelante, en el estacionamiento de un supermercado. Se ríe y nos
explica que, en cuanto se fue sola, «la manada» corrió hacia la
puerta de la casa para ver si yo estaba adentro.

—¡Qué idiotas! —dice—. ¡Mira que caer en algo así!

Se da la vuelta en el asiento del acompañante para que pueda
verle la cara.

—¿Estás bien, Jean? —pregunta.

Su tono de voz vuelve a ser cariñoso y amable. No me engaña.
Yo no le importo. Sólo le interesa el artículo. Asiento y permanezco en silencio.

Mientras avanzamos, ella y Mick platican acerca de «la oficina». Parece que su jefe es un tipo algo intimidante y suele gritar e
insultar a la gente.

—Utiliza tanto la palabra *panocha* que a las reuniones de redacción matutinas les dicen los Monólogos de la Vagina —me
explica, y luego ambos se ponen a reír.

No sé lo que es un Monólogo de la Vagina, pero no digo nada.

Es como si ella y Mick vivieran en otro mundo. Kate le cuenta
que el redactor jefe —ese Terry con el que antes habló por teléfono— está muy contento. Supongo que por haber conseguido a la
viuda.

—Hoy el pobre se pasará todo el día entrando y saliendo del despacho del director. Al menos, eso le impedirá molestar a los demás. Es un tipo divertido y cuando está en un bar se convierte en el alma de la fiesta. En la oficina, sin embargo, permanece sentado en su escritorio doce horas al día, pegado a la pantalla de su computadora. Sólo levanta la mirada para fastidiar a alguien. Es como un muerto viviente.

Mick se ríe.

Yo me acuesto en la bolsa de dormir. Está algo sucia, pero no huele demasiado mal, de modo que poco a poco voy quedándome dormida y sus voces pasan a ser un mero zumbido de fondo. Cuando me despierto, ya llegamos.

El hotel es grande y caro. Uno de esos lugares con plantas enormes que prácticamente ocupan todo el vestíbulo y manzanas de verdad en el mostrador de recepción. Nunca sé si esas flores son auténticas, pero las manzanas sí lo son. Si una quiere, puede comérselas.

Kate se encarga de todo.

—Hola, tienen tres habitaciones para nosotros a nombre de Murray —informa a la recepcionista, que nos sonríe y mira la pantalla de su computadora—. Las reservamos hace un par de horas —añade Kate con impaciencia.

—Aquí están —dice por fin la recepcionista.

Mick debe de ser Murray. Le da su tarjeta de crédito a la mujer y ella me mira a mí.

De repente, me doy cuenta del aspecto que debo de tener. Un espectáculo. Tengo el pelo hecho un desastre tras haber llevado la chamarra en la cabeza y haber dormido en la vagoneta. Además, apenas voy vestida como es debido para ir a hacer el súper, ya no digamos para ir a un hotel elegante. Mientras terminan con el papeleo, permanezco ahí de pie con la cabeza agachada, ataviada con unos pantalones viejos y una camiseta, y mirándome los pies, calzados con unas chanclas baratas. Me registran como Elizabeth Turner y levanto la vista hacia Kate.

Ella se limita a sonreír y me susurra:

—Así nadie te encontrará. Nos estarán buscando.

Me pregunto quién será Elizabeth Turner y qué estará haciendo esta tarde. Apuesto lo que sea a que estará de compras en los grandes almacenes TK Maxx, no escondiéndose de la prensa.

—¿Equipaje? —pregunta la recepcionista y Kate dice que está en el coche y que ya iremos por él luego.

En el elevador, me le quedo viendo y levanto las cejas. Ella me devuelve la sonrisa. No hablamos porque hay un botones con nosotros. No tiene mucho sentido, ya que no llevamos equipaje, pero quiere enseñarnos las habitaciones. Y recibir una propina, supongo. La mía es la 142, contigua a la de Kate, la 144. Con gran teatralidad, el botones abre la puerta y me indica que entre. Yo lo hago y examino la estancia. Es encantadora. Grande y luminosa, con una lámpara de araña en el techo. Hay un sillón, una mesita de centro, lámparas y más manzanas. Deben de tener algún acuerdo con Sainsbury's u otro supermercado para disponer de tanta fruta.

—¿Está bien? —pregunta Kate.

—Oh, sí —digo, y me siento en el sillón para contemplarla detenidamente.

El hotel en el que Glen y yo pasamos nuestra luna de miel no era tan elegante como éste. Fuimos a España y nos hospedamos en un establecimiento familiar. Aun así no estaba mal. La pasamos muy bien. Cuando llegamos, yo aún tenía confeti en el pelo y a los empleados les hizo mucha gracia. Había una botella de champán esperándonos —uno español que era algo empalagoso— y las meseras no dejaban de llenarnos de besos.

Nos pasamos las vacaciones en la hamaca de la alberca, mirándonos el uno al otro. Queriéndonos el uno al otro. Hace ya mucho tiempo de eso.

Kate dice que aquí hay una alberca. Y un spa. Yo no tengo mi traje de baño —ni nada, de hecho—, pero ella me pregunta mi talla y dice que irá a comprarme «algunas cosas».

—El periódico se hará cargo —dice.

Luego pide cita para que me den un masaje mientras ella está afuera.

—Para que te relajes —añade—. Te encantará. Utilizan aceites esenciales, jazmín, lavanda, cosas de ésas, y puedes dormir en la camilla. Necesitas que te mimen un poco, Jean.

No estoy del todo convencida, pero no me opongo. No le he preguntado cuánto tiempo piensan tenerme aquí. El tema no ha salido y ellos parecen comportarse como si se tratara de una escapada de fin de semana.

Una hora más tarde, estoy acostada en la cama con la bata del hotel puesta, tan relajada que tengo la sensación de estar flotando. Glen habría dicho que huelo como el «tocador de una mujerzuela», pero a mí me encanta. Huelo caro. En un momento dado, Kate toca la puerta y me trae de vuelta al punto de partida. De vuelta a la realidad.

Entra en la habitación con montones de bolsas.

—Aquí tienes, Jean —dice—. Pruébate esto a ver qué tal te queda.

Es curioso cómo no deja de decir mi nombre. Parece una enfermera. O una estafadora.

Compró cosas muy bonitas. Un suéter de cachemira azul pálido que yo nunca hubiera podido pagar, una camisa blanca, una falda vaporosa y unos pantalones ajustados de color gris, calzones, zapatos, un traje de baño, lujoso gel de baño y un precioso camisón largo. Lo desenvuelvo todo bajo su atenta mirada.

—Me encanta ese color, ¿a ti no, Jean? —me pregunta con el suéter en las manos—. Azul pálido.

Ella sabe que a mí también me gusta, pero intento que no se me note demasiado.

—Gracias —digo—. En realidad, no necesito todo esto. Sólo voy a pasar la noche. Quizá puedas devolver algunas cosas.

Ella no me contesta, se limita a tomar las bolsas vacías y a sonreír.

La hora de comer pasó hace rato y deciden pedir algo para comerlo en la habitación de Kate. Yo sólo quiero un sándwich, pero Mick se pide un filete y una botella de vino. Luego miro el precio y cuesta treinta y dos libras. En el supermercado se podrían comprar ocho botellas de Chardonnay por ese precio. Al probarlo, Mick ha dicho que era «jodidamente delicioso». Utiliza mucho la palabra *joder*, pero Kate no parece notarlo. Ella sólo me pone atención a mí.

Cuando dejamos los platos en el pasillo para que los recojan, Mick se va a su habitación para preparar las cámaras y Kate se sienta en un sillón y comienza a platicar. Es una conversación normal, como la que yo tendría con una clienta mientras le lavo el pelo. Pero sé que esto no durará.

—Debes de haber estado bajo una tremenda presión desde la muerte de Glen —comienza a decir.

Asiento y pongo cara de estar bajo presión. No puedo contarle que en realidad no fue así. Lo cierto es que he sentido un maravilloso alivio.

—¿Cómo pudiste soportarlo, Jean?

—Fue terrible —contesto con voz quebrada y vuelvo a adoptar el papel de Jeanie, la mujer que era cuando me casé.

Jeanie me salvó. A trompicones, se las arregló para seguir adelante con su vida: preparando té, lavando el pelo de las clientas, barriendo el piso y haciendo las camas. Estaba segura de que Glen era víctima de un complot de la policía. Apoyó al hombre con el que se había casado. El hombre que había elegido.

Al principio, Jeanie sólo reaparecía cuando la familia o la policía hacían preguntas, pero a medida que las maldades comenzaron a filtrarse por debajo de la puerta, Jeanie volvió a instalarse en casa para que Glen y yo pudiéramos seguir con nuestra vida en común.

—Supuso una terrible conmoción —le digo a Kate—. Cayó delante del autobús ahí mismo, en mi cara. Ni siquiera tuve tiempo de avisarlo. Ya había muerto. Entonces todas esas personas vinieron corriendo y se hicieron cargo de la situación. Yo no podía ni moverme y me llevaron al hospital para asegurarse de que estaba bien. Todo el mundo fue muy amable.

Hasta que descubrieron quién era él.

Y es que la policía acusó a Glen de haber secuestrado a Bella.

Cuando dijeron su nombre, cuando vinieron a nuestra casa, sólo pude pensar en las fotografías de la pequeña: ese pequeño rostro, esos pequeños lentes redondos y el ojo tapado con un parche. Parecía una pequeña pirata. Daban ganas de comérsela de lo dulce que era. Nadie había sido capaz de hablar de otra cosa durante meses: en la peluquería, en las tiendas, en el autobús... La pequeña Bella. Estaba jugando en el jardín delantero de su casa en Southampton y alguien entró y se la llevó sin más.

Por supuesto, yo nunca habría dejado que una hija mía jugara afuera sola. Bella apenas tenía dos años y medio, por el amor de Dios. Su madre debería haberla cuidado mejor. Seguro que estaba viendo el programa de Jeremy Kyle o alguna basura parecida. Estas cosas siempre le pasan a gente como ésa, decía Glen. Gente descuidada.

Y dijeron que fue Glen quien se la llevó. Y que la mató. Cuando lo acusaron de eso (la policía, quiero decir), sentí como si no pudiera respirar. Ellos fueron los primeros. Después lo hicieron otros. Nos quedamos en el vestíbulo con la boca abierta. Bueno, yo lo hice. Glen se puso pálido, con el rostro completamente inexpresivo.

Glen ya no parecía él.

Los agentes de policía que vinieron a casa se condujeron con gran compostura. No tiraron la puerta ni nada parecido, como en la tele. Tocaron con la mano: pom-porrompom-pom-pom. Glen acababa de entrar después de lavar el coche. Fue él quien les abrió la puerta mientras yo asomaba la cabeza desde la cocina para ver quién era. Se trataba de dos tipos que querían entrar en casa. Uno se parecía a mi profesor de geografía en la escuela, el señor Harris. Llevaba el mismo saco de tweed.

—¿El señor Glen Taylor? —preguntó con mucha calma.

—Sí —dijo Glen, y quiso saber si vendían algo.

Al principio, no podía oírlos demasiado bien, pero luego entraron. Eran policías: el inspector Bob Sparkes y su sargento, dijeron.

—Señor Taylor, me gustaría hablar con usted sobre la desaparición de Bella Elliott —dijo el inspector Sparkes.

Yo abrí la boca para protestar y hacer que ese policía dejara de decir esas cosas, pero fui incapaz de pronunciar palabra alguna. Y el rostro de Glen se puso pálido.

Mi marido no me miró en ningún momento. Tampoco me rodeó los hombros con el brazo ni me tomó de la mano. Más adelante, dijo que estaba en *shock*. Él y el policía siguieron hablando, pero no puedo recordar nada de lo que comentaron. Veía cómo se movían sus labios, pero no podía entender lo que decían. ¿Qué tenía que ver él con Bella? Él era incapaz de hacerle daño a un niño. Le encantaban los niños.

Luego Glen y el policía se fueron. Después Glen me contó que me había dicho adiós y que no me preocupara, que se trataba de una equivocación ridícula y que lo aclararía todo. Sin embargo, yo no lo recuerdo. Otros policías se quedaron en casa para hacerme preguntas y husmear en nuestra vida, pero mientras yo hacía memoria y procuraba contestarles, no pude dejar de pensar en el rostro de mi marido y en que, por un momento, no lo había reconocido.

Más adelante, Glen me contó que alguien dijo que él estuvo haciendo una entrega cerca del lugar en el que desapareció Bella, pero que eso no quería decir nada. No era más que una coincidencia, añadió. Ese día debía de haber cientos de personas en la zona.

Ni siquiera llegó a estar cerca de la escena del crimen, la entrega fue a varios kilómetros, insistió, pero la policía estaba interrogando a todo el mundo por si alguien había visto algo.

Comenzó a trabajar como repartidor cuando lo corrieron del banco. Él le dijo a la gente que en su sucursal habían propuesto rescisiones de contrato voluntarias y que aprovechó la situación porque quería realizar un cambio. Siempre soñó con tener la oportunidad de poner su propio negocio y ser su propio jefe.

Descubrí la verdadera razón la noche de un miércoles. Estaba preparando la cena después de haber ido a aeróbics y se puso a gritarme que por qué había llegado más tarde de lo habitual, con unas palabras horribles, coléricas y sucias. Palabras que no solía utilizar normalmente. Todo iba mal. La cocina se llenó con sus acusaciones y su enojo. Tenía la mirada muerta, como si no me conociera. Pensé que iba a pegarme. Vi cómo apretaba y aflojaba los puños a ambos costados mientras yo permanecía junto a la estufa con la pala en la mano.

«Mi cocina, mis reglas», solíamos bromear. Pero no ese miércoles. *El niño del miércoles pesares tendrá.*[3]

La discusión terminó con un portazo cuando se fue a dormir al cuarto de invitados, lejos de mí. Recuerdo haberme quedado al pie de la escalera, paralizada. ¿A qué había venido todo eso? ¿Qué había pasado? No quería pensar sobre lo que significaba para nosotros.

«No le des importancia —me dije a mí misma—. Todo irá bien. Debe de haber tenido un mal día. Deja que duerma y se le pase.»

Comencé a ordenar y recogí la bufanda y la chamarra que había dejado en el pasamanos para colocarlas en el gancho junto a la puerta. Al hacerlo, noté algo rígido en el bolsillo. Una carta. Un sobre blanco con una ventanilla transparente en la que se podía leer su nombre y nuestra dirección. Era del banco. Las palabras eran formales y tan rígidas como el sobre: «Investigación... comportamiento poco profesional... inapropiado... baja inmediata». Ese lenguaje me resultaba confuso, pero sí comprendí que se trataba de una desgracia. El final de nuestros sueños. De nuestro futuro. Subí corriendo la escalera con la carta en las manos, entré en el cuarto de invitados y encendí la luz. Él debió de oírme subir pero fingió que dormía hasta que me oí a mí misma exclamar:

—¿Qué es esto?

Me miró como si yo no fuera nada.

—Me corrieron —respondió, y dio media vuelta y volvió a fingir que dormía.

[3] «*Wednesday's child is full of woe*» en el original. Verso de una popular canción infantil inglesa titulada *Monday's Child. (N. del t.)*

A la mañana siguiente, vino a nuestro dormitorio a traerme té en mi taza favorita. Tenía aspecto de haber dormido poco y me dijo que lamentaba cómo se había comportado el día anterior. Se sentó en la cama y me explicó que estaba bajo mucha presión, que había habido un malentendido en el trabajo y que nunca se había llevado bien con el jefe. Me comentó que le habían tendido una trampa y culpado de algo. De un error, añadió. Él no había hecho nada malo. Su jefe estaba celoso de él. Glen me contó que tenía grandes planes para su futuro, pero que eso no importaba si no lo apoyaba.

—Eres el centro de mi mundo, Jeanie —dijo, y me atrajo hacia sí.

Yo lo abracé y dejé el miedo que sentía a un lado.

Mike, un amigo que dijo haber conocido en internet, le habló del trabajo de repartidor.

—Lo haré sólo mientras no tenga del todo claro qué negocio quiero poner, Jeanie —declaró. Al principio le pagaban en efectivo y luego le hicieron contrato indefinido. Ya no volvió a mencionar lo de ser su propio jefe.

El uniforme que tenía que llevar era bastante elegante: camisa azul pálido con el logotipo de la empresa en el bolsillo y pantalones azul marino. A Glen no le gustaba llevar uniforme —«Es denigrante, Jeanie, como volver al colegio»—, pero se acostumbró a ello y se veía bastante feliz. Por las mañanas, se despedía con la mano al alejarse con el coche para ir a buscar la vagoneta. De camino a sus viajes, solía decir.

Yo sólo fui con él una vez. Un año, justo antes de la Navidad, hizo un trabajo especial en domingo para el jefe. Debió de ser la Navidad anterior a su arresto. Sólo había que ir hasta Canterbury y a mí se me antojaba hacer una excursión. Permanecimos en completo silencio durante todo el trayecto. En un momento dado, eché un vistazo en la guantera. No había nada especial. Algunos dulces. Tomé uno para mí y le ofrecí otro a Glen para animarlo. Él no lo quiso y me dijo que lo dejara donde estaba.

La vagoneta era bonita y estaba limpia. Impecable, de hecho.

Yo no solía verla. Por las noches permanecía estacionada en la pensión y cada mañana Glen tomaba el coche para ir a buscarla.

—Bonita vagoneta —dije, pero él se limitó a contestarme con un gruñido—. ¿Qué hay en la parte trasera?

—Nada —contestó, y encendió el radio.

Y tenía razón. Cuando estaba con el cliente aproveché para echar un vistazo y la parte trasera estaba limpia como el cristal. Bueno, casi. Del borde de la alfombra se asomaba la envoltura rasgada de un dulce. La saqué con las uñas. Estaba un poco mugrienta y polvorienta, pero me la guardé en el bolsillo del abrigo. Para ser limpia.

Es como si hubieran pasado siglos. Nosotros dos haciendo una excursión como personas normales.

—¿Glen Taylor? —dice la enfermera.

Vuelvo en mí y veo que frunce el ceño mientras escribe el nombre en un formato. Intenta recordar. Espero lo inevitable.

Al final cae en la cuenta.

—¿Glen Taylor? ¿No es el tipo acusado de haber secuestrado a esa niña pequeña, Bella? —le pregunta en voz baja a uno de los enfermeros, y yo finjo que no lo oigo. Cuando se voltea hacia mí, su expresión es más dura—. Entiendo —dice, y se aleja.

Debe de hacer una llamada telefónica, porque media hora más tarde toda la prensa está en la sala de urgencias intentando hacerse pasar por pacientes. Puedo distinguirlos a kilómetros.

Yo mantengo la cabeza agachada y me niego a hablar con ninguno. ¿Qué tipo de persona acosa a una mujer que acaba de ver morir a su marido?

También hay policías. Por el accidente. No son los agentes que solemos ver en Hampshire. Éstos son agentes del cuerpo metropolitano de Londres. Hacen trabajo rutinario: toman declaraciones a los testigos, a mí, al conductor del autobús. Éste también está aquí. Al parecer, se golpeó con fuerza al frenar y dice que ni siquiera vio a Glen.

Probablemente sea cierto, así de rápido fue todo.

Luego llega el inspector Bob Sparkes. Sabía que aparecería de un momento a otro, como las monedas falsas, pero debe de haber conducido a toda velocidad para haber llegado tan rápido desde Southampton. Me ofrece sus sentidas condolencias, pero en realidad está más triste por él mismo. Desde luego, no quería que Glen muriera. Esto significa que el caso ya nunca se cerrará. Pobre Bob. Su nombre quedará unido para siempre a este fracaso.

Se sienta a mi lado en una silla de plástico y me toma de la mano. Estoy tan avergonzada que le dejo hacerlo. Nunca me había tocado así, como si se preocupara por mí. Me sostiene la mano y habla en un tono de voz bajo y suave. Sé lo que está diciendo aunque en realidad no lo oigo; ¿tiene sentido eso? Está preguntándome si sé lo que Glen hizo con Bella. Lo hace delicadamente, diciéndome que ahora puedo revelar el secreto. Ya puedo contarlo todo. Yo era tan víctima como Bella.

—No sé nada sobre Bella, Bob. Ni tampoco Glen —afirmo, y retiro la mano fingiendo que necesito secarme una lágrima.

Más tarde, voy a los baños a vomitar. Tras lavarme, me siento en el escusado y apoyo la frente en los fríos azulejos de la pared.

CAPÍTULO 10

Jueves, 12 de octubre de 2006

El inspector

El inspector Bob Sparkes se encontraba en el centro de coordinación examinando los pizarrones en busca de patrones y vínculos recurrentes. Se quitó los lentes y entrecerró los ojos como si un cambio de enfoque fuera a revelar algo.

Había un remolino de actividad alrededor del jardín de los Elliott pero, en su epicentro, Bella seguía siendo la pieza que faltaba en el rompecabezas.

«Toda esta información y ninguna señal de ella —pensó—. Está en algún lugar. Algo estamos pasando por alto.»

El equipo científico forense había inspeccionado y recogido muestras de cada centímetro del muro de ladrillo del jardín y de la reja de metal pintado. Avanzando religiosamente de rodillas, una patrulla de agentes de policía había buscado asimismo huellas en el jardín y, como si se tratara de reliquias sagradas, habían guardado en bolsas de plástico fibras de la ropa de la niña, pelos rubios de su cabeza, partes de juguetes desmembrados y envolturas arrugadas de dulces. Pero del secuestrador, no habían encontrado nada.

—Creo que ese cabrón debió de asomarse por encima del muro y levantarla —dijo Sparkes—. Apenas debió de tardar unos segundos. Ella estaba ahí y un momento después ya no.

El equipo encontró un dulce rojo medio chupado en el lado de Bella del muro.

—Puede que se le cayera cuando el tipo la tomó —supuso Sparkes—. ¿Es un Smartie?

—La verdad es que no soy un experto en golosinas, jefe, pero haré que lo examinen —se ofreció el sargento Matthews.

Las pruebas forenses determinaron que se trataba de un Skittle. En el dulce había restos de saliva de Bella mezclados con los del chupón que utilizaba por las noches.

—Nunca comía Skittles —dijo Dawn.

«Le dio uno a la niña para que no llorara», pensó Sparkes. Qué anticuado. Recordó que, de pequeño, su madre solía decirle «Nunca aceptes dulces de desconocidos». Eso y algo sobre los hombres con cachorros.

Estaba revisando el listado de pruebas y su ánimo se fue hundiendo. No iba bien. En esa calle no había cámaras de vigilancia y sólo contaban con el testimonio del viejo señor Spencer. En las imágenes de las cámaras más cercanas no había ningún hombre desaliñado.

—Puede que tuviera suerte —dijo Sparkes.

—La suerte del diablo, entonces.

—Toma el teléfono y averigua cuándo podemos aparecer en *Crimewatch*,[4] Matthews. Diles que es urgente.

Aunque apenas pasaron ocho días, los preparativos de la reconstrucción televisiva parecieron llevarles siglos. Tuvieron que acudir a una guardería de otro pueblo a buscar a una niña parecida a Bella porque ningún padre que viviera cerca de Westland quería dejar que su hija interviniera en el programa.

—No podemos culparlos, la verdad —le dijo Sparkes al exasperado director del programa—. No quieren ver a sus hijas como víctimas de un secuestro. Aunque sea falso.

---

[4] Programa del canal de televisión BBC One en el que se reconstruyen casos reales sin resolver para obtener información del público que pueda ayudar a su resolución. (*N. del t.*)

Estaban en un extremo de Manor Road esperando a que el equipo de grabación terminara de prepararlo todo y discutiendo sobre qué diría Sparkes en su solicitud de información.

—La emitiremos en vivo desde el estudio, Bob, de modo que asegúrate de que tienes bien claro lo que vas a decir —le dijo el director—. Sabrás con anterioridad qué preguntas se te van a hacer.

Sparkes estaba demasiado distraído para ponerle atención. La actriz que interpretaría a Dawn Elliott llegó justo cuando él acompañaba a la verdadera a un coche de policía para que la llevaran a casa de su madre.

—Se parece a mí —le susurró a Sparkes.

A la niña que interpretaría a Bella no había sido capaz de mirarla. Previamente, sin embargo, le había dejado en el sillón una selección de la ropa de su hija, así como una pequeña cinta para la cabeza y sus lentes de repuesto. Mientras lo hacía, iba acariciando cada prenda y susurrando el nombre de su niña. Por último, se puso de pie con ayuda de Sparkes y, sosteniendo la mano del inspector, se dirigió hacia el coche sin llorar. Se sentó junto a Sue Blackman y evitó echar la vista atrás.

La calle estaba ahora tranquila y desierta, tal y como debió de estar aquel día. Sparkes contemplaba con detalle la reconstrucción mientras el director le indicaba a «Bella» que siguiera hasta el jardín a un gato gris que habían tomado prestado. La madre de la niña que interpretaba el papel permanecía fuera de plano, con unas galletitas de chocolate preparadas por si necesitaban sobornar a la pequeña, y sonriendo a su hija mientras procuraba contener las lágrimas.

La señora Emerson se había ofrecido voluntaria para interpretarse a sí misma. Recorrió con pasos rígidos el camino de su jardín haciendo ver que buscaba a su vecinita y luego respondió a los gritos de ayuda de Dawn. Al otro lado de la calle, el señor Spencer observaba cómo un actor disfrazado con una larga peluca pasaba por delante de su casa mientras una cámara que se encontraba sobre las jardineras de la señora Spencer filmaba su fingido desconcierto.

El «secuestro» apenas duraba unos pocos minutos, pero pasaron tres horas hasta que el director quedó satisfecho. Todo el mundo se amontonó entonces en el monitor del camión para ver qué tal había salido y observó en silencio cómo «Bella» jugaba en el jardín. Sólo el señor Spencer se quedó comentando los acontecimientos con el equipo de filmación.

Después, uno de los agentes de policía más veteranos llevó a un lado a Sparkes.

—¿Se dio cuenta de que el señor Spencer siempre está codeándose con el equipo de investigación y ofreciendo entrevistas a los periodistas? No deja de decirle a todo el mundo que vio al hombre que secuestró a la niña. En mi opinión, anda en busca de atención.

Sparkes sonrió comprensivamente.

—Siempre hay uno de éstos, ¿no? Lo más probable es que esté solo y aburrido. Le diré a Matthews que no le quite el ojo.

La transmisión del programa tuvo lugar veintitrés días después de la desaparición de Bella y, como cabía esperar, provocó cientos de llamadas al estudio y al centro de coordinación. La filmación encendió los ánimos del público y éste inundó la página web del programa con múltiples variaciones de mensajes del tipo «Lo siento en el alma» y «Oh, Dios mío, ¿por qué?».

Recibieron alrededor de una docena de llamadas de personas que decían haber visto a Bella. Muchas aseguraban haberla atisbado en una cafetería, un autobús o un parque infantil. Cada llamada se verificó de inmediato, pero el optimismo de Sparkes comenzó a apagarse cuando llegó su turno de contestar llamadas en la parte posterior del estudio.

A la semana siguiente, Sparkes oyó desde el pasillo una repentina algarabía de voces procedente del centro de coordinación.

—Detuvimos a un exhibicionista en un parque infantil, señor —le comunicó un agente—. A unos veinticinco minutos de la casa de Dawn Elliott.

—¿De quién se trata? ¿Lo tenemos fichado?

Lee Chambers era un taxista de mediana edad, divorciado y al que habían interrogado seis meses atrás por exhibirse ante dos pasajeras. Él aseguró que sólo estaba orinando y que lo habían pescado cuando estaba subiéndose el cierre. Había sido algo absolutamente accidental. Las mujeres prefirieron evitar la atención mediática y no quisieron llevar el asunto más lejos, de modo que la policía dejó en libertad al tipo.

Ahora lo habían pescado en unos arbustos de Royal Park mientras los niños jugaban en los columpios y toboganes.

—Sólo estaba orinando —le dijo al agente de policía al que había llamado una madre horrorizada.

—¿Suele tener erecciones mientras orina, señor? Debe de ser un inconveniente —le contestó el policía mientras lo conducía a la patrulla.

En cuanto Chambers llegó a la comisaría central de Southampton lo llevaron a una sala de interrogatorio.

Sparkes echó un vistazo por el panel de cristal templado de la puerta y vio a un hombre flaco con el pelo recogido en una grasienta cola y ataviado con unos pants y una camiseta del club de futbol de Southampton.

—Desaliñado y pelo largo —dijo Matthews.

«¿Te llevaste a Bella? —pensó Sparkes de forma automática—. ¿La tienes encerrada en algún sitio?»

El sospechoso levantó la mirada expectante cuando Sparkes y Matthews entraron en la sala.

—Esto es una equivocación —dijo.

—Si me dieran una libra cada vez que... —murmuró Matthews entre dientes—. ¿Por qué no nos cuentas qué pasó, entonces? —Y los policías arrastraron sus sillas para acercarse más a la mesa.

Chambers les contó sus mentiras y ellos lo escucharon. Sólo estaba orinando. No escogió adrede el parque infantil. No vio a los niños. No habló con ellos. Fue una equivocación del todo inocente.

—Dígame, señor Chambers, ¿dónde estaba usted el lunes 2 de octubre? —preguntó Sparkes.

—¡Uf! No lo sé. Trabajando, probablemente. El lunes es uno de mis días laborales. La encargada del taxi lo sabrá con seguridad. ¿Por qué?

La pregunta permaneció en el aire un momento hasta que, de repente, Chambers abrió mucho los ojos. Sparkes casi esperó que se produjera un audible *ding*.

—Ése fue el día en el que desapareció esa niña, ¿verdad? ¿No pensarán que yo tengo algo que ver con eso? Oh, Dios, no pueden pensar eso.

Lo dejaron a solas para que la inquietud lo fuera carcomiendo y se unieron a los policías que ya estaban registrando su domicilio, un cuarto rentado en una casa victoriana situada en un destartalado barrio de mala muerte cercano a los muelles.

Matthews exhaló un suspiro mientras ojeaba las revistas de pornografía extrema que había junto a la cama de Chambers.

—Todo esto se trata de sexo violento con mujeres, no con niños. ¿Usted qué tiene?

Sparkes permanecía en silencio. En una carpeta de plástico transparente guardada en el suelo del ropero había encontrado fotografías de Dawn y Bella recortadas de los periódicos.

La encargada de la empresa de taxis era una aburrida mujer de unos cincuenta y tantos años que se protegía del frío de su oficina sin calefacción con un suéter tejido de color verde y guantes.

—¿Lee Chambers? ¿Qué hizo? ¿Se volvió a exhibir accidentalmente? —Se rio y le dio un trago a una lata de Red Bull—. Es un sucio tipejo —dijo al tiempo que hojeaba los registros—. Todo el mundo lo piensa, pero conoce a un amigo del jefe.

La interrumpió una repentina crepitación de la estática del radio y una voz que sonaba robótica en las diminutas bocinas. Ella contestó dándole unas incomprensibles instrucciones.

—¿Dónde estábamos? ¡Ah, sí! Lunes 2 de octubre. Aquí está. Lee fue a Fareham a primera hora. Llevó a un cliente habitual al hospital. Estuvo parado hasta la comida y luego recogió a una pareja en el aeropuerto de Eastleigh para llevarla a Portsmouth. Llegó alrededor de las 14:00. Ése fue su último trabajo del día.

La mujer les imprimió los detalles y se volteó hacia el micrófono, de modo que ellos se fueron sin despedirse.

—En las discotecas llaman a esta empresa *Taxis de Violadores* —dijo el sargento Matthews—. Les dije a mis hijas que no la utilicen nunca.

El equipo se puso a investigar inmediatamente la vida de Chambers. La exesposa de éste ya estaba esperando a Sparkes y a Matthews en la comisaría, y tanto los colegas como el casero del tipo estaban siendo interrogados.

Donna Chambers, una mujer de expresión severa y con luces caseras en el pelo, odiaba a su antiguo marido, pero no creía que fuera capaz de hacerle daño a una niña.

—Sólo es un imbécil incapaz de mantener quieta la herramienta —dijo.

Ninguno de los dos policías se atrevió a mirar la cara del otro.

—¿Así que está hecho un donjuán?

La lista era larga —casi impresionante— e incluía a amigas, a colegas e incluso a la peluquera de ella.

—Siempre decía que no volvería a suceder —declaró la esposa engañada— y le echaba la culpa a su excesivo apetito sexual. Cuando por fin lo dejé no se lo tomó bien y amenazó con ir por cualquier tipo a quien yo empezara a ver, pero al final no hizo nada. Se le va la fuerza por la boca. Es un mentiroso compulsivo. No puede decir la verdad.

—¿Qué hay del exhibicionismo? ¿Es algo nuevo?

La señora Chambers se encogió de hombros.

—Cuando estábamos casados no lo hacía. Puede que sus trucos para ligar dejaran de ser efectivos. Parece algo desesperado, ¿no? Y horrible, aunque claro, él es horrible.

El casero sabía poco de él. Chambers pagaba su renta a tiempo, no hacía ruido y sacaba la basura. Un inquilino perfecto. Los otros conductores, en cambio, sí tenían cosas que contar. Uno de ellos les habló de las revistas que Chambers vendía e intercambiaba.

—Solía llevarlas en la cajuela y ponía su puestecito en áreas de servicio para camioneros y demás tipos a los que les gustaban ese tipo de cosas. Ya saben, fotografías de sexo violento, violaciones y secuestros. Ese tipo de cosas. Él decía que así sacaba algo de dinero extra.

Todo el mundo estaba de acuerdo en que era un tipo horrible, pero eso no lo convertía en un secuestrador de niños, le dijo tristemente Sparkes a su sargento.

En el segundo interrogatorio con Chambers, éste les dijo que había guardado los recortes en la carpeta porque le gustaba Dawn Elliott.

—Suelo recortar fotografías de mujeres que me resultan atractivas. Es más barato que comprar revistas —dijo—. Tengo un apetito sexual muy grande.

—¿Adónde fue cuando dejó a sus pasajeros en Portsmouth, señor Chambers?

—A casa —contestó enfáticamente.

—¿Lo vio alguien allí?

—No, todo el mundo estaba trabajando y vivo solo. Cuando estoy fuera de servicio suelo ver la tele y espero la siguiente llamada.

—Alguien dice que vio a un hombre con el pelo largo recorriendo la calle en la que Bella Elliott jugaba.

—No fui yo. Estaba en casa —señaló Chambers mientras toqueteaba con aire nervioso su cola.

Sparkes se sentía sucio cuando salió de la sala de interrogatorio para un pequeño descanso.

—Merece que lo encierren sólo por respirar —declaró Matthews cuando se unió a su jefe en el pasillo.

—Hablamos con los pasajeros y dicen que los ayudó con la maleta y que le ofrecieron tomar algo, pero que él se fue de inmediato. Después de eso ya no hay ningún testimonio de su paradero.

Mientras hablaban en el pasillo, Chambers pasó a su lado con un agente.

—¿Adónde va? —exclamó Sparkes.

—A orinar. ¿Cuándo podré irme a casa?

—Cierre el hocico y vuelva a la sala de interrogatorio.

Los dos hombres se quedaron un momento en el pasillo antes de volver a entrar.

—A ver si podemos conseguir alguna imagen suya en alguna cámara de vigilancia. También necesitamos encontrar a la gente a la que le vendía las revistas en las áreas de servicio. Se trata de pervertidos que recorren las autopistas de la zona. ¿Quiénes son, Matthews? Puede que lo vieran el 2 de octubre. Ponte en contacto con el departamento de tráfico, a ver si tienen nombres de posibles sospechosos.

De vuelta en la sala de interrogatorio, Chambers se quedó mirándolos con los ojos entrecerrados y les dijo:

—Nunca me dan sus nombres. Es todo muy discreto.

Sparkes estaba seguro de que en algún momento él les diría que estaba haciendo un servicio público al mantener a los pervertidos fuera de las calles, y Chambers no lo decepcionó.

—¿Podría reconocer a sus clientes? —le preguntó.

—No lo creo, fijarse en las caras no es algo bueno para el negocio.

Los policías comenzaron a desanimarse y, en la siguiente pausa, Sparkes decidió dar por terminado el interrogatorio.

—De momento, tendremos que esperar y ver cómo se desarrollan los acontecimientos. Lo que sí haremos es detenerlo por exhibicionismo. Y, Matthews, avisa a la prensa local cuando se celebre el juicio. Merece un poco de publicidad.

Chambers dejó escapar una sonrisa de suficiencia cuando le dijeron que el interrogatorio había terminado, pero tan sólo fue un triunfo fugaz antes de descubrir que lo llevaban a la celda.

—Un mero exhibicionista. Esto es todo lo que hemos conseguido de momento en esta investigación —dijo Sparkes.

—Todavía es pronto, jefe —murmuró Matthews.

CAPÍTULO 11

Jueves, 2 de noviembre de 2006

El inspector

Matthews tenía el cuaderno de Stan Spencer en la mano y no parecía contento.

—Volví a echarle un vistazo a esto, jefe, y repasé las observaciones del señor Spencer. Son muy detalladas: condiciones meteorológicas, número y propietario de los vehículos estacionados en la calle, quién entró y salió de su casa. Dawn incluida.

Sparkes levantó la mirada hacia el sargento.

—Tiene apuntado cuándo entra y sale de casa la mayor parte de los días.

—¿La estaba observando a ella en particular?

—No. Menciona a todos los vecinos. Pero hay algo que debemos preguntarle sobre sus notas. Terminan a la mitad de una frase el domingo y de ahí pasamos al lunes 2 de octubre y las anotaciones sobre el hombre del pelo largo. Es como si faltara una página. Y ese día escribió la fecha completa en lo alto de la página. Por lo general no hace eso.

Con un nudo en el estómago, Sparkes tomó el cuaderno y lo examinó.

—Dios mío, ¿crees que se lo inventó todo?

Matthews hizo una mueca.

—No necesariamente. Puede que el domingo lo interrumpieran y ya no retomara las anotaciones. Pero...

—¿Qué?

—En la portada dice que el cuaderno tiene treinta y dos páginas. Ahora sólo hay treinta.

Sparkes se pasó ambas manos por el pelo.

—¿Por qué lo haría? ¿Acaso es él nuestro hombre? ¿Ha estado ocultándose el señor Spencer a plena luz del día?

Stan Spencer les abrió la puerta vestido para ponerse a trabajar en el jardín: pantalones viejos, un sombrero de lana y guantes.

—Buenos días, inspector. Buenos días, sargento Matthews. Me alegro de verlos. ¿Alguna noticia?

Los hizo pasar hasta la galería interior, donde Susan estaba leyendo un periódico.

—Mira quién vino —le dijo Stan—. Sírveles algo para beber, querida.

—Señor Spencer —Sparkes intentó darle un tono oficial a una visita que estaba convirtiéndose en un café matutino—, queríamos hablar con usted sobre sus notas.

—Por supuesto. Usted dirá.

—Parece que falta una página.

—No sé a qué se refiere —replicó al tiempo que se ruborizaba.

Matthews abrió el cuaderno en la página en cuestión y lo puso en la mesa delante de él.

—El domingo termina aquí, a la mitad de sus observaciones sobre la basura que había frente a la casa de Dawn, señor Spencer. La siguiente página es la del lunes y sus notas sobre el hombre que dice que vio.

—Y lo vi —espetó Spencer—. Arranqué la página porque había cometido un error, eso es todo.

Se hizo el silencio alrededor de la mesa.

—¿Dónde está la página que falta, señor Spencer? ¿La guardó? —le preguntó Sparkes con amabilidad.

Spencer arrugó el rostro.

Su esposa apareció con una charola con bonitas tazas y un plato de galletitas caseras.

—Sírvanse ustedes mismos —dijo ella alegremente cuando, de pronto, advirtió el silencio que había en la estancia—. ¿Qué sucede? —preguntó.

—Nos gustaría hablar con su marido un momento, señora Spencer.

Ella se detuvo, se fijó en el rostro de Stan y, todavía con la charola en las manos, regresó por donde había llegado.

Sparkes volvió a hacerle la pregunta a Spencer.

—Creo que la guardé en el cajón de mi escritorio —dijo éste, y fue a su despacho a buscarla.

Reapareció con un papel rayado doblado por la mitad. El resto de las notas del domingo estaban ahí y, a la mitad de la página, comenzaban las notas originales del lunes.

—«Tiempo, clemente para la estación» —leyó Sparkes en voz alta—. «Vehículos legales en la calle durante el día. Por la mañana: Astra del número 44, coche de la comadre en el 68. Por la tarde: la vagoneta de Peter. Vehículos ilegales en la calle. Por la mañana: los siete coches habituales de trabajadores que vienen de otras zonas. Por la tarde: Ídem. Folletos sobre los problemas de estacionamiento colocados en los parabrisas. Todo tranquilo.»

—¿Vio al hombre del pelo largo el día que secuestraron a Bella, señor Spencer?

—Yo... No estoy seguro.

—¿No está seguro?

—Lo vi, pero puede que fuera otro día, inspector. Puede que me confundiera.

—¿No dijo que las notas eran contemporáneas a los hechos, señor Spencer?

Spencer no pudo evitar sonrojarse.

—Cometí un error —susurró en voz baja—. Aquel día sucedieron muchas cosas. Sólo quería aportar mi granito de arena. Ayudar a Bella.

Sparkes sintió ganas de retorcerle el cuello, pero mantuvo la actitud profesional del encuentro.

—¿Cree que estaba ayudando a Bella dirigiéndonos en la dirección equivocada, señor Spencer?

El anciano se derrumbó en su silla.

—Sólo quería ayudar —repitió.

—El problema es que la gente que miente suele tener algo que ocultar, señor Spencer.

—No tengo nada que ocultar. Se lo juro. Soy un hombre decente. Dedico mi tiempo a proteger el vecindario del crimen. He evitado numerosos robos de coches en esta calle. Yo solito. Pregúnteselo a Peter Tredwell. Él se lo confirmará.

Se calló de golpe y dijo:

—¿Alguno de mis conocidos se enterará de esto? —preguntó a los policías con ojos suplicantes.

—En este momento ésa no es nuestra preocupación principal —contestó Sparkes—. Necesitaremos registrar su casa.

Mientras miembros de su equipo comenzaban a revisar a conciencia la vida de Spencer, él y Matthews salieron de la casa y dejaron a la pareja reflexionando sobre su nuevo papel bajo los focos.

—Preguntaré a los vecinos por él, jefe —indicó Matthews acariciándose la mandíbula.

En casa de los Tredwell, sólo tenían alabanzas para «el Gran Stan» y sus patrullas.

—El año pasado, ahuyentó a un vándalo que había abierto mi vagoneta. Evitó que me robara las herramientas. Hace un buen trabajo —dijo el señor Tredwell—. Ahora la estaciono en una pensión. Es más seguro.

—Pero ¿su vagoneta no estaba estacionada en Manor Road el día en que secuestraron a Bella Elliott? Así figura en el cuaderno del señor Spencer.

—No. La utilicé para el trabajo y luego la metí en la pensión. Lo hago todos los días.

Matthews tomó nota rápidamente de los detalles y se puso de pie para irse.

Sparkes todavía estaba frente al bungalow de los Spencer.

—El día de la desaparición de Bella había una vagoneta azul estacionada en la calle que no sabemos a quién pertenecía, jefe. No era la del señor Tredwell.

—Por el amor de Dios, ¿en qué más se equivocó Spencer? —preguntó Sparkes—. Haz que el equipo revise de nuevo las declaraciones de los testigos y las cámaras de vigilancia de la zona. A ver si alguno de nuestros pervertidos tiene una vagoneta azul.

Ninguno de los dos hombres dijo nada más. No hacía falta. Ambos sabían que estaban pensando lo mismo. Habían perdido el tiempo durante todo un mes. Los periódicos los crucificarían.

Sparkes tomó su teléfono celular y llamó al departamento de prensa para intentar contener los daños.

—A la prensa le diremos que descubrimos nuevas pruebas y los alejaremos del hombre del pelo largo —dijo—. Evitaremos mencionarlo y nos centraremos en la búsqueda de la vagoneta azul, ¿de acuerdo?

Los medios de comunicación, hambrientos de nuevos detalles, publicaron la nueva información en sus portadas. Esta vez, no había citas de su fuente favorita. El señor Spencer ya no contestaba a la puerta.

CAPÍTULO 12

Sábado, 7 de abril de 2007

El inspector

Tras otros cinco meses de pesado trabajo rastreando todas las vagonetas azules del país, por fin realizaron un descubrimiento.

Un sábado Santo recibieron la llamada de una empresa de mensajería del sur de Londres. Uno de sus vehículos, una vagoneta azul, estaba realizando unas entregas en la costa sur el día que Bella desapareció.

La llamada la contestó un agente veterano y éste le pasó la información directamente a Sparkes.

—Creo que esto le interesará, señor —dijo mientras dejaba sobre el escritorio los datos que había obtenido.

Sparkes llamó a Qwik Delivery para confirmar los detalles. El encargado, Alan Johnstone, comenzó disculpándose por hacerle perder tiempo a la policía, pero dijo que acababa de entrar en la empresa y que su esposa le había insistido para que llamara.

—No deja de hablar sobre el caso de Bella. Y cuando el otro día le comenté lo que había costado repintar las vagonetas, ella me preguntó: «¿De qué color eran antes?». La casa casi se viene abajo con su grito cuando le dije que en un principio eran azules. Ahora son plateadas. Bueno, la cosa es que me preguntó si la policía las había llegado a ver. No dejó de insistir con el tema, así que eché un vistazo a nuestros registros y descubrí que una estuvo en Hampshire. No fue a Southampton, así que probablemente ésa es la razón por la que el antiguo encargado no se puso en contacto con ustedes en su momento; debió de pensar que no valía la pena molestarlos. Lamento hacerlo yo, pero mi esposa me obligó a prometérselo.

—No se preocupe, señor Johnstone. Ninguna información es una pérdida de nuestro tiempo —lo tranquilizó Sparkes mientras cruzaba los dedos—. Le agradecemos que se haya molestado en llamarnos. Hábleme de la vagoneta, el conductor y el trayecto que realizó.

—El conductor se llamaba Mike Doonan, uno de nuestros habituales. Bueno, ahora ya no trabaja aquí, todavía le faltaban algunos años para jubilarse, pero sufría un grave problema de espalda. Apenas podía caminar y menos todavía manejar y cargar paquetes. Sea como sea, la cosa es que el 2 de octubre Mike tenía unas entregas en Portsmouth y Winchester. Repuestos para una cadena de pensiones.

Sparkes sostenía el teléfono con el hombro mientras lo anotaba todo con la mano derecha y, con la izquierda, introducía el nombre y los detalles en su computadora. El conductor realizó sus entregas en un radio de cuarenta kilómetros de Manor Road y, en principio, habría tenido tiempo de desplazarse a casa de Bella.

—Mike dejó la vagoneta en la central justo antes de la hora de comer. Si la M25 no está congestionada, es un trayecto de una hora y media o dos horas —dijo el señor Johnstone.

—¿A qué hora entregó los paquetes? —preguntó Sparkes.

—Tendré que checarlo. Si le parece, volveré a llamarlo en cuanto tenga esa información.

En cuanto colgó, Sparkes exclamó:

—¡Matthews, ven aquí ahora mismo!

El teléfono volvió a sonar mientras le enseñaba a su sargento la búsqueda que había realizado en la computadora.

—Hizo la primera entrega a las 14:05 —dijo Johnstone—. Está todo firmado. Por alguna razón, sin embargo, la hora de la segunda entrega no figura en su hoja de ruta. No estoy seguro del motivo. En cualquier caso, nadie lo vio regresar. El personal de la oficina sale a las cinco y, según esto, Mike Doonan dejó la vagoneta en el patio delantero, limpia y lista para el siguiente día.

—Genial. Tendremos que hablar con él, por si acaso. Podría haber visto algo que nos fuera de ayuda. ¿Dónde vive este conductor? —preguntó Sparkes, esforzándose por contener la excitación que sentía, y anotó en su cuaderno una dirección del sureste de Londres—. Fue usted de gran ayuda, señor Johnstone. Muchas gracias por llamar. —Y colgó.

Una hora después, él y Matthews estaban en camino por la M3.

A primera vista, el perfil del conductor en la computadora policial no contenía nada que les acelerara el pulso. Mike Doonan rondaba los sesenta años, vivía solo, había sido conductor durante muchos años y le costaba pagar sus multas de estacionamiento. Posteriormente, sin embargo, Matthews inspeccionó la base de datos de la policía y Doonan figuraba como alguien «de interés» para los muchachos del equipo de la Operación Oro. «De interés» quería decir que había un posible vínculo con páginas web de abuso de menores. El equipo de la Operación Oro se dedicaba a cotejar listas de cientos de hombres del Reino Unido cuyas tarjetas de crédito se habían empleado para visitar determinadas páginas. Se concentraban sobre todo en aquellos que tenían acceso a niños —profesores, trabajadores sociales, personas que trabajaban en cuidados infantiles, encargados de grupos de boy scouts— y luego examinaban el resto. Todavía no habían llegado a Doonan (Fecha de nacimiento: 04/05/52; profesión: conductor; estado: divorciado, tres hijos, inquilino de una vivienda de protección oficial) y, al ritmo al que avanzaba la investigación, todavía tardarían otro año en tocar su puerta.

—Tengo un buen presentimiento acerca de todo esto —le dijo Sparkes a su sargento.

Todo estaba en su lugar: agentes de la policía metropolitana de Londres habían sido discretamente apostados para vigilar la casa de Doonan, pero nadie iba a hacer nada hasta que llegaran los agentes de Hampshire.

El celular del inspector vibró en su mano.

—En marcha, Matthews. Doonan está en casa —añadió cuando colgó.

Mike Doonan estaba tomando notas en el programa de las carreras de caballos del *Daily Star* cuando sonó el timbre de la puerta.

Al inclinarse hacia delante para levantarse del sillón, una punzada de dolor le atravesó la pierna izquierda y dejó escapar un gemido. Tuvo que permanecer un momento inmóvil para recuperar el aliento.

—¡Ahora voy, un segundo! —exclamó.

Cuando abrió la puerta, descubrió que no se trataba del buen samaritano de su vecino con la cerveza y el pan cortado que solía llevarle los sábados, sino de dos hombres con traje.

—Si son ustedes mormones, ya tuve suficientes exesposas —dijo, y se dispuso a cerrar la puerta.

—¿Señor Michael Doonan? —comenzó Sparkes—. Somos agentes de policía y nos gustaría hablar con usted un minuto.

—Maldita sea, no será por una multa de estacionamiento, ¿verdad? Pensaba que ya estaba todo arreglado. Entren.

En la diminuta sala de su departamento de protección oficial, Doonan volvió a sentarse lentamente en su sillón.

—Tengo la espalda hecha pedazos —se quejó, dejando escapar un grito ahogado.

En cuanto los policías mencionaron a Bella Elliott, dejó de hacer gestos de dolor.

—Pobrecilla. Aquel día, yo estaba en Portsmouth realizando una entrega. ¿Por eso vinieron a verme? Cuando los periódicos mencionaron lo de la vagoneta azul le dije al jefe que debería llamarlos, pero él me contestó que no quería que la policía husmeara en su negocio. No estoy seguro de la razón, tendrán que preguntárselo a él. De todos modos, yo en ningún momento estuve cerca de la casa de esa pequeña. Hice la entrega y regresé.

En un tono exageradamente servicial, Doonan les hizo saber su opinión sobre el caso y lo que debería pasarle al «desgraciado que se la llevó».

—Haría lo que fuera por ponerle las manos encima. Aunque claro, en el estado en el que me encuentro tampoco podría hacerle nada.

—¿Desde cuándo se encuentra así, señor Doonan? —preguntó el sargento Matthews.

—Años. Pronto estaré en una silla de ruedas.

Los agentes lo escucharon con paciencia y luego le preguntaron acerca de su supuesto interés en pornografía infantil. Él se rio cuando le hablaron de la Operación Oro.

—Ni siquiera tengo computadora. No es lo mío. La verdad es que soy algo tecnófobo. En cualquier caso, todas estas investigaciones son meras tonterías, ¿no? Según los periódicos, hay tipos en Rusia que se dedican a robar números de tarjetas de crédito y a vendérselas a los pedófilos. Pero no tienen por qué fiarse de mi palabra. Si quieren, pueden ustedes echar un vistazo a mi casa, agentes.

Sparkes y Matthews aceptaron su oferta y rebuscaron entre la ropa apretujada en el ropero y levantaron el colchón de la cama de Doonan por si debajo había bolsas de almacenaje.

—Tiene usted mucha ropa de mujer, señor Doonan —observó Matthews.

—Sí, de vez en cuando me gusta ponérmela —dijo Doonan en tono burlón; demasiado burlón, pensó Sparkes—. No, hombre, esa ropa pertenecía a mi última exesposa. Nunca encuentro el momento de tirarla.

No había ninguna señal de nada relacionado con niños.

—¿Tiene usted hijos, señor Doonan?

—Ya son adultos. No los veo mucho. Se pusieron de parte de sus madres.

—Ajá. Echaremos un vistazo rápido en el baño.

Sparkes contempló cómo su sargento rebuscaba en la canasta de la ropa sucia mientras procuraba contener la respiración.

—Bueno, Bella no está aquí, pero este tipo no me gusta —dijo Matthews entre dientes—. Es exageradamente amable. Resulta inquietante.

—Tenemos que volver a hablar con los muchachos de la Operación Oro —propuso Sparkes mientras cerraba la puerta del mueble del baño—. Y hacer que el equipo científico forense revise la vagoneta.

Cuando se sentaron de nuevo en la sala, Doonan sonrió.

—¿Ya terminaron? Lamento lo de la ropa sucia. Imagino que ahora irán a ver a Glen Taylor.

—¿A quién? —preguntó Sparkes.

—Taylor. Uno de los otros conductores. Hizo una entrega en la zona ese mismo día. ¿No lo sabían?

Sparkes, que ya estaba poniéndose el saco, se detuvo de golpe y se acercó a Doonan.

—No, el señor Johnstone no mencionó a ningún segundo conductor en su llamada. ¿Está usted seguro?

—Sí, yo iba a hacer dos entregas pero tenía cita con el médico a las cuatro y media y debía estar de vuelta para entonces. Glen se ofreció a realizar la segunda entrega por mí. Puede que no lo dejara registrado en su hoja de ruta. Deberían hablar con él.

—Lo haremos, señor Doonan.

Sparkes le indicó a Matthews que fuera a llamar a Johnstone para confirmar lo que les acababan de decir.

Mientras el sargento cerraba la puerta a su espalda, Sparkes levantó la mirada hacia Doonan.

—¿Este otro conductor es amigo suyo?

Doonan sorbió por la nariz.

—En realidad, no. La verdad es que era un tipo algo misterioso. Listo, pero también diría que intenso.

Sparkes tomó nota de todo.

—¿Intenso en qué sentido?

—Era cordial, aunque nunca sabías en qué estaba pensando. Cuando estábamos platicando en la cafetería, él solía permanecer ahí en silencio. Un tipo reservado, supongo.

De repente, Matthews tocó la ventana con los nudillos sobresaltándolos a ambos. Sparkes guardó entonces su cuaderno y se despidió de Doonan sin estrecharle la mano.

—Nos volveremos a ver, señor Doonan.

El conductor se disculpó por no levantarse para acompañarlo a la puerta.

—¡Cierre al salir y regrese cuando quiera! —exclamó a su espalda.

Los policías entraron en el maloliente elevador y, en cuanto se cerraron las puertas, se miraron entre sí.

—El señor Johnstone dice que en la hoja de ruta no hay ninguna mención de que Glen Taylor realizara una entrega esa tarde —dijo Matthews—. Está buscando el recibo para ver a quién pertenece la firma que hay en él. Ya tengo la dirección de Taylor.

—Vayamos a verlo —propuso Sparkes mientras tomaba las llaves del coche—. Y, mientras tanto, comprobemos si Doonan fue a la cita con su médico.

Doonan esperó una hora antes de dirigirse con paso tambaleante hasta los ganchos del vestíbulo para tomar la llave que guardaba en el bolsillo de su chamarra. Luego sacó dos de sus analgésicos especiales de un bote de plástico blanco y se los tomó con un trago de café frío. Esperó un momento a que le hicieran efecto y fue a buscar las fotografías y revistas que escondía en un casillero de la cochera de un vecino.

—Puta policía —dijo con un gruñido mientras se apoyaba en la pared del elevador.

Luego quemaría las fotos. Fue una estupidez guardarlas, pero era todo lo que le quedaba de su pequeño *hobby*. Meses atrás, la columna vertebral comenzó a fallarle y se vio obligado a dejar de visitar su cibercafé especial, así que ya no podía realizar búsquedas en internet.

—Excesivamente incapacitado para el porno —dijo para sí, y se rio; se sentía algo narcotizado y mareado a causa de los analgésicos—. Vaya tragedia.

Abrió la puerta del casillero metálico gris y tomó la maltratada carpeta azul del estante superior. Las esquinas de las fotocopias estaban gastadas con el uso y los colores comenzaban a desvanecerse. Se las compró a otro conductor, un taxista de la costa que llevaba el material en la cajuela de su coche. Doonan ya se sabía las fotografías de memoria. Las caras, las poses, la domesticidad de los escenarios; salas, dormitorios, baños.

Esperaba que los policías registraran de arriba abajo la casa de Glen Taylor. Ese pequeño cabrón engreído se lo merecía.

El policía de mayor edad se mostró interesado cuando dijo que Taylor era «intenso». Doonan sonrió.

CAPÍTULO 13

Sábado, 7 de abril de 2007

El inspector

Cuando comenzó a recorrer el camino de los Taylor, el corazón de Sparkes latía con la fuerza de un taladro hidráulico. Tenía todos los sentidos alerta. Había recorrido caminos como ése cientos de veces, pero la repetición no parecía aplacar las sensaciones que sentía.

Se trataba de una casa adosada, pintada y cuidada, con ventanas de doble cristal y cortinas limpias.

«¿Estás aquí, Bella?», repitió en su cabeza y levantó una mano para tocar la puerta. «Con suavidad, con suavidad —se recordó a sí mismo—. No queremos asustar a nadie.»

Y entonces, ahí estaba. Glen Taylor.

«Un tipo completamente normal», fue lo primero que pensó. Aunque claro, a simple vista resulta difícil distinguir a un monstruo. Uno siempre espera que será capaz de detectar su maldad. «Eso haría el trabajo policial mucho más fácil», solía decir. Pero la maldad es una sustancia escurridiza que uno sólo distingue de vez en cuando y —sabía él— resultaba tanto más espantosa por ello.

El inspector echó un rápido vistazo por encima del hombro de Taylor por si veía señales de algún niño, pero el vestíbulo y la escalera estaban impecables. No había nada fuera de lugar.

—Normal hasta el extremo de lo anormal —le diría luego a Eileen—. Parecía una casa de muestra.

Ésta se sintió ofendida al considerar el comentario un juicio sobre sus propias labores domésticas, y le mostró su enojo con un bufido.

—Maldita sea, Eileen, ¿qué diablos te pasa? No estoy refiriéndome a ti ni a nuestra casa. Estoy hablando de un sospechoso. Pensaba que te interesaría. —Pero el daño ya estaba hecho. Su esposa se retiró a la cocina y se puso a limpiar ruidosamente. «Otra semana tranquila», pensó él y encendió la televisión.

—¿Señor Glen Taylor? —preguntó Sparkes en un tono de voz cortés y educado.

—Sí, soy yo —respondió Taylor—. ¿Qué puedo hacer por usted? ¿Vende algo?

El inspector dio un paso adelante e Ian Matthews hizo lo propio tras él.

—Señor Taylor, soy el inspector Bob Sparkes del cuerpo de policía de Hampshire. ¿Puedo entrar?

—¿Policía? ¿A qué viene esto? —preguntó Taylor.

—Me gustaría hablar con usted sobre un caso que estamos investigando. Se trata de la desaparición de Bella Elliott —dijo, intentando mantener su tono de voz lo más neutro posible.

El rostro de Glen Taylor se puso pálido y retrocedió un paso, como si hubiera recibido un puñetazo.

La esposa de Taylor había salido de la cocina y estaba limpiándose las manos con una toalla cuando se pronunciaron las palabras «Bella Elliott». A Sparkes le pareció que se trataba de una mujer agradable y de buena apariencia. Cuando lo oyó, la señora Taylor dejó escapar un grito ahogado y se llevó las manos a la cara. «Son extrañas las reacciones de la gente. Ese gesto, cubrirse la cara, debe de ser innato. ¿Se trata de vergüenza? ¿O quizá rechazo a mirar algo?», pensó Sparkes mientras esperaba que lo llevaran a la sala.

«Qué extraño —se dijo—. El señor Taylor no ha mirado a su esposa ni una sola vez. Es como si ella no estuviera aquí. Pobre mujer. Parece a punto de desmayarse.»

Taylor se recompuso rápidamente y contestó a sus preguntas.

—Al parecer, el 2 de octubre realizó usted una entrega en la zona en la que desapareció Bella.

—Sí, eso creo.

—Su amigo, el señor Doonan, nos dijo que así fue.

—¿Doonan? —Los labios de Glen Taylor se tensaron—. No es amigo mío. Un momento... Sí, ahora que lo dice creo que ese día hice una entrega.

—Intente estar seguro, señor Taylor. Ése fue el día en el que Bella Elliott fue secuestrada —insistió Sparkes.

—Sí. Claro. Me parece que hice una entrega a primera hora de la tarde y luego vine a casa. Llegué alrededor de las cuatro, si no recuerdo mal.

—¿En casa alrededor de las cuatro, señor Taylor? Llegó usted muy rápido. ¿Está seguro de que eran las cuatro?

Taylor asintió frunciendo la frente como si estuviera esforzándose en recordar.

—Sí, definitivamente eran las cuatro. Jean puede corroborarlo.

Jean Taylor no dijo nada. Fue como si no hubiera escuchado a su marido y Sparkes tuvo que repetirle la pregunta, antes de que ella lo mirara y asintiera.

—Sí —dijo como un autómata.

Sparkes se volteó hacia Glen Taylor.

—La cuestión, señor Taylor, es que su vagoneta encaja con la descripción de un vehículo que un vecino vio justo antes de que Bella desapareciera. Supongo que ya habrá leído algo al respecto, salió en todos los periódicos. Estamos verificando todas las vagonetas azules.

—Creía que buscaban a un hombre con una cola. Yo tengo el pelo corto y, además, ese día no estuve en Southampton. Fui a Winchester —dijo Taylor.

—Sí, pero ¿está usted seguro de que no se desvió para nada después de realizar la entrega?

Taylor se rio ante semejante sugerencia.

—No manejo más de lo que debo. No es lo que yo entiendo por relajarse. Mire, todo esto es una terrible equivocación.

Sparkes asintió con aire pensativo.

—Estoy seguro de que comprende usted lo serio que es este asunto, señor Taylor, y no le importará que echemos un vistazo en su casa.

A continuación, los policías inspeccionaron la casa. Recorrieron a toda prisa las habitaciones llamando a Bella y buscando en los roperos, bajo las camas y detrás de los sillones. No encontraron nada.

Sin embargo, el modo en el que Taylor había contado su historia resultaba algo sospechoso. Como si estuviera ensayado. Sparkes decidió pedirle que lo acompañara a la comisaría para interrogarlo más detenidamente y repasar los detalles. Se lo debía a Bella.

Jean Taylor se quedó llorando al pie de la escalera mientras los policías terminaban su trabajo.

CAPÍTULO 14

Jueves, 10 de junio de 2010

La viuda

Me dejan descansar un rato y luego cenamos junto a las grandes ventanas de la habitación de Kate, que dan a los jardines. El mesero trae un carrito con un mantel blanco y un jarrón con flores en medio. Los platos están tapados con esas elegantes cubiertas metálicas. Kate y Mick pidieron entradas, platos fuertes y postre, y van juntándolo todo en una estantería que hay debajo de la mesa.

—Tiremos la casa por la ventana —dice Kate.

—Sí —responde Mick—. Nos lo merecemos.

Kate le dice que cierre el hocico, pero advierto que están realmente satisfechos con ellos mismos. Ganaron el gran premio: una entrevista con la viuda.

Yo pedí pollo, pero me limito a juguetear con él. No tengo mucha hambre ni estoy de humor para sus celebraciones. Cuando se acaba el vino, piden una segunda botella, pero yo me aseguro de no beber más de un vaso. Debo permanecer bajo control.

Cuando me siento cansada, finjo que lloro y digo que necesito estar a solas. Kate y Mick intercambian una mirada. Obviamente, esto no va como esperaban. Aun así, yo me pongo de pie y digo:

—Buenas noches. Nos vemos mañana.

Ellos se levantan de golpe empujando ruidosamente sus sillas hacia atrás. Kate me acompaña a la puerta y se asegura de que llego a mi habitación sana y salva.

—No contestes el teléfono —me dice—. Si necesito hablar contigo, tocaré la puerta.

Yo asiento.

En mi habitación hace un calor agobiante, de modo que me acuesto en la enorme cama con las ventanas abiertas para dejar escapar el calor de los radiadores. Los acontecimientos del día se juntan en mi cabeza y me siento mareada y fuera de control, como si estuviera un poco borracha.

Me siento para que la habitación deje de dar vueltas, y me veo reflejada en la ventana.

Parezco otra persona. Otra mujer que se dejó convencer por desconocidos. Unos desconocidos que, hasta hoy, con toda probabilidad estaban tocando mi puerta y escribiendo mentiras sobre mí. Me paso las manos por la cara y la mujer de la ventana también lo hace. Porque soy yo.

Me miro fijamente.

No puedo creer que esté aquí.

No puedo creer que haya accedido a venir. Después de todo lo que la prensa nos hizo. Después de todas las advertencias que me hizo Glen.

Quiero decirle que en realidad no recuerdo haber accedido a venir, pero él diría que debo de haberlo hecho o no me habría metido en la vagoneta con ellos.

Bueno, él ya no está aquí para decir nada. Ahora estoy sola.

Entonces oigo a Kate y a Mick hablando en el balcón de la habitación contigua.

—Pobrecilla —dice Kate—. Debe de estar agotada. La haremos por la mañana.

Con «la» supongo que se refieren a la entrevista.

Vuelvo a sentirme mareada y me vienen náuseas, pues sé qué es lo que me espera. Mañana no habrá más masajes ni regalos. Tampoco más pláticas sobre el color de los muebles de la cocina. Mañana Kate querrá hablar sobre Glen. Y Bella.

Voy al baño y vomito el poco pollo que acabo de comer. Luego me siento en el piso y pienso en el primer interrogatorio que me hizo la policía. Tuvo lugar mientras Glen todavía estaba en custodia. Vinieron el día de Pascua. Glen y yo habíamos planeado ir a pasear a Greenwich Park al día siguiente para ver la búsqueda del huevo de Pascua. Íbamos todos los años: esa festividad y la Noche de la Hoguera eran mis favoritas del año. Es curioso las cosas que una recuerda. Me encantaba esa celebración. Todas esas caritas emocionadas buscando huevos o mirando debajo de sus sombreros de lana, escribiendo sus nombres con bengalas. Yo me quedaba de pie a su lado, haciendo ver por un momento que eran míos.

Ese domingo de Pascua, en cambio, permanecí sentada en el sillón de mi casa mientras dos agentes de policía registraban mis cosas y Bob Sparkes me interrogaba. Quería saber si Glen y yo teníamos una vida sexual normal. Lo expresó de otro modo, pero eso es a lo que se refería.

No supe qué decir. Me pareció horrible que un desconocido me preguntara algo así. Se quedó mirándome con los pensamientos puestos en mi vida sexual y yo no podía hacer nada para evitarlo.

—Por supuesto —dije. No sabía a qué se refería o por qué estaba preguntándome eso.

Ellos no contestaron mis preguntas, se limitaron a hacer las suyas. Todas sobre el día que desapareció Bella. ¿Por qué estaba yo en casa a las cuatro en vez de trabajando? ¿A qué hora entró Glen por la puerta? ¿Cómo sabía yo que eran las cuatro? ¿Qué más pasó ese día? No dejaron de comprobarlo todo y volver sobre las mismas cosas una y otra vez. Querían que cometiera un error, pero no lo hice. Me aferré a mi historia. No quería causarle problemas a Glen.

Y sabía que mi Glen nunca haría algo así.

—¿Usa usted alguna vez la computadora que nos llevamos del despacho de su marido, señora Taylor? —me preguntó de repente el inspector Sparkes.

Se la llevaron el día anterior, después de registrar el primer piso.

—No —dije, pero al hacerlo se me escapó un gallo. Mi garganta delató el miedo que sentía.

El día anterior me hicieron subir al primer piso y uno de ellos se sentó delante de la computadora e intentó prenderla. La pantalla se encendió, pero no pasó nada más, de modo que me preguntaron la contraseña. Yo les comenté que ni siquiera sabía que había una. Probamos mi nombre, nuestras fechas de cumpleaños y «Arsenal», el equipo de Glen, pero al final la desconectaron y se la llevaron.

Vi cómo se alejaban desde la ventana. Sabía que en la computadora habría algo, aunque no estaba segura de qué exactamente. Intenté no pensar en ello. Desde luego, no podía ni imaginar lo que encontrarían. Cuando el inspector Sparkes volvió al día siguiente para hacerme más preguntas, me dijo que en la computadora había fotografías. Fotografías terribles de niños. Yo le contesté que no podían ser de Glen.

Creo que debió de ser la policía quien filtró el nombre de Glen a los medios de comunicación porque a la mañana siguiente de que él regresara a casa, los periodistas comenzaron a tocar nuestra puerta.

Glen llegó a casa con aspecto cansado y sucio la noche anterior, de modo que le preparé pan tostado y acerqué mi silla a la suya para rodearlo con los brazos.

—Fue terrible, Jeanie. No querían escucharme. Insistían con lo mismo una y otra vez.

Yo empecé a llorar. No pude evitarlo. Glen parecía verdaderamente consternado por la experiencia.

—Anda, cariño, no llores. Todo saldrá bien —dijo, y me secó las lágrimas con el pulgar—. Ambos sabemos que yo jamás le haría daño a un niño.

Sabía que eso era cierto, pero me sentí tan aliviada de oírselo decir en voz alta que volví a abrazarlo y me manché la manga con mantequilla.

—Sé que tú jamás harías algo así. Y no te preocupes, no le dije a la policía que aquel día regresaste más tarde, Glen. Declaré que llegaste a casa a las cuatro —le aclaré, y él apartó la mirada.

Él me había pedido que mintiera. Estábamos sentados tomando té después de que apareciera la noticia de que la policía estaba buscando al conductor de una vagoneta azul. Yo le comenté que quizá debería llamar para decir que él había utilizado una en Hampshire el día que Bella desapareció. Así podrían descartarlo.

Glen se me quedó mirando fijamente durante un largo rato.

—Eso sólo nos traería problemas, Jeanie.

—¿Qué quieres decir?

—Verás, ese día hice un pequeño trabajito privado para sacar algo de dinero extra, una entrega para un amigo, y si el jefe se entera me despedirá.

—¿Y si el jefe declara que tú estabas en esa zona con una vagoneta azul?

—No lo hará —dijo Glen—. No le gusta demasiado la policía. Pero si lo hace, diremos que llegué a casa alrededor de las cuatro. Así no me pasará nada. ¿De acuerdo, querida?

Yo asentí. En cualquier caso, aquel día Glen me llamó alrededor de las cuatro para decirme que estaba en camino. Me explicó que su celular estaba descompuesto y que por eso me llamaba desde el teléfono de una gasolinera.

Era prácticamente lo mismo, ¿no?

—Gracias, querida —me dijo—. En realidad, no es una mentira, estaba en camino, pero no necesitamos que el jefe se entere de que estaba haciendo ese trabajito extra. No queremos problemas ni que pierda mi empleo, ¿verdad?

—No, claro que no.

Puse más pan en la tostadora y olí su reconfortante olor.

—¿Adónde fuiste a hacer esa otra entrega? —pregunté. Mera curiosidad.

—Cerca de Brighton —me contestó, y nos quedamos un rato sentados en silencio.

A la mañana siguiente, tocó la puerta el primer periodista, un joven del periódico local. Parecía un buen chico. No dejó de disculparse.

—Lamento mucho tener que molestarla, señora Taylor, pero ¿podría hablar con su marido?

Glen salió de la sala justo cuando yo estaba preguntándole al muchacho quién era. En cuanto dijo que se trataba de un periodista, Glen dio media vuelta y desapareció en la cocina. Yo me quedé ahí inmóvil, sin saber muy bien qué hacer. Temía decir algo que pudiera ser malinterpretado. Al final, Glen exclamó desde la cocina:

—No hay nada que decir. ¡Adiós! —Y le cerré la puerta al periodista.

Después de eso, aprendimos cómo debíamos tratar a la prensa. Al siguiente periodista ya no le abrimos. Nos quedamos sentados en la cocina hasta que oímos sus pasos alejándose. Creímos que la cosa terminaría ahí, pero, por supuesto, no lo hizo. Los medios de comunicación fueron a ver a los vecinos de al lado, a los de enfrente, a la tienda de periódicos y al bar. Tocaron todas las puertas en busca de información.

No creo que al principio nuestra vecina Lisa les contara nada a los periodistas. En cuanto al resto de vecinos, no sabían mucho sobre nosotros, pero eso no les impidió hablar con ellos. Les encantaba atender a los medios de comunicación y, apenas dos días después de que la policía hubiera soltado a Glen, aparecimos en los periódicos.

«¿HIZO LA POLICÍA AL FIN UN DESCUBRIMIENTO EN EL CASO DE BELLA?», decía un titular. En otro publicaron una fotografía borrosa de Glen de cuando jugaba en el equipo de futbol del bar y escribieron un montón de mentiras sobre él.

Nos sentamos y ambos miramos juntos las portadas. Glen parecía en estado de *shock* y yo lo tomé de la mano para tranquilizarlo.

Muchas de las cosas que aparecían en los periódicos eran incorrectas. Su edad, su trabajo o incluso cómo estaba escrito su nombre.

Glen me sonrió débilmente.

—Eso es algo bueno, Jeanie —me dijo—. Puede que así la gente no me reconozca. —Pero, por supuesto, lo hizo.

Su madre llamó.

—¿A qué viene todo esto, Jean? —me preguntó.

Glen no quiso contestar el teléfono. Fue a bañarse. La pobre Mary estaba llorando.

—No es más que un malentendido, Mary —le dije—. Glen no tiene nada que ver con esto. Alguien vio una vagoneta azul como la suya el día que Bella desapareció. Eso es todo. Una mera coincidencia. La policía sólo está haciendo su trabajo, comprobando todas las pistas.

—Entonces ¿por qué apareció en los periódicos? —preguntó.

—No lo sé, Mary. Los periodistas se vuelven locos con cualquier cosa que tenga que ver con Bella. Cuando alguien dice que cree haberla visto, envían un destacado para comprobarlo. Ya sabes cómo son.

Pero no lo sabía y, en realidad, yo tampoco. Al menos, por aquel entonces todavía no.

—Por favor, no te preocupes, Mary. Nosotros sabemos la verdad. En una semana habrá pasado todo. Cuídate y saluda a George de mi parte.

Al colgar, me quedé inmóvil en el pasillo. Me sentía como aturdida. Todavía estaba ahí cuando Glen bajó del baño del primer piso. Tenía el pelo mojado y pude sentir su piel húmeda cuando me besó.

—¿Cómo estaba mi madre? —preguntó—. Supongo que alterada. ¿Qué le dijiste?

Le repetí la conversación que habíamos tenido mientras le preparaba el desayuno. Apenas había comido en los dos días que habían pasado desde que llegó de la comisaría. Se sentía demasiado cansado para comer nada que no fuera pan tostado.

—¿Huevos y tocino? —pregunté.

—Genial —contestó. Cuando se sentó, intenté platicar sobre cosas normales, pero sonaba todo muy falso.

Al final, Glen me hizo callar dándome un beso y dijo:

—Nos esperan unos días muy malos, Jeanie. La gente va a decir cosas terribles sobre nosotros, y es probable que también nos las digan a nosotros. Tenemos que estar preparados. Todo esto es una terrible equivocación, pero no debemos dejar que arruine nuestras vidas. Debemos ser fuertes hasta que la verdad salga a la luz. ¿Crees que podrás hacer eso?

Yo le devolví el beso.

—Claro que sí. Podemos ser fuertes el uno para el otro. Te quiero, Glen.

Él me sonrió abiertamente y me abrazó con fuerza para que no lo viera emocionarse.

—Bueno, ¿hay más tocino?

Tenía razón en lo de que arruinaría nuestras vidas. Yo me vi obligada a dejar el trabajo. Intenté decirles a mis clientas que se trataba de una terrible equivocación, pero la gente se callaba de golpe cuando yo me acercaba. Las clientas habituales dejaron de pedir cita y comenzaron a ir a otra peluquería que había más lejos. Un sábado por la noche, Lesley me llevó a un lado y me dijo que Glen le caía bien y que estaba segura de que lo que decían de él en los periódicos no era cierto, pero que tenía que irme «por el bien de la peluquería».

Me puse a llorar porque en ese momento supe que esa situación no terminaría nunca y que nada volvería a ser igual. Enrollé mis tijeras y cepillos en la bata, lo metí todo en una bolsa y me fui.

Intenté no echarle la culpa a Glen. Sabía que él no era el culpable. Tal y como él decía, ambos éramos víctimas de la situación, y hacía lo posible por mantenerme animada.

—No te preocupes, Jean. Todo irá bien. Cuando todo esto pase, encontrarás otro trabajo. De todos modos, probablemente había llegado el momento de hacer un cambio.

CAPÍTULO 15

Sábado, 7 de abril de 2007

El inspector

El primer interrogatorio a Glen Taylor tuvo que esperar hasta que todo el mundo regresó a Southampton y se celebró en una minúscula habitación sin aire y con la puerta pintada de color verde hospital.

Sparkes echó un vistazo por el panel de cristal de la puerta. Taylor estaba sentado como un estudiante expectante: las manos en las rodillas y dando golpecitos con los pies en el piso al ritmo de una misteriosa melodía.

El inspector abrió la puerta y se dirigió a su marca en ese diminuto escenario. Según había leído en uno de los libros de psicología que había en su buró, el lenguaje corporal era de vital importancia. Uno podía establecer su dominio sobre el interrogado permaneciendo de pie delante de él y ocupando completamente su marco de referencia para empequeñecerlo. Así pues, Sparkes se quedó de pie durante más rato del necesario hojeando unos papeles que llevaba en la mano antes de sentarse por fin en una silla. Taylor no esperó a que el inspector estuviera bien sentado.

—Ya dije que todo esto es una equivocación. Debe de haber miles de vagonetas azules —se quejó, golpeando la mesa manchada de café con las manos—. ¿Qué hay de Mike Doonan? Es un tipo extraño. ¿Sabe que vive solo?

Sparkes respiró hondo. No tenía prisa.

—Si le parece, señor Taylor, concentrémonos en usted y repasemos otra vez el trayecto que realizó el 2 de octubre. Tenemos que estar seguros de sus horarios.

Taylor puso los ojos en blanco.

—No tengo nada más que añadir. Manejé hasta ahí, entregué el paquete, regresé a casa. Fin de la historia.

—Dice que salió de la central a las doce y veinte, pero no está registrado en su hoja de ruta. ¿Por qué no dejó registrado el trayecto?

Taylor se encogió de hombros.

—Era un trabajo de Doonan.

—Creía que no se llevaban bien.

—Le debía un favor. Los conductores lo hacen todo el tiempo.

—¿Y dónde almorzó ese día? —preguntó entonces Sparkes.

—¿Almorzar? —dijo Taylor y soltó una risotada.

—Sí, ¿se detuvo en algún lugar para almorzar?

—Seguramente comí una barrita de chocolate, un Mars o algo así. No suelo comer mucho a mediodía. Odio los sándwiches de supermercado. Prefiero esperar a llegar a casa.

—¿Y dónde compró la barrita de chocolate?

—No lo sé. Probablemente en una gasolinera.

—¿De ida o de vuelta?

—No estoy seguro.

—¿Puso gasolina?

—No lo recuerdo. Ya pasaron muchos meses.

—¿Y qué hay del kilometraje? ¿Está registrado al principio y al final del día? —preguntó Sparkes, sabiendo bien cuál sería la respuesta.

Taylor parpadeó.

—Sí —contestó.

—De modo que si yo hiciera el trayecto que ha descrito, mi kilometraje debería ser el mismo que el suyo —razonó Sparkes.

Otro parpadeo.

—Sí, pero... Bueno, antes de llegar a Winchester me encontré con tráfico. Intenté dar un rodeo, pero me perdí un poco y me vi obligado a retroceder para volver a la carretera de circunvalación y llegar al punto de entrega —dijo.

—Entiendo —dijo Sparkes, y se tomó un tiempo exagerado para anotar la respuesta en su cuaderno—. ¿También se perdió en el camino de vuelta?

—No, claro que no. Si lo hice de ida, fue sólo por el tráfico.

—Pero tardó bastante en volver a casa, ¿no?

Taylor se encogió de hombros.

—No tanto.

—¿Por qué nadie lo vio devolver la vagoneta a la central, si regresó tan rápido?

—Primero fui a casa. Ya se lo dije. Había terminado el trabajo y me dejé caer por allí —dijo Taylor.

—¿Por qué? Sus hojas de ruta indican que normalmente va directamente a la central —insistió Sparkes.

—Quería ver a Jean.

—Su esposa, sí. Está usted muy romántico, ¿verdad? ¿Le gusta sorprender a su esposa?

—No, sólo quería avisarle que ya había tomado un tentempié.

Tentempié. Los Taylor tomaban tentempiés, no la cena o el té. Trabajar en el banco debía de haber provocado que Glen tuviera aspiraciones de llevar un determinado estilo de vida, pensó Sparkes.

—¿Y no podría haberla llamado?

—Me quedé sin batería en el celular y de todos modos iba a pasar cerca de casa. Además, se me antojaba tomar una taza de té.

«Tres excusas. Pasó demasiado tiempo concibiendo esta historia», pensó Sparkes. Comprobaría lo del celular en cuanto terminara el interrogatorio.

—Creía que los conductores tenían que permanecer en contacto con la central. Yo suelo llevar un cargador en el coche.

—Yo también, pero lo dejé en el coche cuando recogí la vagoneta.

—¿A qué hora se quedó sin batería?

109

—No me di cuenta de que estaba agotada hasta que salí de la M25 e intenté llamar a Jean. Puede que fueran cinco minutos o un par de horas.

—¿Tiene hijos? —preguntó Sparkes.

Estaba claro que Taylor no esperaba esa pregunta y apretó con fuerza los labios mientras organizaba sus pensamientos.

—No, ¿por qué? —murmuró—. ¿Qué tiene eso que ver?

—¿Le gustan los niños, señor Taylor? —insistió Sparkes.

—Claro que sí. ¿A quién no le gustan los niños? —preguntó, y cruzó los brazos.

—Verá, señor Taylor, hay gente a la que le gustan los niños de otra forma. No sé si entiende lo que quiero decir.

Taylor se apretó con fuerza los brazos y cerró los ojos. Tan sólo lo hizo durante un segundo, pero fue suficiente para animar a Sparkes.

—Hay gente a la que le gustan de un modo sexual.

—A mi parecer son animales —respondió finalmente Taylor.

—Entonces ¿a usted no le gustan los niños de esa forma?

—No sea asqueroso. Claro que no. ¿Qué tipo de persona cree que soy?

—Eso es lo que estamos intentando averiguar, señor Taylor —dijo Sparkes inclinándose hacia delante para atosigar a su presa—. ¿Cuándo comenzó a trabajar como conductor? Parece un extraño cambio de perfil profesional... En el banco tenía usted un buen puesto, ¿no?

Taylor volvió a hacer el teatrito de fruncir el ceño.

—Quería cambiar. No me llevaba bien con el jefe y pensé en poner un negocio de mensajería. Necesitaba obtener experiencia sobre todo lo que eso implicaba, de modo que empecé a manejar...

—¿Y qué hay de lo de la computadora del banco? —lo interrumpió Sparkes—. Hablamos con su antiguo jefe.

Taylor se sonrojó.

—¿No lo despidieron por uso inapropiado de una computadora?

—Me tendieron una trampa —se apresuró a decir Taylor—. El jefe me quería correr. Creo que se sentía amenazado por alguien como yo, más joven y con mayor formación. Cualquiera pudo haber utilizado esa computadora. La seguridad era nula. Dejar el trabajo fue decisión mía.

Estaba haciendo tanta fuerza con los brazos que apenas podía respirar.

—Entiendo —respondió Sparkes, echándose hacia atrás en la silla con el fin de darle a Taylor el espacio que necesitaba para embellecer su mentira—. Y el «uso inapropiado» de la computadora del que le acusaron ¿cuál era? —dijo en un tono casual.

—Pornografía. Alguien había estado visitando páginas pornográficas en el trabajo. Maldito idiota. —Taylor se hizo el indignado—. Yo nunca haría algo tan estúpido.

—Entonces ¿dónde ve usted páginas pornográficas? —preguntó Sparkes.

Taylor se calló de golpe.

—Quiero ver a un abogado —dijo finalmente mientras sus pies se balanceaban debajo de la mesa.

—Y lo hará, señor Taylor. Por cierto, estamos inspeccionando la computadora que utiliza en casa. ¿Qué cree que encontraremos en ella? ¿Hay algo que quiera decirnos ahora?

Pero Taylor decidió mantenerse firme. Permanecía en silencio, mirándose las manos y negando con la cabeza para rechazar la bebida que le ofrecían.

Tom Payne era el abogado de oficio ese fin de semana. Entró en la sala de interrogatorio una hora después con un cuaderno de hojas amarillas debajo del brazo y el maletín entreabierto.

—Me gustaría estar un momento a solas con el señor Taylor —le pidió a Sparkes y éste se dispuso a abandonar la sala.

Mientras lo hacía, le echó un vistazo a Tom Payne y ambos se tomaron la medida. Luego el abogado fue a estrecharle la mano a su nuevo cliente.

—Veamos qué puedo hacer para ayudarlo, señor Taylor —se ofreció al tiempo que accionaba el botón de la pluma.

Treinta minutos después, los inspectores regresaron a la sala de interrogatorio y repasaron una vez más los detalles del relato de Taylor, arrugando la nariz ante su aroma a falsedad.

—Centrémonos de nuevo en el despido del banco, señor Taylor. Volveremos a hablar con su jefe, así que ¿por qué no nos lo cuenta todo? —dijo Sparkes.

El sospechoso repitió sus excusas mientras el abogado permanecía impasible a su lado. Al parecer, todo el mundo tenía la culpa salvo él. Y luego estaba la coartada del 2 de octubre. Los inspectores intentaron invalidarla por todos los medios, pero resultó imposible. Tocaron las puertas de sus vecinos, pero nadie lo vio llegar el día que desapareció Bella. Aparte de su esposa, claro.

Dos frustrantes horas más tarde, registraron y examinaron a Glen Taylor para llevarlo a una celda, mientras la policía confirmaba su historia. El sargento encargado de las celdas le pidió que vaciara sus bolsillos y se quitara el cinturón. Por un segundo, al darse cuenta de que no iba a regresar a casa, Glen pareció sentirse como un niño perdido.

—¿Podría llamar a mi esposa, Jean, por favor? —le pidió a su abogado con voz quebrada.

Una vez dentro del blanqueado vacío de la celda de policía, Glen Taylor se hundió en el descolorido banco de plástico que había junto a una pared y cerró los ojos.

El sargento echó un vistazo por la ventanilla de la puerta.

—Parece tranquilo —le dijo a su colega—, pero vigilémoslo. Los tipos tranquilos me ponen nervioso.

CAPÍTULO 16

Jueves, 10 de junio de 2010

La viuda

Antes me encantaban las comidas de los domingos. Siempre comíamos pollo asado con guarnición. Era algo así como una tradición familiar y, cuando todavía éramos recién casados, nuestros padres la compartían con nosotros. Sentados en la mesa de la cocina, leían los periódicos dominicales y escuchaban el final de *Desert Island Discs*[5] sin poner demasiada atención mientras yo ponía las papas en el horno para asarlas y nos servía tazas de té.

Era maravilloso haber entrado a formar parte de este mundo adulto en el que podíamos invitar a comer a nuestros padres. Algunas personas dicen que tuvieron esa sensación al comenzar a trabajar, o cuando se mudaron a su primera casa, pero en mi caso fueron esos domingos cuando me sentí por primera vez como una adulta.

Nos encantaba nuestra casa. Pintamos la sala de color magnolia —Glen dijo que era «elegante»— y compramos a crédito un sillón verde de tres piezas. Al final, debió de salirnos en un ojo de la cara, pero era perfecto y Glen no podía no tenerlo. Tardamos más tiempo en ahorrar para los muebles de la cocina, aunque al final lo logramos y escogimos unos con puertas blancas. Nos pa-

---

[5] Programa de la emisora radiofónica BBC Radio 4. *(N. del t.)*

samos siglos dando vueltas por la tienda tomados de la mano como las demás parejas. A mí me gustaban los de color pino, sólo que Glen quería algo más «limpio», así que finalmente escogimos los de color blanco. Para ser honesta, al principio la cocina parecía un quirófano, pero compramos velas rojas, tarros vistosos y demás cosas para darle algo de vida. A mí me encantaba mi cocina, o «mi terreno», tal y como decía Glen. Él nunca cocinaba. «Sería un desastre», afirmaba, y nos reíamos. Así pues, la cocinera era yo.

Glen era quien ponía la mesa. Al hacerlo, solía forcejear en broma con mi padre para que quitara los codos. También le tomaba el pelo a su madre por leer el horóscopo.

—¿Algún desconocido alto y moreno esta semana, mamá?

Su padre, George, no hablaba mucho, pero aun así venía. El futbol era el único interés que compartían, pero ni siquiera en eso podían ponerse de acuerdo. A Glen le gustaba verlo en la tele. Su padre iba al estadio. A Glen no le atraía la idea de estar entre todos esos cuerpos apretujados, sudando y lanzando improperios.

—Soy un purista, Jean. A mí me gusta el deporte, no la vida social.

Su padre decía que era un «marica». George no comprendía para nada a su hijo y pensábamos que probablemente se sentía amenazado por su formación. A Glen se le dio muy bien la escuela —siempre fue de los primeros de la clase— y se esforzó mucho para no terminar siendo taxista como su padre. Resulta paradójico que acabaran ejerciendo la misma profesión. Una vez se lo dije a modo de broma, pero Glen me respondió que había una gran diferencia entre ser taxista y mensajero.

Yo no sabía qué quería ser. Tal vez una de las chicas guapas que no tenían que esforzarse para conseguir nada. Nunca me esforcé, en todo caso, y Glen siempre decía que era guapa, así que en cierto modo lo conseguí. Me arreglaba un poco para él, pero no me maquillaba demasiado. A él no le gustaba. «Es de zorras, Jeanie.»

En nuestras reuniones dominicales, Mary solía traer crocante de manzana y mi madre un ramo de flores. No cocinaba. Prefería las verduras enlatadas a las frescas. Es curioso, pero mi padre decía que así había sido criada y que él se había acostumbrado a ello.

Cuando en la escuela di clases de economía doméstica, solía traer a casa los platos que preparaba. No eran malos, pero si se trataba de algo «extranjero» como lasaña o chili con carne, mi madre solía limitarse a marear la comida en el plato.

El pollo asado le gustaba a todo el mundo y siempre preparaba chícharos de lata para ella.

Recuerdo que nos reíamos mucho. Por tonterías, en realidad. Cosas divertidas que habían pasado en la peluquería o el banco, chismes sobre los vecinos o la serie de televisión *EastEnders*. La cocina se empañaba completamente cuando escurría las zanahorias y la col, y Glen dibujaba cosas en las ventanas con el dedo. A veces hacía corazones y Mary me sonreía. Estaba desesperada por tener nietos y, cuando lavábamos los platos, solía preguntarme en voz baja si había alguna novedad. Al principio yo le contestaba que nos acabábamos de casar y que todavía teníamos mucho tiempo para tener hijos. Más adelante, comencé a fingir que no la oía mientras metía los platos en el lavavajillas y, finalmente, ella dejó de preguntármelo. Creo que sospechaba que era problema de Glen. Por aquel entonces, yo estaba más unida a ella que a mi madre y, si hubiera sido cosa mía, ella sabía que yo se lo habría dicho. Nunca le dije la razón, pero supongo que se la imaginaba y Glen me culpaba a mí de ello. «Nuestros asuntos sólo nos incumben a nosotros, Jeanie.»

Las comidas de los domingos comenzaron a espaciarse porque Glen y su padre no soportaban estar en la misma habitación.

Su padre descubrió nuestro problema de fertilidad e hizo una broma al respecto la Navidad posterior a que el especialista nos lo confirmara.

—Mira esto —señaló tomando una mandarina satsuma del tazón de fruta—. Es como tú, Glen. Sin semilla.

George era un hombre desagradable, pero incluso él sabía cuándo había ido demasiado lejos. Nadie dijo nada. El silencio fue terrible. Nadie supo qué decir, de modo que nos limitamos a ver la televisión y a pasarnos la caja de bombones Quality Street. Fingimos que no había pasado. Glen se quedó pálido. Permaneció ahí sentado sin hablar y yo fui incapaz de hacerle una caricia siquiera. Sin semilla.

En el coche de vuelta a casa, Glen aseguró que nunca perdonaría a su padre. Y no lo hizo. No volvimos a mencionar el tema.

Yo me moría de ganas de tener un bebé, pero él no quería hablar sobre «nuestro problema» (así era como tenía que llamarlo) ni sobre la posibilidad de adoptar. Se encerró en sí mismo y yo no dije nada. Durante un tiempo, fuimos como dos desconocidos.

Glen dejó de dibujar cosas en la ventana empañada durante esos almuerzos. Ahora abría la puerta trasera para que se ventilara la cocina. Y todo el mundo comenzó a irse cada vez más temprano y, más adelante, a poner excusas: «Esta semana estamos muy ocupados, Mary. ¿Te importaría dejarlo para el domingo que viene?». De ahí pasaríamos a «el mes que viene» y, poco a poco, los almuerzos familiares terminaron por celebrarse únicamente en los cumpleaños y en Navidad.

Si hubiéramos tenido hijos, nuestros padres habrían sido abuelas y abuelos y las cosas habrían sido distintas. Sin embargo, la presión de nuestros padres se volvió insoportable. No había distracciones. Sólo nosotros. Y el escrutinio bajo el que se encontraban nuestras vidas se volvió demasiado intenso para Glen.

—Quieren interferir en todo —dijo un día después de comer a raíz de que Mary y mi madre decidieran dónde sería mejor que comprara una nueva cocina.

—Sólo quieren ayudar, cielo —contesté en tono jovial, pero ya podía advertir las nubes oscuras sobre su cabeza. Se quedaría callado y ensimismado durante el resto del día.

No siempre fue así. De repente, comenzó a sentirse ofendido por cualquier cosa. La menor nimiedad le molestaba durante días —algo que hubiera dicho el vendedor de periódicos sobre la derrota del Arsenal, o que un niño lo hubiera estado mirando en el autobús—. Yo intentaba quitarle importancia, pero me cansé de esa dinámica y al final dejé que se las arreglara él solo.

Empecé a preguntarme entonces si Glen no estaría buscando razones para sentirse molesto. La gente del banco con la que siempre le había gustado trabajar comenzó a exasperarle y llegaba a casa quejándose de ellos. Sabía que estaba calentándose para algo —probablemente una discusión— e intentaba calmarlo. Hubo una época en la que podría haberlo conseguido —cuando éramos más jóvenes—, pero las cosas estaban cambiando.

Una de mis clientas de la peluquería dijo que todos los matrimonios «se estabilizan después de la fase de amor "verdadero, alocado y profundo"». ¿Era esto estabilizarse? ¿Qué era esto?

Supongo que fue entonces cuando comenzó a subir con más frecuencia al primer piso para encerrarse con la computadora. Alejándose de mí. Prefiriendo sus tonterías a mí.

CAPÍTULO 17

Domingo, 8 de abril de 2007

El inspector

El equipo científico forense de Southampton desarmó y examinó centímetro a centímetro la vagoneta de entrega de Taylor. También analizó el uniforme y los zapatos que se habían llevado de su casa, así como sus huellas dactilares y muestras de su saliva, de restos que había debajo de sus uñas, de sus genitales y de su pelo.

Por su parte, un equipo de expertos informáticos estaban inspeccionando los rincones oscuros de su computadora.

Ahora que ya estaban encima de él, Sparkes quería probar suerte con la esposa.

El domingo de Pascua por la mañana, después de desayunar en el Premier Inn del sur de Londres, Sparkes y Matthews se presentaron en su puerta a las ocho de la mañana.

Jean Taylor abrió con el abrigo medio puesto.

—¡Oh, Dios! —exclamó cuando vio a Sparkes—. ¿Le pasó algo a Glen? Su abogado me dijo que hoy se solucionaría todo y podría volver a casa.

—Todavía no —le aclaró Sparkes—. Necesito hablar con usted, señora Taylor. Si prefiere, podemos hacerlo aquí en vez de ir a la comisaría.

La mención a la comisaría hizo que Jean Taylor abriera muchísimo los ojos. Rápidamente, retrocedió para dejar pasar a los

118

policías antes de que los vecinos los vieran y comenzó a quitarse el abrigo que acababa de ponerse.

—Será mejor que pasen —dijo y los llevó a la sala.

Jean se sentó en el brazo del sillón. No parecía haber dormido mucho. Iba algo despeinada y cuando les pidió que se sentaran advirtieron cierta ronquera en su voz.

—Ayer ya contesté todas las preguntas de los agentes. Todo esto es una equivocación.

Estaba muy agitada. En un momento dado, se puso de pie y se volvió a sentar, como si estuviera perdida en su propia sala.

—Miren, debo ir a casa de mis padres. Todos los domingos voy a peinar a mi madre. No puedo dejarla plantada —explicó—. No les he dicho que Glen...

—Tal vez podría llamarlos y decirles que se encuentra mal, señora Taylor —le sugirió Sparkes—. Necesitamos hablar con usted sobre algunas cosas.

Jean cerró los ojos como si estuviera a punto de llorar y luego se dirigió hacia el teléfono para contar su mentira.

—No es más que un dolor de cabeza, papá, pero creo que me quedaré en la cama. Dile a mamá que luego la llamaré.

—Bueno, señora Taylor —dijo Sparkes—. Hábleme de usted y de Glen.

—¿Qué quiere decir?

—¿Cuánto hace que están casados? ¿Son los dos de por aquí?

Jeanie le contó la historia de la parada de autobús, y Sparkes escuchó atentamente el relato de su noviazgo, su boda de cuento de hadas y su vida de casados plena de felicidad.

—Antes trabajaba en un banco, ¿no? —preguntó Sparkes—. Debía de ser un buen trabajo, con muchas perspectivas de futuro...

—Sí, lo era —dijo Jeanie—. Estaba muy orgulloso de su trabajo. Pero lo dejó para poner un negocio propio. Glen tiene muchas ideas y planes. Le gusta pensar a lo grande. Y, además, no se llevaba bien con su jefe. Creemos que estaba celoso de Glen.

Sparkes se quedó un momento callado.

—También hubo un problema con una computadora, ¿no es así, señora Taylor?

Jean volvió a abrir mucho los ojos y se lo quedó mirando fijamente.

—¿A qué se refiere? —preguntó—. ¿Qué computadora?

«Maldita sea, no sabe lo del porno —pensó Sparkes—. En fin, ¡qué le vamos a hacer!»

—Me refiero a las imágenes indecentes que encontraron en la computadora de su despacho, señora Taylor.

La palabra *indecente* se quedó flotando en el aire mientras Jean se sonrojaba y Sparkes insistía.

—Las imágenes que encontraron en la computadora de su despacho. Y en la que nos llevamos ayer. ¿Usa usted alguna vez la computadora?

Ella negó con la cabeza.

—Había imágenes pornográficas con niños, señora Taylor. En ambos equipos.

Ella extendió las manos para que se callara.

—No sé nada de ninguna imagen pornográfica ni de computadoras —dijo ella, y su sonrojo se extendió hacia el cuello—. Y estoy segura de que Glen tampoco. No es ese tipo de hombre.

—¿Y qué tipo de hombre es, señora Taylor? ¿Cómo lo describiría?

—Por el amor de Dios, ¿qué tipo de pregunta es ésa? Supongo que es alguien normal. Normal. Un marido bueno y trabajador...

—¿En qué sentido es un marido bueno? —preguntó Sparkes inclinándose hacia delante—. ¿Diría usted que son felices como pareja?

—Sí, muy felices. Apenas discutimos o nos enojamos.

—¿Han tenido algún problema? ¿De dinero, quizá? ¿O en su vida íntima? —Él no sabía por qué había evitado utilizar la expresión «vida sexual», pero la incomodidad de la mujer ante las preguntas era palpable.

—¿A qué se refiere con lo de nuestra vida íntima? —preguntó entonces Jean.

—En el dormitorio, señora Taylor —le aclaró él con delicadeza.

Ella reaccionó como si le hubieran escupido.

—No, ningún problema —logró decir antes de comenzar a llorar.

Matthews le alcanzó una caja de pañuelos que descansaba sobre unas mesas nido que tenía al lado.

—Aquí tiene —dijo—. Iré a traerle un vaso de agua.

—No estoy intentando molestarla, señora Taylor —dijo Sparkes—. Son preguntas que debo hacerle, estoy investigando un asunto muy serio. ¿Lo comprende?

Ella negó con la cabeza. No lo comprendía.

—¿Y qué hay de los hijos, señora Taylor? —El inspector pasó al siguiente tema incendiario.

—No tenemos —contestó ella.

—¿Decidieron no tenerlos?

—No, ambos queríamos niños, pero no pudimos.

Sparkes esperó un momento.

—El médico nos dijo que había un problema físico con Glen —contó con voz vacilante—. Nos encantan los niños. Por eso sé que Glen no puede haber tenido nada que ver con la desaparición de Bella.

El nombre de la niña había sido mencionado y Sparkes aprovechó para formular la pregunta que había estado esperando hacerle a Jean Taylor.

—¿Dónde estaba Glen a las cuatro de la tarde el día que desapareció Bella, señora Taylor?

—Aquí, inspector Sparkes —contestó Jean en el acto—. Aquí conmigo. Quería verme.

—¿Por qué quería verla? —preguntó Sparkes.

—Para decirme hola, en realidad —indicó ella—. Nada especial. Se tomó una taza de té rápida y fue a la central a recoger su coche.

—¿Cuánto rato estuvo en casa?

—Unos... ¿cuarenta y cinco minutos? —dijo algo despacio.

«¿Está calculando mentalmente?», se preguntó Sparkes.

—¿Solía pasar por casa antes de regresar la vagoneta? —inquirió.

—A veces.

—¿Cuándo fue la última vez que hizo algo así?

—No estoy segura. No lo recuerdo... —dijo, y las irregulares manchas de rubor comenzaron a extenderse hacia su pecho.

«Espero que no juegue al póquer —diría luego Matthews—. Hacía tiempo que no veía a alguien a quien se le notara tanto cuando mentía.»

—¿Cómo sabe que eran las cuatro, señora Taylor? —preguntó Sparkes.

—Tenía la tarde libre porque había trabajado el domingo por la mañana y estaba en casa escuchando las noticias de las cuatro en el radio.

—Quizá eran las de las cinco. Hay un informe cada hora. ¿Cómo sabe que era el de las cuatro?

—Recuerdo que lo dijeron. Ya sabe: «Son las cuatro, esto son las noticias de la BBC...».

Ella se calló un momento para tomar un trago de agua.

Sparkes le preguntó por la reacción de Glen ante la noticia de la desaparición de Bella, y Jean le dijo que cuando lo oyeron en las noticias él se mostró tan escandalizado y disgustado como ella.

—¿Qué dijo? —preguntó Sparkes.

—«Pobrecilla. Espero que la encuentren» —dijo ella mientras dejaba cuidadosamente el vaso de agua en la mesa que tenía al lado—. También que era probable que se la hubiera llevado una pareja cuyo hijo hubiera muerto y que debían de haberse ido al extranjero.

Sparkes esperó que Matthews lo hubiera anotado todo en su cuaderno y luego se volteó otra vez hacia Jean Taylor.

—¿Ha ido alguna vez en la vagoneta de Glen?

—Una vez. Prefiere manejar solo para concentrarse, pero lo acompañé en un trayecto la Navidad pasada. A Canterbury.

—Señora Taylor, en estos momentos estamos analizando la vagoneta. ¿Le importaría venir a comisaría para que le tomemos las huellas dactilares y así poder descartarlas?

Ella se secó otra lágrima.

—Glen mantiene impecable su vagoneta. Le gusta que todo esté limpio.

»Encontrarán a la niña, ¿verdad? —añadió mientras Matthews la ayudaba a ponerse el abrigo y abrían la puerta de la casa.

CAPÍTULO 18

Domingo, 8 de abril de 2007

El inspector

Glen Taylor estaba demostrando tener respuestas para todo. Pensaba rápido y, en cuanto se le pasó el *shock* de su arresto, daba la impresión de que casi disfrutaba del desafío, le contó luego Sparkes a su esposa.

—Pequeño cabrón arrogante. Si yo estuviera en su lugar, no estaría tan seguro de mí mismo.

Eileen le acarició el brazo al pasarle su copa de vino vespertina.

—No, tú lo confesarías todo inmediatamente. Serías un criminal terrible. ¿Para cenar prefieres chuletas o pescado?

Sparkes se sentó en uno de los taburetes que Eileen insistió en comprar cuando las barras para desayunar eran de rigor y tomó unas tiras de zanahoria del sartén que descansaba sobre la estufa. Luego sonrió a Eileen deleitándose en el *entente cordiale* que esa noche reinaba en la cocina. Su matrimonio había pasado por los típicos altibajos de la vida en pareja pero, aunque ninguno de los dos lo admitiría en voz alta, la partida de casa de sus hijos sacó a la luz una inesperada tensión entre ambos. Siempre habían hablado de las cosas que podrían hacer, los lugares que visitarían o el dinero que podrían gastarse en ellos mismos, pero, cuando al fin estuvieron solos, descubrieron que su reciente libertad los obligaba a mirarse el uno a la otra por primera vez en años. Y Bob sospechaba que a Eileen le parecía insuficiente.

Al principio de su relación y, más adelante, de su matrimonio, ella estimuló su ambición alentándolo a que estudiara para sus exámenes de sargento y llevándole infinitas tazas de café y sándwiches para echarle combustible a su concentración.

Y así él fue progresando y portando a casa sus triunfos y fracasos a medida que iban celebrándose pequeñas promociones y aniversarios. Ahora, sin embargo, él sospechaba que ella estaba sopesando sus logros bajo la fría luz de la tardía mediana edad y preguntándose «¿Esto es todo?».

Eileen pasó a su lado con las chuletas congeladas y le ordenó que dejara en paz las verduras.

—¿Un día duro, querido? —le preguntó ella.

Había sido un día agotador. Estuvo repasando de forma concienzuda las declaraciones de Taylor en busca de lagunas e inconsistencias.

Según el sospechoso, las imágenes de niños de los que habían abusado sexualmente que encontraron en su computadora fueron descargadas «por error, la culpa es de internet» o sin su conocimiento, y el uso de su tarjeta de crédito para comprar pornografía lo hizo alguien que había clonado su tarjeta: «¿Acaso no sabe lo extendido que está el fraude de tarjetas de crédito?», inquirió en plan despectivo. «El año pasado Jean denunció el robo de nuestra tarjeta. Pregúntele a ella. En algún lugar hay una denuncia policial.» Y en efecto había una.

—Qué casualidad que la hicieran cuando los periódicos comenzaron a escribir acerca del vínculo entre tarjetas de crédito y abusos sexuales a niños —murmuró Sparkes mientras repasaba la transcripción del interrogatorio más tarde en su despacho. Pero era circunstancial.

«Ya puede ver la luz al final del túnel —pensó Sparkes en un descanso para tomar café—. Cree que su relato es sólido, pero todavía no hemos terminado.»

Nada pareció afectar a Taylor hasta que lo volvieron a interrogar y le mostraron un álbum de recortes de fotografías de niños arrancadas de páginas de periódicos y que habían encontrado detrás del *boiler* de su casa.

Esta vez no se trató de ninguna farsa. Estaba claro que no las había visto nunca antes. Se puso a hojear con la boca abierta las páginas de los pequeños querubines en bonitos trajes y elegantes vestidos.

—¿Qué es esto? —preguntó.

—Esperábamos que nos lo dijeras tú, Glen.

Para entonces, ya se dirigían a él por el nombre de pila. Glen no protestó, pero seguía llamando al inspector «señor Sparkes» para mantener la distancia entre ambos.

—Esto no es mío —se defendió—. ¿Están seguros de que lo encontraron en mi casa?

Sparkes asintió.

—Debe de ser de los anteriores dueños —continuó Glen. Luego cruzó los brazos y se puso a golpetear con los pies en el piso mientras Sparkes cerraba el álbum y lo dejaba a un lado.

—Difícil, Glen. ¿Cuánto hace que vives ahí? ¿No será más bien tuyo o de Jean, Glen?

—Mío no, desde luego.

—Entonces debe de ser de Jean. ¿Por qué guardaría un álbum como éste?

—No lo sé. Pregúnteselo a ella —respondió Taylor—. Está obsesionada con los niños. Como sabrá, no pudimos tener hijos y solía pasarse todo el día llorando por ello. Tuve que decirle que dejara de hacerlo, estaba arruinando nuestras vidas. Y, en cualquier caso, nos tenemos el uno al otro. En cierto modo, somos afortunados.

Sparkes asintió y consideró lo afortunada que era Jean Taylor de tener un marido como Glen.

«Pobrecilla», concluyó.

El psicólogo forense que los estaba asesorando en el caso ya les había advertido que era muy improbable que el álbum perteneciera a un pedófilo.

—Éste no es el álbum de un depredador —dijo—. No hay nada sexual en las imágenes. Es una colección que refleja una fantasía, pero no parece hecha por alguien que deshumanice a

126

los niños. Es más bien una lista de deseos como la que haría una adolescente.

«O una mujer sin hijos», aventuró para sí Sparkes.

La fantasiosa vida secreta de Jean ponía nervioso a Taylor. Eso estaba claro. Se había quedado ensimismado, tal vez preguntándose qué más desconocía sobre su esposa. Sparkes y Matthews estuvieron de acuerdo en que, posiblemente, había creado una fisura en su convencimiento de que la tenía bajo control. Los secretos son cosas peligrosas.

Se acercaba el límite de treinta y seis horas para mantener detenido a Glen Taylor y, en la reunión con sus jefes para revisar el caso, Sparkes se sintió derrotado. Lo habían examinado todo a conciencia. En la vagoneta no habían encontrado ninguna prueba y no tenían nada con lo que acusar formalmente a Taylor aparte de lo de internet, pero con eso no podían mantenerlo bajo custodia.

Dos horas después, Glen Taylor fue liberado. Nada más salir de la comisaría, ya estaba realizando una llamada con el celular. Bob Sparkes observó cómo se alejaba desde una ventana del pasillo.

—No te relajes demasiado en casa. Volveremos —le dijo mientras se iba.

De acuerdo con el equipo asignado para vigilarlo las veinticuatro horas, al día siguiente Taylor volvió al trabajo.

Sparkes se preguntó qué pensaba el jefe de Taylor sobre todo aquello.

—Seguro que para finales de mes ya lo corrieron —le dijo a Matthews—. Estar todo el día en casa sin hacer nada le dará tiempo para cometer algún error. Apuesto a que hace alguna travesura.

Los inspectores se miraron uno al otro.

—¿Por qué no llamamos a Alan Johnstone y le preguntamos si podemos ir a echar otra ojeada a las hojas de ruta de los conductores? Puede que suponga un empujoncito en la dirección adecuada —propuso Matthews.

El señor Johnstone les dio la bienvenida a su oficina y retiró los papeles que descansaban sobre las sillas maltratadas.

—Hola, inspector. ¿Otra vez por aquí? Glen me dijo que ya se había aclarado todo.

Los policías volvieron a echar un vistazo a las hojas de ruta para examinar el kilometraje mientras Johnstone revoloteaba con aire inquieto a su alrededor.

—¿Son suyos? —preguntó Sparkes al tiempo que tomaba una fotografía enmarcada que descansaba en el escritorio. En ella se podía ver a dos niños vestidos con camisetas de equipos de futbol—. Unos niños encantadores. —Dejó que sus palabras flotaran en el aire y Johnstone agarró la fotografía.

—Nos volveremos a ver —dijo Matthews alegremente.

Glen Taylor fue despedido a finales de esa misma semana. Alan Johnstone llamó a Sparkes para hacérselo saber.

—Ponía nerviosos a los demás conductores. Casi todos tenemos hijos. No hizo ningún escándalo cuando le di el finiquito; se limitó a encogerse de hombros y a vaciar su casillero.

Matthews sonrió.

—Veamos qué hace ahora.

CAPÍTULO 19

Sábado, 21 de abril de 2007

La viuda

Los padres de Glen vinieron a casa la semana que lo corrieron del trabajo. Hacía tiempo que no los veíamos y, mientras esperaban en la puerta, los medios de comunicación intentaron hablar con ellos y les tomaron fotografías. George se enojó y comenzó a insultarlos, y Mary estaba llorando para cuando les abrí la puerta. Una vez dentro, me abracé a ella y luego George y Glen fueron a la sala mientras nosotras íbamos a la cocina. Mary seguía llorando cuando nos sentamos en la mesa.

—¿Qué está pasando, Jean? ¿Cómo puede alguien pensar que mi Glen hizo algo semejante? Es incapaz de hacer algo tan malvado. Era un niño maravilloso. Tan dulce y listo...

Yo intenté tranquilizarla y explicárselo todo, pero ella no dejaba de hablar y de decir «No, mi Glen no» una y otra vez. Al final, me puse a preparar té para tener algo que hacer y les llevé una charola a los hombres.

En la sala la atmósfera era terrible. George estaba de pie junto a la chimenea, con la cara toda roja y mirando fijamente a Glen. Éste, por su parte, permanecía sentado en el sillón, mirándose las manos.

—¿Cómo estás, George? —le pregunté cuando le di la taza de té.

—Estaría mucho mejor si a este idiota no lo hubiera detenido la policía. Gracias, Jean. La prensa no deja de presentarse en nuestra puerta y de llamarnos al teléfono mañana, tarde y noche. Tuvimos que desconectar el aparato para poder tener algo de paz. Y tu hermana lo mismo, Glen. Es una maldita pesadilla.

Glen no dijo nada. Puede que ya se hubieran dicho todo antes de que yo llegara a la sala.

Pero yo no pude dejarlo así.

—También es una pesadilla para Glen, George. Para todos nosotros. Él no hizo nada y perdió el trabajo. No es justo.

Mary y George se fueron poco después.

—Hasta nunca —dijo Glen, pero nunca llegué a estar segura de si iba en serio. Al fin y al cabo, se trataba de sus padres.

Poco después, vinieron a vernos mis padres. Para que los periodistas no los molestaran, yo le dije a mi padre por teléfono que fueran a casa de Lisa, la vecina de la casa contigua, y entraran por la puerta de la reja que separaba nuestros jardines traseros. Pobre mamá. Abrió la puerta trasera y entró en la casa tambaleándose como si un perro la estuviera persiguiendo.

Mi madre es encantadora, pero le resulta difícil lidiar con cosas cotidianas como tomar el autobús adecuado para ir al médico o conocer a gente nueva. Mi padre lleva muy bien la situación y no les da demasiada importancia a los «pequeños pánicos» de mi madre, tal y como los llaman. Cuando ella sufre uno, él se sienta con ella y se pone a acariciarle la mano y a hablarle suavemente hasta que se le pasa. Se quieren mucho; siempre lo han hecho. Y ambos me quieren a mí, pero mi madre necesita toda la atención de mi padre. «En cualquier caso, tú ya tienes a Glen», solía decir.

Cuando se sentó en la cocina, pálida y sin aliento, mi padre se acomodó con ella y la tomó de la mano.

—No pasa nada, Evelyn —le dijo.

—Sólo necesito un momento, Frank.

«Tu madre sólo necesita que la consuelen un poco, Jean», me dijo mi padre la primera vez que le sugerí que fueran al médico, de modo que yo también la consolé.

—Todo va a salir bien, mamá. Ya verás como se soluciona. Es una terrible equivocación. Glen ya le dijo a la policía dónde se encontraba y qué estaba haciendo para que subsanen el malentendido.

Ella se quedó mirándome fijamente, como si estuviera poniéndome a prueba.

—¿Estás segura, Jean?

Lo estaba.

Después de esa visita, ya no vinieron más a casa. Era yo quien iba a verlos a ellos.

—Es demasiado para tu madre —me dijo mi padre por teléfono.

Yo iba cada semana a peinarla. Antes, ella solía ir a la peluquería una vez al mes «para salir de casa», pero a partir del arresto comenzó a ir cada vez menos. No era culpa de Glen, aunque había días que incluso a mí me caía mal.

Como el día en que me dijo que había visto mis álbumes de recortes. Fue un par de días después de que lo soltaran. Es decir, al llegar a casa ya lo sabía, pero aun así esperó para echármelo en cara. Yo estaba segura de que andaba molesto por algo. Se le notaba.

Y cuando me sorprendió mirando la fotografía de un bebé en una revista, explotó.

Mi amor por los bebés era obsesivo, dijo. Estaba furioso. La policía había encontrado los álbumes de recortes que yo escondía detrás del *boiler*. No eran más que fotografías. ¿Qué tenía de malo?

Me gritó. No solía hacerlo. Normalmente, cuando se enojaba se encerraba en sí mismo y dejaba de hablarme. No le gustaba mostrar sus sentimientos. Nos sentábamos a ver una película juntos y, mientras yo lloraba a mares, él permanecía en silencio. Al principio, pensaba que él era muy fuerte y que se trataba de un comportamiento muy masculino; ahora ya no estoy tan segura. Puede que simplemente no sintiera las cosas como los demás.

Pero aquel día me gritó. Había tres pequeños álbumes, cada uno de ellos lleno de fotografías que había recortado de revistas del trabajo, periódicos y tarjetas de cumpleaños. Escribí «Mis bebés»

131

en la portada de cada álbum, porque lo eran. Había tantos... Por supuesto, tenía mis favoritos. Estaba Becky, con su pijama de una pieza a rayas y un listón en el pelo que le hacía juego. Y Theo, un niño regordete con una sonrisa que me estremecía.

Mis bebés.

Supongo que sabía que Glen lo consideraría una indirecta por el hecho de ser estéril y por eso los escondí. En cualquier caso, no podía evitar tenerlos.

—¡Estás enferma! —me gritó.

Hizo que me sintiera avergonzada. Puede que estuviera enferma.

La cuestión era que él se negaba a hablar de lo que llamaba «nuestro problema».

Yo nunca había querido que se convirtiera en un problema. Era sólo que tener un bebé era lo que siempre había deseado. Nuestra vecina Lisa sentía lo mismo.

Se mudó a la casa de al lado con su pareja, Andy, un par de meses después de que nosotros lo hiciéramos a la nuestra. Era simpática; mostró interés en mí, pero sin llegar a ser excesivamente entrometida. Cuando se mudaron, estaba embarazada y por aquel entonces Glen y yo estábamos intentándolo, de modo que ella y yo teníamos muchas cosas de las que hablar y muchos planes que hacer: cómo criaríamos a nuestros hijos, de qué color pintaríamos el cuarto del bebé, nombres, escuelas locales, qué alimentación seguiríamos. Todas esas cosas.

Lisa no se parecía a mí. Tenía el pelo corto y oscuro salpicado de mechones blancos y tres aretes en una oreja. Parecía una de las modelos de las fotografías que decoraban las paredes de la peluquería. Era muy guapa. A Glen, sin embargo, no le caía tan bien.

—No parece nuestro tipo de persona, Jeanie. Parece un poco excéntrica. ¿Por qué sigues invitándola a casa?

Creo que estaba un poco celoso de tener que compartirme y, además, él y Andy no tenían nada en común. Andy se dedicaba a armar y a desarmar andamios y solía estar de viaje. En una ocasión fue a Italia. En cualquier caso, en uno de sus desplazamientos terminó conociendo a una mujer, y Lisa se quedó malviviendo de las prestaciones sociales mientras intentaba que Andy le pasara una pensión para sus hijos.

Lisa estaba muy sola y nos llevábamos de maravilla. Para que Glen no se molestara, era yo quien solía ir a su casa.

Solía contarle historias que oía en la peluquería y ella se moría de risa. Le encantaba un buen chismorreo y una taza de café. Decía que suponía un descanso de los niños. Por aquel entonces, tenía dos (un niño y una niña: Kane y Daisy), mientras por mi parte yo seguía esperando mi turno.

Después de nuestro segundo aniversario de bodas, fui al médico yo sola para averiguar por qué no quedaba embarazada.

—Es usted muy joven, señora Taylor —dijo el doctor Williams—. Relájese e intente no pensar en ello. Eso es lo mejor que puede hacer.

Lo intenté. Pero después de pasar otro año sin lograrlo, convencí a Glen de que viniera conmigo. Le dije que debía de haber algún problema conmigo y accedió a venir para apoyarme.

El doctor Williams escuchó, asintió y sonrió.

—Hagamos algunas pruebas —dijo, y comenzaron nuestras visitas al hospital.

Primero me hicieron pruebas a mí. Yo estaba dispuesta a hacer cualquier cosa para quedar embarazada y apechugué con los espéculos, los análisis, los ultrasonidos y las infinitas exploraciones.

—Tiene los conductos extraordinariamente limpios —me explicó el ginecólogo al final de las pruebas—. Todo está sano.

A continuación le tocó a Glen. No creo que quisiera, pero yo ya había pasado por la experiencia y no podía echarse atrás. Fue terrible, dijo. Lo hicieron sentir como un pedazo de carne. Muestras, recipientes de plástico, viejas revistas pornográficas. Todo eso. Yo intenté animarlo diciéndole lo agradecida que estaba, pero no sirvió de nada. Luego esperamos.

Su recuento de esperma era prácticamente cero. Y ahí terminó todo. Pobre Glen. Al principio, se sintió devastado. Tenía la impresión de que se le consideraría un fracaso, menos hombre, y se obsesionó tanto con eso que quizá no fue capaz de ver lo que suponía para mí. No tendríamos hijos. Nadie me llamaría *mamá*, no sería madre, no sería abuela. Al principio, él intentaba consolarme cuando lloraba, pero creo que se cansó de ello y, al cabo de un tiempo, se insensibilizó. Dijo que era por mi propio bien. Que debía pasar página.

Lisa se portó de maravilla conmigo. Yo intenté no echarle en cara su suerte porque me caía bien, pero me resultaba duro. Y ella era consciente de ello, de modo que me dijo que podía ser «la otra madre» de sus hijos. Creo que lo comentó en broma, pero yo le di un abrazo y tuve que contener las lágrimas. Comencé a formar parte de sus vidas y ellos a ser parte de la mía.

Convencí a Glen para que abriera una puerta en la reja que separaba nuestros jardines traseros para que los niños pudieran entrar y salir y, un verano, compré una piscina inflable. Glen era simpático con ellos, pero no solía implicarse como yo. A veces, los miraba por la ventana y los saludaba con la mano. Nunca se opuso a que vinieran y, en ocasiones, cuando Lisa tenía una cita —visitaba páginas web de ésas para intentar encontrar al hombre perfecto—, los niños se quedaban a dormir en nuestro cuarto de invitados (colocándose uno con la cabeza a los pies del otro). Yo preparaba palitos de pescado empanizados y chícharos con salsa de jitomate para cenar y veía un DVD de Disney con ellos.

Y cuando se metían en la cama, yo me sentaba y miraba cómo se quedaban dormidos. A Glen eso no le gustaba. Decía que resultaba algo escalofriante. Pero todos los momentos que pasaba con ellos eran especiales. Incluso cambiarles los pañales cuando eran pequeños. Más adelante, comenzaron a llamarme «Gigi» porque no conseguían pronunciar bien «Jean» y, cuando venían a casa, cada uno de ellos me tomaba de una de mis piernas y yo andaba cargando con ellos. «Mis chicharitos», los llamaba yo. Y ellos se reían.

Cuando hacíamos demasiado escándalo al jugar, Glen se iba a su despacho. «Demasiado ruido», decía, pero a mí no me importaba. Prefería tenerlos para mí sola.

Incluso pensé en dejar el trabajo para cuidarlos todo el día y que Lisa pudiera ir a trabajar, pero Glen se opuso rotundamente.

—Necesitamos el dinero que ganas, Jean. Y no son nuestros hijos.

Y entonces dejó de disculparse por ser estéril y comenzó a decir:

—Al menos nos tenemos el uno al otro, Jean. En cierto modo, somos afortunados.

Yo intenté sentirme afortunada, pero no podía.

Siempre he creído en la suerte. Me encanta la idea de que la gente pueda cambiar su vida en un instante. Como con *¿Quién quiere ser millonario?*, o la lotería. Una es una mujer corriente de la calle y, al siguiente minuto, se convierte en millonaria. Juego cada semana y suelo fantasear con que gano. Sé lo que haría. Me compraría una casa grande en la costa —en un lugar soleado, seguramente en el extranjero— y adoptaría niños huérfanos. Glen no conoce mis planes; no los aprobaría y no quiero que sus labios fruncidos estropeen mis ensueños. Glen forma parte de mi realidad.

El problema es que para mí nuestra relación no era suficiente, pero él se sentía dolido por el hecho de que necesitara a alguien más. Con toda probabilidad, ésa es la razón por la que no quería considerar opciones como la adopción. «No pienso dejar que nadie husmee en nuestras vidas. Nuestros asuntos sólo nos incumben a nosotros, Jeanie.» Y menos todavía cosas tan «extremas» como la inseminación artificial o la gestación subrogada. Lisa y yo lo comentamos una tarde mientras tomábamos una botella de vino y me parecieron opciones viables. Intenté explicárselo como de pasada a Glen.

—En mi opinión, son ideas detestables —dijo. Fin de la discusión.

Así pues, dejé de llorar delante de él, pero cada vez que una amiga o una pariente decía que estaba embarazada me sentía como si me arrancaran el corazón. Mis sueños estaban llenos de bebés, bebés perdidos, búsquedas infinitas para encontrarlos, y a veces me despertaba sintiendo el peso de un bebé en los brazos.

Me aterraba dormir y comencé a perder peso. Volví al médico y éste me recetó unas pastillas para que me sintiera mejor. No se lo dije a Glen. No quería que se avergonzara de mí.

Fue entonces cuando empecé mi colección. Recortaba las fotografías y las guardaba en la bolsa. Luego, cuando ya tuve demasiadas, comencé a pegarlas en álbumes. Esperaba hasta que estaba sola y entonces los tomaba y me sentaba en el suelo. Acariciaba cada fotografía y decía sus nombres. Podía pasarme horas así, fingiendo que esos niños eran míos.

La policía dijo que Glen hacía lo mismo en su computadora.

El día que se puso a gritarme por lo de los álbumes, dijo que yo lo había impulsado a ver pornografía en la computadora. Fue un comentario de lo más perverso, pero estaba muy enojado.

Dijo que mi obsesión con tener un bebé lo había alejado de mí y que había tenido que buscar consuelo en otra parte.

—No es más que pornografía —señaló cuando vio mi cara y se dio cuenta de que había ido demasiado lejos—. A todos los hombres les gusta un poco de pornografía, ¿no, Jeanie? No le hace daño a nadie. Es algo inofensivo. Una mera diversión.

No supe qué decir. No sabía que a todos los hombres les gustaba el porno. El tema nunca se había tocado en la peluquería.

Cuando me puse a llorar, él comentó que no era culpa suya. Se vio arrastrado a la pornografía por culpa de internet. No deberían permitir el acceso a estas cosas. Eran una trampa para los hombres inocentes. Se había vuelto adicto: «Es un problema médico, Jeanie, una adicción». No podía evitarlo. En cualquier caso, nunca había visto pornografía infantil. Esas imágenes se descargaron accidentalmente en su computadora. Como un virus.

Yo ya no sabía qué pensar. Cada vez me resultaba más difícil distinguir a mi Glen de ese otro hombre del que hablaba la policía. Tenía que aclarar mis pensamientos.

Quería creerle. Amaba a Glen. Era mi mundo. Yo era suya, decía. Nos pertenecíamos el uno al otro.

Y la idea de que yo fui la culpable de impulsarlo a ver esas fotos horribles comenzó a crecer en mi cabeza desplazando las preguntas que me hacía sobre él. Por supuesto, yo no me enteré de lo de su «adicción» hasta que la policía se presentó en nuestra casa ese domingo de Pascua, y entonces ya era demasiado tarde para decir o hacer nada.

Tenía que guardar sus secretos además de los míos.

CAPÍTULO 20

Viernes, 11 de junio de 2010

La viuda

El desayuno en el hotel consiste en cuernitos y ensalada de frutas. Todo servido con grandes servilletas blancas y una cafetera con café de verdad.

Kate no me deja comer sola.

—Te haré compañía —dice, y se sienta en la mesa. Toma una taza de la charola que hay debajo de la televisión y se sirve un café.

Ahora se comporta con extrema profesionalidad.

—Antes que nada, tenemos que arreglar lo del contrato, Jean —señala—. Al periódico le gustaría quitarse de en medio las formalidades para que podamos seguir adelante con la entrevista. Hoy es viernes y quieren publicarla mañana. Imprimí una copia del contrato para que lo firmes. Es muy básico. Accedes a darnos una entrevista en exclusiva por una cantidad acordada.

No logro recordar cuándo accedí a que me entrevistaran. Es posible que no llegara a hacerlo.

—Pero... —comienzo a decir; sin embargo, ella me pasa varias hojas de papel y empiezo a leerlas porque no sé qué más hacer. Es todo «la primera parte» y «la segunda parte» y muchas cláusulas—. No tengo ni idea de lo que significa todo esto —termino. Glen era quien se encargaba en casa de los papeleos y de firmar.

Ella se muestra inquieta y comienza a explicarme los términos legales.

—Es todo muy simple —dice. Realmente se muere de ganas de que lo firme. Su jefe debe de estar presionándola.

Al final, dejo el contrato a un lado y niego con la cabeza. Ella exhala un suspiro.

—¿Prefieres que un abogado le eche un vistazo? —pregunta. Yo asiento—. ¿Conoces a alguno? —pregunta, y vuelvo a asentir.

Llamo a Tom Payne. El abogado de Glen. Ya pasó bastante tiempo —unos dos años—, pero todavía guardo su número en el celular.

—¡Jean! ¿Cómo estás? Lamenté mucho lo del accidente de Glen —dice cuando su secretaria finalmente me lo pasa.

—Gracias, Tom, es muy amable de tu parte. Te llamo porque necesito tu ayuda. El *Daily Post* va a hacerme una entrevista en exclusiva y quiere que firme un contrato. ¿Podrías checarlo?

Se queda un momento callado y puedo imaginar la expresión de sorpresa en su rostro.

—¿Una entrevista? —dice al fin—. ¿Estás segura de que es lo correcto, Jean? ¿Ya lo pensaste bien?

No llega a hacerme las preguntas que en verdad se está haciendo y yo se lo agradezco. Le digo que ya lo pensé bien y que es la única forma de librarme de la prensa que llega cada día a la puerta de mi casa. Empiezo a sonar como Kate. En realidad, no necesito el dinero. Glen recibió un cuarto de millón en compensación por la trampa que llevó a cabo la policía —dinero sucio que metimos en una caja de ahorros—, y luego está el dinero del seguro por su muerte. Pero no diré que no a las cincuenta mil libras que el periódico quiere pagarme.

Tom no parece demasiado convencido, pero accede a leer el contrato y Kate se lo envía por correo electrónico. Mientras esperamos, Kate intenta convencerme para que me haga un tratamiento facial u otra cosa. Yo no quiero que me toqueteen más, de modo que le digo que no y me limito a permanecer sentada.

Tom y yo hemos tenido un vínculo especial desde el día en el que el caso de Glen terminó.

Esperamos juntos a que lo liberaran y Tom no podía mirarme a la cara. Creo que temía lo que pudiera ver en mis ojos.

Todavía nos recuerdo ahí de pie. El final del calvario (aunque no exactamente). El juicio le había proporcionado a mi vida un bienvenido orden. Cada día salía de casa a las ocho de la mañana con ropa elegante, como si fuera a trabajar a una oficina. Y cada día volvía a casa a las cinco y media. Mi trabajo era mostrarle a Glen mi apoyo. Y no decir nada.

El juzgado era como un santuario. Me gustaban el eco de los pasillos y la brisa que agitaba las esquinas de los anuncios en los tablones. También el ruido de la gente hablando en la cafetería.

Tom me llevó al juzgado horas antes de la comparecencia de Glen para que pudiera ver cómo era el edificio. Yo ya había visto el Old Bailey[6] en la tele —los exteriores cuando un periodista se colocaba delante de la fachada para dar la noticia de un asesinato, un terrorista o algo así y los interiores en series policíacas—. Aun así, no se parecía en nada a lo que había esperado: era sombrío y más pequeño de como se ve en la televisión, tenía el mismo olor a polvo de un aula y una decoración chapada a la antigua con mucha madera oscura.

Antes de que comenzara la sesión estaba todo muy tranquilo. Apenas había gente. La cosa cambió cuando Glen apareció para que pudieran fijar una fecha para su juicio. Se llenó. La gente había hecho fila para verlo. Muchos se habían traído incluso sándwiches y bebidas como si fueran las rebajas o algo así. Los periodistas se apretaban en los asientos reservados para los medios de comunicación que había a mi espalda. Yo permanecí con la cabeza agachada fingiendo que buscaba algo en la bolsa hasta que los guardias de la prisión llevaron a Glen al estrado. Se veía pequeño. Llevaba su mejor traje (que le había traído yo para la sesión) y se había afeitado, pero aun así se veía pequeño. Me miró y me guiñó un ojo. Como si no pasara nada. Intenté devolverle la sonrisa,

---

[6] Nombre que comúnmente recibe el Tribunal Penal Central de Inglaterra y Gales por la calle de Londres en la que se encuentra. (*N. del t.*)

pero tenía la boca demasiado seca y los labios se me quedaron completamente pegados a los dientes.

Terminó todo tan rápido que apenas tuve tiempo de mirarlo otra vez antes de que desapareciera por la escalera. Me dejaron verlo más tarde. Se había cambiado y, en lugar del traje y sus mejores zapatos, llevaba la ropa de preso, una especie de pants.

—Hola, Jeanie. Vaya farsa, ¿eh? Según mi abogado, es todo una farsa —dijo.

«Claro que lo dijo —quise decirle—. Estás pagándole para que diga eso.»

El juicio se fijó para febrero, en cuatro meses, pero Glen estaba seguro de que ni siquiera llegaría a celebrarse.

—Es un disparate, Jeanie —dijo—. Tú lo sabes. La policía está mintiendo para intentar quedar bien. Necesitan un arresto y yo era el desgraciado que aquel día estaba manejando una vagoneta azul por la zona. —Me dio un apretón en la mano y yo se lo devolví. Tenía razón. Era todo un disparate.

Regresé a casa y fingí que todo continuaba siendo normal.

Y, dentro de casa, lo era. Mi pequeño mundo permanecía exactamente igual: las mismas paredes, las mismas tazas, los mismos muebles. Afuera, en cambio, todo había cambiado. La banqueta de enfrente era como una telenovela con gente yendo y viniendo, o sentada, mirando la puerta de casa, esperando verme.

A veces tenía que salir a la calle y, cuando lo hacía, procuraba vestirme de la forma más anónima posible, cubriéndome por completo. Antes de traspasar la puerta como una exhalación, me detenía un segundo en el vestíbulo para armarme de valor. Era imposible evitar las cámaras, pero esperaba que en algún momento se cansarían de obtener las mismas imágenes mías recorriendo el camino. Y aprendí a tararear mentalmente una melodía para hacer caso omiso a los comentarios y las preguntas.

Las visitas a la prisión eran la peor parte. Tenía que tomar un autobús y los periodistas me seguían hasta la parada sin dejar de fotografiarme a mí y a los demás pasajeros que esperaban a mi lado. Todo el mundo se enojaba con ellos y luego también conmigo. Yo no tenía la culpa, pero me culpaban a mí. Por ser la esposa.

Intenté ir a distintas paradas, pero me harté de seguir su juego y al final opté por resignarme y esperar a que se aburrieran.

Me sentaba en el autobús 380 a Belmarsh con una bolsa de plástico sobre el regazo para fingir que iba de compras. Y esperaba a que otra persona presionara el botón para que el autobús se detuviera en la parada de la prisión y luego bajaba rápidamente. También solían hacerlo otras mujeres rodeadas de niños llorando y carriolas. Yo recorría el largo trayecto hasta la sala de visitas a bastante distancia para que la gente no pensara que era como ellas.

Glen se encontraba en prisión preventiva, de modo que no había muchas reglas para las visitas, pero las que más risa me daban eran las que prohibían llevar tacones, faldas cortas o ropa transparente. Me hacía reír. La primera vez que fui a visitarlo, llevé pantalones y un suéter. Preferí ir sobre seguro.

A Glen no le gustó.

—Espero que no estés descuidándote, Jean —me dijo, de modo que la siguiente vez me puse labial.

Podía recibir tres visitas a la semana, pero acordamos que sólo lo visitaría dos veces para no tener que lidiar tan a menudo con los periodistas. Lunes y viernes.

—Así tendré algo en lo que pensar durante la semana —dijo.

La sala era muy ruidosa y con excesiva luz, lo cual me dañaba los oídos y también la vista. Nos sentábamos uno frente al otro y, una vez que le había contado mis noticias y él a mí las suyas, escuchábamos y comentábamos las conversaciones de la gente que nos rodeaba.

Yo pensaba que mi trabajo consistía en consolarlo y asegurarle que estaba a su lado, pero él parecía tener eso claro.

—Saldremos de esto, Jeanie. Sabemos la verdad y los demás lo harán pronto. No te preocupes —decía al menos una vez en cada visita.

Yo intentaba hacerle caso, pero tenía la sensación de que nuestras vidas estaban apagándose poco a poco.

—¿Y si la verdad no sale a la luz? —le pregunté una vez.

Él pareció decepcionado de que se me ocurriera sugerírselo.

—Lo hará —insistió—. Mi abogado dice que la policía la ha cagado en todo.

Cuando el caso de Glen no fue rechazado antes del juicio, dijo que la policía sólo quería disfrutar de «su momento de gloria». Cada vez que lo veía parecía más pequeño, como si estuviera encogiéndose.

—No te preocupes, querido —me oí decir una vez—. Todo terminará pronto.

Él pareció agradecido por mi comentario.

CAPÍTULO 21

Lunes, 11 de junio de 2007

El inspector

Sparkes estaba analizando la situación. Habían pasado dos meses desde que había tocado la puerta de Glen Taylor y no habían hecho ningún progreso. No era que no lo hubieran intentado. Sus colegas habían examinado cada detalle de su vida —así como de las de Mike Doonan y Lee Chambers—, pero por el momento no habían conseguido nada.

Doonan parecía haber llevado una existencia bastante gris a la que ni siquiera sus divorcios habían proporcionado algo de color. El único punto de interés fue que dos de sus exesposas se habían hecho amigas íntimas y ambas intervenían al discutir acerca de los defectos de Mike.

—Se podría decir que es algo egoísta —dijo Marie Doonan.

—Sí, egoísta —reiteró Sarah Doonan—. Estamos mejor sin él.

Incluso a sus hijos les dio igual el interés de la policía en su padre.

—Nunca lo veo —afirmó el mayor—. Se fue antes de que me diera cuenta de que estaba ahí.

Matthews indagó un poco más y perseveró en sus averiguaciones. Su tensión arterial sufrió un sobresalto cuando se enteró de que Doonan no había acudido a la cita con su médico el día en el que Bella desapareció, pero el conductor declaró que le dolía tanto la espalda que no había podido dejar su departamento. El médico de cabecera así lo confirmó.

—A veces apenas puede ponerse de pie —dijo—. Pobre hombre.

Todavía no podían descartarlo, pero Sparkes estaba impacientándose con Matthews y le exigió que centrara la atención en Taylor.

—Doonan es un lisiado, apenas puede caminar; ¿cómo diablos iba a secuestrar a una niña? —preguntó Sparkes—. No tenemos nada que lo relacione con el caso aparte del hecho de que manejaba una vagoneta azul, ¿verdad?

Matthews negó con la cabeza.

—No, jefe, pero está lo de la Operación Oro.

—¿Dónde están las pruebas de que vio esas imágenes? No hay ninguna. Taylor tenía pornografía infantil en su computadora. Deberíamos concentrarnos en él. Necesito que te centres en él, Matthews.

El sargento no estaba del todo convencido de que fuera el momento de descartar a Doonan, pero sabía que su jefe había tomado una decisión.

El verdadero problema para Sparkes era que no podía quitarse de encima la sensación de que ya habían encontrado a su hombre y temía que, salvo que lo detuvieran, tarde o temprano iría en busca de otra Bella.

Había comenzado a fijarse en todos los niños de la edad de Bella —en la calle, en las tiendas, en los coches o en las cafeterías— y luego miraba a su alrededor en busca de depredadores. Esta situación estaba empezando a afectar a su apetito, pero no a su concentración. Sabía que todo eso estaba repercutiendo en su vida, aunque no había nada que pudiera hacer.

—Estás obsesionado con este caso, Bob —le dijo Eileen poco antes—. ¿No podemos ir a tomar algo sin que te quedes ensimismado en tus pensamientos? Necesitas relajarte.

«¡¿Quieres que secuestren a otro niño mientras estoy tomándome una copa de vino?!», le entraron ganas de gritarle, pero no lo hizo. No era culpa de Eileen. Ella no lo entendía. Él era consciente de que no podía proteger a todas las niñas de la ciudad, pero eso no le impedía intentarlo.

En su carrera había habido muchos otros casos relacionados con niños —la pequeña Laura Simpson; la bebé W, asesinada por su padrastro; el hijo de los Voules, que se ahogó en la colchoneta inflable de un parque rodeado por otros niños; y también víctimas de accidentes de tráfico y niños desaparecidos—, pero no los había conocido como conocía a Bella.

Recordó la sensación de desamparo que lo asaltó cuando sostuvo por primera vez a su hijo James, la idea de que era el único responsable del bienestar y la seguridad de su hijo en un mundo lleno de peligros y malas personas. Así era como se sentía respecto a Bella.

Había comenzado a soñar con ella. Eso nunca era una buena señal.

Se preguntaba si la vagoneta azul no estaría distrayéndolos de otras líneas de investigación. Pero, en ese caso, ¿por qué el conductor de la vagoneta azul no había dado señales de vida? Todo el mundo quería ayudar a encontrar a esa niña. Si sólo se hubiera tratado de un tipo visitando a alguien en una casa cercana, les habría llamado, ¿no?

A no ser que fuera Glen Taylor, concluyó.

La búsqueda fue exhaustiva y el equipo analizó cuidadosamente hasta el menor detalle. Una camiseta tirada en un arbusto, un zapato solitario, una niña rubia vista en un centro comercial intentando huir de un adulto. Los inspectores permanecían en un estado de alerta continua mientras las horas, luego los días y finalmente las semanas iban pasando sin que hubieran obtenido ningún resultado. Estaban todos agotados, pero nadie podía dejarlo así.

Cada mañana, la reunión de actualización resultaba más breve y sombría. La camiseta era de un niño de ocho años, el zapato no pertenecía a Bella y lo de la niña que gritaba en el centro comercial tan sólo se trataba de un berrinche. Las pistas se evaporaban tan pronto como las examinaban.

Sparkes escondía su desesperación. Si agachaba la cabeza, su equipo se rendiría. Cada mañana se sermoneaba a sí mismo en su despacho o, a veces, de pie delante del espejo del baño para asegurarse de que nadie pudiera distinguir un atisbo de derrota en sus cada vez más cansados ojos. Luego entraba en la sala de reuniones con paso firme y los ánimos revitalizados y animaba a sus hombres y mujeres.

—Volvamos al principio —dijo esa mañana. Y lo hicieron, repasando con él fotos, mapas, nombres y listas—. ¿Qué hemos pasado por alto? —los desafió. Caras cansadas—. ¿Quién puede secuestrar a un niño? ¿Qué sabemos de otros casos?

—Un pedófilo.

—Una red de pedófilos.

—Un secuestrador por dinero.

—O venganza.

—Una mujer que perdió a un niño.

—O que no puede tener un bebé.

—Un perturbado que necesite a un niño para hacer realidad una fantasía determinada.

Sparkes asintió.

—Dividámonos en equipos de dos hombres, perdón, dos personas, y revisemos otra vez los testigos y los sospechosos para ver si alguien encaja en alguna de esas categorías.

Los agentes se pusieron a trabajar y Sparkes dejó a Ian Matthews supervisándolos.

Se preguntaba cuánto tardaría en aparecer el nombre de Jean Taylor y quería tiempo para analizar bien esa posibilidad. Jean era algo rara. Recordaba bien la primera vez que la vio: la expresión de *shock* en su rostro, la dificultad de los interrogatorios, la firmeza de sus respuestas. Estaba seguro de que estaba cubriendo a Glen y lo había achacado a una lealtad ciega, pero también podía ser que estuviera implicada de algún modo.

Las mujeres que asesinaban a niños eran poco habituales y, según las estadísticas, las que lo hacían mataban a sus propios hijos casi exclusivamente. De vez en cuando, sin embargo, secuestraban a algún bebé.

Sabía que la infertilidad podía ser una poderosa fuerza motivadora. El anhelo consumía a algunas mujeres que terminaban enloqueciendo de dolor. Las vecinas y las colegas de Jean en la peluquería habían declarado que ésta se quedó hecha trizas al saber que no podría tener hijos. Solía llorar en la bodega cuando alguna clienta comentaba que estaba embarazada. Aun así, nadie había situado a Jean en Southampton el día que Bella fue secuestrada.

Mientras pensaba, Sparkes garabateaba arañas en el cuaderno que tenía delante.

Si a Jean le gustaban tanto los niños, ¿por qué seguía con un hombre que veía pornografía infantil en la computadora? ¿Por qué era leal a un hombre así? Estaba seguro de que Eileen se iría de casa al instante. Y él no la culparía. ¿A qué se debía el influjo de Glen sobre ella?

—Puede que hayamos estado analizándolo todo desde el ángulo equivocado —se dijo a sí mismo mirándose al espejo mientras se lavaba las manos en el baño—. Puede que sea ella quien tiene influjo sobre Glen. Puede que fuera Jean quien lo impulsó a hacerlo.

En efecto, cuando regresó al centro de coordinación, el nombre de Jean estaba escrito en el pizarrón. Los agentes encargados de comprobar el grupo de «mujeres que no pueden tener hijos» estaban discutiendo anteriores casos.

—La cuestión —dijo un agente— es que, normalmente, la mujer que secuestra a un niño lo hace sola y suele ir por recién nacidos. Algunas se ponen ropa de embarazo y relleno y hacen creer a sus parejas o a su familia que están embarazadas. Luego secuestran a un bebé en una guardería o de una carriola desatendida por un instante en una tienda para hacer realidad esa fantasía. Llevarse a un niño pequeño, en cambio, es muy arriesgado. Puede resistirse si se asusta y, si se pone a llorar, llamará la atención.

Dan Fry, uno de los nuevos agentes del cuerpo, levantó la mano y Matthews le dio la palabra con un movimiento de cabeza. Era joven, apenas recién salido del bar del Consejo Estudiantil, y se puso de pie para hablarle al grupo sin saber que lo habitual era permanecer sentado y dirigirse al escritorio.

Fry se aclaró la garganta.

—También existe la posibilidad de secuestrar a un niño mayor y mantenerlo oculto. Es mucho más difícil explicarles a los amigos y a la familia la repentina aparición de un niño de dos años. Si alguien hubiera secuestrado a un niño de esa edad para criarlo como propio, tendría que desaparecer, y los Taylor no lo han hecho.

—Cierto, este... Fry, ¿no? —dijo Sparkes al tiempo que le indicaba que se sentara.

Los demás equipos descartaron el secuestro por dinero o venganza. Dawn Elliott no tenía dinero y rastrearon su pasado en busca de antiguos novios que pudieran ser sospechosos, y de pruebas de drogas o prostitución, por si acaso había alguna conexión con el crimen organizado. Nada. No era más que una chica de pueblo que trabajaba en una oficina hasta que se enamoró de un hombre casado y quedó embarazada.

Todavía no habían encontrado al padre de Bella. El nombre que éste le había dado a Dawn resultó ser falso y el número de teléfono celular que tenían era de prepago y ya no tenía señal.

—Es un oportunista, jefe —dijo Matthews—. Asoma la cabeza el tiempo necesario para tener una aventura extramarital y luego desaparece. Una vida con mil repertorios y una mujer en cada puerto.

«Pedófilos», fue lo único que quedó en el pizarrón.

La energía se disipó de la sala.

—De vuelta a Glen Taylor —dijo Sparkes.

—Y Mike Doonan —masculló Matthews—. ¿Qué hay de la Operación Oro?

Pero su superior no pareció oírle. Estaba escuchando sus propios miedos.

Sparkes estaba seguro de que Glen Taylor ya estaba pensando en su siguiente víctima. Alimentando sus pensamientos con pornografía de internet. Mirar esas imágenes se había vuelto una adicción de la que, según los psicólogos, era tan difícil desengancharse como de una droga.

Sparkes conocía las razones por las que algunos tipos se volvían adictos a la pornografía en internet —depresión, ansiedad, problemas financieros, problemas laborales— y algunas de las teorías de la «recompensa química» —el entusiasmo provocado por la adrenalina, la dopamina y la serotonina—. Un informe que había leído decía que, para algunos hombres, el visionado de pornografía era como «la excitación del primer encuentro sexual», lo cual los llevaba a buscar una repetición de la misma sensación con imágenes cada vez más extremas. «Algo parecido a como los adictos a la cocaína describen su experiencia», añadía el informe.

Navegar por internet era un mundo fantasioso seguro y lleno de excitación, una forma de crear un espacio privado en el cual llevar a cabo sus actos delictivos.

—Curiosamente —le contó Sparkes a Matthews más adelante en la cafetería—, no todos los adictos a la pornografía tienen erecciones.

Ian Matthews levantó una ceja al tiempo que dejaba su sándwich de salchicha en la mesa de formica.

—¿Le importa, jefe? Estoy comiendo. ¿Se puede saber qué está leyendo? Parece una absoluta estupidez.

—Gracias, profesor —contestó—. Estoy intentando meterme en el turbio mundo de Glen Taylor. Puede que no logremos introducirnos en él mediante interrogatorios, pero Taylor no podrá romper su hábito y yo estaré esperándolo. Lo encontraremos y lo detendremos.

El sargento se echó hacia atrás y siguió masticando su almuerzo.

—Adelante, dígame cómo.

—Ayer vino a verme Fry, uno de esos chicos listos que nos han enviado para que los formemos. Dice que hay una cosa que no hemos tenido en cuenta. Los chats. Ahí es donde los adictos al porno y los depredadores sexuales buscan amigos y pierden sus inhibiciones.

El agente Fry se había presentado en el despacho de su superior, se había sentado en una silla sin haber sido invitado y había abordado la conversación como una tutoría universitaria.

—Tal y como yo lo veo, el problema es que necesitamos que Glen Taylor se delate.

«No jodas, Sherlock», pensó Sparkes.

—Prosiga, Fry.

—Bueno, quizá lo que necesitamos es entrar en su mundo y atraparlo cuando más vulnerable se muestra.

—Lo siento, Fry, ¿podemos ir al grano? ¿A qué se refiere con lo de «su mundo»?

—Estoy seguro de que Glen Taylor suele visitar chats, probablemente en busca de nuevas perspectivas, y si nos hacemos pasar por usuarios habituales, podría revelar alguna prueba clave. Podríamos utilizar un AEI.

Sparkes levantó una ceja.

—¿Cómo dice?

—Un Agente Encubierto Informático, señor. Para observar cómo opera Taylor. Lo estudié en la universidad y creo que vale la pena probarlo —dijo Fry, tras lo cual descruzó sus largas piernas y se inclinó sobre el escritorio de Sparkes.

Éste se había inclinado hacia atrás en un acto reflejo, física y mentalmente. Lo que le fastidiaba no era que Fry fuera más listo que él, sino la seguridad que demostraba en sí mismo y que tuviera razón. «Para eso sirve la universidad», pensó.

«Maldita educación universitaria —podía oír a su padre—. Una pérdida de tiempo. Es para gente con dinero y nada que hacer.»

«No es para ti», fue el mensaje que recibió el chico de diecisiete años con un formulario de inscripción en la mano.

No hubo más discusiones sobre el tema. Su padre trabajaba en el ayuntamiento y prefería desenvolverse en su mundo pequeño y conocido. «Seguridad» era su consigna y alentó a su hijo para que tuviera su misma mentalidad de clase media-baja.

«Gradúate en el instituto y consigue un buen trabajo de funcionario, Robert. Un trabajo de por vida.»

Bob mantuvo su solicitud de ingreso a la policía en secreto tanto de su padre como de su madre —curiosamente, siempre había pensado en ellos como si fueran una sola persona: papaymamá—

y se lo presentó como un *fait accompli* cuando fue aceptado. No utilizó la expresión *fait accompli*. Su papaymamá no aprobaba los extranjerismos.

A Sparkes las cosas le fueron bien en la policía, pero su ascenso no fue meteórico. No era así como se hacían las cosas en su época; más bien al contrario, fueron palabras como *entregado*, *perspicaz* y *metódico* las que apuntalaron sus valoraciones y recomendaciones.

«A la nueva generación de graduados con ansias de comerse el mundo se le pondrían los pelos de punta si fueran descritos del mismo modo», pensó Sparkes.

—Hábleme de esos chats —dijo éste, y Fry, que apenas parecía afeitarse y menos todavía haber buscado sexo en internet, le explicó que había escrito una disertación sobre el tema.

—Mi profesora de psicología está investigando sobre los efectos de la pornografía en la personalidad. Estoy seguro de que puede ayudarnos —añadió.

A finales de esa semana, Sparkes, Matthews y Fry se dirigieron a la *alma mater* del joven, situada cerca de Birmingham. La doctora Fleur Jones recibió a los hombres en la puerta del elevador. Parecía tan joven que Sparkes pensó que debía de tratarse de una estudiante.

—Venimos a hablar con la doctora Jones —le dijo Matthews a la joven, provocando la risa de Fleur.

Ella no sólo estaba acostumbrada, sino que disfrutaba en secreto la confusión que provocaban el pelo teñido de rojo, el arete que llevaba en la nariz y el escaso largo de su falda.

—Soy yo. Ustedes deben de ser los inspectores Sparkes y Matthews. Encantada de conocerlos. Hola, Dan.

Los tres hombres se apretaron en la funcional cabina que hacía las veces de espacio de trabajo de Fleur Jones. Por defecto profesional, Sparkes y Matthews no pudieron evitar echarles un vistazo a las paredes. El tablón de anuncios estaba cubierto de lo que parecían dibujos infantiles. Al fijarse más, sin embargo, se dieron cuenta de que estaban mirando imágenes pornográficas.

—Por el amor de Dios —dijo Bob Sparkes—. ¿Quién diablos dibujó eso? No son los típicos dibujos de niños.

La doctora Jones sonrió pacientemente y a Fry se le escapó una sonrisa de suficiencia.

—Forman parte de mi investigación —aclaró ella—. Hacer que usuarios habituales de pornografía dibujen lo que presencian en internet puede revelar rasgos de su personalidad y los obliga a ver las cosas de un modo distinto, tal vez incluso permitiéndoles descubrir al ser humano que hay detrás de los objetos sexuales que buscan.

—Ajá —dijo Sparkes, preguntándose qué delincuentes sexuales de la zona podrían haber realizado semejantes dibujos—. Bueno, doctora Jones, no queremos hacerle perder su valioso tiempo, así que, si no le importa, le comentaré la razón por la que estamos aquí.

La psicóloga cruzó sus piernas descubiertas y asintió con atención sin apartar la mirada del inspector. Sparkes intentó imitar su lenguaje corporal, pero no pudo cruzar las piernas sin darle una patada a Matthews y comenzó a sentirse un poco acalorado.

La doctora Jones se puso de pie y abrió la ventana.

—Hace un poco de calor. Lo siento, es una habitación pequeña.

Sparkes se aclaró la garganta y dijo:

—Tal y como el agente Fry le comentó, estamos investigando la desaparición de Bella Elliott. Tenemos un sospechoso, pero estamos buscando nuevas vías para averiguar si secuestró a la niña. Esta persona demostró tener un amplio interés en imágenes sexuales de niñas y de adultos vestidos como niñas. En su computadora guardaba fotografías de estas características. Él asegura que no las descargó a propósito.

La doctora Jones dejó escapar una leve sonrisa de reconocimiento.

—Es muy manipulador y convirtió los interrogatorios en clases magistrales de evasivas —añadió Sparkes.

—A los adictos se les da muy bien mentir, inspector. Se mienten a sí mismos y luego a todos los demás. Se niegan a aceptar su problema y son expertos en encontrar excusas y culpar a otras personas —dijo la doctora Jones—. Dan me contó que están interesados en interactuar con el sospechoso en un chat.

«No debe de tener más de treinta años», pensó Sparkes.

La psicóloga reparó en el tiempo que tardaba el inspector en contestar y sonrió al imaginar lo que éste debía de estar pensando.

—Este... Sí, sí, así es. Pero necesitamos saber mucho más sobre estos chats y cómo abordar a nuestro hombre —dijo rápidamente.

A continuación, la doctora Jones les ofreció toda una conferencia sobre cómo encontrar parejas sexuales en internet que los inspectores siguieron con ciertas dificultades. No era que fueran unos iletrados informáticos, pero la proximidad de la doctora Jones y el continuo movimiento de sus piernas les distraían demasiado para poder dedicarle su completa concentración. Al final, Dan Fry la relevó y utilizó la computadora de la psicóloga para mostrarles a sus jefes un mundo ciberfantástico.

—Como ya sabrán, los chats básicamente consisten en un servicio de mensajería instantánea —explicó—. Uno se registra en uno que se publicite como lugar de encuentro de, digamos, solteros, o de adolescentes, utiliza un seudónimo para ocultar su verdadera identidad, y puede comunicarse con todos aquellos que se encuentren en la «sala», o sólo con uno. Para comenzar a conversar sólo hay que escribir algo.

»Los usuarios no pueden verse entre sí, de modo que pueden hacerse pasar por cualquiera. Ése es el atractivo para los depredadores. Pueden asumir una nueva identidad, género o grupo de edad. Lobos con piel de cordero —concluyó Fry.

Cuando un depredador establece contacto con un determinado individuo —un adolescente, quizá—, es probable que intente convencerlo para que le dé su correo electrónico y, así, poder continuar su acoso en privado.

—En cuanto ya obtuvo acceso directo, cualquier cosa es posible. Entre adultos, eso no supone ningún problema, pero algunos jóvenes han sido engañados o manipulados para que posen en fotografías explícitas hechas con una webcam. El depredador luego los chantajea para conseguir más cosas. Vidas jóvenes arruinadas —añadió Fry.

Una vez terminada la explicación, Sparkes hizo una prueba en un chat para mayores de dieciocho años. Matthews sugirió que su seudónimo fuera «Supersemental» y resopló cuando su jefe optó en cambio por «Señor Darcy», el personaje literario favorito de Eileen. «Señor Darcy» fue recibido por una ráfaga de mensajes picantes de supuestas Elizabeth Bennets que, rápidamente, dieron paso a auténticas proposiciones sexuales.

—¡Madre de Dios! —exclamó el inspector al ver la cantidad de mensajes explícitos en la pantalla—. Un poco atrevidos para Jane Austen, ¿no?

La doctora Jones se rio a su espalda. Él cerró la sesión y se volteó hacia ella.

—Pero ¿cómo encontraremos a Glen Taylor? —preguntó—. Debe de haber cientos de chats.

Fry ya tenía un plan.

—Sí, pero tenemos su computadora, de modo que sabemos qué salas visitó. Taylor es listo y cuando la Operación Oro comenzó a hacerse sentir, probablemente borró archivos que lo incriminaran. Aun así, los datos borrados se encuentran en su disco duro, invisibles para él pero muy visibles para los tipos del laboratorio informático forense. Éstos han desenterrado todo tipo de información y sabemos a qué salas suele acudir.

Sparkes se sorprendió a sí mismo asintiendo, seducido por la imagen mental del rostro de Taylor cuando lo arrestaran. Casi podía oler el hedor a culpable que despedía Taylor. Intentó alejar esos pensamientos y concentrarse en cosas prácticas.

—¿Y quiénes seremos «nosotros», exactamente?

—Fleur y yo desarrollaremos un personaje con una biografía específica, así como un guion con algunas palabras clave —dijo

Fry, sonrojado por la emoción ante la perspectiva de realizar un auténtico trabajo policial, y la doctora Jones se mostró de acuerdo.

—Podría resultar muy valioso para mi investigación.

La cuestión pareció quedar resuelta, pero Matthews planteó entonces la pregunta que nadie había hecho todavía.

—¿Es esto legal?

Los demás se voltearon hacia él.

—¿Podrá presentarse como prueba en un juzgado, señor? Quizá podría considerarse incitación a la comisión de un delito —señaló.

Sparkes se preguntó si Matthews no estaría reaccionando ante la presuntuosa sagacidad del joven agente. Él no conocía la respuesta, pero Fry le proporcionó una posible escapatoria.

—Que yo sepa, señor, de momento no tenemos ningún caso que desbaratar. ¿Por qué no vemos primero hasta dónde llegamos y ya nos plantearemos esa cuestión más adelante? —sugirió.

A Matthews eso no pareció convencerlo, pero Sparkes asintió: estaba de acuerdo.

CAPÍTULO 22

Martes, 12 de junio de 2007

La viuda

Son cosas curiosas, los cumpleaños. A todo el mundo parecen gustarle, pero yo los temo: los días previos, la presión para ser feliz y pasarla bien, la decepción posterior cuando no lo hago. Hoy cumplo treinta y siete años y Glen está en la planta baja preparando una charola con el desayuno. Todavía es pronto y no tengo hambre, de modo que la comida me sabrá a polvo, pero tendré que decirle que me encanta. Y que lo quiero. Lo hago. Lo hago. Es mi mundo, pero cada cumpleaños me pregunto si quizá este año habrá un milagro y tendremos un bebé.

Intento no pensar en ello, pero los cumpleaños son difíciles. Es ese momento en el que una se da cuenta de que pasó otro año, ¿no? Soy consciente de que está sucediendo todo lo demás, pero no puedo evitar pensarlo.

Una posibilidad sería adoptar un niño extranjero. Vi todos esos artículos sobre bebés chinos, pero no puedo decirle nada a Glen sin que se moleste.

Aquí viene. Oigo el tintineo de las tazas y los platos sobre la charola. Aparece con una amplia sonrisa en el rostro y una rosa roja en un jarrón junto al huevo cocido. Me canta «Cumpleaños feliz» al tiempo que se acerca a mi lado de la cama, poniendo una voz graciosa para hacerme reír. «Cumpleaños feliz, querida Jeanie, cumpleaaaños feliiiiiiz», canta, y a continuación me besa en la frente, en la nariz y en la boca.

Eso hace que me ponga a llorar y él retira la charola de mi regazo y se sienta a mi lado para rodearme con los brazos.

—Lo siento, querido, no sé qué me pasa —digo, intentando sonreír.

Él me hace callar y se dirige hacia el ropero para tomar su tarjeta y su regalo.

Es un camisón. Con bordado inglés y lazos rosas. Como el de una niña pequeña.

—Es precioso —afirmo, y le doy un beso—. Gracias, querido.

—Pruébatelo —dice.

—Luego. Debo ir al lavabo. —No quiero ponérmelo. Voy al baño y tomo una pastilla «Jeanie». Odio los cumpleaños.

Justo antes del cumpleaños de Bella, en abril, el primero desde que desapareció, fui a la papelería de los Smith para comprarle una tarjeta. Pasé horas mirando las imágenes y los mensajes hasta que escogí una con los Teletubbies porque había leído en los periódicos que le gustaban mucho. También le compré un pin con la leyenda «CUMPLO 3».

No sabía qué escribir, de modo que fui a sentarme en un banco del parque para pensar en ella. No estoy triste porque sé que está viva. Su madre y yo creemos que está viva. También Glen. Estamos seguros de que la secuestró una pareja cuyo hijo falleció y que se la llevaron al extranjero. Me pregunto si la policía ha pensado en esta posibilidad. Espero que Glen les cuente su teoría.

Finalmente, escribo: «Queridísima Bella. Feliz cumpleaños. Espero que regreses pronto a casa» y le mando besos. En el sobre anoto su nombre, señorita Bella Elliott. Ignoro el número de su casa, pero confío en que el cartero sí lo sepa. La madre dice que recibe cientos de cartas cada día. Explicó en *Woman's Hour* que algunas eran cartas desagradables de «locos» que le decían que se merecía haber perdido a Bella. Una de ésas debe de ser mía.

La escribí al principio de todo, cuando estaba muy enojada con ella por haber dejado sola a Bella cuando yo ni siquiera podía tener hijos. Quería que supiera lo mal que lo había hecho. Ésa tampoco la firmé.

Le pongo un sello al sobre (algo abultado a causa del pin) y, de regreso a casa, lo echo al buzón.

El día de su cumpleaños, 28 de abril, Dawn apareció en la televisión a la hora del desayuno junto a un pequeño pastel con tres velas. Llevaba puesto el pin que yo le había enviado junto a otra en la que ponía «ENCUENTREN A BELLA». Le dio las gracias a todo el mundo por las encantadoras tarjetas y los regalos que había recibido y dijo que no los desenvolvería hasta que Bella regresara a casa. Conmovida, la mujer que la entrevistaba no supo qué decir.

Yo desenvolví el regalo que le compré —una muñeca con el cabello rubio y un vestido blanco y rosa— y la coloqué sobre la cama.

Pude hacerlo porque Glen no estaba. Había salido con el coche. Tardaría mucho en regresar y hasta entonces podía pasar el tiempo con Bella.

Tengo fotos suyas de los periódicos y otras más bonitas a color sacadas de las revistas. Decidí no ponerlas en mis álbumes porque es una niña real y especial y algún día espero conocerla. Cuando venga a casa.

Ya imagino la escena. Nos encontraremos en el parque y ella sabrá quién soy yo y vendrá corriendo sin dejar de reír y a punto de tropezar de lo rápido que va. Sus pequeños brazos rodearán mis piernas y yo me inclinaré, la recogeré y la meceré en mis brazos.

Es mi ensoñación favorita, pero está comenzando a afectar a mi día a día. A veces, me sorprendo a mí misma sentada en la mesa de la cocina y, de repente, me doy cuenta de que ya pasó más de una hora sin que yo fuera consciente de ello. Otras, me sorprendo llorando y no sé exactamente por qué. Fui a ver al médico. No mencioné a Bella, pero él conocía las «circunstancias de Glen» —ésas fueron las palabras que utilizó— y me dio una nueva receta.

—Necesita tranquilidad, señora Taylor —dijo al tiempo que arrancaba una página de su cuaderno—. ¿Ha pensado en tomarse un descanso de lo que está pasando?

Sus intenciones eran buenas, pero hacer un viaje no es ninguna solución. Mis pensamientos no se iban a detener porque me subiera a un avión rumbo a algún lugar. Ya no los controlaba. Ni mis pensamientos ni nada. Quise decirle que era una simple pasajera, no la conductora. En cualquier caso, las pastillas deberían posibilitarme ser Jeanie cuando lo necesito.

La madre de Bella sale todo el tiempo en la tele. Aparece en todos los programas de entrevistas, contando las mismas cosas sobre «su ángel» y cómo pasa las noches llorando hasta que se queda dormida. No se pierde una oportunidad. Me pregunto si le pagan.

Planteo la cuestión en un programa nocturno de radio. A continuación, Chris de Catford entra al aire y se muestra de acuerdo conmigo.

—¡¿Qué tipo de madre hace eso?! —grita.

Me alegro de que otra gente también la haya descubierto.

Desde «mi retiro», tal y como lo llama Glen, paso los días viendo la televisión, haciendo sopas de letras y llamando a programas de radio. Es gracioso, antes solía pensar que el radio era para gente inteligente porque hablaban mucho. Sin embargo, comencé a escuchar la emisora local para que me hiciera compañía y me enganché. Hay una especie de grupo de gente que llama con regularidad (son las mismas voces una semana tras otra). El tipo mayor que quiere que corran a todos los inmigrantes; la mujer que no pronuncia bien las erres y que piensa que todos los políticos deberían ser *encawcelados*; el joven que culpa a las mujeres por el aumento de crímenes sexuales. Comienzan enojados y, a medida que se van calentando, sus voces se vuelven todavía más enérgicas y gritonas. No importa de qué tema se trate, ellos siempre están indignados, y yo me volví adicta.

Finalmente, un día que hablaban sobre si los pedófilos deberían ser linchados, descolgué el teléfono. Me presenté como Joy y le dije al locutor que sí, que los pedófilos deberían ser linchados. Creo que fue bien recibido porque hubo muchas llamadas que estaban de acuerdo. Y eso fue todo. Ya era una de ellas. Cambiaba de nombre más o menos cada semana. Ann, Kerry, Sue, Joy, Jenny, Liz. Aunque sólo fuera durante noventa segundos, era maravilloso hacerse pasar por otra persona y que nadie me escuchara sabiendo con quién estaba casada y me juzgara por ello.

Descubrí que tenía muchas opiniones. Podía ser la Señorita Enojada o una «liberal de gran corazón», tal y como decía Glen. Podía ser quien quisiera.

Y evitaba que me sintiera sola. Por supuesto, Lisa desapareció con el resto de mi vida. Al principio, ella seguía llamándome e invitándome a su casa. Quería que se lo contara todo y me trataba con mucha dulzura. Decía que no creía ni una palabra. Pero los niños ya no vinieron más. Siempre había una excusa: Kane estaba resfriado, Daisy tenía que ensayar para un festival de ballet, la hermana de Lisa había venido a pasar unos días. Luego cerró la reja con un clavo. Sólo uno, pero bien alto.

—Tenía miedo de los ladrones —dijo—. ¿Verdad que lo entiendes, Jeanie?

Y yo intenté hacerlo.

CAPÍTULO 23

Lunes, 18 de junio de 2007

El inspector

Ese fin de semana, Dan Fry y Fleur Jones escogieron el nombre de Jodie Smith. Jodie porque pensaban que sonaba infantil, y Smith por el anonimato. Era una mujer de veintisiete años de Manchester que trabajaba como secretaria en una oficina municipal, y de quien su padre había abusado de pequeña; por eso ahora se excitaba sexualmente vistiéndose como una niña.

—No es muy sutil —comentó Sparkes cuando le presentaron el primer borrador de la escabrosa historia—. Nos descubrirá de inmediato. ¿No podríamos rebajar un poco el tono? Además, ¿por qué querría una mujer que sufrió abusos sexuales de pequeña revivir esa experiencia de mayor?

Fry exhaló un suspiro. Estaba impaciente por ponerse en marcha y llevar finalmente a cabo un auténtico trabajo policial en vez de actuar como el chico de los recados del centro de coordinación, pero advirtió que el estado de ánimo de la sala había cambiado y que el inspector parecía estar repasando la estrategia.

—Es una buena pregunta, señor —dijo, utilizando su técnica favorita de reafirmación positiva.

Sparkes pensó que Fry era un pequeño imbécil condescendiente, pero aun así decidió escucharlo.

El joven agente señaló que Jodie había sido creada a partir de un auténtico caso práctico y, a continuación, ofreció un detallado análisis psicológico de motivos, trastornos de estrés postraumático, fantasías y el lado más oscuro de la sexualidad humana. Sparkes se mostró impresionado e interesado y, por el momento, sus recelos quedaron a un lado.

—¿Qué opina Jones? ¿Está de acuerdo con todo esto? —preguntó.

—Bueno, con casi todo, señor —dijo Fry—. Esta mañana le leí el borrador final y parece que le gustó. Ahora voy a enviárselo por correo electrónico para que pueda hacerme sus observaciones.

—De acuerdo. En cuanto tengamos su aprobación, presentaremos la estrategia al inspector jefe —añadió Sparkes.

Al inspector jefe Brakespeare le encantaban las nuevas ideas. La innovación era su lema junto con otros clichés de gestión empresarial y, todavía más importante, estaba tan decidido a detener a Taylor como Sparkes.

—Esto podría proporcionarnos renombre —dijo, frotándose las manos mientras los escuchaba—. Presentémoslo al comisario.

Decidieron que todo el equipo fuera a ver al comisario. La reunión fue memorable. La doctora Jones acudió vestida con unos pantalones que parecían de pijama y un brillante en la nariz mientras, por su parte, Parker los recibió sentado en su escritorio tipo «Master del Universo» completamente uniformado y con el pelo lleno de gel.

El comisario escuchó en silencio cómo el inspector jefe resumía el plan, valoraba los riesgos y citaba la legislación necesaria para llevar a cabo una operación encubierta. Luego se sonó la nariz y dio su opinión:

—¿Dónde están las pruebas de que esto vaya a funcionar? ¿Lo intentó alguien antes? A mí me suena a incitación a la comisión de un delito.

Brakespeare, Sparkes y Fry se turnaron para contestarle, y la doctora Jones intervino con datos científicos y su encanto. Finalmente, el comisario Parker levantó las manos y emitió su juicio.

—Intentémoslo. Si con esto no obtenemos las pruebas que necesitamos, no parece factible que lleguemos a presentárselas a un jurado. Asegurémonos en cualquier caso de que tenemos las manos limpias. Nada de instigar ni incitar. Hay que proceder según las reglas. Obtengamos las pruebas y luego veremos si el juez las acepta. Seamos sinceros: si Taylor nos conduce a un cadáver, no importará cómo lo hayamos conseguido.

Cuando todos se fueron, el comisario volvió a llamar a Sparkes para preguntarle sobre Fleur Jones.

—¿Es de fiar, Bob? Parecía que se vistió en una habitación a oscuras y, sin embargo, estamos confiando en sus conocimientos. ¿Cómo se desenvolverá en un contrainterrogatorio?

Sparkes se volvió a sentar.

—Muy bien, señor. Sabe de lo que habla. Los títulos y los estudios le salen por las orejas.

Parker seguía mostrándose receloso.

—Es una experta en desviaciones sexuales y trabaja frecuentemente con criminales —añadió Sparkes—. Y eso sólo en lo que respecta al mundo universitario.

La broma cayó en saco roto.

—De acuerdo, está cualificada —dijo el comisario—, pero ¿por qué ella y no uno de los nuestros?

—Porque ella ya tiene una excelente relación profesional con Fry; él confía en ella. Y dará buena impresión delante de un jurado.

—Es tu cabeza la que está en juego, Bob. Veamos qué tal se desenvuelve, pero asegúrate de supervisar todos los pasos.

Sparkes cerró cuidadosamente la puerta.

Luego se unió a Fleur Jones y a los demás en el laboratorio informático forense para una visita guiada al parque de juegos virtual de Glen Taylor. No se trataba de una experiencia gratificante, pero la doctora Jones se mostró imperturbable. Permaneció detrás del técnico mientras éste les mostraba las páginas web y los chats que habían encontrado en el disco duro de Taylor durante su primer registro y veían sus páginas web favoritas, las ocasiones en las que había realizado las visitas, la duración de las mismas y otros hábitos útiles. LolitaXXX parecía ser la favorita de su listado de páginas web pornográficas y solía visitar también los chats Teen Fun y Girls Lounge utilizando cinco identidades distintas, entre las cuales se encontraban Quienespapi y OsoGrande.

—Ningún señor Darcy, jefe —dijo Matthews en broma.

Las conversaciones públicas de Taylor eran bastante inocuas. En ellas básicamente coqueteaba y bromeaba. Era el tipo de plática que uno puede escuchar en una fiesta de adolescentes. Éste era el material más explícito salido del chat. La bandeja de entrada de una cuenta de correo utilizada sólo para sus «sexcursiones», tal y como Taylor las llamaba en sus correos electrónicos, ofrecía una visión mucho más siniestra de su mundo secreto. Ahí, convencía a otros para que se le unieran. Algunas de las personas que le enviaron fotos eran adolescentes, otras adultos, pero todos parecían niños pequeños.

Sparkes pidió una impresión de todas las conversaciones y los correos electrónicos privados, y luego Fry se los llevó para comentarlos con la doctora Jones.

—¿Cree que Fry está capacitado para esto? —le preguntó Matthews a Sparkes—. Acaba de ingresar en el cuerpo y carece de experiencia operacional.

—Sí, ya lo sé, pero posee los conocimientos... Y, además, nosotros supervisaremos todos sus pasos. Démosle una oportunidad —contestó Sparkes.

—¿Se llamará usted RicitosdeOro? ¿Está seguro? —Matthews se rio cuando Fry y su profesora regresaron al despacho de Sparkes.

Fry asintió.

—Creemos que apelará a su interés en los niños —explicó.

—¡Ay, sí! ¿Cómo va a caer Taylor en algo tan obvio?

Pero lo hizo. RicitosdeOro conoció a OsoGrande y se pasaron una semana coqueteando discretamente. Fry y Matthews permanecieron horas delante de la pantalla de la computadora, encerrados en una pequeña habitación del departamento informático forense iluminada por un ruidoso tubo fluorescente y con el perfil de Jodie pegado en una pared. Además, Fry había encontrado en Facebook una foto de una chica que le gustaba en la universidad y había colocado una ampliación de su cara justo encima de la pantalla.

«Hola, Ricitos.»

«¿Qué tal?»

«¿Cómo estás hoy?»

Cuando Sparkes echaba un vistazo por encima de los hombros del joven agente no podía evitar sentir una mezcla de excitación y náuseas al contemplar los progresos del tango que cada noche bailaban con Glen Taylor. Fleur Jones había formado a fondo a Dan Fry y, en caso de que la necesitaran, se encontraba al otro lado de la línea telefónica. Sin embargo, y a pesar incluso de la presencia de Matthews, a Sparkes le preocupaba que el joven agente pudiera sentirse demasiado solo.

Fry se la estaba jugando y, si bien era consciente de que todo se debía a su interés en escalar posiciones, también sabía que este asunto podía terminar con él si las cosas salían mal.

—Funcionará —no dejaba de insistir éste cuando el ánimo decaía.

De vez en cuando, algún otro miembro del equipo asomaba la cabeza por la puerta.

—¿Ya lo atraparon? —le preguntaba uno a Fry.

—¿Te preguntó de qué color son tus ojos? —decía otro.

Matthews se reía y se unía a la broma, pero Sparkes se dio cuenta de que el joven policía se había convertido en una atracción de feria. Una noche, vislumbró su reflejo en la ventana que había detrás del escritorio. Se había apartado del teclado y estaba recostado, con las piernas extendidas y la espalda encorvada en la silla. Al darse cuenta quizá de que probablemente estaba remedando a su presa, de repente Fry se irguió en un acto reflejo.

Fry también tenía que mantener conversaciones con otros miembros del chat para que Taylor no sospechara, y el humor pueril y las interminables indirectas estaban comenzando a desgastarlo. Podía visualizarlos, decía, con sus camisetas de grupos de heavy metal y su calvicie prematura.

Sparkes empezó a preocuparse de que ser la carnada terminara siendo demasiado para él.

En cualquier caso, no podía quejarse de la entrega del joven agente. Solía ver a Fry hojeando revistas de mujeres para meterse en el personaje y, para disgusto de Matthews, un día llegó incluso a hablar de síndrome premenstrual.

Pero estaban tardando demasiado. Después de quince noches en el chat, Matthews comenzó a impacientarse y le dijo a su jefe que era una pérdida de tiempo.

—¿Tú qué dices, Daniel? —preguntó Sparkes.

Era la primera vez que utilizaba el nombre de pila del joven agente y éste se dio cuenta de que estaba ofreciéndole la batuta.

—Estamos construyendo una relación con él porque no queremos que sea una sesión de sexo rápido. Queremos que hable. ¿Por qué no esperamos otra semana?

Sparkes se mostró de acuerdo y Fry, embriagado con una nueva sensación de poder, llamó a su antigua profesora para proponerle que subieran la apuesta. Al principio, ella tuvo dudas, pero al final estuvieron de acuerdo con que Jodie debía hacerse la difícil y desaparecer un par de días antes de lanzarle el anzuelo a Glen.

—¿Dónde estabas? —preguntó OsoGrande cuando RicitosdeOro reapareció—. Pensaba que te habías perdido en el bosque.

—Mi papá dijo que pasaba demasiado tiempo en la computadora —escribió RicitosdeOro—. Me castigó. —Ambos sabían que tenía veintisiete años, pero en eso consistía el juego.

—¿Cómo?

—No quiero decirlo. No debo meterme otra vez en problemas.

—Vamos.

Y lo hizo. OG, tal y como lo llamaba ahora, había picado.

—¿Por qué no nos vemos en algún lugar de internet en el que tu padre no pueda encontrarnos? —sugirió.

CAPÍTULO 24

Martes, 10 de julio de 2007

El inspector

Glen Taylor le dijo a su nueva amiga que estaba procurando no hacer demasiado ruido al teclear porque todo el mundo en casa estaba durmiendo salvo él.

Ricitos, tal y como la llamaba ahora, le envió finalmente una foto suya en la que iba vestida sólo con un *baby doll* y ahora estaba intentando convencerla para que se lo quitara.

El inspector Sparkes le pidió a Fleur Jones que estuviera presente en todas las sesiones de correos electrónicos privados con Taylor y ahora estaban ambos sentados detrás de Dan Fry, apenas iluminados por el resplandor de la pantalla.

—Eres tan dulce, Ricitos... Mi niña querida.

—Tu niña mala. Ya sabes que haré lo que quieras.

—Así me gusta. Mi niña mala.

A eso le siguió una serie de instrucciones de OG que Ricitos le dijo que obedecía y disfrutaba. Cuando hubo terminado, Dan Fry dio el siguiente paso. No formaba parte del guion de la doctora Jones, pero el agente estaba claramente impacientándose.

—¿Has estado antes con una niña mala? —le preguntó Fry.

En el reflejo de la pantalla, Sparkes pudo ver cómo Fleur levantaba una mano para indicarle al agente que procediera con cautela.

—Sí.

—¿Era una niña de verdad, o como yo?

—Me gustan ambas, Ricitos.

La doctora Jones le indicó a Fry que volviera al guion acordado. Estaba yendo todo demasiado rápido, pero parecía que Taylor estaba listo para sincerarse.

—Háblame de las otras niñas malas. ¿Qué hiciste con ellas?

Y Glen Taylor se lo dijo. Le habló de sus aventuras nocturnas en internet, sus encuentros, sus decepciones y sus triunfos.

—Pero ¿nunca lo has hecho de verdad? ¿En la vida real? —preguntó Dan, y los tres contuvieron la respiración.

—¿Te gustaría eso, Ricitos?

Sparkes comenzó a levantar la mano, pero Fry ya estaba tecleando.

—Sí, me gustaría mucho.

Lo había hecho, dijo. Una vez había conocido a una niña de verdad. Sparkes titubeó. Estaba sucediendo todo demasiado rápido para pensar con claridad. Miró a Fleur Jones. Ésta se había levantado de su silla y ahora permanecía de pie detrás de su protegido.

A Fry le temblaban tanto las manos que apenas podía teclear.

—Estoy muy excitada. Háblame de esa niña.

—Su nombre comenzaba con B —señaló—. ¿Adivinas cuál es?

—No, dímelo tú.

Permanecieron unos segundos envueltos en un asfixiante silencio a la espera de la última parte de la confesión.

—Lo siento, Ricitos. Debo irme. Alguien está tocando mi puerta. Ya hablaremos luego...

—Mierda —dijo Fry y descansó la cabeza sobre el escritorio.

—Aun así, creo que lo tenemos —afirmó Sparkes mirando a la doctora Jones.

Ésta asintió con firmeza.

—Para mí ya dijo suficiente.

—Enseñémosles lo que tenemos a nuestros superiores —propuso Sparkes, y se puso de pie—. Un trabajo excelente, Fry. Verdaderamente excelente.

Ocho horas después, los tres estaban sentados en el despacho del inspector jefe presentando sus argumentos para acusar y arrestar a Glen Taylor.

El inspector jefe Brakespeare los escuchó atentamente, leyó las transcripciones y tomó algunas notas antes de recostarse y emitir su juicio.

—No llegó a decir el nombre de Bella —dijo.

—No, no lo dijo... —comenzó a decir Sparkes.

—¿No fue demasiado lejos Fry con sus provocaciones?

—El equipo legal todavía lo está estudiando pero, a primera vista, no hay nada que los incomode. Se trata de una fina línea, ¿verdad?

—Pero —lo interrumpió Brakespeare—, lo tenemos hablando de una niña de verdad cuyo nombre comienza por B. Volvamos a detenerlo y acusémoslo de ello. Diremos que contamos con el testimonio de RicitosdeOro.

Todos asintieron.

—Tenemos muy buenas razones para haber seguido esta línea: su paradero en la zona el día en cuestión, la vagoneta azul, la pornografía infantil de su computadora, la naturaleza depredadora exhibida en los chats, la débil defensa de su esposa y (esto es clave) el riesgo de que pueda cometer más crímenes.

Todo el mundo volvió a asentir.

—¿Crees que se trata de nuestro hombre, Bob? —preguntó Brakespeare finalmente.

—Sí, lo creo —respondió Sparkes con la boca seca a causa de la expectación.

—Yo también, pero necesitamos algo más para arrestarlo. Revísalo todo a fondo, Bob. Ahora que casi lo tenemos, vuelve a examinar todas las pistas. Tiene que haber algo que lo vincule con la escena.

El equipo fue enviado de nuevo al barrio residencial del sur de Londres para comenzar de cero.

—Traigan todo lo que se haya puesto alguna vez —dijo Sparkes—. Todo. Vacíen los roperos.

Fue puro azar que tomaran la chamarra impermeable y acolchada de color negro de Jean Taylor. Estaba apretada entre el abrigo de invierno de su marido y una camisa de vestir y la etiquetaron y la metieron en una bolsa como todo lo demás.

El técnico que recibió las bolsas las amontonó según su tipo y comenzó los análisis con la ropa de abrigo, pues era la que tenía más probabilidades de haber entrado en contacto con la víctima.

Los bolsillos de la chamarra fueron vaciados y su contenido metido en otra bolsa. Sólo había un objeto. Un trozo de papel del tamaño del pulgar del técnico. En el silencio del laboratorio, inició entonces el proceso de examinarlo en busca de huellas y fibras, retirando cualquier prueba con cinta adhesiva y catalogándola meticulosamente.

No había huellas, pero sí partículas de tierra y lo que parecía el pelo de un animal. Era más fino que uno humano, si bien tendría que mirarlo con el microscopio para obtener más detalles como el color o la especie.

Después de hacerlo, el técnico se quitó los guantes y se dirigió hacia el teléfono de la pared.

—Con el inspector Sparkes, por favor.

Sparkes bajó los peldaños de la escalera de dos en dos. El técnico le dijo que no se molestara en ir —«Es demasiado pronto para estar seguros de nada, señor»—, pero Sparkes quería ver el trozo de papel para convencerse de que era real y que no iba a desaparecer envuelto en una nube de humo.

—Estamos comparando las partículas de tierra con las que obtuvimos en el análisis de la vagoneta de Glen —le comunicó el técnico con voz calmada—. Si coinciden, podremos situar el papel en la vagoneta. Y podremos decirle qué tipo de papel es, señor.

—Estoy seguro de que es el pedazo de una envoltura de Skittles —dijo Sparkes—. Mire el color. Encárguese de ello. En cuanto al pelo, ¿sabe ya a qué tipo de animal pertenece? ¿Podría ser un gato?

El técnico alzó la mano.

—Puedo decirle si se trata de un gato con bastante rapidez. Lo miraré con el microscopio. Lo que no podemos es saber si pertenece a un animal específico. No es como con los humanos. Aunque tengamos otros pelos con los que compararlo, sólo podremos averiguar si se trata de la misma raza, y eso con suerte.

Sparkes se pasó ambas manos por el pelo.

—Obtenga muestras del gato de Bella, *Timmy*, de inmediato y comprobémoslo.

—Denos algo de tiempo. Lo llamaré en cuanto tengamos los resultados.

Sparkes se dirigió hacia la puerta y el técnico se despidió con la mano.

Para ver en qué punto se encontraban, de vuelta en su despacho, el inspector y Matthews dibujaron un diagrama de Venn en el que cada círculo interconectado se correspondía a una potencial nueva prueba.

—Si el papel pertenece a un paquete de Skittles y el pelo es de un gato de la misma raza que *Timmy*, podríamos situar a Jean Taylor en la escena —observó Matthews—. Es su chamarra. Tiene que serlo. Es demasiado pequeña para ser de Glen.

—Iré a verla —dijo Sparkes.

CAPÍTULO 25

Jueves, 12 de julio de 2007

La viuda

Es obvio que la policía no se da por vencida. Están obsesionados con Glen y su vagoneta, su supuesta pornografía infantil y su «mala praxis» en el trabajo. No lo dejarán estar así como así. Según su abogado, al menos intentarán procesarlo por esas imágenes.

Las visitas y las llamadas del inspector Sparkes se han convertido en parte de nuestras vidas. La policía está construyendo su acusación y nosotros sólo podemos contemplarlo desde la banda.

Le digo a Glen que debería decirle a la policía lo del «trabajito privado» y dónde estaba aquel día, pero él insiste en que eso sólo empeoraría las cosas.

—Dirían que les mentí en todo, Jeanie.

Estoy aterrorizada y temo hacer o decir algo que empeore las cosas. Al final, sin embargo, es Glen quien lo hace, no yo.

La policía vino a verlo para interrogarlo otra vez. Se lo llevaron a Southampton. Al irse, Glen me dio un beso en la mejilla y me pidió que no me preocupara.

—Todo irá bien —me dijo, y yo asentí. Y luego me puse a esperarlo.

La policía se llevó más cosas suyas. Toda la ropa y los zapatos que no se llevaron la primera vez. También cosas que se acababa de comprar. Intenté decírselo, pero ellos me contestaron que se

173

lo iban a llevar todo. De hecho, se llevaron incluso mi chamarra por equivocación. La colgué en su parte del ropero porque la mía estaba llena.

Al día siguiente, Bob Sparkes vino a verme y me pidió que fuera con él a Southampton para hacerme unas preguntas. En el coche no me dijo nada, sólo que quería que ayudara con la investigación.

Cuando llegamos a la comisaría, sin embargo, me hizo sentar en una sala de interrogatorio y me leyó mis derechos. Luego me preguntó si había secuestrado a Bella o si había ayudado a Glen a hacerlo.

No podía creer que estuviera preguntándome eso. Yo no dejaba de decirle: «No, claro que no. Y Glen tampoco lo hizo», pero él no me escuchaba. Ya estaba pensando en la siguiente pregunta que me iba a hacer.

Cual ilusionista, de repente sacó una bolsa de plástico. Al principio, yo no podía ver bien qué había dentro, pero luego vi que se trataba de un pedazo de papel rojo.

—Encontramos esto en el bolsillo de su chamarra, señora Taylor. Es de un paquete de Skittles. ¿Suele comer Skittles?

Por un momento, no supe de qué estaba hablando, pero luego lo recordé. Seguramente era el pedazo de papel que encontré debajo de la alfombra de la vagoneta.

Sparkes debió de percibir mi cambio de expresión y siguió insistiendo. No dejaba de pronunciar el nombre de Bella. Yo le contestaba que no recordaba nada, pero él se había dado cuenta de que lo había hecho.

Al final se lo dije para que me dejara en paz. Le dije que podía tratarse de un pedazo de papel que encontré en la vagoneta. No era más que un poco de basura polvorienta y sucia. Me lo metí en el bolsillo para tirarlo más tarde, pero nunca llegué a hacerlo.

Dije que no era más que la envoltura de un dulce, pero el inspector me explicó que habían encontrado un pelo de gato pegado a él. De un gato gris. Como el del jardín de Bella. Yo le comenté

174

que eso no demostraba nada. El pelo podía proceder de cualquier lado. Pero aun así me tomaron declaración.

Esperaba que no le dijeran nada a Glen antes de que yo tuviera oportunidad de hacerlo. Cuando ambos llegáramos a casa le explicaría que me habían obligado a decírselo. Que no importaba. Pero no tuve oportunidad. Glen ya no vino a casa.

Al parecer, había vuelto a ver pornografía en internet. En el momento en que Tom Payne, el abogado de Glen, me lo explicó, me costó creer que hubiera sido tan estúpido. Supuestamente, él era el listo de la familia.

Cuando registró la casa, la policía se llevó su computadora, pero luego él se compró una portátil barata y un *router* wifi y lo instaló en el cuarto de invitados. Dijo que era para trabajar, pero en realidad volvió a visitar los chats o comoquiera que se llamen.

La estrategia de la policía fue muy inteligente: hicieron que un agente se hiciera pasar por una chica en internet y se pusiera en contacto con él. Su seudónimo era RicitosdeOro. ¿Quién podría caer en algo así? Al parecer, Glen.

Y no sólo platicaron. Tom quiso prepararme para lo que pudiera aparecer en los periódicos, de modo que me contó que al final RicitosdeOro tuvo cibersexo con Glen. Es sexo sin tocarse, me contó Glen cuando lo visité por primera vez y él intentó darme una explicación.

—Son sólo palabras, Jeanie. Palabras escritas. No hablamos ni nos tocamos. Fue como si sucediera en mi cabeza. Sólo una fantasía. Lo entiendes, ¿verdad? Estoy bajo mucha presión con todas estas acusaciones. No puedo evitarlo.

Intento entenderlo. De verdad. No dejo de decirme a mí misma que se trata de una adicción. Que no es su culpa. Me concentro en los auténticos villanos de todo esto. Glen y yo estamos muy enojados con lo que le hizo la policía.

Me costaba creer que eso pudiera formar parte del trabajo de alguien. Era como prostituirse. Glen también opinaba lo mismo. Lo de que RicitosdeOro era un hombre todavía le costó más aceptarlo. Pensaba que la policía sólo lo decía para que pareciera homosexual o algo así. Yo no dije nada. Ya tenía suficiente con lo del cibersexo como para preocuparme por el sexo de la persona con la que lo había hecho. En cualquier caso, ése no era precisamente su mayor problema.

Al parecer, le contó demasiadas cosas a RicitosdeOro. Para impresionarla, le había dicho que sabía algo sobre cierto caso policial. «Ella» casi lo había incitado a decírselo.

Esta vez, Bob Sparkes acusó de modo formal a Glen del secuestro de Bella. Dijeron que la había secuestrado y matado. Pero no lo acusaron de asesinato. Tom Payne me explicó que estaban esperando a encontrar el cadáver. No me gustó que hablara así de Bella, pero no dije nada.

Me fui a casa sola y los medios de comunicación volvieron a hacer acto de presencia.

No suelo leer los periódicos, la verdad. Prefiero las revistas. Me gustan los artículos basados en hechos reales: la mujer que apadrinó a cien bebés, la que renunció al tratamiento contra el cáncer para salvar a su bebé, la que tuvo el bebé de su hermana; cosas así. Los periódicos siempre han sido más cosa de Glen. A él le gusta el *Mail*: puede hacer el crucigrama de la última página y es el tipo de periódico que leía su antiguo jefe en el banco. «Nos hace tener algo en común, Jeanie», me dijo una vez.

Ahora, sin embargo, los periódicos y la tele —e incluso el radio— hablan sobre nosotros. Glen vuelve a ser noticia y vuelven a tocar la puerta de casa. Descubrí que a eso lo llaman «hacer guardia» y algunos de ellos llegan incluso a dormir en sus coches toda la noche para intentar verme y hablar conmigo.

Yo me siento en el dormitorio junto a la ventana y los miro por la abertura de la cortina. Todos hacen lo mismo. La verdad es que resulta bastante cómico. Primero pasan rápido con el coche para ver la casa y quién está adelante. Luego se estacionan y vienen caminando con un cuaderno en la mano. Los que ya estaban aquí salen de sus coches e intentan impedir que el nuevo llegue a la puerta. Huelen su aparición como si de una jauría de animales se tratara.

Al cabo de unos pocos días, ya se hicieron todos amigos y se turnan para ir a buscar cafés y sándwiches de tocino a la cafetería que hay al pie de la colina. «¿Azúcar? ¿Quién quiere salsa en su sándwich?» La cafetería debe de estar haciendo una fortuna. Me he dado cuenta de que los reporteros forman un grupo y los fotógrafos otro. Me pregunto por qué no se mezclan. Pueden distinguirse porque los fotógrafos visten de forma distinta, más a la moda, con cazadoras gastadas y gorras de béisbol. La mayoría no parece haberse afeitado en días; me refiero a los que son hombres, claro está. Las mujeres fotógrafo también visten como hombres, con pantalones chinos y camisetas holgadas. Y todos hacen mucho ruido. Al principio, sentía que los vecinos tuvieran que soportar el alboroto que hacían. Pero luego vi que empezaban a llevarles charolas con bebidas y se quedaban platicando con ellos o incluso les dejaban utilizar sus baños. Para los vecinos debe de ser como una fiesta callejera.

Los reporteros son más tranquilos. Se pasan la mayor parte del tiempo hablando con sus celulares o escuchando el radio en sus coches. La mayoría son jóvenes ataviados con sus primeros trajes.

Días después, tras comprobar que no hablo con ellos, los medios de comunicación envían la artillería pesada. Hombres con olor a cerveza, y mujeres de rostros afilados y con abrigos elegantes. Aparecen con sus coches caros y relucientes y descienden de ellos como si pertenecieran a la realeza. Hasta los fotógrafos dejan de hacer tonterías cuando llegan. Un hombre que parece salido del aparador de una tienda se abre paso entre la muchedumbre y, tras recorrer el camino, toca la puerta y exclama:

—¿Qué se siente tener a un abusador de niños de marido, señora Taylor?

Yo permanezco sentada en la cama, ardiendo de vergüenza. Es como si todo el mundo pudiera verme, aunque estoy sola. Me siento expuesta.

En cualquier caso, no es el primero que me pregunta algo así. Un periodista me lo gritó poco después de que volvieran a arrestar a Glen. Yo me dirigía a hacer el súper y apareció de repente. Debió de haberme seguido desde el grupo instalado en la puerta de casa. Intentó enojarme para que le dijera algo, cualquier cosa, y conseguir así una «entrevista» con la esposa, pero yo no pensaba caer en eso. Glen y yo ya lo habíamos hablado.

—Tú no digas nada, Jeanie —me advirtió cuando me llamó desde la comisaría de policía—. No dejes que te afecte nada de lo que te digan. Muéstrate imperturbable. No tienes por qué hablar con ellos. Son escoria. No tienen nada sobre lo que escribir.

Pero aun así lo hicieron. Publicaron cosas espantosas.

Otras mujeres aseguraron haber mantenido cibersexo con Glen y ahora estaban haciendo fila para vender sus historias. Yo no podía creer que todo eso fuera cierto. Al parecer, en los chats él se hacía llamar OsoGrande y otros nombres ridículos. En mis visitas a la prisión, a veces me lo quedaba mirando e intentaba imaginarme a mí misma llamándolo OsoGrande. Me sentía asqueada.

Y todavía aparecieron más cosas sobre su afición: las fotografías que compró en internet. Según «fuentes informadas» de uno de los periódicos, para comprarlas había utilizado una tarjeta de crédito y cuando la policía realizó una gran redada para identificar a pedófilos mediante los datos de sus tarjetas de crédito, él entró en pánico. Supongo que ésa era la razón por la que me había hecho denunciar que le habían robado la tarjeta de crédito. ¿Cómo consiguen los periódicos informaciones de ese tipo? He pensado en preguntárselo a uno de los periodistas que están afuera de casa, pero no puedo hacerlo sin decir más cosas de las que debo.

Cuando en mi siguiente visita le pregunté a Glen al respecto, él lo negó todo.

—No hagas ningún caso, querida. La prensa se lo inventa todo. Ya lo sabes —me contestó, tomándome de la mano—. Te quiero —añadió.

Yo no dije nada.

Y tampoco le dije nada a la prensa. Solía ir a supermercados distintos para que no pudieran encontrarme y comencé a usar sombreros que me tapaban un poco la cara para que la gente no pudiera reconocerme. «Como Madonna», habría dicho Lisa si todavía hubiera sido amiga mía. Pero no lo era. Ahora nadie quería conocernos. Sólo querían saber cosas sobre nosotros.

CAPÍTULO 26

Lunes, 11 de febrero de 2008

El inspector

El centro de coordinación fue desmantelado cuatro meses antes del juicio: las paredes quedaron desnudas y los pizarrones en blanco; los mosaicos de fotos y los mapas fueron recogidos y metidos en cajas para la fiscalía.

Cuando se llevaron la última caja, Sparkes reparó en los leves rectángulos de suciedad que había en algunas paredes. «Apenas queda rastro de la investigación que se ha llevado a cabo», pensó. Sintió algo parecido a la tristeza poscoital, le dijo a Eileen.

—¿Posqué? —preguntó ella.

—Ya sabes, esa sensación de tristeza que lo invade a uno después del sexo —le explicó él. Y luego añadió algo avergonzado—: Lo leí en una revista.

—Debe de ser una cosa de hombres —dijo ella.

Los últimos interrogatorios con Taylor habían sido largos pero, a fin de cuentas, frustrantes. El acusado puso en cuestión la prueba de la envoltura de dulce por considerarlo mera coincidencia.

—¿Cómo sabe que Jean no se equivocó? Puede que recogiera el papel en la calle o en una cafetería.

—Ella dice que lo encontró en tu vagoneta, Glen. ¿Por qué iba a decir eso si no es cierto?

La expresión de Taylor se endureció.

—Está bajo mucha presión.

—¿Y el pelo de gato en la envoltura? Pertenece a la misma raza que el gato con el que Bella estaba jugando ese día.

—¡Por el amor de Dios! ¿Cuántos gatos hay en este país? Esto es ridículo. —Taylor se volteó hacia su abogado—. Ese pelo podría haber estado tirado en cualquier lugar... ¿No, Tom?

Sparkes guardó silencio un instante, saboreando la inusual nota de pánico en el tono de voz de Taylor. Luego pasó a lo que, a su parecer, sería el golpe de gracia. El momento en el que Taylor se daba cuenta de que había sido engañado por un policía.

—Así que OsoGrande, señor Taylor —dijo Sparkes.

Taylor abrió la boca del todo y luego la volvió a cerrar.

—No sé de qué está hablando.

—Estuviste buscando amiguitas por el bosque, ¿no? Pero nosotros también conocemos a RicitosdeOro.

Taylor comenzó a golpetear con los pies en el piso y bajó la mirada a su regazo. Su posición por defecto.

A su lado, Tom Payne parecía desconcertado por el giro que habían tomado las preguntas e interrumpió el interrogatorio.

—Me gustaría hablar un momento con mi cliente, por favor.

Cinco minutos después, ambos habían acordado una respuesta.

—Eso fue una fantasía privada entre dos adultos mayores de edad —dijo Glen Taylor—. Estaba bajo mucha presión.

—¿Quién es la niña cuyo nombre empezaba por B, Glen?

—Fue una fantasía privada entre dos adultos mayores de edad.

—¿Era Bella?

—Fue una fantasía privada...

—¿Qué hiciste con Bella?

—Fue una fantasía privada...

Cuando lo acusaron formalmente, dejó de murmurar lo de que era una fantasía privada y miró al inspector a los ojos.

—Está usted cometiendo una terrible equivocación, señor Sparkes.

Eso fue lo último que dijo antes de ser encerrado a la espera de juicio.

Pasar el invierno encarcelado no lo persuadió para cooperar y, el 11 de febrero de 2008, Glen Taylor se puso de pie en una sala del Old Bailey y se declaró no culpable del secuestro en un tono de voz alto y firme.

Luego se sentó y sin apenas reparar en los guardias de prisión que tenía a cada lado, fijó la mirada en el inspector Sparkes, quien en aquel momento se dirigía al estrado.

Sparkes sintió el poder de la mirada de Taylor en la nuca y procuró serenarse antes de emitir juramento. Pronunció las palabras de la tarjeta con cierto temblor de voz, pero ofreció su testimonio con gran competencia, manteniendo sus respuestas breves, claras y sencillas.

Meses de trabajo arduo, indagaciones, esfuerzos, comprobaciones, interrogatorios y montones de pruebas quedaron condensados en un breve discurso ante un público pequeño y selecto y un conjunto de críticos.

Entre éstos, destacaba el abogado de Glen Taylor, el patricio veterano que se puso de pie para contrainterrogarlo debidamente ataviado con su peluca vieja y deshilachada y su bata negra.

Los miembros del jurado formado por ocho hombres y cuatro mujeres —la defensa se había asegurado de que hubiera una mayoría de sensibilidades y simpatías masculinas— voltearon las cabezas hacia él como si de un campo de girasoles se tratara.

El abogado, Charles Sanderson, se puso de pie con una mano en el bolsillo y sus notas en la otra y, haciendo gala de una gran confianza en sí mismo, se dispuso a socavar algunas de las pruebas y a sembrar dudas en la conciencia colectiva del jurado.

—¿Cuándo tomó nota de la vagoneta azul el testigo, el señor Spencer? ¿Fue antes de inventarse el avistamiento del tipo de pelo largo?

—El señor Spencer ya admitió en su momento que se equivocó con esa observación —dijo Sparkes manteniendo su tono de voz.

—Entiendo.

—En su testimonio, les explicará que, cuando tomó sus notas la tarde del 2 de octubre, creyó que la vagoneta azul que vio era la de su vecino Peter Tredwell.

—¿Y está seguro de que lo de la vagoneta azul no se lo inventó, perdón, que no se trata de una equivocación?

—Sí, está seguro. Se lo dirá él mismo cuando ofrezca su testimonio.

—Entiendo.

»¿Y a qué distancia se encontraba el testigo cuando vio la vagoneta azul?

»¿Y usa lentes el señor Spencer?

»Entiendo.

»¿Y cuántas vagonetas azules hay en la calle en el Reino Unido, inspector?

»Entiendo.

Fueron esos «entiendo» lo que más perjudicó a la acusación: cada uno venía a ser como un «¡Oh, sí, otro punto para nosotros!».

Pam, pam, pam. Sparkes fue encajando los golpes pacientemente. A lo largo de los años se las había visto con un buen número de Sanderson —presumidos «de alta alcurnia»— y sabía que este tipo de actitud presuntuosa no solía funcionar con los jurados.

Llegaron al descubrimiento de la envoltura de dulce y, como cabía esperar, Sanderson abundó en las posibilidades de contaminación de pruebas.

—Inspector, ¿cuánto tiempo estuvo la envoltura de dulce en el bolsillo de la chamarra de Jean Taylor?

Sparkes mantuvo el tono de voz firme, asegurándose de que miraba al jurado para enfatizar su argumento.

—Creemos que siete meses. Ella dijo en su declaración que lo encontró en la vagoneta el 17 de diciembre. Fue la única vez en la que su marido le permitió realizar una entrega con él, de modo que lo recuerda bien.

—¿Siete meses? Eso es mucho tiempo para recoger unos restos de pelusa y pelo, ¿no?

—¿Pelo gris de un cruce de gato birmano, como el gato de la familia Elliott? Según el experto que nos ofrecerá su testimonio más adelante, desde el punto de vista de las estadísticas es algo extremadamente improbable. Y la probabilidad de una coincidencia disminuye todavía más cuando ese pelo de gato se encuentra en una envoltura de Skittles. Ambas cosas, un cruce de gato birmano y un dulce Skittles, estaban presentes en la escena cuando Bella Elliott fue secuestrada.

Advirtió que los miembros del jurado tomaban notas y que Sanderson pasaba a otra cosa con rapidez. Sparkes dio un trago del vaso de agua que tenía a la altura del codo. El inspector sabía que su adversario estaba intensificando el tono poco a poco de cara al gran final: las conversaciones con RicitosdeOro.

Sparkes había estado preparándose con el equipo de la fiscalía para asegurarse de que estaba listo. Conocía cada matiz de la Ley Reguladora de las Facultades Investigativas promulgada el año 2000, cada paso del procedimiento de autorización, la cuidadosa elaboración del AEI y la cadena de custodia y preservación de las pruebas.

El equipo había pasado una significativa cantidad de tiempo preparándolo para que insistiera en los chats y la adicción del acusado a la pornografía.

—Al jurado no le interesará la subcláusula 101 o quién dio permiso para qué. Lo que tenemos que hacer es hablarles del riesgo de que Taylor quisiera saciar su apetito por las niñas —insistió el líder del equipo de la fiscalía, y Sparkes sabía que tenía razón.

Así pues, cuando el abogado se adentró en el campo de minas de la adicción a la pornografía de Taylor y cuestionó cada paso de la acción policial, Sparkes se sentía preparado. El objetivo de Sanderson era obligarlo a admitir que Taylor podría haber descargado sin darse cuenta algunas de las imágenes «más extremas» que encontraron en su computadora.

—¿Las imágenes de niños sufriendo abusos sexuales? —respondió Sparkes—. Creemos que las descargó deliberadamente y que no pudo hacerlo por error. Nuestros expertos así lo corroborarán.

—Nosotros también contamos con expertos que asegurarán que podrían ser accidentales, inspector.

Sparkes era consciente de que el hecho de que Taylor no se pareciera en nada a los pervertidos que suelen ser juzgados era algo que iba a favor de la defensa. El equipo de la fiscalía le había dicho que Sanderson les enseñó una fotografía de su cliente a otros abogados de su bufete y que el adjetivo más utilizado para describirlo en estos improvisados grupos de opinión fue *pulcro*.

Tras debatir el tema de las imágenes, Sanderson cuestionó directamente al inspector acerca de la desaparición de Bella Elliott.

—Inspector Sparkes, ¿no es cierto que todavía no encontraron a Bella Elliott?

—Así es.

—¿Y también que su equipo no consiguió ninguna pista de su paradero?

—No, eso no es cierto. Nuestra investigación nos llevó al acusado.

—Su caso está basado en sospechas, suposiciones y pruebas circunstanciales, no en hechos, inspector, ¿no es así?

—Tenemos pruebas claras que vinculan al acusado con la desaparición de Bella Elliott.

—Ah, las pruebas. Conjeturas forenses y testigos poco fiables. Todo un tanto endeble porque, a mi parecer, fueron siempre detrás del hombre equivocado. Estaban tan desesperados que, como último recurso, decidieron llevar a mi cliente a una relación ficticia e irreal.

No parecía que los miembros del jurado supieran en qué consistía una relación ficticia e irreal, pero sí parecieron mostrarse interesados en el espectáculo. Al día siguiente, el *The Telegraph* habría podido ponerle cuatro estrellas y calificar las actuaciones de «convincentes», pensó Sparkes cuando descendió del estrado a la hora de almorzar y regresó a su asiento entre el público.

Pero el giro estrella tuvo lugar esa tarde. Saciados por el almuerzo institucional, los miembros del jurado regresaron a la sala y se desplomaron en sus asientos. No permanecieron así mucho rato.

La madre subió al estrado vestida de negro y con un pin rojo en el pecho en el que se podía leer la leyenda «ENCUENTREN A BELLA».

Sparkes le dirigió una sonrisa alentadora, pero no le hizo gracia que llevara el pin y temió las preguntas que pudiera suscitar.

La fiscal, una mujer delgada como un junco en comparación a su oponente, apenas se limitó a guiar el testimonio de Dawn Elliott, dejando que fuera ella quien contara su historia de un modo sencillo y efectivo.

Cuando Dawn se derrumbó mientras describía el momento en el que se dio cuenta de que su hija había desaparecido, los miembros del jurado estaban horrorizados y algunos parecían incluso a punto de llorar. La jueza le preguntó entonces a Dawn si quería un vaso de agua y el guardia fue a traérselo mientras los abogados hojeaban sus papeles, listos para reanudar el juicio.

A continuación llegó el turno de Sanderson.

—Señorita Elliott, ¿solía Bella salir a jugar afuera? Me refiero al jardín, donde usted no podía verla.

—A veces, pero sólo durante unos minutos.

—Los minutos pasan muy rápido, ¿no le parece? Las madres tienen que hacer tantas cosas...

La madre sonrió ante esta muestra de comprensión.

—Puedo llegar a estar muy atareada, pero sé que aquel día sólo estuvo fuera de mi vista durante unos pocos minutos.

—¿Cómo está tan segura?

—Como dije antes, estaba preparando la merienda. No se tarda mucho en hacerlo.

—¿Algo más?

—Bueno, también lavé los platos y doblé la ropa de Bella que había sacado de la secadora para no tener que plancharla.

—Parece que esa tarde estaba usted muy ocupada. Además la

llamaron un par de veces al celular. Debió de ser fácil olvidarse de que Bella estaba afuera.

Dawn comenzó a sollozar otra vez, pero Sanderson no vaciló.

—Sé que esto es difícil para usted, señorita Elliott, pero sólo quiero establecer el marco temporal de la tarde en la que Bella desapareció. Entiende lo importante que es su testimonio, ¿verdad?

Ella asintió y se sonó la nariz.

—Y dependemos de usted para hacer esto porque la última vez que otra persona vio a Bella fue en la tienda de periódicos a las 11:35, ¿no, señorita Elliott?

—Fuimos a comprar unos dulces.

—Sí, unos Smarties, según el recibo de la caja registradora. Y eso significa que la ventana de la desaparición va de las 11:35 a las 15:30. Eso son casi cuatro horas. Ninguna otra persona la vio durante ese periodo de tiempo.

Dawn se aferró al barandal del estrado y, en un tono de voz más bajo, dijo:

—No, no volvimos a salir. Pero mi madre oyó a Bella cuando llamó por la tarde. Me pidió que le diera un beso.

—Señorita Elliott, por favor, ¿podría alzar la voz para que la jueza y el jurado puedan oír bien su testimonio?

Dawn se aclaró la garganta y, moviendo los labios sin emitir sonidos, dijo «lo siento» a la jueza.

—Su madre oyó la voz de una niña de fondo, pero eso también podría haber sido la televisión, ¿no, señorita Elliott? Su madre le dijo a la policía que no llegó a hablar con Bella.

—No quiso venir al teléfono, se fue a buscar algo.

—Entiendo. Y más o menos una hora más tarde salió.

—Solamente la perdí de vista durante unos pocos minutos.

—Sí, gracias, señorita Elliott.

Cuando Dawn se disponía a descender del estrado, Sanderson la detuvo un momento.

—Todavía no termino, señorita Elliott. Veo que lleva un pin con la leyenda «ENCUENTREN A BELLA».

Dawn se tocó el pin de forma instintiva.

—Cree que Bella continúa viva, ¿verdad? —le preguntó el abogado.

Dawn Elliott asintió sin estar segura de adónde quería llegar Sanderson.

—De hecho, vendió usted entrevistas a periódicos y revistas diciendo exactamente eso.

La acusación de que estaba haciendo dinero a costa de su hija desaparecida hizo que los bancos de la prensa vibraran y las plumas se detuvieran un momento a la espera de la respuesta.

Dawn se puso a la defensiva y alzó el tono de voz.

—Sí, espero que esté viva. Pero la secuestraron, y ese hombre lo hizo.

Señaló a Taylor, que bajó la mirada y comenzó a escribir algo en su cuaderno de páginas amarillas.

—Y el dinero es para la campaña de «Encuentren a Bella» —añadió en un tono más bajo.

—Entiendo —dijo el abogado, y se sentó.

Hubo otra semana de declaraciones de vecinos, expertos policiales, miembros del jurado enfermos y discusiones legales antes de que el agente Dan Fry subiera al estrado para ofrecer su testimonio.

Era el gran momento de Fry y, a pesar de los frecuentes ensayos con sus jefes, cuando se puso de pie le temblaban las piernas.

La fiscal dibujó el retrato de un agente joven y dedicado, respaldado por sus superiores y celoso del procedimiento legal, y decidido a evitar que otro niño fuera secuestrado. Repasó detenidamente las palabras utilizadas por Glen Taylor con la mirada puesta en los miembros del jurado para subrayar la importancia de las pruebas. Éstos se voltearon hacia el acusado. La cosa iba bien.

Cuando Sanderson se puso de pie para iniciar su turno, no hundió las manos en los bolsillos ni arrastró las vocales; ése era su momento. El abogado comenzó a repasar entonces las conversaciones que había mantenido como RicitosdeOro, horrible línea por horrible línea. La fiscalía había preparado a Fry para la presión que iba a tener que soportar, pero fue mucho peor de lo que nadie hubiera podido prever.

Se le pidió que leyera sus contestaciones a las obscenas bromas de OsoGrande y, bajo la fría luz de la sala de juzgado, las palabras adquirieron un aire surrealista y disparatado.

—«¿Qué traes puesto esta noche?» —leyó el abogado con el rostro algo sonrojado por la bebida y restos de caspa visibles en los hombros.

De pie tan alto como era (un metro noventa y dos) y con el rostro imperturbable, Fry leyó la contestación:

—«Un *baby doll*. El azul con encaje». —Se oyó cómo los periodistas reprimían las risas, pero Fry mantuvo la calma y siguió adelante—: «Estoy un poco caliente. Puede que tenga que quitármelo».

—«Sí, quítatelo» —prosiguió el abogado en un tono de voz aburrido—. «Y luego, tócate.»

»Es todo un poco adolescente, ¿no? —añadió Sanderson—. Supongo que no llevaba usted un *baby doll* azul, ¿verdad, agente Fry?

La risa del público hizo mella en su ánimo, pero respiró hondo y dijo:

—No.

El orden se restauró rápidamente, pero el daño ya estaba hecho. El crucial testimonio de Fry corría el riesgo de quedar reducido a una broma sucia.

El abogado disfrutó ese momento antes de adentrarse en el terreno más peligroso del contrainterrogatorio: la última conversación por correo electrónico con Glen Taylor. Lo hizo sin rodeos.

—Agente Fry, ¿le contó Glen Taylor, alias OsoGrande, que había secuestrado a Bella Elliott?

—Dijo que había estado antes con una niña de verdad.

—Eso no es lo que le pregunté. ¿Y no fue eso después de que usted, bajo el seudónimo de RicitosdeOro, le pidiera que admitiera eso?

—No, señor.

189

—Él le preguntó: «¿Te gustaría eso, Ricitos?», y usted le contestó que mucho. Dijo que le excitaba.

—Él podría haber dicho que no en cualquier momento —explicó Fry—. Pero no lo hizo. Dijo que había estado con una niña de verdad antes y que su nombre comenzaba con B.

—¿Utilizó alguna vez el nombre de Bella en sus conversaciones?

—No.

—Esto fue una conversación fantasiosa entre dos adultos mayores de edad, agente Fry, no una confesión.

—Aseguró que había estado con una niña de verdad y que su nombre empezaba con B —insistió Fry con la voz ligeramente quebrada por la emoción—. ¿Cuántas niñas cuyos nombres comienzan con B han sido secuestradas en los últimos tiempos?

El abogado ignoró la pregunta y consultó sus notas.

Bob Sparkes miró a Jean Taylor. Estaba sentada en el borde del banco, justo detrás de su marido fantasioso y mayor de edad. El inspector percibió su aturdimiento. «Debe de ser la primera vez que oye toda la historia», pensó.

Se preguntó quién debía sentirse peor: él, porque el caso estaba desmoronándose en su cara, o ella, porque el caso estaba amontonándose en la suya.

Fry empezó a tartamudear y Sparkes deseó en silencio que se recompusiera. Sanderson, sin embargo, prosiguió su ataque.

—Usted coaccionó a Glen Taylor para que realizara esas observaciones, ¿no es así, agente Fry? Al fingir que era una mujer que quería mantener relaciones sexuales con él, actuó como un agente provocador. Estaba empeñado en conseguir que él hiciera alguna declaración que lo incriminara. Habría hecho usted lo que hiciera falta. Incluso mantener cibersexo con él. ¿Es esto trabajo policial? No hubo amonestación ni lo informaron de que tenía derecho a un abogado.

Sanderson, que ya había tomado el ritmo, casi pareció lamentar el estado miserable y exhausto en el que su víctima descendió al fin del estrado.

La defensa pidió inmediatamente un receso y, en cuanto los

miembros del jurado se retiraron a su sala, argumentó que el juicio debería ser sobreseído.

—Todo este caso descansa sobre pruebas circunstanciales y la incitación a la comisión de un delito. No puede continuar —dijo Sanderson—. Las pruebas aportadas por las conversaciones con RicitosdeOro deben ser consideradas inadmisibles.

Mientras escuchaba la opinión de la fiscalía, la jueza no dejó de juguetear con gesto impaciente con su lápiz.

—La policía actuó correctamente en todos los aspectos. Su investigación siguió el procedimiento adecuado y está convencida de que hay motivo suficiente para la condena. Ésta fue la única forma de obtener la prueba final —dijo la fiscal, y se sentó.

La jueza dejó a un lado su lápiz y miró sus notas en silencio.

—Me voy a retirar —anunció por fin.

Todo el mundo se puso de pie y ella salió de la sala en dirección a su despacho.

Veinte minutos después, el guardia exclamó:

—¡Todos de pie!

La jueza volvió a entrar en la sala y emitió su veredicto: decidió descartar las pruebas de RicitosdeOro y criticó a Fry por haber alentado e incitado al acusado, y al cuerpo de policía por el uso de un agente tan joven y poco experimentado.

—Las pruebas son dudosas y carecen de fiabilidad —concluyó.

Sparkes supo que ya sólo era una formalidad que el equipo de la fiscalía tirara la toalla y comenzara a recoger sus maletines.

Sentado en el banquillo de los acusados, Taylor escuchó atentamente a la jueza y poco a poco fue tomando conciencia de que estaba a punto de ser liberado. Debajo de él, Jean Taylor parecía estupefacta.

—Me pregunto qué estará pensando —le dijo entre dientes Sparkes a Matthews—. Tiene que volver a casa con un adicto al porno que tiene sesiones de cibersexo con desconocidas vestidas como niñas. Y que es un asesino de niñas.

De pronto, todo había terminado. La jueza ordenó a los miembros del jurado que emitieran un veredicto formal de no culpable y Taylor fue llevado a su celda mientras preparaban su liberación. En la sala comenzó entonces una batalla campal de periodistas en la que Jean Taylor era el premio principal.

Una pálida y muda señora Taylor se encontró de repente rodeada de periodistas hasta que Tom Payne acudió a rescatarla. Finalmente, la prensa se hizo a un lado y ella pudo comenzar a recorrer el estrecho espacio que había entre los bancos. Lo hizo de lado, como un cangrejo a la fuga, golpeándose las rodillas con el banco de delante y la correa de la bolsa enganchándose en los salientes del de detrás.

CAPÍTULO 27

Lunes, 11 de febrero de 2008

La viuda

Ella también ofrece su testimonio, claro está. Son sus cinco minutos bajo el foco de atención. Lleva un vestido negro y un pin con la leyenda «ENCUENTREN A BELLA». Intento evitar su mirada, pero ella está decidida a que nuestros ojos coincidan y al final sucede. Noto cómo me arde el rostro y me ruborizo, de modo que aparto la vista. No vuelve a suceder. Ella no deja de mirar a Glen, pero él sabe lo que pretende y mantiene la mirada fija hacia delante.

Mi atención divaga mientras ella cuenta la historia que ya he leído y oído cientos de veces desde que perdió a su hija: una siesta, luego Bella se pone a jugar mientras ella prepara la merienda, la niña ríe cuando sale al jardín delantero detrás del gato *Timmy*. De repente, se da cuenta de que ya no puede oírla. Silencio.

En la sala todo el mundo se queda callado. Todos podemos oír ese silencio. El momento en el que Bella desapareció.

Luego ella se pone a llorar y tiene que sentarse con un vaso de agua. Muy efectivo. El jurado parece preocupado y se diría incluso que una o dos de las mujeres mayores también están a punto de llorar. Esto no va bien. Deberían darse cuenta de que todo es culpa suya. Eso es lo que Glen y yo pensamos. Perdió de vista a su hija. No se preocupó lo suficiente.

Glen permanece sentado en silencio y soporta el aguacero como si la cosa no fuera con él. Cuando la madre vuelve a estar lista, la jueza permite que siga sentada para terminar su testimonio y Glen ladea la cabeza mientras escucha la historia de cómo fue a ver a los vecinos, llamó a la policía y permaneció a la espera de noticias de la búsqueda.

La fiscal utiliza con ella un tono de voz especial, tratándola como si estuviera hecha de cristal.

—Muchas gracias, señorita Elliott. Fue muy valiente.

«Fue una madre pésima», quiero exclamar yo, pero sé que no puedo. Aquí no.

Finalmente es el turno de nuestro abogado, un temible tipo mayor que me ha estrechado la mano con firmeza en todas las reuniones que hemos tenido, pero que no ha dado ninguna otra señal de saber quién era yo.

Cuando las preguntas se vuelven más duras, la madre comienza a sollozar, aunque nuestro abogado no adopta en ningún momento un tono de voz más comprensivo.

Dawn Elliott no deja de decir que sólo perdió de vista a su hija durante unos pocos minutos, pero todos sabemos que no fue así.

El jurado empieza a mirarla con más dureza. Ya era hora.

—Cree que Bella continúa viva, ¿verdad? —le pregunta el abogado.

Se oye un rumor en la sala y la madre se dedica a sorber otra vez por la nariz. El abogado le reprocha entonces que haya estado vendiendo su historia a la prensa y ella se enoja mucho y le dice que el dinero es para la campaña.

Uno de los periodistas se pone de pie y sale corriendo de la sala aferrado a su cuaderno.

—Va a comunicar esa frase a la redacción —me susurra Tom, y me guiña un ojo.

Quiere decir que es una victoria para nosotros.

Cuando todo termina, ya les reprendieron a los policías por engañar a Glen y éste es liberado, yo me quedo completamente entumida. Ahora me toca a mí sentirme como si todo esto estuviera sucediéndole a otra persona.

Tom Payne me suelta del brazo tan pronto como logramos llegar a la sala de testigos, y ambos nos quedamos un momento en silencio, recobrando el aliento.

—¿Ahora podrá volver a casa? —le pregunto. Mi voz suena extraña y plana después de todo ese ruido en la sala.

Tom asiente y, tras permanecer un rato ocupado con su maletín, me lleva a las celdas a ver a Glen. A mi Glen.

—Siempre supe que la verdad terminaría imponiéndose —me dice triunfalmente en cuanto me ve—. ¡Lo logramos, Jean! ¡Lo logramos, maldita sea!

Cuando llego a su lado lo abrazo. Llevaba mucho sin hacerlo y así no tengo que decir nada porque la verdad es que no sé qué decirle. Él está muy contento, como si fuera un niño pequeño. Todo sonrojado y sonriente. Un poco fuera de control. Yo sólo puedo pensar que debo volver a casa con él. Estar sola con él. ¿Cómo serán las cosas cuando cerremos la puerta detrás de nosotros? Ahora sé demasiado sobre este otro hombre con el que me casé para que todo vuelva a ser como antes.

Él intenta levantarme en brazos como cuando éramos más jóvenes, pero hay demasiada gente en la sala: los abogados, los fiscales, los guardias de la cárcel. Me rodean por completo y apenas puedo respirar. Tom se da cuenta y, tras ayudarme a salir al pasillo, me sienta en un banco con un vaso de agua.

—Son muchas cosas de golpe, Jean —dice amablemente—. Fue un poco repentino, pero es lo que queríamos, ¿no? Esperaste mucho para este instante.

Yo levanto la cabeza, pero él no me mira a los ojos. No volvemos a hablar.

No dejo de pensar en ese pobre y joven agente que tuvo que hacerse pasar por una mujer para intentar saber la verdad. Cuando Tom nos enseñó las pruebas creí que había actuado como una prostituta, pero cuando subió al estrado y vi cómo todo el mundo se reía de su actuación, lo sentí por él. Ese joven habría hecho cualquier cosa para encontrar a Bella.

Cuando Glen sale, Tom se acerca a él y vuelve a estrecharle la mano. Luego nos vamos. En la banqueta, Dawn Elliott está llorando para las cámaras.

—Tendrá que tener cuidado con lo que diga —señala Tom mientras cruzamos las puertas a espaldas de la muchedumbre.

El rostro de la madre está iluminado por las luces de las cámaras de televisión y, al intentar acercarse a ella, los periodistas tropiezan con los cables. Ella dice que no dejará de buscar a su pequeña, que se encuentra en algún lugar y que descubrirá qué le pasó. Cuando termina, unos amigos la llevan a un coche que permanecía a la espera y se va.

Luego llega nuestro turno. Glen decidió dejar que Tom lea una declaración. Bueno, Tom le aconsejó que lo haga. Él la escribió. Nos colocamos delante de las cámaras y se produce un bullicio que me estremece físicamente. El ruido de cientos de voces gritando a la vez, haciendo preguntas sin esperar la respuesta, exigiendo atención.

—¡Aquí, Jean! —exclama una voz a mi lado.

Me volteo para ver quién es y un flash me deslumbra.

—¡Abrázalo! —dice otra voz.

Algunos estuvieron de guardia afuera de casa. Los reconozco y, por un momento, pienso en sonreírles, pero luego me doy cuenta de que no son amigos. Son otra cosa. Son periodistas.

Tom permanece muy serio y los tranquiliza.

—El señor Taylor no va a responder ninguna pregunta. Voy a leer una declaración en su nombre.

Un bosque de grabadoras se eleva por encima de las cabezas.

—Soy un hombre inocente que fue acosado por la policía y privado de mi libertad por un crimen que no cometí. Estoy muy agradecido al tribunal por su decisión. Sin embargo, no voy a celebrar mi absolución. Bella Elliott todavía sigue desaparecida y la persona que la secuestró sigue libre. Espero que la policía vuelva a emprender la búsqueda del culpable. Me gustaría dar las gracias a mi familia por su apoyo y me gustaría asimismo rendir un especial tributo a mi maravillosa esposa, Jeanie. Gracias por escuchar. Quiero pedirles que respeten nuestra privacidad mientras intentamos reconstruir nuestras vidas.

Mientras tanto, yo mantengo la mirada agachada y relleno los huecos mentalmente. Esposa Maravillosa. Éste es ahora mi rol. La Esposa Maravillosa que no dejó de apoyar a su marido.

Hay una breve pausa y luego el ruido vuelve a ser ensordecedor.

—¿Quién cree que secuestró a Bella?

—¿Qué piensa de la táctica de la policía, Glen?

—¡Así se hace, amigo! —exclama un transeúnte, y Glen le sonríe. Es la fotografía que todo el mundo utiliza al día siguiente.

Entre las cámaras aparece un brazo que me ofrece una tarjeta. En ella se puede leer «FELICIDADES» y se ve la fotografía de una botella de champán siendo descorchada. Intento averiguar a quién pertenece el brazo, pero desapareció, de modo que me guardo la tarjeta en la bolsa. Luego, logro avanzar junto a Glen y a Tom, así como a algunos guardias de seguridad. La prensa también viene con nosotros. Es como el enjambre de abejas de unos dibujos animados.

El viaje de vuelta a casa es una muestra de lo que nos espera. Los periodistas y fotógrafos bloquean el camino al taxi que Tom pidió, y nosotros tampoco podemos avanzar. La gente se empuja entre sí y a nosotros, haciéndonos sus estúpidas preguntas en la cara y metiendo sus cámaras por todas partes. Voy tomada de la mano de Glen y, de repente, éste acelera llevándome tras él. Tom mantiene abierta la puerta del taxi y nos metemos rápidamente en el asiento trasero.

Las cámaras impactan con fuerza contra las ventanas del coche sin dejar de disparar sus flashes. El ruido del metal contra el cristal es ensordecedor y nosotros nos quedamos ahí sentados como unos peces en un acuario. El conductor está sudando, pero se nota que la situación le hace gracia.

—¡Carajo! —dice—. ¡Vaya circo!

Los periodistas siguen gritando:

—¡¿Qué se siente estar libre, Glen?!

—¡¿Qué te gustaría decirle a la madre de Bella?!

197

—¡¿Culpas a la policía?!

Claro que los culpa. No puede quitarse de la cabeza lo del *baby doll* y la humillación que sufrió. Es curioso que sea eso en lo que piensa después de haber sido acusado de matar a una niña, pero vengarse de la policía se convierte en su nueva adicción.

CAPÍTULO 28

Miércoles, 2 de abril de 2008

La viuda

Siempre me pregunté cómo me sentiría si revelara el secreto. A veces, fantaseo con ello y, en mi cabeza, me oigo decir: «Mi marido vio a Bella el día en el que la secuestraron». Siento entonces un alivio físico y como si la cabeza me diera vueltas.

Pero no puedo hacerlo, ¿verdad? Soy tan culpable como él. Es una sensación extraña, la de guardar un secreto. Es como si tuviera una piedra en el estómago que me aplasta las entrañas y me hace sentir náuseas cada vez que pienso en ello. Mi amiga Lisa solía describir así el embarazo. Decía que el bebé empujaba todo lo que podía, oprimiéndole los órganos. Mi secreto hace igual. Cuando no puedo más, adopto durante un rato la personalidad de Jeanie y finjo que el secreto pertenece a otra persona.

Eso, sin embargo, no me ayudó cuando Bob Sparkes me interrogó durante la investigación. Pude sentir cómo me ardía todo el cuerpo, mi rostro se enrojecía y el sudor comenzaba a bañar mi cuero cabelludo.

A Bob Sparkes no parecían convencerle mis mentiras. La primera vez fue cuando me preguntó:

—¿Qué dice que hizo el día en el que desapareció Bella?

Mi respiración se aceleró y procuré recomponerme a toda prisa. Pero mi voz me traicionó. Al tragar saliva en mitad de la frase, emití una especie de chillido ahogado. «Estoy mintiendo», pareció decir mi traicionero cuerpo.

—Oh, ¿por la mañana? Ya sabe, trabajar. Tenía que hacer unas luces —dije con la esperanza de que las partes verdaderas de mi mentira le otorgaran verosimilitud. Al fin y al cabo, estaba en el trabajo. Justificar, justificar, negar, negar. Debería volverse más fácil con el tiempo, pero no es así y cada mentira resulta más amarga y tensa. Como las manzanas verdes. Están duras y resecan la boca.

Curiosamente, las mentiras sencillas son las más difíciles. Las grandes no parecen requerir el menor esfuerzo:

—¿Glen? Oh, dejó el banco porque tenía otras ambiciones. Quiere poner su propia empresa de transportes. Quiere ser su propio jefe. —Fácil.

Las pequeñas, en cambio...

—No puedo ir a tomar café porque tengo que ir a casa de mi madre —tartamudeo, sonrojándome. Lisa no pareció advertirlo al principio o, si lo hizo, lo ocultó bien. Ahora todos estábamos viviendo en mi mentira.

De pequeña nunca fui mentirosa. Mi madre y mi padre me habrían pescado de inmediato, y no tenía hermanas o hermanos con los que compartir secretos. Con Glen, sin embargo, resultaba fácil. Éramos un equipo, solía decir él cuando la policía comenzó a husmear en nuestras vidas.

Es gracioso, hacía mucho tiempo que no pensaba en nosotros como un equipo. Cada uno tenía su terreno. La desaparición de Bella, sin embargo, nos unió. Nos convirtió en una verdadera pareja. Siempre había dicho que necesitábamos un niño.

Realmente es irónico. Tenía intención de dejarlo. Después de que lo liberaran. Después de enterarme de todas las cosas que hacía en internet. Sus «sexcursiones» —como las llamaba él— a los chats. Las cosas que él iba a dejar atrás.

A Glen le gusta dejar cosas atrás. Cuando lo decía, significaba que ya no volveríamos a hablar nunca más de eso. A él no le costaba nada, podía extirpar una parte de su vida y no volver a referirse a ella.

—Tenemos que pensar en el futuro, Jeanie, no en el pasado —me explicaba pacientemente y, atrayéndome hacia él, me daba un beso en la cabeza.

Cuando lo decía así tenía sentido y aprendí a no volver a hablar de las cosas que habíamos dejado atrás. Eso no significaba que dejara de pensar en ellas, pero se sobreentendía que no debía volver a mencionárselas.

No Poder Tener un Bebé era una de esas cosas. Y también que Perdiera el Trabajo. Y luego lo de los Chats y todas esas cosas terribles con la policía. «Dejémoslo atrás, querida», me pidió el día después de que terminó el juicio. Estábamos acostados en la cama a primera hora de la mañana y era tan temprano que las luces de la calle todavía estaban encendidas y se filtraban por una abertura de las cortinas. Ninguno de los dos había dormido demasiado. «Demasiada excitación», afirmó Glen.

Dijo que había hecho algunos planes. Había decidido que volvería a llevar una vida normal —nuestra vida de siempre— tan pronto como fuera posible. Quería que todo volviera a ser como antes.

Sonó tan simple cuando lo comentó que intenté olvidarme de todas las cosas que había oído sobre él, pero no pude. Seguían escondiéndose y mirándome maliciosamente desde los lugares más profundos de mi mente. Estuve dándole muchas vueltas antes de tomar una decisión. Al final, fueron las imágenes de niños las que me convencieron de que debía hacer las maletas.

Lo apoyé desde el día en el que lo acusaron del asesinato de Bella porque creía en él. Sabía que mi Glen no podía haber hecho algo tan terrible. Pero, gracias a Dios, eso ya terminó. Fue declarado no culpable.

Ahora no podía dejar de pensar en las otras cosas que había hecho.

Cuando le dije que era incapaz de vivir con un hombre que mirara imágenes como ésas, él lo negó todo.

—No es real, Jeanie. Nuestros expertos dijeron en el juicio que no son auténticas niñas. Son mujeres que parecen muy jóvenes y se visten como niñas para ganarse la vida. Algunas de ellas tienen en realidad más de treinta años.

—¡Pero parecen niñas! —exclamé—. ¡Lo hacen para gente que quiere ver a hombres y a niñas haciendo esas cosas!

Entonces él se puso a llorar.

—No puedes dejarme, Jeanie —dijo—. Te necesito.

Yo negué con la cabeza y fui a buscar mi maleta. Estaba temblando porque nunca había visto a Glen así. Él era quien siempre tenía la situación bajo control. El fuerte de los dos.

Y cuando bajé del cuarto, estaba esperándome para atraparme con su confesión.

Me dijo que había hecho algo por mí. Dijo que me quería. Y que sabía que mi deseo de tener un hijo estaba consumiéndome y eso a su vez lo consumía a él. Cuando la vio, pensó que podía hacerme feliz. Era para mí.

Me explicó que fue como un sueño. Se detuvo en una calle lateral para almorzar y leer el periódico y la vio en la reja del jardín, mirándolo. Estaba sola. No pudo evitarlo. Cuando me lo contó, me rodeó con los brazos y no pude moverme.

—Quería traerla a casa para ti. Se encontraba ahí de pie y yo sonreí y ella extendió los brazos hacia mí. Deseaba que la tomara en brazos. Yo salí de la vagoneta, pero no recuerdo nada más; lo siguiente que me viene a la memoria es estar manejando la vagoneta para venir a casa.

»No le hice daño, Jeanie —dijo—. Fue como un sueño. ¿Crees que fue un sueño, Jeanie?

Su historia era tan desconcertante que me costó asimilar los detalles.

Nos hallábamos en el pasillo de casa y podía ver nuestro reflejo en el espejo. Era como si estuviera sucediendo todo en una película. Glen se inclinó un poco para que nuestras cabezas se tocaran y sollozaba en mi hombro mientras yo permanecía mortalmente pálida. Le acaricié el pelo y lo hice callar. Pero no quería que dejara de llorar. Temía el silencio que pudiera darse a continuación. Quería preguntarle muchas cosas, aunque también había muchas otras que prefería no saber.

Al cabo de un rato, Glen dejó de llorar y nos sentamos en el sillón.

—¿No deberíamos decírselo a la policía? ¿Contarles que la viste ese día? —le pregunté. Tenía que decirlo en voz alta o mi cabeza estallaría.

Él se puso tenso.

—Dirán que la secuestré y que la maté, Jeanie. Y tú sabes que no lo hice. Sólo haberla visto me convertirá en culpable a sus ojos y me meterán a la cárcel. No podemos decir nada. A nadie.

No supe qué decir. Tenía razón. Para Bob Sparkes, el hecho de haberla visto implicaría haberla secuestrado.

No dejaba de pensar que Glen no podía haberlo hecho.

Sólo la vio. Nada más. Sólo la vio. No hizo nada malo.

Todavía estaba tragando saliva a causa de los sollozos y tenía el rostro rojo y mojado por las lágrimas.

—No dejo de pensar que quizá lo soñé. En su momento, no me pareció real, y tú sabes que yo jamás le haría daño a una niña —dijo, y yo asentí porque creía saberlo, pero en realidad ya no sabía nada sobre este hombre con el que había vivido todos estos años. Era un desconocido, aunque también era cierto que estábamos más unidos de lo que nunca habíamos estado. Me conocía. Conocía mi debilidad.

Sabía que yo habría querido que la tomara y la trajera a casa.

Estaba segura de que mi obsesión era lo que había causado este problema.

Luego, cuando estaba en la cocina preparándole una taza de té, me di cuenta de que no había utilizado el nombre de Bella. Era como si, para él, ella no fuera real. Llevé mi maleta al cuarto y la deshice mientras Glen se quedaba en el sillón viendo un partido de futbol en la tele. Con toda normalidad. Como si no hubiera pasado nada.

No volvimos a hablar sobre Bella. Glen se portaba muy bien conmigo y no dejaba de decir que me quería y se aseguraba de que estuviera bien. Continuamente comprobaba cómo estaba. «¿Qué estás haciendo, Jeanie?», solía preguntarme cuando me llamaba al celular. Seguíamos, pues, con nuestras vidas.

Pero Bella estaba con nosotros todo el tiempo. Aunque no habláramos sobre ella ni mencionáramos su nombre. Seguíamos con nuestras vidas mientras el secreto comenzaba a crecer en mi interior, oprimiéndome el corazón y el estómago y haciendo que vomitara en el escusado del primer piso cuando me despertaba y lo recordaba.

Él se sintió atraído por Bella por mi culpa. Quería encontrar una niña para mí. Y no podía evitar preguntarme qué habría hecho yo si la hubiera traído a casa. La habría querido. Eso es lo que habría hecho. Simplemente la habría querido. Habría sido mía.

Casi lo fue.

A pesar de todo, Glen y yo seguimos durmiendo en la misma cama. Mi madre no podía creerlo.

—¿Cómo puedes soportar tenerlo cerca, Jean? ¡Después de todas las cosas que hizo con esas mujeres! ¡Y con ese hombre...!

Normalmente, mi madre y yo nunca hablábamos sobre sexo. Fue mi mejor amiga de la escuela la que me dijo cómo se hacían los niños y me explicó lo del periodo. A mi madre le costaba hablar sobre esas cosas. Era como si le parecieran algo sucio. Supongo que el hecho de que la vida sexual de Glen hubiera aparecido en los periódicos hizo que le resultara más fácil hablar sobre ello. Al fin y al cabo, ahora todo el país estaba al corriente. Era como hablar sobre alguien a quien no conocía en persona.

—No era real, mamá. Era todo una fantasía —le dije mirándola a los ojos—. El psicólogo dijo que se trata de algo que todos los hombres hacen mentalmente.

—Tu padre, no —contestó ella.

—En cualquier caso, hemos decidido dejar todo eso atrás y mirar al futuro, mamá.

Ella se me quedó mirando como si fuera a decir algo importante, pero al final se quedó callada.

—Es tu vida, Jean. Tienes que hacer lo que creas más adecuado.

—Nuestra vida, mamá. Mía y de Glen.

Glen me dijo que debería comenzar a buscar un trabajo. En otra zona.

Yo le contesté que me ponía nerviosa la idea de tratar con desconocidos, pero al final estuvimos de acuerdo en que necesitaba algo que me mantuviera ocupada. Y fuera de casa.

Luego añadió que había vuelto a considerar la idea de poner su propio negocio. Pero no manejando. Algo en internet. Algún tipo de servicio.

—Todo el mundo está haciéndolo, Jeanie. Es dinero fácil y tengo los conocimientos necesarios.

Quise decirle muchas cosas, pero al final me pareció mejor no hacerlo.

Nuestro intento de mirar al futuro duró poco más de un mes. Yo comencé a trabajar los viernes y los sábados en una gran peluquería de la ciudad. Lo bastante grande para que fuera anónima y con muchos clientes desconocidos y pocas preguntas fisgonas. Era más elegante que Hair Today y los productos para el pelo eran muy caros. Se notaba que costaban una fortuna porque olían a almendra. Los días que me tocaba trabajar, tomaba el metro hasta la calle Bond y después caminaba. Me hacía bien, mejor de lo que esperaba.

Glen se quedaba en casa delante de la pantalla de la computadora «construyendo su imperio», como lo llamaba. Se dedicaba a comprar y a vender cosas en eBay. Cosas de coches. No dejaba de recibir paquetes que dificultaban el paso por el vestíbulo de casa, pero al menos estaba ocupado. Yo lo ayudaba un poco envolviendo cosas y yendo a correos en su lugar. Entramos en una rutina.

Pero ninguno de los dos fue capaz de dejar el caso atrás. Yo no podía evitar pensar en Bella. Mi casi niña pequeña. A veces, me sorprendo a mí misma pensando que debería haber sido nuestra. Que debería estar aquí con nosotros. Nuestra pequeña.

A veces me sorprendía a mí misma deseando que Glen la hubiera secuestrado aquel día.

Él, sin embargo, no pensaba en Bella. Estaba obsesionado con lo de la incitación a la comisión de un delito. Andaba todo el día pensativo, sin parar de darle vueltas a la cuestión, y cada vez que aparecía algo en la televisión sobre la policía, se ponía hecho una furia y comenzaba a decir que le habían arruinado la vida. Intenté convencerlo de que lo dejara ir y que mirara al futuro, pero él no quería escucharme.

Debió de hacer una llamada telefónica, porque un jueves por la mañana Tom Payne vino a vernos para hablar de la presentación de una demanda al cuerpo de policía de Hampshire. Obtendríamos una compensación por lo que le habían hecho a Glen, nos explicó.

—Deberían pagar. Pasé meses encerrado por culpa de sus trampas —dijo Glen, y yo fui a preparar unas tazas de té.

Cuando volví, estaban calculando cifras en el gran cuaderno de páginas amarillas de Tom. A Glen siempre se le dieron muy bien los números. Era muy listo. Después de hacer el último cálculo, Tom dijo:

—Creo que deberías recibir un cuarto de millón.

Y Glen soltó un grito de alegría como si acabara de ganar la lotería. A mí me dieron ganas de decir que no lo necesitábamos y que no quería ese dinero sucio. Pero me limité a sonreír y a tomar de la mano a Glen.

Fue un proceso largo, pero a Glen le proporcionó un nuevo foco para su atención. Dejó de recibir paquetes de eBay y, en vez de eso, se sentaba en la mesa de la cocina con el periódico y se ponía a leer artículos y a tachar o a subrayar cosas con sus nuevos marcadores de colores, o a hacerles agujeros a distintos documentos para archivarlos en sus distintas carpetas. A veces me leía un fragmento para que le diera mi opinión.

—«El efecto del caso y el estigma que conlleva provocó que el señor Taylor sufra actualmente frecuentes ataques de pánico cada vez que sale de casa» —me leyó un día.

—¿Ah, sí? —contesté. No me había enterado. Desde luego, no eran como los ataques de pánico de mi madre.

—Bueno, me altero mucho —dijo—. ¿Crees que querrán un informe médico?

En cualquier caso, tampoco salíamos demasiado. Sólo a hacer el súper y al cine. Solíamos ir muy pronto y comprábamos en grandes supermercados anónimos en los que no había que hablar con nadie, aunque a él casi siempre lo reconocían. No era de extrañar. Durante el juicio, su fotografía apareció cada día en los periódicos y las chicas de las cajas lo reconocían. Le propuse ir yo sola, pero él no quiso oír hablar de eso. No quería que pasara por algo así yo sola. Así pues, cuando nos encontrábamos en una situación como ésa, él me tomaba de la mano y yo aprendí a fulminar con la mirada a todo aquel que se atreviera a decir algo, cerrándole la boca.

La cosa era más difícil cuando me encontraba en la calle con alguien a quien conocía. Algunos cambiaban de banqueta y fingían que no me habían visto. Otros querían saberlo todo y me sorprendía a mí misma contando lo mismo una y otra vez: «Estamos bien. Sabíamos que la verdad saldría a la luz, que Glen es inocente. La policía tiene que explicar muchas cosas».

En general, la gente parecía contenta por nosotros, pero no todos. Una de mis antiguas clientas de la peluquería me dijo un día:

—Sí, aunque ninguno de nosotros es del todo inocente, ¿verdad?

Yo le contesté que me había encantado verla pero que tenía que volver a casa para ayudar a mi marido.

Un día, junté el valor necesario para decirle a Glen que denunciar a la policía supondría tener que volver al juzgado y desenterrarlo todo otra vez, y que no estaba del todo convencida...

Él se puso de pie y me abrazó.

—Sé que es duro para ti, querida, pero así conseguiré desquitarme. Y hará que la gente sepa por lo que pasé. Por lo que ambos pasamos.

Le encontré sentido a eso y procuré ser más útil recordando fechas y encuentros ofensivos con personas en público para que pudiera incluirlas en sus pruebas.

—¿Recuerdas a aquel tipo del cine? Dijo que no pensaba sentarse en la misma sala que un pedófilo. Lo dijo a gritos y señalándote.

Claro que se acordaba. Tuvimos que salir de la sala 2 escoltados por los guardias «por nuestra seguridad», en palabras del encargado. El tipo no dejaba de gritar: «¡¿Dónde está Bella?!», mientras la mujer que iba con él intentaba que se sentara.

Yo quise decir algo —que mi esposo era inocente—, pero Glen me tomó del brazo y dijo:

—No lo hagas, Jean. Sólo empeorará las cosas. No es más que un loco.

No le gustó recordar eso, pero lo incluyó en su declaración.

—Gracias, querida —dijo.

La policía se resistió a pagar la indemnización hasta el último minuto —Tom nos explicó que tenían que hacerlo porque se trataba del dinero de los contribuyentes—. Un día, estaba vistiéndome para ir al juzgado cuando Glen, ya ataviado con su mejor traje y zapatos, recibió la llamada de Tom.

—¡Se terminó, Jeanie! —me dijo a gritos desde la planta baja—. ¡Ya pagaron! ¡Un cuarto de millón!

Los periódicos y Dawn Elliott lo consideraron «dinero ensangrentado» hecho a expensas de su hija. Los periodistas volvieron a escribir cosas horribles sobre Glen y volvieron a acampar afuera de la casa. Me dieron ganas de decirle «te lo dije», pero ¿de qué habría servido eso?

Glen volvió a quedarse callado y yo opté por dejar el trabajo antes de que me corrieran.

Volvíamos a estar en el punto de partida.

CAPÍTULO 29

Lunes, 21 de julio de 2008

El inspector

Después de que el juicio se desmoronara, Bob Sparkes sintió un tipo distinto de tristeza. Y de enojo. Básicamente, ambos sentimientos estaban dirigidos hacia sí mismo. Se dejó seducir para llevar a cabo una estrategia desastrosa.

¿En qué estaba pensando? Al pasar por delante de un despacho del piso superior con la puerta abierta, oyó cómo uno de sus jefes lo describía como un «buscahonores» y sintió un ataque de vergüenza. Creía haberlo hecho todo por Bella, pero a lo mejor su auténtica motivación fue él mismo.

«En cualquier caso, no estoy precisamente cubierto de honores», se dijo.

El informe que apareció en último término cinco meses después del final del juicio estaba escrito en la aséptica prosa de este tipo de documentos y concluía que la decisión de utilizar a un agente encubierto para obtener pruebas contra el sospechoso fue «tomada a partir de opiniones expertas y tras consultárselo a altos rangos, pero que la estrategia se vio finalmente malograda por la inadecuada supervisión de un agente sin experiencia».

—En resumidas cuentas, la cagamos —le dijo Sparkes a Eileen por teléfono después de una breve reunión con el inspector jefe.

Al día siguiente, los periódicos lo mencionaron y ridiculizaron junto a sus jefes por ser uno de los «Superpolis» que habían echado a perder el caso de Bella. Hubo llamadas de políticos y apuestas sobre las cabezas que rodarían; Sparkes mantuvo un perfil bajo mientras circularon clichés e intentó prepararse mentalmente para una posible vida fuera del cuerpo de policía.

A Eileen casi parecía alegrarle esa idea y sugirió la posibilidad de que se dedicara a la seguridad privada en alguna empresa. «Se refiere a algo sin complicaciones», pensó él. Sus hijos se portaron de maravilla y le llamaban casi a diario para animarlo y hacerlo sonreír con sus noticias, pero él era incapaz de ver más allá del final de cada día.

Recordó la sensación que, al poco de ser padre, le proporcionaba salir a correr y volvió a hacerlo. Durante al menos una hora, dejaba que el ritmo de los latidos de su corazón ocupara por completo su mente. Al regresar a casa, sin embargo, tenía la cara cenicienta y sudorosa, y sus rodillas de cincuentón le dolían muchísimo. Eileen le dijo que dejara de salir a correr, que no le hacía bien. Eso y todo lo demás.

Al final, su vista disciplinaria fue un asunto civilizado con preguntas formuladas con firmeza pero también con educación. Ya sabían las respuestas, aunque había que seguir el procedimiento. Fue suspendido temporalmente mientras esperaba el fallo y todavía traía puesta la pijama cuando recibió la llamada de su representante sindical. El cuerpo de policía decidió culpar a un superior y él vería manchado su expediente, pero no sería despedido. Sparkes no supo si reír o llorar.

Eileen gritó de alegría y lo abrazó con fuerza.

—Oh, Bob, por fin se terminó todo —dijo—. Gracias a Dios que entraron en razón.

Al día siguiente, regresó al trabajo y le asignaron otras tareas.

—Esto es un nuevo comienzo para todos nosotros —le dijo durante una especie de entrevista reeducativa la nueva inspectora jefe Chloe Wellington, recientemente promovida para ocupar el puesto del malogrado Brakespeare—. Sé que es tentador, pero déjele a otro el caso de Glen Taylor. Usted no puede volver a trabajar en él, no después de toda esta publicidad. Parecería acoso y cualquier nueva línea de investigación se vería manchada por ello.

Sparkes asintió y, a continuación, se puso a hablar en tono convincente acerca de nuevos casos que tenía sobre el escritorio, presupuestos, listas de turnos e incluso algún chisme de oficina. Al regresar a su despacho, sin embargo, Glen Taylor estaba en lo alto de su lista; de hecho, era el único nombre de su lista.

Matthews estaba esperándolo y cerraron la puerta tras de sí para hablar de la estrategia que seguirían a partir de entonces.

—Estarán observándonos para asegurarse de que no nos acerquemos a él, jefe. Llamaron a una inspectora veterana de Basingstoke para que revise el caso de Bella Elliott y planee los siguientes pasos que hay que seguir. Es una mujer, pero una buena tipa. Jude Downing. ¿La conoce?

Esa tarde, la inspectora Jude Downing tocó la puerta del despacho de Sparkes y le propuso ir a tomar un café. La mujer, delgada y pelirroja, se sentó delante de él en la cafetería que había al otro lado de la calle («La cafetería de la comisaría es una fosa de osos —dijo—. Vayamos a tomar un café con leche»), y esperó.

—Todavía está ahí afuera, Jude —dijo Sparkes finalmente.

—¿Qué hay de Bella?

—No lo sé, Jude. Estoy obsesionado con ella.

—¿Significa eso que está muerta? —preguntó ella y él no supo qué contestar.

Cuando pensaba como un policía, sabía que estaba muerta. Pero no podía aceptarlo sin más.

Los días en los que no había muchas noticias todavía entrevistaban a Dawn. Su rostro infantil lo miraba con aire acusador desde las páginas de los periódicos. Él siguió llamándola por teléfono una vez por semana o algo así.

—Ninguna novedad, Dawn, sólo llamo para ver cómo estás —le decía—. ¿Cómo va todo?

Y ella le contaba. Gracias a la campaña de «ENCUENTREN A BELLA» había conocido a un hombre que le gustaba y, por lo demás, iba poco a poco.

—En este matrimonio somos tres —dijo una vez Eileen y soltó una de esas carcajadas sarcásticas y falsas que reservaba para castigarlo.

Él no pareció darse por aludido, pero dejó de mencionar el caso en casa y prometió que terminaría de pintar el dormitorio.

Jude Downing le dijo que estaba repasando todas las pruebas por si habían pasado algo por alto.

—A todo el mundo le ha pasado alguna vez, Bob. Uno está tan cerca del caso que pierde la perspectiva. No es una crítica, así son las cosas.

Sparkes se quedó mirando la espuma de su café. Habían espolvoreado encima un corazón de chocolate.

—Tienes razón, Jude. Hace falta una mirada nueva, pero de todos modos puedo ayudarte.

—Lo mejor será que, de momento, te hagas a un lado, Bob. Sin ánimo de ofender, necesitamos comenzar desde el principio y seguir otras pistas.

—De acuerdo. Gracias por el café. Será mejor que vuelva a la comisaría.

Luego, Eileen escuchó atentamente cómo Sparkes desahogaba su ira mientras ella le servía una cerveza.

—Déjalo ir, querido. Estás provocándote una úlcera. Haz los ejercicios respiratorios que te enseñó el médico.

Él le dio un trago a su cerveza e intentó dejar de pensar en ello, sin embargo tenía la sensación de que estaba permitiendo que las cosas se le escaparan.

Procuró sumergirse en sus nuevos casos, pero se trataba de una actividad superficial. Un mes después, Ian Matthews anunció su traslado a otra unidad.

—Necesitaba un cambio, Bob —dijo—. Todos lo necesitamos.

La fiesta de despedida se movió en los cauces habituales. A los discursos de los veteranos le siguió una ebria orgía de horrendas anécdotas y recuerdos sentimentales de crímenes resueltos.

—Es el final de una época, Ian —le dijo Sparkes mientras se liberaba del abrazo del ebrio sargento—. Fuiste un gran compañero.

Ya sólo quedaba él, se dijo a sí mismo. Aparte de Glen Taylor.

Al poco, llegó su nuevo sargento. Una chica de treinta y cinco años tremendamente inteligente.

—Nada de chica: una mujer, Bob —le corrigió Eileen—. Las chicas se peinan de colitas.

En lugar de colitas, aquella mujer traía su lustroso pelo castaño recogido en un apretado chongo. La tensión de los finos cabellos de sus sienes era tal que le fruncía la piel. Se trataba de una joven enérgica poseedora de un título universitario y también, se diría, una carrera profesional tatuada en el interior de sus párpados.

Habían trasladado a la sargento Zara Salmond —«Su madre debe de estar fascinada por la realeza», pensó Sparkes— desde el departamento de antidrogas, y, le dijo, había ido allí a hacerle la vida más fácil y se puso manos a la obra.

El flujo y reflujo de casos seguía su curso (el fallecimiento de un drogadicto adolescente, una serie de robos en establecimientos de lujo, un apuñalamiento en una discoteca) y él les dedicaba su tiempo, pero nada podía desviar su atención del hombre que compartía su despacho.

La reluciente imagen de Glen Taylor sonriendo como un chango delante del Old Bailey seguía obsesionándolo. La frase «Está en algún lugar de estos papeles» se convirtió en su mantra mientras repasaba todos los informes policiales del día en el que Bella desapareció y gastaba las teclas de su teclado.

Sparkes se enteró en la cafetería de que habían vuelto a interrogar a Lee Chambers. Tras pasar tres meses encarcelado por exhibicionismo, perdió el trabajo y tuvo que mudarse, aunque, por lo visto, seguía igual que siempre.

Al parecer, Chambers no dejó de removerse en su silla mientras declaraba su inocencia pero, a cambio de inmunidad, les contó más cosas de su negocio de pornografía, incluidos sus horarios de apertura y lugares habituales.

«Alguien a quien vigilar» fue el veredicto del nuevo equipo de investigación, pero no creían que fuera culpable del secuestro de Bella así que terminaron soltándolo. La información que les dio, sin embargo, proporcionó un nuevo enfoque a sus inspecciones en gasolineras y finalmente consiguieron imágenes de las cámaras de vigilancia en las que se veía a algunos de los clientes de Chambers. Sparkes permaneció alerta por si el nuevo equipo descubría a Glen Taylor entre éstos.

—Nada, señor —le dijo Salmond—. Pero continúan revisando las imágenes.

De modo que siguieron adelante.

Resultaba fascinante. En cierto sentido, era como observar una dramatización de su antigua investigación en la que sus papeles estaban interpretados por actores.

—Es como estar sentado en las butacas —le dijo a Kate cuando ésta lo llamó.

—¿Y quién te interpreta a ti? ¿Robert de Niro? Ay, no, Helen Mirren, lo había olvidado. —Se rio.

Ahora bien, formar parte del público en vez de estar sumergido en el interior de la burbuja de la investigación le proporcionó una perspectiva que no tenía antes. Podía contemplar la investigación a vista de pájaro y fue entonces cuando empezó a percibir las grietas y las salidas en falso de la misma.

—Nos centramos demasiado rápido en Taylor —le dijo a la sargento Salmond. Le costó mucho admitírselo a sí mismo, pero tuvo que hacerlo—. Volvamos a repasar los acontecimientos del día que Bella desapareció. Con calma.

En secreto, pues, comenzaron a reconstruir el 2 de octubre de 2006 desde el mismo instante en el que la niña se había despertado. Pegaron el *collage* en la superficie interior de un casillero metálico del despacho de Sparkes que vaciaron apresuradamente.

—Parece un proyecto artístico —bromeó Salmond—. Sólo hace falta forrarlo con plástico adhesivo y conseguiremos una insignia *Blue Peter*.[7]

---

[7] Premio que concede el célebre programa televisivo infantil homónimo del canal BBC a aquellos que aparecen en el programa o a modo de reconocimiento por un logro determinado. (*N. del t.*)

214

Ella quiso utilizar la computadora para el marco cronológico, pero Sparkes prefirió hacerlo a mano para que no quedara registrado.

—De este modo, si nos vemos obligados a librarnos de él, podemos hacerlo sin que quede rastro alguno.

Sparkes no recordaba cuándo se había ofrecido a ayudarlo la sargento Salmond. No se burlaba de él como Matthews y, en cierto modo, extrañaba la intimidad y el desahogo que suponía compartir una broma, pero con una mujer eso le parecía algo inapropiado. Como si fuera más un acto de coqueteo que de camaradería. En cualquier caso, no extrañaba los asquerosos sándwiches de salchichas untadas de cátsup que comía su antiguo sargento, ni tampoco verle la panza cuando la camisa se le salía del pantalón.

Salmond era muy inteligente, pero Sparkes no la conocía bien ni sabía si podía confiar en ella. De todos modos, sin embargo, tendría que hacerlo. Necesitaba su objetiva perspicacia para no volver a perderse en la maleza.

Según Dawn, Bella se despertó a las 7:15. Un poco más tarde de lo habitual, pero la noche anterior se acostó tarde.

—¿Por qué se acostó tarde? —preguntó Salmond.

Repasaron las declaraciones de Dawn.

—Fueron a un McDonald's y tuvieron que esperar el autobús para volver a casa —dijo Sparkes.

—¿Por qué? ¿Acaso era una ocasión especial? —inquirió Salmond—. Su cumpleaños es en abril. ¿No estaba siempre Dawn corta de dinero? Debía quinientas libras a la tarjeta de crédito y la vecina declaró que rara vez salía.

—No se lo preguntamos —dijo Sparkes.

El dato pasó a formar parte de la lista de Salmond. «Es una chica a la que le gustan las listas —pensó Sparkes—. Perdón: una mujer.»

—Y luego están los dulces de la tienda de periódicos. Más celebraciones. Me pregunto qué estaba pasando en sus vidas.

Salmond escribió SMARTIES en un nuevo pedazo de papel y lo pegó en el casillero.

Se habían sentado a ambos lados del escritorio y ella en el asiento de su jefe. Entre ellos descansaba una impresión completa del archivo original que Matthews se había procurado a modo de regalo de despedida. Sparkes comenzó a tener la sensación de que estaba siendo interrogado, pero su nueva sargento estaba sacando a la luz todas las cuestiones que habían pasado por alto.

—¿Acaso había un nuevo tipo en su vida? ¿Qué hay de ese Matt que la dejó embarazada? ¿Llegamos a hablar con él? —prosiguió Salmond.

Los agujeros en la investigación comenzaban a ser cada vez más acusatoriamente grandes.

—Hagámoslo ahora —se apresuró a añadir la sargento al ver que la melancolía se cernía sobre su jefe.

En el acta de nacimiento de Bella no figuraba el nombre de su padre. Como madre soltera, Dawn no tenía derecho a inscribirlo a no ser que estuviera presente en el momento del registro. Según su declaración a la policía, el padre de Bella se llamaba Matt White, vivía en la zona de Birmingham y trabajaba para una farmacéutica. «Podía conseguir Viagra siempre que quisiera», le había dicho a Sparkes.

La búsqueda inicial de un Matthew White en Birmingham que encajara con la descripción no dio ningún fruto, y cuando Taylor entró en escena, todos los demás sospechosos fueron dejados de lado.

—Puede que Matt fuera un seudónimo. O quizá le dio a Dawn un nombre falso. Los hombres casados suelen hacerlo: así evitan que la nueva novia se ponga en contacto con ellos sin previo aviso, sobre todo una vez que la aventura entre ellos ya terminó —reflexionó Salmond en voz alta.

La tranquila eficiencia con la que Salmond se las arreglaba para hacer un hueco en las obligaciones diarias para sus nuevas investigaciones sobre el caso de Bella hacía que Sparkes se sintiera al mismo tiempo relajado y un tanto incompetente. La sargento tenía una gran capacidad para entrar y salir de su despacho en pocos minutos con el documento correcto, la respuesta a una pregunta o el visto bueno para ejecutar algo, sin apenas alterar la superficie de su concentración.

Sparkes comenzó a creer que encontrarían una nueva pista. Pero esta nueva sensación de esperanza lo distraía y terminó provocando que bajara la guardia. Puede que el descubrimiento de su investigación paralela fuera inevitable.

Un día, él dejó abierta la puerta del casillero mientras hacía una llamada y la inspectora Downing entró en su despacho sin tocar. Su invitación para compartir un sándwich no llegó nunca. De repente, reparó en la investigación alternativa del caso de Bella Elliott pegada en el interior del casillero. Era algo digno de la guarida de un asesino en serie.

—Esto sólo es algo de la investigación original que no llegamos a retirar, Jude —dijo Sparkes al advertir cómo se endurecía la expresión de su colega. Incluso él fue consciente de que se trataba de una explicación muy débil y supo que no podría hacer nada para evitar el desastre.

En vez de una bronca, sin embargo, lo que encontró Sparkes fue compasión y, en cierto modo, eso fue todavía peor.

—Necesitas unas vacaciones, Bob —le dijo con firmeza el comisario Parker en la reunión formal que tuvieron al día siguiente—. Y ayuda. Te recomendamos que acudas a ver a un especialista. Contamos con gente muy válida.

Sparkes intentó no reírse. Se vio obligado a aceptar una baja de dos semanas y, con el listado de nombres de psicólogos en la mano, llamó a Salmond desde el coche para contárselo.

—No te acerques al caso, Salmond. Saben que tú no te estás volviendo loca y la próxima vez no serán tan comprensivos. Tendremos que dejárselo al nuevo equipo.

—Entendido —dijo ella secamente.

Estaba claro que estaba con un superior.

—Llámame cuando puedas hablar.

CAPÍTULO 30

Martes, 16 de septiembre de 2008

La madre

Dawn había hecho un esfuerzo. Se había comprado un saco caro y se había puesto zapatos de tacón, medias nuevas y una falda. El director la recibió con gran entusiasmo. Fue a recogerla al elevador y la paseó por la redacción por delante de todos los periodistas. Éstos sonrieron y la saludaron con un movimiento de cabeza desde detrás de sus computadoras. El tipo que había acudido cada día al juzgado colgó el teléfono y fue a estrecharle la mano.

La secretaria del director, una mujer increíblemente elegante con un maquillaje y un peinado dignos de una revista, los siguió hasta el despacho y le preguntó a Dawn si quería una taza de té o café.

—Té, por favor. Sin azúcar.

Cuando llegó la charola, terminó la plática trivial. El director era un hombre ocupado.

—Bueno, Dawn, hablemos de la campaña para llevar a Taylor ante la justicia. Necesitamos una gran entrevista contigo para lanzarla. Y un nuevo enfoque.

Dawn Elliott sabía exactamente qué era lo que quería el director. Casi dos años de exposición mediática la habían endurecido. Un nuevo enfoque supondría más espacio en la portada, seguimiento en otros periódicos, entrevistas en los programas matutinos de la televisión, Radio 5 Live, *Woman's Hour*, revistas... Como la noche sigue al día. Era agotador, pero tenía que seguir adelante porque la mayor parte de los días sabía en lo más profundo de su ser que su pequeña aún estaba viva. Los demás días, sólo lo esperaba.

Sin embargo, sentada sobre un cubo de hule espuma azul cielo —el torpe intento de un decorador de humanizar el espacio— bajo el aire acondicionado del despacho, Dawn también sabía que el periódico quería que dijera por primera vez que Bella fue asesinada. Era la «noticia bomba» que el director requería para ir por Glen Taylor.

—No pienso decir que Bella está muerta, Mark —dijo ella—. Porque no lo está.

Mark Perry asintió e insistió. Su falsa expresión de compasión le tensaba el rostro.

—Lo entiendo perfectamente, pero es difícil acusar a alguien de asesinato si decimos que la víctima todavía está viva, Dawn. Sé lo duro que debe de ser esto, pero incluso la policía cree que Bella está muerta, ¿o me equivoco?

—Bob Sparkes, no —contestó ella.

—Sí que lo piensa, Dawn. Todo el mundo lo hace.

En el silencio que siguió, Dawn estudió sus opciones: contentar al periódico o seguir adelante sola. Esa misma mañana, había hablado con el relaciones públicas que le ofrecía asesoramiento gratuito en la campaña y le había advertido que se encontraba ante una «decisión de Sophie»: «En cuanto digas que Bella está muerta, ya no habrá vuelta atrás y corres el peligro de que su búsqueda se dé por terminada».

No podía permitir que sucediera eso.

—Creo que deberíamos mantener la opción abierta —dijo Dawn—. ¿Por qué no nos limitamos a acusarlo de secuestro? Cuando encuentre a mi hija, no querrán ser el periódico que publicó que estaba muerta, ¿no? Todo el mundo diría que provocaron que la gente dejara de buscarla.

Perry fue entonces a su escritorio y regresó con una de las muchas hojas de gran tamaño que cubrían su superficie. Luego colocó la charola que descansaba sobre la mesita en otro cubo y en su lugar dejó la hoja. Era un borrador de la portada, una de las muchas que habían hecho para vender la exclusiva del *Herald*. En vez de estar abarrotada de noticias, había únicamente ocho palabras que exclamaban «ÉSTE ES EL HOMBRE QUE SECUESTRÓ A BELLA» y una fotografía de Glen Taylor.

Perry prefería el titular «¡ASESINO!», pero tendrían que reservarlo para el día que atraparan a ese cabrón.

—¿Qué te parece esto? —le dijo Perry.

Dawn tomó la portada y la analizó como una profesional.

Al principio apenas podía soportar la cara de Glen Taylor, y menos todavía verla junto al rostro de su hija en todos los periódicos, pero aun así se había obligado a sí misma a hacerlo. Lo miró a los ojos en busca de un rastro de culpabilidad y luego se fijó en la boca por si veía alguna señal de debilidad o lujuria. No había nada. Parecía un hombre con el que podía coincidir en un autobús o en la cola de un supermercado y se preguntó si no lo habría hecho alguna vez. ¿Acaso sería ésa la razón por la que escogió a su hija?

Era la pregunta que reverberaba en su cerebro a cada minuto. Bella protagonizaba todos sus sueños: la veía a lo lejos, pero era incapaz de moverse o de llegar a su lado por mucho que corriera; y, al despertarse, volvía a darse cuenta, como si fuera la primera vez, de que su hija no estaba ahí.

Al principio, fue incapaz de participar en ningún tipo de actividad. Se sentía completamente abrumada por la desgracia y la impotencia. Cuando por fin logró levantar cabeza, su madre la convenció para que dedicara sus días a cosas prácticas.

—Necesitas levantarte, vestirte y hacer algo, Dawn, por pequeño que sea.

Era el mismo consejo que le dio cuando nació Bella y ella se sintió incapaz de lidiar con la falta de sueño y los exasperantes gritos de su nuevo bebé.

Finalmente, logró levantarse y vestirse. Recorrió el camino de su casa hasta la reja. Permaneció de pie en el jardín como había hecho Bella y miró el mundo que había al otro lado.

La campaña de «ENCUENTREN A BELLA» arrancó cuando Dawn comenzó a escribir en su página de Facebook cosas sobre su hija o sobre cómo se sentía ella ese día. La respuesta fue como un maremoto; primero se sintió abrumada, pero después la ayudó a levantar cabeza. Juntó miles, y luego cientos de miles de amigos y *likes* de madres y padres de todo el mundo. Esto le proporcionó algo en lo que centrarse, y cuando gente con dinero se puso en contacto con ella para ofrecerle su ayuda en la búsqueda de Bella, ella accedió.

Bob Sparkes admitió que tenía reservas sobre algunas de las decisiones tomadas por la campaña, pero dijo que le parecía bien siempre y cuando no entorpeciera la labor que estaban realizando sus agentes.

—Aun así, nunca se sabe —le dijo el inspector—. La campaña puede hacer que alguien sienta remordimientos y decida ponerse en contacto con nosotros.

«Kate se volverá loca cuando se entere de que decidí acudir al *Herald*, "El Enemigo" —se dijo a sí misma cuando se pusieron en contacto con ella—. Pero su periódico no ha igualado la oferta que había en la mesa. Lo entenderá.»

En realidad, Dawn habría deseado que fueran Kate y Terry quienes tuvieran la exclusiva, pero el *Daily Post* había declinado la oportunidad.

Era duro porque durante estos meses su relación con Kate se había vuelto muy estrecha. Hablaban casi todas las semanas y se veían de vez en cuando para almorzar y chismear. A veces, el periódico le enviaba un coche para llevarla a Londres a pasar el día. En agradecimiento, ella le contaba todo a Kate antes que a nadie.

Últimamente, sin embargo, la cobertura del *Post* había ido a menos.

—¿Se aburrió de mí tu periódico? —le preguntó a Kate en su último encuentro después de que no hubieran publicado una entrevista con ella.

—No seas tonta —dijo la periodista—. Es sólo que estos días están pasando muchas cosas. —Pero Kate no fue capaz de mirarla a los ojos.

Dawn ya no era la chica perdida del sillón. Comprendió la situación.

Así pues, cuando el *Herald* la llamó con el fin de proponerle una campaña para llevar a Taylor ante la justicia y ofrecerle una generosa contribución al fondo de «ENCUENTREN A BELLA», ella aceptó.

Antes llamó a Kate para comunicarle su decisión, se lo debía. La llamada provocó un ataque de pánico en la periodista.

—Por el amor de Dios, Dawn, ¿lo dices en serio? ¿Ya firmaste algo?

—No, esta tarde voy a verlos.

—Está bien, dame veinte minutos.

—Bueno...

—Por favor, Dawn.

Cuando la periodista volvió a llamar, Dawn supo de inmediato que Kate no tenía nada que ofrecerle.

—Lo siento, Dawn. No lo harán. Piensan que acusar a Taylor es demasiado arriesgado. Y tienen razón. Es un truco publicitario, Dawn, y podría estallarte en la cara. No lo hagas.

Dawn exhaló un suspiro.

—Yo también lo siento, Kate. No se trata de nada personal, tú te portaste de maravilla, pero no puedo dejarlo ir sólo porque un periódico haya perdido interés. Será mejor que cuelgue o llegaré tarde. Ya volveremos a hablar.

Y ahí estaba ahora, leyendo el contrato y revisando las subcláusulas por si detectaba alguna laguna legal. Su abogado ya lo había leído, pero le había aconsejado que ella volviera a hacerlo por si hubieran incluido algo nuevo.

Mark Perry la observaba asintiendo alentadoramente cada vez que ella hacía algún comentario. Cuando por fin Dawn firmó y fechó el documento, se dibujó una amplia sonrisa en su rostro.

—¡Fantástico! Ahora, pongámonos en marcha —dijo y, tras ponerse de pie, la acompañó a ver al periodista que estaba esperándola para llevar a cabo «La Gran Entrevista».

El periódico ya tenía miles de palabras escritas en preparación para el esperado veredicto de culpabilidad. Antes del juicio de Glen Taylor, entrevistaron a sus antiguos colegas del banco y de la empresa de transportes. Asimismo, recopilaron sórdidas historias de las mujeres del chat y confirmaron lo de la pornografía infantil gracias a la declaración confidencial de un agente del equipo de investigación. Además, compraron el testimonio de una vecina de los Taylor, así como sus fotos exclusivas de Taylor con sus hijos (una de los cuales era una niña rubia).

La vecina les contó que vio a Glen mirando a sus hijos por la ventana y que cerró la reja que unía los patios de sus casas con un clavo.

Ahora ya no tendrían que prescindir de todo este material.

—Puede que Dawn no aceptara que lo llamáramos asesino en el titular, pero tuvimos un gran primer día —le dijo Perry al director adjunto al tiempo que colocaba su saco en el respaldo de su silla y se arremangaba—. Ahora vamos con el editorial. Y llama a los abogados. Todavía no te hagas ilusiones con meterlo a la cárcel.

La noticia ocupó las primeras nueve páginas del *Herald*. En ellas, mostraban su empeño en llevar a Glen Taylor a la justicia y le exigían al ministro del Interior que ordenara un nuevo juicio.

Era periodismo en su estado más poderoso, recalcando el mensaje con un mazo e incitando a la reacción, y los lectores respondieron: las secciones de comentarios de la página web se llenaron de bilis vociferante e irreflexiva, opiniones injuriosas y llamadas a la reaparición de la pena de muerte.

—Los locos habituales —reflexionó el jefe de redacción en el consejo de redacción matutino—. Pero en grandes cantidades.

—Mostremos un poco de respeto por nuestros lectores —dijo el director, y todos se rieron—. Bueno, ¿qué tenemos para hoy?

CAPÍTULO 31

Miércoles, 17 de septiembre de 2008

La periodista

Kate Waters hojeó el *Herald* hecha una furia mientras desayunaba en su escritorio.

—Podríamos haber tenido esta exclusiva —dijo en voz alta.

Terry Deacon la escuchó desde el otro lado de la redacción, pero siguió redactando su lista de noticias. Ella dejó a un lado su pan tostado con miel y se acercó a él.

—Podríamos haber tenido esta exclusiva —repitió cuando llegó a su lado.

—Claro que sí, Kate, pero Dawn pedía demasiado dinero y ya le hicimos tres grandes entrevistas.

Se echó hacia atrás en su silla con expresión apesadumbrada.

—Honestamente, ¿qué novedades hay? No me habría importado tener la fotografía con los hijos de la vecina, pero las fulanas de internet y lo de la pornografía infantil ya habían aparecido antes en todas partes.

—Ésa no es la cuestión, Terry. El *Herald* se ha convertido ahora en el periódico oficial de Dawn Elliott. Si vuelven a juzgar a Taylor y lo declaran culpable, podrán decir que fueron ellos quienes llevaron al secuestrador de Bella ante la justicia. ¿Dónde estaremos nosotros? Rascándonos los huevos al pie de la escalera.

—Entonces busca otra noticia mejor, Kate —dijo el director, que apareció repentinamente a su espalda—. No pierdas tiempo con este viejo refrito. Ahora tengo que ir a una reunión de *marketing*, pero luego hablamos.

—De acuerdo, Simon —dijo ella mientras él ya se alejaba.

—¡Dios mío! ¡Fuiste convocada al despacho del director! —se burló Terry cuando su jefe ya no podía oírlos.

Kate regresó a su asiento y a su pan tostado frío y comenzó a buscar una escurridiza noticia que fuera mejor.

En circunstancias normales, habría telefoneado a Dawn Elliott o a Bob Sparkes, pero sus opciones estaban esfumándose a toda velocidad. Dawn se fue a la competencia y Bob desapareció misteriosamente de su radar —hacía semanas que no sabía nada de él—. El encargado de la sección de sucesos le dijo que se metió en problemas por interferir en la nueva investigación de Bella y el teléfono del inspector parecía estar siempre apagado.

Volvió a intentarlo y dejó escapar un grito ahogado de alegría cuando comprobó que esta vez el teléfono sí sonaba.

—Hola, Bob —dijo cuando Sparkes contestó al fin—. ¿Cómo estás? ¿Ya regresaste al trabajo? Supongo que habrás visto el *Herald*.

—Hola, Kate. Sí. Algo atrevido por su parte, teniendo en cuenta el veredicto. Espero que tengan unos buenos abogados. En cualquier caso, me alegro de oírte. Estoy bien. Me tomé un pequeño descanso, pero ya vuelvo a estar manos a la obra. Estoy en la ciudad, trabajando con la policía metropolitana de Londres. Atando algunos cabos sueltos. Muy cerca de tu redacción, de hecho.

—Bueno, ¿y qué haces hoy para comer?

Él ya estaba sentado en el caro y diminuto restaurante francés cuando ella entró de mal humor y ataviada con un traje oscuro que contrastaba marcadamente con los manteles blancos del establecimiento.

—Tienes buen aspecto, Bob —mintió ella—. Lamento llegar tarde. El tráfico.

Él se puso de pie y le estrechó la mano por encima de la mesa.

—Yo acabo de llegar.

La conversación trivial se detenía y se reanudaba cada vez que el mesero se acercaba a la mesa para llevarles el menú, ofrecerles alguna sugerencia y agua, o bien tomarles nota, llevarles el vino... Sin embargo, una vez que les sirvieron sus correspondientes platos de *magret de canard*, Kate comenzó a hablar en serio:

—Quiero ayudar, Bob —dijo ella con el tenedor en la mano—. Tiene que haber alguna línea de investigación que podamos retomar.

Él permaneció en silencio mientras cortaba la carne rosada del plato. Ella esperó.

—Mira, Kate, cometimos un error y ahora no podemos volver atrás. Veamos qué consigue la campaña del *Herald*. ¿Crees que él los demandará?

—Demandar por injurias es un juego peligroso —contestó ella—. Lo he visto en otras ocasiones. Si lo hace, tendrá que subir al estrado y ofrecer su testimonio. ¿Crees que querrá hacerlo?

—Es un tipo listo, Kate. Y escurridizo. —Sus dedos no dejaban de juguetear con el pan formando bolitas—. No lo tengo tan claro.

—Por el amor de Dios, Bob. Eres un policía fantástico. ¿Por qué te das por vencido?

Él alzó la cabeza y se la quedó mirando.

—Lo siento, no quería molestarte. Es sólo que odio verte así —dijo ella.

Cuando se tranquilizaron, y mientras ambos le daban un trago a su vino, Kate lamentó haberlo presionado. «Deja en paz al pobre hombre», pensó.

Pero no fue capaz, no formaba parte de su naturaleza.

—Bueno, ¿y qué estuviste haciendo hoy con la policía metropolitana de Londres?

—Como te dije antes, atando cabos sueltos. Revisando algunos temas de un par de investigaciones. Robos de coches, cosas así. De hecho, también había algunos detalles relacionados con el caso de Bella. Del principio, de cuando descubrimos el vínculo con Glen Taylor.

—¿Algo interesante? —preguntó ella.

—En realidad, no. La policía metropolitana de Londres fue a asegurarse de que el otro conductor de Qwik Delivery estaba en casa mientras nosotros veníamos de Southampton.

—¿Qué otro conductor?

—Aquel día había dos conductores en Hampshire. Esto ya lo sabías.

No lo sabía, o no lo recordaba.

—El otro conductor es un tipo llamado Mike Doonan. Es el primero al que fuimos a ver. Puede que en su momento no mencionara su nombre. En cualquier caso, tiene la columna vertebral hecha pedazos y apenas puede caminar, y no encontramos ninguna razón para seguir investigándolo.

—¿Lo interrogaron?

—Sí. Él fue quien nos dijo que Taylor también estaba realizando una entrega en la zona ese día. No creo que lo hubiéramos descubierto de no ser por él. Taylor se encargó de esa entrega para hacerle un favor a él, de modo que no había ningún registro oficial de la misma. El nuevo equipo de investigación también fue a verlo. Al parecer, no descubrió nada más.

Kate se disculpó y fue un minuto al baño. Ahí anotó el nombre de Doonan y llamó a un colega para pedirle que buscara su dirección. Para luego.

Cuando regresó a la mesa, el inspector estaba guardándose la tarjeta de crédito en la cartera.

—Yo invitaba, Bob —dijo ella.

Él descartó su protesta con un movimiento de mano y sonrió.

—Fue un placer. Me alegro de verte, Kate. Gracias por tus ánimos.

«Me lo merezco», pensó ella mientras salía del restaurante detrás de él. En la banqueta, él volvió a estrecharle la mano y ambos se fueron a sus respectivos trabajos.

Cuando Kate llamaba a un taxi, su teléfono celular comenzó a vibrar. Le hizo una seña para que siguiera adelante y poder así responder la llamada.

—Según el censo electoral, hay un Michael Doonan en Peckham. Te enviaré la dirección y los nombres de los vecinos por SMS —dijo el tipo de la sección de sucesos.

—Eres el mejor, gracias —dijo ella al tiempo que levantaba la mano para llamar otro taxi. Su celular volvió a sonar casi de inmediato.

—¿Dónde diablos estás, Kate? Firmamos un contrato con la exesposa de ese futbolista para hacerle una entrevista. Vive cerca de Leeds, así que súbete en el primer tren y ya te enviaré toda la información por correo electrónico. Llámame cuando llegues a la estación.

CAPÍTULO 32

Miércoles, 17 de septiembre de 2008

La viuda

Hoy alguien dejó el *Herald* en nuestra puerta. En sus páginas vuelven a acusar a Glen. Él lo tiró directamente en el bote de la basura, pero yo lo tomé otra vez y lo escondí debajo del fregadero para leerlo más tarde. Sabíamos que esto sucedería porque ayer un periodista de ese periódico estuvo tocando de forma insistente nuestra puerta, haciéndonos preguntas a gritos y metiendo notas por la ranura del buzón. Nos dijo que iban a emprender una campaña para que volvieran a juzgar a Glen y que Bella tuviera justicia. «¿Y qué hay de justicia para mí?», dijo Glen.

Supone un duro golpe, pero Tom nos llamó para decirnos que al periódico más le vale contar con amplios fondos para pagar los costos y, todavía más importante, que no tienen ninguna prueba. También nos recomendó que «aseguremos las ventanas con listones», sea lo que sea que significa eso.

—El *Herald* decidió atacarnos con toda la artillería, pero en realidad no es más que sensacionalismo y acusaciones sin fundamento —le dijo Tom a Glen, y luego éste me lo repitió a mí palabra por palabra.

—Habla como si se tratara de una guerra —digo yo, y luego me quedo callada. La espera será peor que la realidad, predice Tom, y confío en que tenga razón.

229

—Será mejor que mantengamos un perfil bajo —me explica Glen—. Tom iniciará acciones legales contra el periódico, pero cree que deberíamos hacer unas pequeñas vacaciones, «desaparecer un tiempo», hasta que todo esto se calme. Reservaré algo esta misma mañana en internet.

No me pregunta adónde quiero ir, y la verdad es que no me importa. La pequeña ayuda que suponían las pastillas que tomo es cada vez menor y me siento tan cansada que tengo ganas de llorar.

Al final, escoge un lugar de Francia. En mi otra vida, me habría emocionado, pero cuando me dice que encontró una casita en el campo que se halla a varios kilómetros de cualquier lugar no estoy segura de lo que siento.

—Nuestro vuelo sale mañana a las siete de la mañana, de modo que tenemos que salir de casa a las cuatro, Jeanie. Haremos ahora las maletas y mañana iremos en coche. No quiero que un taxista ponga sobre aviso a la prensa.

Sabe mucho, mi Glen. Doy gracias a Dios por contar con él.

En el aeropuerto, mantenemos la cabeza agachada y los lentes de sol puestos y esperamos hasta que en la fila sólo queda una persona antes de acercarnos al mostrador. La mujer de la aerolínea apenas nos mira y envía nuestra maleta a la banda transportadora antes de preguntarnos «¿Hicieron ustedes esta maleta?» y esperar nuestra respuesta.

Se me había olvidado cuántas filas hay en los aeropuertos, y para cuando llegamos a nuestra puerta de embarque estamos tan estresados que casi prefiero volver a casa y enfrentarme a la jauría de la prensa.

—Vamos, querida —dice Glen, tomándome de la mano cuando subimos al avión—. Ya casi llegamos.

Una vez en Bergerac, él va a rentar un coche mientras yo espero que salga nuestra maleta y me quedo hipnotizada por el equipaje desplazándose en la banda transportadora. Sin embargo, no logro distinguirla. Hace tanto que no la utilizábamos que se me olvidó de qué color es y tengo que esperar hasta que todo el mundo ya tomó la suya. Finalmente, salgo a la calle, donde luce un sol radiante, y diviso a Glen en un pequeño coche rojo.

—Pensé que no valía la pena rentar algo más grande —dice—. Tampoco vamos a manejar demasiado, ¿no?

Es curioso, pero estar los dos solos en Francia es distinto a estar los dos solos en casa. Sin rutina, no sabemos qué decirnos. Así que permanecemos callados. El silencio reinante debería haber supuesto un descanso de las continuas llamadas a la puerta de nuestra casa y el ruido constante que nos rodea, pero no es así. En cierto modo, es peor. Yo opto por ir a dar largos paseos por los caminos y los bosques que rodean la casita mientras Glen permanece sentado al sol leyendo novelas de detectives. Casi me pongo a gritar cuando descubro que las había metido en la maleta. Como si no hubiéramos tenido suficientes investigaciones policíacas.

Decido dejarlo con sus asesinatos perfectos y me siento al otro lado del patio con algunas revistas. Me sorprendo a mí misma observando a Glen y pensando en él. Si levanta la mirada y me pesca, finjo que estoy mirando algo que tiene detrás. Y supongo que, de alguna manera, es lo que estoy haciendo.

No sé qué estoy buscando. Alguna señal de algo: su inocencia, la cuota que se cobró esta terrible experiencia, el verdadero Glen, quizá. No lo sé.

Sólo dejamos la casita para ir al supermercado por comida y papel higiénico. No me molesto en comprar cosas para cocinar. Encontrar lo necesario para hacer espagueti a la boloñesa está por encima de mis posibilidades, de modo que para almorzar comemos pan con queso y jamón y, por las noches, pollo asado frío y ensalada de col o más jamón. Si bien es verdad, tampoco tenemos mucha hambre. Al final, nos dedicamos a marear la comida de un lado a otro del plato.

Ya llevamos aquí cuatro días cuando creo ver a alguien caminando por el camino que hay al fondo de la propiedad. Es la primera persona que descubro cerca de casa. Un coche es un acontecimiento.

No le doy demasiada importancia, pero a la mañana siguiente veo a otro hombre en el camino de acceso a la propiedad.

—¡Glen! —exclamo para que salga del interior de la casa—. Se acerca un tipo.

—Entra en casa, Jean —me contesta él. Luego cierra la puerta tras de mí y comienza a correr las cortinas. Esperamos que toque la puerta.

El *Herald* nos encontró. Nos encontró y nos fotografió: «El secuestrador y su esposa toman el sol en su exclusivo escondite de la Dordoña» mientras Dawn Elliott «prosigue desesperadamente la búsqueda de su hija». Tom nos lee los titulares al día siguiente por teléfono.

—Sólo estamos aquí porque estamos siendo acosados, Tom —digo yo—. Y Glen fue absuelto por los tribunales.

—Ya lo sé, Jean, pero los periódicos han establecido su propio juzgado. En cualquier caso, no tardarán en dedicar la atención a otra cosa. Son como niños, se distraen fácilmente.

Luego me explica que, para encontrarnos, el *Herald* debe de haber seguido la pista de los gastos que Glen realizó con la tarjeta de crédito.

—¿Es legal hacer eso? —pregunto.

—No, pero eso no impide que lo hagan.

Cuelgo el teléfono y comienzo a meter las cosas en la maleta. Otra vez somos los malos.

Cuando llegamos a casa, nos están esperando y Glen llama a Tom para ver cómo podemos impedir que sigan diciendo estas cosas.

—Es difamación, Jeanie. Tom dice que si no los demandamos, o amenazamos con hacerlo, seguirán hurgando en nuestras vidas y sacándonos en portada.

Quiero que esto termine, de modo que accedo. Glen sabe qué es lo mejor.

A los abogados les lleva algo de tiempo redactar la carta. Tienen que dejar claro por qué las historias que cuenta el periódico son falsas y eso requiere tiempo. Glen y yo volvemos a Holborn en el mismo tren que yo solía tomar cuando él estaba siendo juzgado.

—El día de la marmota —me dice. Intenta mantenerme animada y lo quiero por eso.

El abogado no se comporta como Charles Sanderson. Es más adulador. Seguro que su peluca no se cae a pedazos. Parece rico, como si condujera coches deportivos y tuviera una casa en el campo, y la decoración de su oficina es toda de metal reluciente y cristal. Está claro que la injuria es la parte lucrativa del negocio. Me pregunto si el señor Sanderson lo sabe.

No se anda con rodeos. Actúa con la misma hostilidad que el fiscal y nos lo pregunta todo una y otra vez. Yo aprieto con fuerza la mano de Glen para demostrarle que estoy de su lado y él me devuelve el gesto.

El tipo adulador repasa todos y cada uno de los detalles.

—Debo poner a prueba nuestra argumentación, señor Taylor, pues esto será básicamente una repetición del juicio de Bella. Éste fue desestimado por las acciones policiales, pero el *Herald* mantiene que usted secuestró a la niña. Y, por más que nosotros digamos que eso es algo falso y difamatorio, el *Herald* utilizará para atacarlo todos los aspectos oscuros del caso mismo, así como pruebas que no serían admisibles en un juicio criminal. ¿Lo entiende?

Nuestras expresiones deben de evidenciar nuestra ignorancia porque Tom vuelve a explicárnoslo en un lenguaje sencillo mientras el tipo adulador mira por la ventana.

—Tienen muchos trapos sucios, Glen. Y los sacarán todos para inclinar la balanza del jurado a su favor. Debemos demostrar que eres inocente y conseguir que el jurado falle en contra del *Herald*.

—¡Y lo soy! —dice él en un tono airado.

—Lo sabemos, pero necesitamos demostrarlo y asegurarnos de que no haya sorpresas. Lo que quiero decir, Glen, es que tienes que andar con los ojos bien abiertos porque se trata de una acción legal muy cara. Costará miles de libras.

Glen se voltea hacia mí y yo intento mostrarme valiente, pero por dentro ya estoy corriendo hacia la puerta. Supongo que podemos utilizar el dinero sucio.

—¿Alguna sorpresa, señor Taylor? —repite el tipo adulador.

—Ninguna —dice mi Glen.

Yo bajo la mirada a mi regazo.

Envían la carta al día siguiente y tanto el *Herald* —a toda página— como el radio y la televisión se hacen eco de la misma.

«TAYLOR INTENTA AMORDAZAR AL *HERALD*» es el titular del periódico. Odio la palabra *amordazar*.

CAPÍTULO 33

Viernes, 26 de septiembre de 2008

La madre

Las fotografías de los Taylor en Francia enfurecieron a Dawn. «Está furiosa» pasó a ser su estado en Facebook, e incluyó un enlace a la fotografía principal de Glen Taylor en pantalones cortos y el pecho desnudo, muy cómodo en un camastro y leyendo un *thriller* titulado *El libro de los muertos*.

El mal gusto de las fotografías hizo que le dieran ganas de ir personalmente a sacarle la verdad. No dejó de darle vueltas a la idea durante toda la mañana. Ya imaginaba a Taylor arrodillado ante ella, llorando y suplicándole perdón. Estaba tan segura de que la cosa funcionaría que llamó a Mark Perry al *Herald* y le propuso un cara a cara entre ella y el secuestrador.

—Podría ir a su casa y mirarlo directamente a los ojos. Tal vez así confesaría —dijo, envalentonada por el miedo y la excitación que sentía ante la posibilidad de encararse con el secuestrador de su hija.

Perry vaciló. No porque tuviera reparos en acusar a Taylor —mientras escuchaba a Dawn ya estaba escribiendo el titular—, sino porque quería que la dramática confrontación fuera más exclusiva y la puerta de la casa de Glen Taylor era un lugar demasiado público.

—Podría no abrir la puerta, Dawn —dijo—. Y entonces nos quedaríamos ahí con una mano delante y otra detrás. Tenemos que hacerlo en un lugar en el que no se pueda ocultar. Abordarlo en la calle cuando menos se lo espere. Averiguaremos cuándo está prevista su próxima reunión con los abogados y lo pescaremos en el momento en que vaya a entrar al bufete. Sólo nosotros, Dawn.

Ella lo entendió y no se lo contó a nadie. Sabía que su madre intentaría disuadirla —«Ese tipo es escoria, Dawn. No va a confesar en la calle. Con eso sólo conseguirás enojarte más y volver a desanimarte. Deja que sea un fiscal quien se encargue de él»—. Pero Dawn no quería consejos ni atender razones. Quería actuar. Hacer algo por Bella.

No tuvo que esperar mucho.

—No lo vas a creer, Dawn. Glen Taylor tiene una cita con sus abogados el jueves por la mañana a primera hora. ¡Es el aniversario de la desaparición de Bella! —le dijo Perry por teléfono—. Será perfecto.

Por un momento, Dawn no supo qué decir. No había nada perfecto en el aniversario. Desde hacía un tiempo, la fecha había estado acechando en el horizonte y sus pesadillas habían ido en aumento. Últimamente, se había sorprendido a sí misma recreando los días anteriores al 2 de octubre: fueron de compras, la llevó a la guardería, vieron DVDs infantiles. Dos años sin su pequeña parecían una eternidad.

Perry seguía hablando por teléfono y, de repente, ella volvió en sí e intentó reavivar su enojo.

—Al parecer, a Taylor le gusta ir al bufete cuando no hay nadie, así que lo tendremos para nosotros solos. Ven al periódico y planearemos nuestro MO.

—¿Qué es un MO?

—*Modus operandi*. Es latín: significa el plan que seguiremos para atrapar a Glen Taylor.

En la reunión celebrada en el despacho del director del periódico tuvieron en cuenta toda posible eventualidad: la llegada en taxi, la llegada en transporte público, las entradas traseras, los horarios, el escondite de Dawn...

Dawn escuchó con atención y recibió sus órdenes. Esperaría en un taxi negro al otro lado de la calle del bufete y saldría en cuanto el periodista recibiera la señal: dos timbrazos en su celular.

—Seguramente, sólo tendrás tiempo para hacer un par de preguntas, Dawn —dijo el redactor jefe, Tim—, de modo que hazlas cortas y ve al grano.

—Sólo quiero preguntarle dónde está mi hija. Eso es todo.

El director y los periodistas reunidos intercambiaron miradas. Esto iba a ser fantástico.

Cuando llegó el día, Dawn siguió las instrucciones que le dieron y no se vistió de un modo excesivamente elegante. «Hay que evitar que en las fotografías parezcas una periodista televisiva —le dijo Tim—. Es mejor que parezcas una madre afligida. —Y añadió rápidamente—: Como eres, Dawn.»

El conductor del periódico la recogió y la llevó al punto de encuentro, una cafetería en High Holborn. Tim, otros dos periodistas, dos fotógrafos y un operador de cámara de vídeo ya se encontraban alrededor de una mesa de formica con una pila de varios platos sucios en el centro.

—¿Estás lista? —preguntó Tim procurando que no se le notara demasiado la excitación.

—Sí, Tim, lo estoy.

Más tarde, cuando ambos iban sentados en el coche, la determinación de Dawn comenzó a flaquear, pero él no dejó de hablarle de la campaña para mantener vivo su enojo. El teléfono celular del redactor jefe sonó dos veces.

—Llegó el momento, Dawn —dijo él tomando el ejemplar del *Herald* que ella levantaría ante el rostro de Taylor y abriendo la puerta del vehículo.

En cuanto descendió del taxi, Dawn vio a lo lejos a Glen Taylor y a Jean, su bobalicona esposa. Le temblaban las piernas.

La calle estaba tranquila. Los oficinistas que pronto la llenarían seguían apretados en el metro. Dawn se quedó de pie en medio de la banqueta y, con un nudo en el estómago, observó cómo se acercaban los Taylor. Éstos no repararon en ella hasta que se encontraron a unos cien metros. Jean Taylor estaba intentando volver a meter unos documentos en el maletín de su marido cuando, de repente, levantó la mirada y se detuvo de golpe.

—Glen —dijo en voz alta—. Es ella, la madre de Bella.

Glen se volteó hacia la mujer que los estaba esperando al otro lado de la calle.

—Dios mío, Jean, es una emboscada. Haga lo que haga, no digas nada —dijo en voz baja, y la agarró del brazo para impulsarla hacia la puerta del bufete.

Pero ya era demasiado tarde para escapar.

—¡¿Dónde está mi hija?! ¡¿Dónde está Bella?! —gritó Dawn tan cerca de Glen que algunos restos de saliva de la mujer aterrizaron cerca de su boca.

Taylor miró a Dawn a la cara durante una fracción de segundo y luego desapareció detrás de una mirada vacía.

—¿Dónde está, Glen? —repitió ella intentando agarrarlo del brazo y zarandearlo.

Los fotógrafos aparecieron de la nada y comenzaron a capturar cada segundo mientras, por su parte, los periodistas gritaban sus preguntas. El tumulto provocó que Jean Taylor se separara de su marido y se quedara atrás como una oveja descarriada.

De repente, Dawn se volteó hacia ella.

—¿Qué le hizo su marido a mi hija, señora Taylor? ¿Qué hizo con ella?

—No hizo nada. Es inocente. Así lo declaró el tribunal —exclamó Jean, sintiéndose obligada a responder por la violencia del ataque.

—¡¿Dónde está mi niña?! —volvió a gritar Dawn, incapaz de preguntar ninguna otra cosa.

—¡No lo sabemos! —exclamó Jean—. ¿Por qué la dejó sola para que alguien pudiera llevársela? Eso es lo que debería estar preguntándose la gente.

—Ya basta, Jean —dijo Glen y, abriéndose paso entre las cámaras, la jaló mientras Tim confortaba a Dawn.

—Dijo que es mi culpa —dijo la madre con el rostro grisáceo.

—Es una zorra sinvergüenza, Dawn. Sólo ella y los locos piensan que es culpa tuya. Anda, volvamos al periódico para hacer la entrevista.

«Esto va a quedar genial», pensó él mientras atravesaban el tráfico en dirección al oeste de Londres.

Dawn se quedó de pie junto a una de las columnas al tiempo que toda la redacción contemplaba y admiraba las fotografías que habían dejado sobre la mesa de trabajo que había al fondo de la sala.

—Unas fotografías estupendas. La mirada que le dedica Glen Taylor a Dawn es escalofriante —dijo el editor gráfico mientras contemplaba su mercancía.

—La pondremos en portada —dijo Perry—. Y, en la página tres, la de Dawn llorando y Jean Taylor gritándole como una verdulera. Parece que, después de todo, no es la mujercita sumisa que creíamos. Mira la expresión enfurecida de su rostro. ¿Dónde están los textos?

«EL SECUESTRADOR Y LA MADRE» era el estruendoso titular de portada que se pudo leer al día siguiente en todos los trenes, autobuses y mesas de desayuno de Gran Bretaña.

Tim la llamó para felicitarla.

—Buen trabajo, Dawn. Me encantaría poder ver por un agujero el ambiente en casa de los Taylor esta mañana. Aquí todo el mundo está contento. —Lo que no dijo era que las ventas del *Herald* habían aumentado y, con ello, su bonus anual.

CAPÍTULO 34

Jueves, 2 de octubre de 2008

La viuda

Entré en el bufete de los abogados temblando. No estoy segura si de rabia o de nervios. Probablemente, de un poco de ambas. El señor Adulador incluso me rodeó los hombros con un brazo.

—Malditos comerciantes de porquería —le dijo a Tom Payne—. Tendríamos que denunciarlos al colegio de periodistas o algo así.

No he dejado de recordar la escena en mi cabeza, desde el momento en el que me di cuenta de que era ella. Debería haberla reconocido de inmediato, pues la vi suficientes veces en la tele y en el juicio. Aunque claro, la cosa es distinta cuando ves a alguien que no esperas en la calle. Una no se fija en los rostros de la gente, creo, sólo en sus rasgos generales. Por supuesto, en cuanto la vi supe bien que era ella. Dawn Elliott. La madre. Esperándonos en la banqueta con los idiotas del *Herald* animándola a que acusara a mi Glen a pesar de haber sido declarado no culpable. Esto no está bien. No es justo.

Supongo que fue el *shock* lo que me hizo gritarle así.

A Glen no le gustó nada que le dijera a Dawn lo que pensaba.

—Esto los envalentonará más, Jean. Ahora ella opinará que debe defenderse y seguirá dando entrevistas. Te dije que no hablaras.

240

Yo le dije que lo sentía, pero no es así. Dije lo que pensaba. Esta noche llamaré al radio de forma anónima y volveré a decirlo. Me cayó bien hacerlo en voz alta, en público. La gente debería saber que es culpa suya. Ella era responsable de nuestra pequeña y permitió que se la llevaran.

Me dejaron sentada con una bebida caliente en recepción mientras ellos tenían su reunión. En cualquier caso, yo tampoco estaba de humor para cuestiones legales, así que me quedé en mi rincón pensando en la escena de la calle y escuchando las tonterías de las secretarias. Otra vez invisible.

Tardaron siglos en terminar y luego tuvimos que ver cómo íbamos a salir sin que nos viera la prensa. Al final, lo hicimos por la puerta trasera, que da al callejón en el que dejan los botes de basura y las bicicletas.

—No estarán esperándolos, pero mejor no jugárnosla —dijo Tom—. A estas horas ya habrán publicado el encuentro en su página web, y mañana aparecerá en el periódico. En cualquier caso, eso no hará más que aumentar los daños y perjuicios; piensen en el dinero.

Glen le estrechó la mano y yo me limité a hacerle un gesto con la mano. No quiero el dinero. Quiero que esto se acabe.

Él se portó especialmente bien conmigo cuando entramos a la casa. Me ayudó a quitarme el abrigo y me hizo sentar mientras ponía a hervir agua.

Hoy es el aniversario. Lo marqué en mi calendario con un punto. Un pequeño punto que podría confundirse con una mancha de la pluma para que nadie pudiera saber que en realidad se trata de una marca.

Ya pasaron dos años desde que la secuestraron. Ya nunca la encontrarán. A estas alturas, la gente que se la llevó debe de haber convencido a todo el mundo de que es hija suya y ella debe de pensar que son sus padres. Es pequeña y seguramente apenas recuerda a su verdadera madre. Espero que sea feliz y que la quieran tanto como lo haría yo si estuviera conmigo.

Por un momento, me la imagino sentada en nuestra escalera,

cayéndose de pompis y riéndose. Llamándome para que vaya a verla. Podría haber estado aquí si Glen me la hubiera traído.

Glen no ha hablado mucho desde que regresamos a casa. Tiene la computadora sobre el regazo y la cierra rápidamente cuando me siento a su lado.

—¿Qué estabas mirando, querido? —le pregunto.

—Nada. Sólo estaba echando un vistazo a las páginas de deportes —dice, y luego va a poner gasolina al coche.

Yo tomo la computadora y la enciendo. Está bloqueada con una contraseña y me quedo mirando la pantalla: Glen puso una foto mía de fondo. Me quedo ahí sentada, bloqueada como la computadora.

Cuando vuelve a casa, intento hablar con él sobre nuestro futuro.

—¿Por qué no nos mudamos, Glen? Así podríamos disfrutar de ese nuevo comienzo del que siempre hemos hablado. Si no lo hacemos, nunca lograremos escapar de esto.

—No pienso mudarme, Jean —me contesta con brusquedad—. Ésta es nuestra casa y no me correrán de ella. Superaremos esto. Juntos. Al final, la prensa se olvidará de nosotros y su atención se centrará en otro pobre desgraciado.

«No lo harán», quiero decir. Volverán a nosotros cada aniversario de la desaparición de Bella, o cada vez que desaparezca un niño, o cada vez que no tengan noticias importantes. Y nosotros estaremos aquí sentados, esperando.

—Hay muchos lugares agradables en los que podríamos vivir, Glen. Un día hablamos de vivir junto al mar. Ahora podríamos hacerlo. O podríamos incluso trasladarnos al extranjero.

—¿Al extranjero? ¿De qué diablos estás hablando? No quiero vivir en un lugar en el que no entiendo el idioma. No pienso moverme de aquí.

De modo que eso es lo que hacemos. Bien podríamos habernos mudado a una isla desierta, pues al final nos quedamos completamente aislados en nuestra pequeña casa. Nuestra única compañía son los tiburones que de vez en cuando dan vueltas a nuestro alrededor. Nos limitamos a hacernos compañía el uno al otro rellenando crucigramas en la cocina —él lee las pistas y escribe las respuestas mientras yo sigo pensando—, viendo películas en la sala, yo aprendiendo a coser, él mordiéndose las uñas... Parecemos una pareja de jubilados. Y yo todavía no tengo cuarenta años.

—Creo que el poodle de los Manning murió. Hace semanas que no hay ninguna cagada de perro en la puerta de casa —dice Glen tratando de entablar conversación—. Era muy viejo.

El grafiti sigue ahí. Es una pintura muy difícil de quitar y ninguno de los dos quiere ponerse a frotar a la vista de todo el mundo, por lo que lo dejamos así. En el muro del jardín puede leerse «ESKORIA» y «PEDÓFILO» en grandes letras rojas.

—Niños —dice Glen—. Del instituto, a juzgar por la ortografía.

La mayoría de las semanas recibimos cartas de la «brigada de la pluma verde», pero comenzamos a tirarlas directamente a la basura. Se distinguen a lo lejos. Nunca vi a la venta esos pequeños sobres o las plumas verdes que utilizan. Tampoco el rugoso papel rayado. Esa gente tóxica debe de tener su propio suministro de materiales. Supongo que serán baratos.

Antes me fijaba en la letra para intentar averiguar qué tipo de persona envió la carta. Algunas son redondeadas y con muchas florituras, como las de una invitación de boda. Debe de tratarse de gente mayor porque ya nadie escribe así.

No todas las cartas son anónimas. Algunos escriben su dirección en lo alto de la página —nombres encantadores como «Casita del Rosal» o «Los Sauces»— y luego vierten su bilis. Estoy tentada a contestarles y decirles lo que pienso de ellos, darles una dosis de su propia medicina. Escribo mentalmente las respuestas mientras finjo que estoy viendo la televisión, pero al final no lo hago. Sólo causaría problemas.

—No es más que gente enferma, Jeanie —me dice Glen cada vez que aparece una en el buzón—. En realidad, deberíamos compadecernos de ellos.

A veces me pregunto quiénes son y creo que es probable que se trate de gente como Glen y yo. Gente solitaria. En una situación límite. Prisioneros de sus propias casas.

Compro un gran rompecabezas en la tienda de beneficencia local. Se trata de la fotografía de una playa con acantilados y gaviotas. Me dará algo que hacer por las tardes. Va a ser un invierno muy largo.

CAPÍTULO 35

Viernes, 18 de diciembre de 2009

La periodista

Fue una semana más bien tranquila. Faltaba poco para Navidad y el periódico se llenó de bobadas festivas y noticias reconfortantes sobre gente que había superado adversidades varias. Kate hojeó su cuaderno más por costumbre que esperanzada, pero no había nada. El periódico estaba lleno de textos sabatinos: artículos largos, columnistas chillones, páginas de suculentos platos navideños y dietas posvacacionales. Al menos, Terry parecía contento.

No como el encargado de sucesos. Al pasar junto al escritorio de Kate de camino al baño, se detuvo un momento para desahogarse:

—Descartaron mi artículo sobre el aniversario de esta Navidad —dijo.

—Vaya. ¿De qué aniversario se trata? —preguntó Kate. El tipo de sucesos era conocido por reciclar artículos. «El bote verde de noticias», llamaba él alegremente a su sección.

—El de Bella. Es la tercera Navidad de Dawn sin ella. ¿Quieres tomar algo a la hora de almorzar?

—Bella. ¡Oh, Dios mío, me olvidé de ti! —dijo volteándose hacia la fotografía que tenía pegada en el organizador—. Lo siento mucho.

La campaña del *Herald* se tranquilizó después de que la amenaza de demanda por difamación se convirtió en una realidad, y ambos bandos se replegaron detrás de sus líneas de combate.

Kate se enteró de que el asesor jurídico del *Herald* tuvo una discusión con el director por la cobertura realizada, así que convenció a Tim, colega del *Herald* con el que mantenía una vieja amistad, para que se lo contara mientras tomaban una o dos copas de vino. Al principio, él tuvo cuidado de no revelar los detalles, pero la historia era demasiado buena para no detallarla como era debido. Tim se apoyó en la barra de un bar que había al otro lado de la calle y le explicó a Kate que el abogado de la casa había acusado a Mark Perry de ignorar sus consejos y utilizar «comentarios sensacionalistas» y alegatos para vender.

—Supongo que se refería a cosas como «la mirada de asesino de Taylor» —dijo Kate entre risas—. A mí me pareció que se adentraban en un terreno muy resbaladizo.

—Sí, ésa era una de las expresiones preferidas de Perry. La cuestión es que el abogado le avisó que, cada vez que publicábamos algo así, estaba provocando un aumento de las demandas potenciales por daños y perjuicios.

—Y Taylor tiene dinero para emprender acciones legales. Toda esa compensación de la policía —dijo Kate.

—Al final, el director se mostró de acuerdo en evitar las acusaciones directas y el hostigamiento. Mientras la cuestión de la difamación siga pendiente, seremos menos duros.

—Pero no piensa abandonar la campaña, ¿verdad? —preguntó Kate—. Si lo hiciera, tendría que pagar. Lo cual equivaldría a admitir que estaba equivocado.

Tim sonrió con el vaso de Merlot en la mano.

—No está contento. Le dio un puñetazo al monitor de su computadora y luego irrumpió en la redacción para decirnos a todos que éramos unos «malditos aficionados». Le gusta compartir el dolor. Lo considera un acto de inclusión.

Kate le dio unas palmaditas de lástima en el brazo y se fue a casa.

Tal y como Tim le había adelantado, el *Herald* se tranquilizó y las amenazas de denuncia por difamación parecieron aplacarse en ambos bandos.

Pero Kate estaba dispuesta a realizar otro intento. Tenía que encontrar el cuaderno del año pasado. Ahí, en la portada, había anotado la dirección en Peckham de un tal Mike Doonan.

—Salgo a comprobar la información que me dio un soplón —le dijo a Terry—. Si me necesitas, puedes localizarme en el celular.

Tardó siglos en cruzar el puente de Westminster y recorrer Old Kent Road, pero al final se estacionó a la sombra de una deprimente reliquia de la arquitectura vanguardista de la década de los sesenta. Una caja de concreto gris salpicada de ventanas sucias y antenas parabólicas.

Kate se acercó a la puerta y tocó el timbre. Sabía lo que iba a decir (en el taxi tuvo mucho tiempo para pensarlo), pero no contestó nadie. En el interior del departamento se oyó el eco del timbre, nada más.

—Salió —dijo una voz procedente de la puerta contigua. Era una voz de mujer.

—Bueno. Esperaba encontrarlo. ¿No estaba confinado en casa?

La puerta se entreabrió y se asomó una cabeza. Era una mujer mayor, con un cuidado permanente y ataviada con un delantal.

—Fue a la casa de apuestas. No sale mucho por lo de la espalda, pobre Mike. Aun así, intenta hacerlo al menos una vez al día. ¿Tenían una cita?

Kate sonrió a la vecina.

—En realidad, no. Vine por si acaso. Estoy escribiendo un artículo sobre un hombre con el que el señor Doonan solía trabajar cuando era conductor. Glen Taylor. El caso de Bella.

La vecina abrió un poco más la puerta.

—¿El caso de Bella? ¿Mike trabajó con ese tipo? Nunca me lo dijo. ¿Quiere entrar y esperarlo en casa?

En apenas cinco minutos, la señora Meaden ya le había hablado a Kate acerca del problema médico de Doonan («Artrosis degenerativa, cada vez va a peor»), su afición por las apuestas, sus exesposas, sus hijos e incluso su dieta («Pan tostado con frijoles prácticamente cada noche. No puede ser bueno»).

—Cada semana le hago un poco de súper y los niños de la finca le hacen recados.

—Qué amable de su parte. El señor Doonan es afortunado de tener una vecina como usted.

La señora Meaden se mostró agradecida.

—Es lo que haría cualquier cristiana —dijo—. ¿Quiere una taza de té?

Kate dejó la taza y el platito decorados con flores en equilibrio sobre el brazo de su sillón y sacó de su envase el pastel de carne molida comprado en el supermercado.

—Es extraño que Mike nunca mencionara que conocía a Glen Taylor, ¿no? —dijo la señora Meaden al tiempo que se sacudía las migajas del regazo.

—Trabajaron juntos. En Qwik Delivery —explicó Kate.

—Mike trabajó como conductor muchos años. Dice que es lo que terminó de estropearle la espalda. No tiene amigos, o al menos no lo que yo llamaría amigos, gente que venga a verlo. Solía ir a un lugar con computadoras que hay aquí cerca, decía que era una especie de club. Antes de jubilarse, acostumbraba ir regularmente. A mí siempre me pareció algo extraño para un hombre de su edad. Aunque claro, vive solo, así que debe de aburrirse.

—No sabía que había un club informático por aquí. ¿Sabe cómo se llama?

—Está en la calle Princess, creo. Es un lugar de aspecto sucio con las ventanas entintadas de negro. ¡Oh, aquí llega Mike!

De repente, se oyó el ruido de unos pasos arrastrándose y el golpeteo de un bastón en el pasillo de cemento.

—Hola, Mike —dijo la señora Meaden tras abrir la puerta—. Hay aquí una periodista que pregunta por usted.

Doonan hizo una mueca cuando apareció Kate.

—Lo siento, querida. La espalda me está matando. ¿Podría venir en otro momento?

Kate se acercó a él y lo tomó del brazo.

—Déjeme al menos ayudarlo a entrar a la casa —dijo ella, y así lo hizo.

El departamento de Doonan no olía a col y desinfectante Dettol como el de su vecina. Olía a hombre. Sudor, cerveza rancia, cigarros, pies.

—¿De qué quiere hablar conmigo? Ya le conté a la policía todo lo que sabía —se justificó Doonan mientras Kate se sentaba frente a él en una silla.

—Glen Taylor —dijo ella simplemente.

—Ah, él.

—Trabajaban juntos.

Doonan asintió.

—Estoy escribiendo un artículo sobre él para tener así una imagen más clara de cómo es en realidad.

—Entonces está visitando a la persona equivocada. No éramos amigos. Ya se lo conté a la policía. Si quiere saberlo, me parecía un imbécil presumido.

«Sí, quiero saberlo», pensó ella.

—Creía que era mejor que nosotros y que trabajando como repartidor estaba rebajándose a la espera de que le surgiera algo mejor.

Kate había encontrado su punto débil e insistió.

—Oí decir que era un poco arrogante.

—¿Arrogante? Eso es quedarse corto. En la cafetería, no dejaba de darse aires con sus historias de la época en la que dirigía un banco. Y luego me la jugó y le dijo al jefe que exageraba la gravedad de mi lesión de espalda. Que estaba fingiendo.

—Eso debió de causarle problemas.

Doonan sonrió con amargura.

—Lo irónico es que yo lo ayudé a conseguir el trabajo en Qwik Delivery.

Kate inquirió más al respecto.

—¿De verdad? O sea, que ya se conocían de antes. ¿Dónde lo conoció?

—En internet. En un foro o algo así. —Doonan sonaba menos seguro de sí mismo.

—¿Y en el club de la calle Princess?

Una fugaz mueca se dibujó en el rostro de Doonan.

—¿Qué club? —dijo—. Mire, necesito tomarme mis pastillas. Tendrá que irse.

Ella le dejó su tarjeta profesional y le estrechó la mano.

—Gracias por hablar conmigo, Mike. Se lo agradezco de veras. No hace falta que me acompañe a la puerta.

Kate se dirigió directamente a la calle Princess.

El letrero de INTERNET INC. era pequeño y algo feo. El aparador estaba pintado de negro por dentro y encima de la puerta había una cámara de vigilancia. «Parece una *sex shop*», pensó Kate.

La puerta estaba cerrada y no se veía ningún cartel con el horario. Kate volvió sobre sus pasos hasta la verdulería que había en el extremo de la calle y esperó a que un asistente ataviado con un sombrero de Santa Claus saliera al puesto de la banqueta para atenderla.

—Hola, quería utilizar internet, pero el lugar que hay al final de la calle está cerrado. ¿Sabe a qué hora abre? —preguntó.

El joven se rio.

—No te aconsejo entrar ahí, encanto. Es un lugar para hombres.

—¿Qué quiere decir?

—Me refiero a que se dedican al porno. No dejan entrar a cualquiera. Es una especie de club para viejos rabo verde.

—¿Ah, sí? ¿Y quién es el dueño?

—La verdad es que no lo sé. El encargado es un tipo llamado Lenny, pero el local suele abrir por las noches, así que no solemos verlo.

—Gracias. Deme cuatro de esas manzanas.

Volvería más tarde.

De noche, Internet Inc. parecía un lugar todavía menos apetecible. Kate había pasado dos horas y media en un bar poco recomendable tomando un jugo de fruta caliente tras otro y escuchando la magia de Perry Como cantando *Frosty the Snowman*. No estaba de humor para que la ignoraran.

Intentó abrir la puerta, pero estaba cerrada. Golpeó entonces el cristal ennegrecido con los nudillos y se oyó una voz procedente del interior.

—Hola. ¿Quién es?

—Necesito hablar con Lenny —dijo Kate mirando directamente a la cámara con su sonrisa más cautivadora.

Silencio.

Por fin, la puerta se abrió y apareció un tipo alto y musculoso vestido con un chaleco de entrenamiento y pantalones de mezclilla.

—¿Te conozco? —preguntó.

—Hola, tú debes de ser Lenny. Yo soy Kate. Me preguntaba si podía hablar contigo un momento.

—¿Sobre qué?

—Un artículo que estoy escribiendo.

—¿Eres periodista? —Lenny comenzó a retroceder para volver a meterse en el establecimiento—. Tenemos licencia. Es todo legal. Aquí no hay nada sobre lo que escribir ningún artículo.

—No, no es sobre el local. Se trata de Bella Elliott.

El nombre era como un talismán mágico. Fascinaba a las personas. Caían hechizadas.

—¿Bella Elliott? ¿La pequeña Bella? —dijo—. Mejor pasa a mi despacho.

Kate entró en una estrecha y oscura sala iluminada únicamente por el resplandor de una docena de pantallas de computadoras. Cada una estaba en una cabina con una silla. No había más muebles aunque, a modo de decoración estacional, de la lámpara central colgaba un trozo de guirnalda.

—Todavía no hay ningún cliente. Suelen llegar un poco más tarde —le explicó Lenny mientras la llevaba al cuartito que llamaba despacho. Las torres de DVDs y revistas iban del suelo al techo—. Ignore eso —le aconsejó cuando reparó en que ella miraba los títulos.

—De acuerdo —dijo ella, y se sentó.

—Vino aquí por Glen Taylor, ¿verdad?

Kate perdió el habla por un instante. Él había ido al grano antes siquiera de que ella hubiera tenido la oportunidad de hacerle la primera pregunta.

—Sí.

—Me preguntaba cuándo vendría alguien. Pensaba que sería la policía. Pero fue usted.

—¿Vino alguna vez aquí? ¿Glen Taylor era miembro de su club?

Lenny consideró las preguntas.

—Mire, nunca hablo de los miembros. Nadie vendría si lo hiciera. Pero tengo hijos...

Kate asintió.

—Lo comprendo. Pero no estoy interesada en nadie más. Sólo él. ¿Me ayudará? Por favor.

Durante unos segundos, el encargado se debatió en silencio entre la *omertà* de su *sex shop* y hacer lo correcto mientras Kate observaba cómo se comía las uñas.

Finalmente, levantó la mirada y dijo:

—Sí, venía aquí de vez en cuando. Comenzó a hacerlo hace dos o tres años. En cuanto vi su cara en los periódicos consulté su tarjeta de socio. Aquí no utilizamos nombres reales, los miembros lo prefieren así. Pero conocía su rostro. Empezó a venir en 2006. Lo trajo otro miembro.

—¿Mike Doonan?

—Dijo que no me preguntaría por nadie más. En cualquier caso, como le dije aquí no utilizamos nombres reales, pero creo que trabajaban juntos.

Kate sonrió.

—Todo esto es de gran ayuda, gracias. ¿Puede recordar la última vez que vino? ¿Hay algún registro?

—Un momento —dijo Lenny y abrió un antiguo archivador—. Se registró como 007. Qué estiloso. No hay visitas entre el 6 de septiembre de 2006 y agosto de este año.

—¿Este año? ¿Regresó?

—Sí, unas pocas sesiones de vez en cuando.

—¿Y qué hacía? ¿Lo sabe usted, Lenny?

—Creo que ya hizo suficientes preguntas. Es confidencial. Pero no hace falta ser un genio para averiguarlo. No mantenemos ningún control sobre las páginas web que visitan los miembros. Decidimos que era mejor no hacerlo. Básicamente, vienen aquí a ver páginas web para adultos.

—Lamento ser tan directa, pero ¿se refiere a pornografía?

Él asintió.

—¿No se sintió tentado a mirar qué páginas había visitado el señor Taylor cuando descubrió de quién se trataba?

—Me di cuenta de que era él meses después de que dejó de venir, y había utilizado distintas computadoras. Habría exigido una gran cantidad de tiempo y tenemos mucho trabajo.

—¿Por qué no llamó a la policía?

Lenny apartó la mirada un momento.

—Pensé en hacerlo, pero ¿invitaría usted a la policía a venir aquí? La gente acude a un lugar como éste porque es privado. Habría tenido que cerrar el negocio. En cualquier caso, al final lo arrestaron, así que no hizo falta que yo hiciera nada.

Una llamada a la puerta del establecimiento puso fin a la conversación.

—Un cliente. Tiene que irse.

—De acuerdo. Gracias por contarme todo esto. Aquí tiene mi tarjeta por si recuerda algo más. ¿Puedo utilizar un segundo el baño antes de irme?

Lenny señaló una puerta que había en un rincón de la sala.

—Está bastante sucio, pero usted decide.

En cuanto él fue a abrirle la puerta al cliente, ella tomó su celular y fotografió la tarjeta de socio que todavía descansaba sobre el escritorio. Luego abrió la puerta del baño y, tapándose la nariz, jaló la cadena.

Lenny estaba esperándola. Cuando llegó a su lado, el encargado abrió la puerta y permaneció en la entrada para proteger al cliente de la mirada inquisitiva de la mujer.

Una vez en la calle, llamó a Bob Sparkes.

—Bob, soy Kate. Creo que nuestro hombre volvió a las andadas.

CAPÍTULO 36

Viernes, 18 de diciembre de 2009

El inspector

Sparkes escuchó en silencio a Kate y anotó despreocupadamente la dirección y los nombres. No podía comentar nada ni hacer pregunta alguna porque, a su lado, su nueva jefa estaba dividiendo las víctimas de robos callejeros por sexo, edad y raza.

—De acuerdo —dijo cuando Kate terminó de hablar—. Estoy un poco ocupado ahora mismo. ¿Puedes enviarme el documento que mencionaste? Quizá podríamos vernos mañana.

Kate supo a qué se debía ese tono profesional.

—A las diez de la mañana enfrente del bar que hay al final de la calle, Bob. Ahora te envío por correo electrónico la fotografía que tomé.

Tras colgar, Sparkes se volteó hacia la pantalla de su computadora y le hizo un gesto de disculpa a su colega por la interrupción. Esperó a terminar el trabajo que estaban realizando para mirar su celular.

Al ver la tarjeta de socio, Sparkes se sintió asqueado. La última visita de Taylor había tenido lugar hacía apenas tres semanas.

De camino a la estación de metro, llamó a Zara Salmond.

—¿Señor? ¿Qué tal va todo?

—Muy bien, Salmond. Tenemos que volver al caso. —No hizo falta que dijera de qué caso hablaba—. Debemos repasar de nuevo todos los detalles para encontrar un modo de atraparlo.

254

—Ajá. ¿Puede decirme por qué?

Imaginó la expresión en el rostro de su sargento.

—Es difícil ahora mismo, Salmond, pero recibí un aviso de que Taylor vuelve a andar en busca de pornografía. No sé nada más, me pondré en contacto cuando tenga más información.

Salmond suspiró. Sparkes casi pudo oír cómo pensaba «Otra vez no» y la verdad era que no podía culparla.

—Estaré fuera por Navidad, señor. De vacaciones. Pero volveré el 2 de enero. ¿Puede esperar hasta entonces?

—Sí. Lamento esta llamada repentina, Salmond. Y feliz Navidad.

Se guardó el teléfono celular en el bolsillo del abrigo y bajó con esfuerzo la escalera con un nudo en el estómago.

Después de que la larga revisión del caso realizada por Downing no hubiera conducido a más pistas, ni tampoco a ninguna vagoneta ni a ningún nuevo sospechoso, el cuerpo de policía decidió recortar los efectivos dedicados al caso de Bella Elliott. La inspectora Jude Downing recogió su escritorio y regresó a su auténtico trabajo, y el cuerpo de policía de Hampshire emitió un comunicado de prensa en el que decía que la investigación seguía adelante a pesar de todo. En realidad, sin embargo, esto significaba que, a partir de entonces, sólo había un equipo de dos policías que comprobaban las ocasionales llamadas de posibles avistamientos y se las comunicaban a sus superiores. Nadie lo decía en público, pero el rastro se había perdido.

Incluso el apetito por la campaña emocional de Dawn Elliott estaba comenzando a menguar. «Supongo que hay un número limitado de formas en las que se puede decir "Quiero recuperar a mi hija"», pensó Sparkes. Tras la tormenta publicitaria inicial, el *Herald* se alejó el tema.

Y, sin Sparkes, ella perdió el estímulo diario de su investigación. La inspectora jefe Wellington también se aseguró de que Salmond estuviera demasiado ocupada para seguir el caso por iniciativa propia. Ésta, por su parte, se enteró de que Sparkes ya no estaba de baja, pero todavía no lo había visto en la comisaría.

Su inesperada llamada antes de la Navidad le despertó muchos sentimientos.

Extrañaba el humor seco y la determinación del inspector más de lo que se atrevía a admitir a sus colegas. «No puedo ponerme sentimental si tengo intenciones de hacer carrera en la policía», le dijo ella.

El día que volvió al trabajo tras la Navidad, Salmond tomó su archivo del caso de Bella, repleto de cabos sueltos, e hizo una lista mientras esperaba la llamada de Sparkes.

Entre los documentos, encontró el nombre de Matt White. No lo había investigado. En un principio, lo había clasificado como «Prioridad», pero fue dejado de lado por la última idea de Sparkes. Esta vez no. Le seguiría la pista. Consultó en internet el registro electoral del nombre. Había docenas de Matthew White, pero ninguno concordaba con la información que Dawn les había dado sobre su edad, estado civil y zona de residencia.

Tenía que descubrir la verdadera identidad de White, de modo que volvió a repasar la información básica de que disponían sobre la relación que Dawn mantuvo con él. Básicamente, ésta tuvo lugar en el club Tropicana y, una vez, en la habitación de un hotel.

—¿Dónde debió de verse obligado a utilizar su verdadero nombre, Zara? —se preguntó en voz alta—. Cuando utilizó la tarjeta de crédito —se contestó finalmente—. Seguro que pagó con tarjeta en el hotel al que llevó a Dawn.

El hotel formaba parte de una cadena y Salmond cruzó los dedos mentalmente mientras llamaba por teléfono para preguntar si todavía tenían los registros de las fechas en las que Dawn vio a Matthew White.

Cinco días después, Salmond tenía otra lista. La encargada del hotel era una mujer cortada por el mismo patrón de eficiencia que la sargento y le envió la información relevante por correo electrónico.

—Matt White está aquí, señor —le dijo confidencialmente a Sparkes en una breve llamada de teléfono y ese día ya no habló con nadie más.

Sparkes colgó el teléfono y se tomó un momento para considerar las posibilidades. Su nuevo jefe era un hombre impaciente y él tenía que terminar un informe sobre el impacto de la etnia y el género en la eficiencia policial de la comunidad. Significara lo que significara eso.

Los últimos cinco meses habían sido surrealistas.

Siguiendo las órdenes de su superior y el consejo de su representante sindical, Sparkes se puso en contacto con uno de los terapeutas de la lista y pasó sesenta penosos minutos con una mujer escasamente cualificada y con sobrepeso que no dejaba de hablar sobre la necesidad de hacer frente a los demonios. «Están sentados en tus hombros, Bob. ¿Puedes sentirlos?», le dijo en un momento dado en un tono que recordaba más al de la vidente de un parque de atracciones que al de una profesional. Él la escuchó educadamente, pero decidió que tenía más demonios que él y ya no volvió. Eileen tendría que bastarle.

Su permiso se fue ampliando poco a poco y, mientras esperaba que lo llamaran para volver a incorporarse al trabajo, Sparkes consideró la idea de inscribirse a un curso de psicología en una universidad a distancia. Llegó incluso a imprimir el listado de lecturas y a ponerse a estudiar con discreción en su comedor.

Cuando al fin volvieron a llamarlo y, mientras en Hampshire decidían qué hacer con él, lo enviaron a realizar una zigzagueante serie de tareas a corto plazo en otras unidades cubriendo bajas y escribiendo informes. Para la Unidad de Investigación de Asesinatos ya estaba acabado, pero él no estaba dispuesto a jubilarse tal y como ellos parecían esperar. Todavía no. Tenía cosas que hacer.

Salmond pasó una semana cotejando fechas y nombres en el registro electoral, los expedientes policiales y las redes sociales hasta que consiguió dar con los huéspedes. Le encantaba llevar a cabo búsquedas de datos. Si la información estaba ahí, ella la encontraría y, cuando localizara el nombre, experimentaría la anhelada sensación de triunfo.

Lo hizo un jueves por la tarde: Matthew Evans era un hombre casado que vivía con su esposa Shan en Walsall y que estuvo en

Southampton en las fechas que Dawn les había indicado. Tanto la edad como el empleo concordaban.

Inmediatamente, se puso en contacto con la servicial encargada del hotel para pedirle que consultara en su registro informático si Evans estaba en la ciudad el día que Bella desapareció.

—No, no hay ningún Matthew Evans desde julio de 2003. Se quedó una noche en una habitación doble Deluxe y pidió servicio de habitaciones —le detalló la encargada.

—Genial, gracias —contestó ella, y luego le envió un SMS a Sparkes informándole del descubrimiento.

Acto seguido respiró hondo y subió la escalera en dirección al despacho de la inspectora jefe Wellington para comunicarle la nueva pista. Hasta entonces, ésta apenas había tomado en cuenta a Salmond más allá de considerarla parte del problema de Bob Sparkes, pero eso estaba a punto de cambiar. Con esto lograría situarse en el mapa.

Sin embargo, si esperaba un desfile triunfal, se equivocó. Wellington se limitó a escucharla atentamente y luego musitó:

—Buen trabajo, sargento. Escriba su informe y envíemelo de inmediato. Y que la policía de West Midlands vaya a ver a este Evans.

Decepcionada, Salmond subió pesadamente los escalones de la escalera y regresó a su despacho.

CAPÍTULO 37

Sábado, 16 de enero de 2010

El inspector

Matthew Evans no era un hombre feliz. La policía acudió a su casa sin previo aviso y su esposa les abrió la puerta con el bebé apoyado en la cadera y su otro hijo pequeño de la mano.

Bob Sparkes sonrió educadamente con una nerviosa Salmond a su lado. La joven sargento había accedido a ir con su antiguo jefe a pesar de que estaba poniendo en peligro su carrera. Si sus superiores se enteraban, le caería un buen castigo, pero él la convenció de que estaban haciendo lo correcto.

—Soy consciente de que ya no llevo el caso.

—Fue usted apartado del cuerpo, señor.

—Sí, gracias por recordármelo, Salmond. Pero debo ser yo quien vaya a ver a Evans. Conozco el caso a la perfección y seré capaz de detectar las mentiras —dijo.

Ella sabía que tenía razón y llamó a la policía de West Midlands para hacerles saber que ella iría a su zona. Tan pronto como colgó, sintió la presión sobre sus hombros.

La joven sargento fue en coche, pero Sparkes tomó el tren para evitar que sus antiguos colegas lo vieran. Cuando vio a Salmond esperándolo frente a la estación de tren, reparó en lo agobiada y estresada que se veía.

—Vamos, Salmond. Todo saldrá bien —dijo él tranquilamente—. Nadie se enterará de que vine. Le prometo que seré un hombre invisible.

Ella le dedicó una sonrisa valiente y la pareja fue al encuentro de Matt Evans.

—Matt, aquí hay dos agentes de policía que quieren verte —dijo su esposa alzando la voz—. ¿De qué se trata? —les preguntó luego a ellos, pero Sparkes y Salmond esperaron a que el marido estuviera presente antes de decir nada más. «Es lo justo», pensó Sparkes.

Evans tenía una idea bastante clara de la razón por la que la policía acudió a su puerta. La primera vez que vio a Dawn y a Bella en la televisión e hizo cuentas, supo que la policía aparecería algún día. Sin embargo, conforme fueron pasando las semanas, los meses y finalmente los años, comenzó a albergar esperanzas de que no lo hicieran.

«Puede que Bella no sea mía —se dijo al principio—. Seguro que Dawn se acostó con otros tipos.» Pero en su estómago —un órgano mucho más fiable que su corazón— sabía que sí lo era. Se parecía tanto a su «auténtica» hija que le sorprendió que la gente no se hubiera dado cuenta y hubiera llamado a *Crimewatch*.

Pero no lo hicieron y él continuó con su vida. Aumentó su familia y, mientras tanto, siguió acostándose con nuevas Dawn. Eso sí, ya nunca volvió a mantener relaciones sexuales sin condón.

El inspector le comentó que querían hablar un momento con él, y Evans los condujo al comedor que nunca utilizaban.

—¿Conoce a Dawn Elliott, señor Evans? —le preguntó Salmond.

Evans consideró la posibilidad de mentir —se le daba muy bien—, pero era consciente de que Dawn podía identificarlo.

—Sí. Mantuvimos un romance hace algunos años, cuando yo hacía de representante en la costa sur. Ya sabe lo que es trabajar tantas horas, uno necesita un poco de diversión y de relajación...

Salmond se lo quedó mirando fríamente y registró su oscilante flequillo, sus grandes ojos cafés y su sonrisa descarada y persuasiva. Luego prosiguió:

—¿Y sabía que, tras su romance, Dawn tuvo un bebé? ¿Se puso ella en contacto con usted?

Evan tragó saliva.

—No. No sabía nada del bebé. Cambié de número de celular porque ella no dejaba de llamarme y...

—... no quería que su esposa se enterara. —Sparkes terminó la frase por él.

Matt se mostró agradecido por la intervención e intentó apelar al hecho de que ambos fueran hombres.

—Sí. Mi esposa Shan no tiene por qué enterarse de esto, ¿verdad? —La última vez que una de las conquistas de Matt se puso en contacto con Shan Evans, ésta le dijo que no pensaba perdonarle más y le exigió que tuvieran otro hijo, el tercero: «Nos acercará, Matt».

Pero no lo cumplió. Las noches sin dormir y la falta de sexo posparto lo volvieron a empujar en busca de diversión y relajo. Esa vez, se trató de una secretaria de Londres. No podía evitarlo.

—Eso es cosa suya, señor —dijo Sparkes—. ¿Mantuvo alguna vez contacto con ella desde que cambió de número de celular?

—No, me mantuve alejado. Volver a ponerse en contacto con ellas es peligroso. Creen que te quieres casar.

«Cabrón desalmado», pensó Zara Salmond al tiempo que escribía «CD» en el margen de su cuaderno. Luego lo cambió a «PCD». De adolescente, había tenido encuentros con hombres casados al acecho.

Evans no dejaba de moverse en su silla.

—En realidad, y esto es curioso, una vez me topé con ella en un chat. Yo estaba navegando y, de repente, me la encontré. Creo recordar que se apodaba Miss Alegría, como el libro infantil (mi hija mayor lo tiene), pero utilizaba una fotografía auténtica. Dawn no es lo que se dice muy brillante...

—¿Le hizo saber a Miss Alegría quién era usted?

—Claro que no. La razón de ser de los chats es el anonimato. Así es más divertido.

La sargento Salmond lo anotó todo y le pidió que le deletreara los nombres de los chats que solía frecuentar y sus propias identidades en los mismos. Después de veinticinco minutos, Evans comenzó a levantarse para llevarlos a la puerta, pero Sparkes todavía no había terminado.

—Necesitamos tomarle muestras, señor Evans.

—¿Para qué? Estoy convencido de que Bella es mía; es idéntica a mis otros hijos.

—Es bueno saberlo, pero necesitamos estar seguros y descartarlo a usted de nuestra investigación.

Evans se mostró horrorizado.

—¿Investigación? Yo no tengo nada que ver con la desaparición de esa pequeña.

—Querrá decir su pequeña.

—Bueno, sí, de acuerdo, pero ¿por qué iba yo a secuestrar a esa niña? Ya tengo tres. Hay días en los que incluso pagaría a alguien para que se los llevara.

—Estoy seguro de ello —dijo Sparkes—. Pero necesitamos ser rigurosos para poder descartarlo. ¿Por qué no se pone la chamarra y le dice a su esposa que tiene que salir un momento?

Los dos policías esperaron afuera.

Salmond parecía a punto de explotar de lo satisfecha que se sentía consigo misma.

—Vio a Dawn en un chat para mayores de dieciocho años. Ella participaba; como amateur, pero lo hacía.

Sparkes procuraba mantener la calma, pero podía sentir cómo la adrenalina recorría su cuerpo.

—Éste podría ser el vínculo, Salmond. El vínculo entre ella y Glen Taylor —dijo, y se rio a su pesar.

Ninguno de los dos oyó ninguna discusión entre marido y esposa, pero cuando Evans subió al coche, Salmond intuyó que habían dejado entre ellos asuntos pendientes.

—Terminemos de una vez con esto —dijo, y luego se quedó callado.

Una vez en la comisaría local, Evans dio muestras de ADN y comenzó a lucirse con las agentes más jóvenes, sin éxito. «Un público más duro que las borrachas de una pista de baile», pensó Sparkes mientras Salmond aplicaba más fuerza de la estrictamente necesaria al presionar el dedo de Evans en la tinta.

—Lo siento, señor, tiene que presionar con fuerza para que la huella se vea bien.

Zara Salmond le dijo a Sparkes que iba a regresar a su comisaría para contarle las noticias a su nueva jefa cara a cara. Necesitaba tiempo para formular una historia que no delatara a Sparkes (ni a ella misma).

—Diré que la policía de West Midlands no tenía efectivos suficientes y que decidí subir yo a ver al posible padre de Bella Elliott. Tal y como sospechábamos, se trata de un mujeriego de Birmingham: Matthew Evans, representante comercial, casado y con tres hijos. ¿Qué le parece, señor?

Él sonrió para mostrarle su apoyo y añadió:

—Y que puede suponer el vínculo entre Glen y Bella.

«Que descorchen las botellas de champán», pensó luego más esperanzado que confiado.

Al final, le contó ella, la importancia del descubrimiento eclipsó cualquier pregunta relativa a la razón por la que había acudido ella sola a visitar a Evans.

—Ya hablaremos sobre eso más adelante, Salmond —dijo la inspectora jefe Wellington al tiempo que llamaba al comisario Parker para que pudiera obtener su parte de gloria.

La reincorporación de Sparkes al equipo de Hampshire tuvo lugar cuatro días después. El comisario Parker fue conciso y directamente al grano.

—Tenemos una nueva pista sobre el caso de Bella, Bob. Seguro que ya te enteraste. Queremos que seas tú quien se haga cargo.

Ya hablé con la policía metropolitana de Londres para obtener la autorización correspondiente. ¿Cuándo puedes presentarte aquí?

—Estoy de camino, señor.

Como cabía esperar en él, su regreso fue de lo más discreto.

—Hola, Salmond. Veamos dónde estamos con lo de Matthew Evans —dijo al tiempo que se quitaba el abrigo.

Y retomó el caso como si sólo hubiera estado fuera unos pocos minutos.

Salmond y el equipo informático forense no tenían muy buenas noticias. En cuanto recibieron la nueva pista, volvieron a repasar todos los datos descargados de la computadora de Taylor en busca de Miss Alegría, pero ésta no apareció.

—Ni chats ni correos electrónicos, señor. Miramos bajo todas las permutaciones posibles, pero ella no parece figurar.

Formando un semicírculo detrás de la silla del técnico, Sparkes, Salmond y el agente Dan Fry, que también fue reincorporado al equipo, escrutaban la lista de nombres que había en la pantalla de la computadora a la espera de dar con el seudónimo de Dawn. Era la cuarta vez que repasaban la lista y los ánimos en la sala estaban por los suelos.

Sparkes regresó a su despacho y descolgó el teléfono.

—Hola, Dawn, soy Bob Sparkes. No, no hay noticias nuevas, pero tengo un par de preguntas. Necesito hablar contigo. ¿Puedo ir a verte ahora?

Después de todo por lo que había pasado, Dawn se merecía que la trataran con cuidado, pero esto tenía que abordarlo sin rodeos.

CAPÍTULO 38

Jueves, 13 de julio de 2006

La madre

A Dawn Elliott le gustaba salir de noche. Le encantaba el ritual: darse un largo baño perfumado, secarse el pelo delante del espejo, maquillarse con música festiva a todo volumen, la comprobación final en el espejo de cuerpo entero de la puerta del ropero, el ruido de los tacones en la banqueta al ir a tomar un taxi, la creciente excitación en su pecho. Salir la hacía sentir como si volviera a tener diecisiete años.

Bella puso fin temporalmente a eso. Quedar embarazada fue una auténtica estupidez, pero era culpa suya. Era demasiado complaciente. Él era muy sexy. Cuando sus miradas se encontraron por primera vez, él se puso a bailar a su lado para estar cerca de ella. Luego la tomó de la mano y le hizo dar vueltas hasta que se sintió mareada. Ella no dejó de reír. Más tarde, salieron a beber con los fumadores para que les diera un poco el aire. Se llamaba Matt y estaba casado, pero a ella no le importó. Sólo visitaba Southampton una vez al mes; sin embargo, al principio la llamaba y le enviaba SMS cada día mientras su esposa pensaba que había ido a buscar algo al coche o que estaba paseando al perro.

La aventura duró seis meses, hasta que él le dijo que su oficina lo había trasladado de la costa sur a la noreste. Su último encuentro fue tan intenso que, durante un tiempo, ella se sintió embria-

265

gada por la experiencia. Él insistió en que mantuvieran relaciones sexuales sin condón: «Será más especial, Dawn». Y —suponía ella— así fue. Pero no se quedó a su lado para enterarse del resultado. «Los hombres casados nunca lo hacen —le dijo su madre ante su ingenuidad—. Tienen esposas e hijos, Dawn. Sólo quieren mantener relaciones sexuales con chicas estúpidas como tú. ¿Qué vas a hacer con el bebé?»

Al principio, no estuvo segura. Pospuso toda decisión por si Matt reaparecía cual caballero sobre un caballo blanco para iniciar con ella una nueva vida. Cuando se convenció de que eso no sucedería, comenzó a leer revistas sobre bebés y fue deslizándose inadvertidamente hacia la maternidad.

No lamentaba haber seguido adelante. O no demasiado: sólo cuando Bella la despertaba cada hora a partir de las tres de la madrugada, o cuando gritaba porque le salían los dientes, o también cuando había que cambiarle el pañal. Esos años no eran como los describían en las revistas, pero los superaron juntas y las cosas fueron mejorando a medida que Bella fue convirtiéndose en una persona y comenzó a hacerle algo de compañía.

Dawn le contaba a Bella todos sus secretos y pensamientos a sabiendas de que la pequeña no la juzgaría. Cuando estaba feliz, su hija se reía con ella, y cuando lloraba se acurrucaba en su regazo.

Pero las horas que pasaba viendo el canal infantil CBeebies y jugando videojuegos con el celular no llenaban su vida. Dawn se sentía sola. Sólo tenía veintiséis años. No debería estar sola, pero ¿quién estaba interesado en una madre soltera?

Le atraían los hombres casados. Leyó en alguna parte que los hombres mayores representaban una figura paternal y la excitación de la fruta prohibida. La alusión bíblica no la entendía, pero sí comprendía bien la mezcla de peligro y seguridad. Quería encontrar a otro Matt, aunque no podía permitirse canguros y a su madre no le gustaba que saliera hasta tarde.

—¿Qué haces? ¿Discotecas? Por el amor de Dios, Dawn, mira adónde te llevó eso la última vez. Ahora eres madre. ¿Por qué no vas a cenar con alguna de tus amigas?

De modo que eso hacía. Compartir una pizza hawaiana con Carole, una vieja amiga del colegio; estaba bien, pero no regresaba a casa embriagada por la música y los tragos de vodka.

Descubrió el chat gracias a una revista de la sala de espera del médico. Bella tenía algo de fiebre y le había salido una erupción, y Dawn sabía que el doctor John, tal y como le gustaba que lo llamaran, platicaría con ella y le pondría algo de atención. «Le gusto un poco», se dijo a sí misma y, en el último minuto, decidió maquillarse. Necesitaba sentirse deseada. Todas las mujeres lo hacen.

Hojeando una revista para adolescentes con las páginas sucias a causa de docenas de dedos y pulgares, leyó acerca de la nueva escena de ligue en internet. Se quedó tan ensimismada con el artículo que no se dio cuenta de que había llegado su turno y la recepcionista tuvo que llamarla a voces. Ella se levantó de golpe, tomó a Bella de la zona de juegos con Legos y se guardó la revista en la bolsa para luego.

Su computadora portátil estaba vieja y maltratada. De hecho, hacía tiempo que la había metido en lo alto del ropero, lejos de los pegajosos dedos de Bella. Un tipo del trabajo se la regaló porque se había comprado otra nueva. Al principio, la utilizó un poco, pero el cargador dejó de funcionar y ella no tenía dinero para uno nuevo, así que perdió el interés.

De camino a casa desde la consulta del médico, utilizó su tarjeta de crédito de emergencia para comprar un nuevo cargador.

El chat era genial. Se deleitaba en la atención de sus nuevos amigos: todos esos hombres que querían saberlo todo sobre ella, le preguntaban por su vida y sus sueños, le pedían fotos y no la rechazaban por el hecho de que tuviera una hija. Algunos incluso querían saber cosas sobre la pequeña.

No se lo contó a nadie más. Fuera de internet, nadie sabía lo del chat. Esto era cosa suya.

CAPÍTULO 39

Jueves, 21 de enero de 2010

El inspector

La casa de Manor Road se veía más limpia y ordenada. Los jugue-tes de Bella estaban guardados en una caja junto a la televisión y la sala se había convertido en el cuartel general de la campaña «EN-CUENTREN A BELLA». Sentados en una mesa, había unos volun-tarios abriendo el correo —«Hay días que recibimos hasta cien cartas», dijo Dawn orgullosa— y dividiendo las misivas en tres montones: posibles avistamientos, admiradores bienintenciona-dos y locos. El montón de estos últimos era mucho más alto que los otros dos, pero Sparkes no hizo ningún comentario.

—Mucha gente nos envía dinero para ayudarnos a buscar a Bella —dijo Dawn. Estos fondos los utilizaban para poner anun-cios en periódicos de todo el mundo y, ocasionalmente, pagaban a algún detective privado para que siguiera una pista.

—Vamos a algún lugar tranquilo, Dawn —dijo el inspector, la llevó del codo hasta la cocina y cerró la puerta tras ellos.

Al oír el nombre de Matt, ella se puso a a llorar.

—¿Cómo lo encontraron? ¿Qué les dijo sobre mí? ¿Y sobre Bella?

—Dijo que pensaba que era su padre. Estamos esperando los resultados de la prueba de ADN.

—¿Tiene más hijos?

—Sí, Dawn.

—¿Se parecen a ella?

—Sí.

Ella se puso a llorar todavía más.

—Vamos, Dawn, tenemos que hablar sobre otra cosa que Matt Evans nos contó. Al parecer, te vio en un chat de internet.

Eso hizo que dejara de llorar.

—¿Matt me vio en un chat? Yo no lo vi a él.

—Pero ¿es cierto que visitabas chats?

—Sí, pero no eran lugares como los que mencionaron en el juicio. No eran desagradables ni de temática sexual.

Sparkes se quedó un momento callado y luego preguntó:

—¿Por qué no nos dijiste que visitabas chats?

Dawn se sonrojó.

—Me daba vergüenza. Nunca se lo dije a nadie cuando lo hacía porque pensaba que la gente creería que los utilizaba para buscar sexo. Y no era así, inspector Sparkes. Simplemente, estaba sola. No hacía otra cosa que platicar sobre lo que había pasado en *EastEnders* o en *I'm a Celebrity*... Jamás vi a nadie en la vida real. La verdad es que no pensaba que valiera la pena mencionarlo.

Sparkes se inclinó hacia delante para darle unas palmaditas a la mano que Dawn tenía en la mesa de la cocina.

—¿Hablaste sobre Bella con algún usuario de los chats, Dawn?

Ella se lo quedó mirando y contestó con dificultad.

—No. Bueno, sí, un poco. A otras chicas. Pero decía cosas como que Bella no me dejó dormir esa noche o contaba algo divertido que hubiera hecho. No eran más que conversaciones intrascendentes.

—Pero otras personas podían seguir esas conversaciones, ¿no?

Dawn parecía que fuera a desmayarse y Sparkes rodeó la mesa para situarse a su lado, echar la silla de la mujer hacia atrás y colocarle la cabeza en el regazo. Cuando se volvió a incorporar, Dawn seguía estando mortalmente pálida.

—¿Se refiere a él? —preguntó ella—. ¿Siguió mis conversaciones sobre Bella? ¿Así es como supo de ella?

No hacía falta decir ningún nombre. Ambos sabían a quién se refería con «él».

—No podemos estar seguros, Dawn, pero necesitamos que hagas memoria e intentes recordar con quién hablaste en los chats. También miraremos tu computadora.

Un voluntario entró en la cocina para hacerle a Dawn una pregunta y, al ver su rostro lloroso, retrocedió de inmediato.

—No, por favor, quédese —dijo Sparkes—. ¿Puede ocuparse de Dawn un momento? Sufrió un *shock* y probablemente le caería bien una taza de té.

El inspector salió y llamó a Salmond.

Sparkes tomó la maltratada computadora de Dawn y se la llevó a comisaría, y al mismo tiempo la sargento tomaba declaración a la desolada madre. El inspector quería estar presente mientras analizaban las páginas web visitadas cuando apareciera Oso-Grande, o cualquier otra enfermiza alusión infantil que Taylor hubiera utilizado.

La atmósfera en el laboratorio era fétida; olía a algo así como a una mezcla de vestuario y pizza abandonada. Los agotados técnicos tomaron la computadora y se dispusieron a rastrear y a catalogar los datos. Se alegraron de que la actividad que debían analizar fuera mucho menor que en anteriores ocasiones, pero aun así tardarían bastante en obtener una lista de los chats visitados y los contactos.

Cuando finalmente tuvieron la lista, ésta consistía en el habitual revoltijo de nombres fantásticos y estrafalarios y, rápidamente, Sparkes la repasó por si veía los avatares conocidos de Taylor.

—Debe de haber utilizado otro nombre —le comentó a Fry.

—Tenemos todas las identidades que utilizó en su *laptop*, señor.

—¿Estamos seguros de que sólo tenía una *laptop*?

—No hay señales de ninguna otra, pero sin duda acudía al menos a un cibercafé. Puede que también a otros en sus viajes.

El técnico suspiró.

—Tenemos que descartar todos los usuarios que podamos y luego acotar un poco la búsqueda.

Sparkes tomó la lista y fue de vuelta a la cocina de Dawn Elliott.

Ella todavía estaba llorando. Salmond sostenía su mano mientras le hablaba en voz baja.

—No te derrumbes ahora, Dawn. Estás haciéndolo muy bien.

»Lo está haciendo muy bien, señor.

Dawn levantó la mirada hacia el inspector. Éste se hallaba de pie en la puerta como el día en el que Bella desapareció. La sensación de *déjà vu* fue sobrecogedora.

—Tengo una lista de la gente con la que interactuaste en el chat. Echémosle un vistazo juntos a ver si recuerdas algo.

El resto de la casa estaba en silencio. Los voluntarios se habían ido hacía rato, ahuyentados por la sensación de fatalidad y el sufrimiento de Dawn.

Ella fue repasando con el dedo la lista de nombres, página tras página.

—No sabía que había hablado con tanta gente —dijo ella.

—Seguramente no lo hiciste, Dawn. La gente puede unirse a un chat, decir hola y luego limitarse a escuchar.

Mientras examinaba la lista, la mujer se iba deteniendo para contarle a Salmond pequeños detalles que recordaba de golpe, provocando con ello continuos sobresaltos en el pulso de Sparkes.

—Gaviota vivía en Brighton y quería conocer cuáles eran los precios de las casas en mi zona... BillieJean era una gran seguidora de Michael Jackson y no dejaba de hablar sobre él... Pelirroja100 estaba buscando amor. Me pregunto si lo llegó a encontrar.

La mayoría de las conversaciones fueron tan mundanas que Dawn apenas recordaba nada, pero al llegar a DesconocidoAltoyMoreno se detuvo un momento.

—Lo recuerdo. Me reí mucho cuando vi su nombre. Vaya cliché. Creo que nos escribimos uno o dos correos electrónicos fuera del chat. Nada romántico. Una vez estaba algo desanimada y me cayó bien hablar con él, pero no mantuvimos el contacto.

Sparkes salió de la cocina y llamó a Fry.

—Busca a DesconocidoAltoyMoreno. Podría ser él. Se escribieron correos electrónicos fuera del chat. Envíame un SMS si encuentras algo.

Tardó un poco, pero finalmente su teléfono emitió un timbrazo. «Lo encontré», era el mensaje.

Uno de los técnicos del equipo informático forense estaba esperando a Sparkes cuando éste llegó.

—Ya localizamos los correos electrónicos entre Dawn Elliott y DesconocidoAltoyMoreno: son sólo tres, pero se menciona a Bella.

Sparkes no era muy dado a agitar los brazos en el aire en señal de victoria, pero en ese momento estuvo a punto de hacerlo.

—El siguiente paso consiste en vincular la dirección de correo electrónico de DesconocidoAltoyMoreno con Taylor, señor.

También examinaron a fondo la página de Facebook de Dawn. En ella había cientos de fotografías de Bella, pero Dan Fry estaba ayudando a revisar las imágenes publicadas antes del secuestro y examinando a todos los amigos en busca de señales de su hombre.

«Es la versión contemporánea del trabajo de campo», pensó Sparkes mientras observaba al equipo.

Un técnico de aspecto cansado fue a verlo a última hora.

—Tenemos un problema, señor. Dawn Elliott no activó la seguridad de su página de Facebook hasta que la pequeña desapareció, así que cualquiera podría haber visto su información y sus fotografías sin ser amigo suyo.

—Dios mío. ¿Lo hemos examinado de todas maneras?

—Sí, claro. No aparecen ni Glen Taylor ni ninguna de sus identidades. Lo extraño es que Jean Taylor sí lo hace. Es amiga de la campaña de «ENCUENTREN A BELLA».

—¿Jean? ¿Está seguro de que es ella?

—Sí, para entonces la seguridad de la página ya estaba activada. No sólo marcó el botón de «Me gusta» sino que escribió un par de mensajes.

—¿Mensajes?

—Sí, uno diciéndole que esperaba que Bella apareciera sana y salva y otro el día en el que Bella cumplió cuatro años.

Sparkes se quedó anonadado. ¿Por qué se haría Jean Taylor amiga de Dawn Elliott?

—¿Estamos seguros de que es ella y no alguien haciéndose pasar por ella?

—La dirección de correo electrónico es una que utiliza, y la dirección IP concuerda con la de su zona de Londres. No podemos estar seguros al cien por ciento, pero desde luego todo apunta a que sí lo es.

Sparkes consideró las posibilidades. Podría ser que su marido se hubiera hecho pasar por ella, pero este contacto había tenido lugar después del secuestro. Puede que sólo estuviera intentando enterarse de toda la información posible sobre la búsqueda de la niña.

—Buen trabajo. Sigamos indagando —le dijo al técnico y cerró la puerta de su despacho para tener algo de espacio para pensar.

Tenía que hablar con Glen y con Jean. Por separado.

CAPÍTULO 40

Viernes, 22 de enero de 2010

La viuda

Estaba lavando ropa a mano cuando Bob Sparkes tocó el timbre de casa. Metí las manos debajo de la llave para enjuagarme el jabón y luego me las sequé de camino a la puerta. No esperaba a nadie, pero Glen había puesto una pequeña cámara para que pudiéramos ver en una pantalla quién tocaba la puerta. «Nos ahorrará tiempo en caso de que se trate de un periodista, Jeanie», dijo mientras introducía el último tornillo en el soporte.

A mí no me gustaba. Hacía que la imagen de todo el mundo estuviera distorsionada como si se reflejara en el fondo de una cuchara y pareciera la de un criminal, incluso la de su madre. Pero él insistió. Miré y se trataba del inspector Sparkes. Su nariz ocupaba casi toda la pantalla. Presioné el intercomunicador y dije:

—¿Quién es? —pues no pensaba ponerle las cosas fáciles.

Él esbozó una especie de sonrisa. Sabía que se trataba de un juego y contestó:

—El inspector Bob Sparkes, señora Taylor. ¿Podemos hablar un momento?

Abrí la puerta y ahí estaba él, con el rostro de vuelta a unas proporciones normales; un rostro bien parecido, en realidad.

—No esperaba volver a verlo después de la indemnización y todo lo demás —dije.

—Bueno, aquí estoy. Hacía tiempo que no nos veíamos. ¿Cómo están ambos? —preguntó, con gran desfachatez.

—Bien, aunque no gracias a usted. Me temo que Glen no se encuentra en casa, inspector. Si quiere volver, quizá la próxima vez debería llamar con antelación.

—No, no pasa nada. En realidad, es a usted a quien quiero hacerle un par de preguntas.

—¿A mí? ¿Qué diablos quiere preguntarme a mí? El caso de Glen está cerrado.

—Sí, lo sé, pero necesito saber una cosa, Jean.

La familiaridad que suponía el uso de mi nombre de pila me tomó con la guardia baja y le dije que se limpiara las suelas de los zapatos en la alfombra.

En cuanto entró, fue directo a la sala y, como si fuera de la familia, se sentó en su lugar habitual. Yo me quedé de pie en la puerta. No pensaba ponerme cómoda para hablar con él. No debería haber venido. No estuvo bien.

Él no parecía lamentar haberlo hecho y volver a hostigarnos después de que los tribunales dijeron que todo había terminado. De repente, me sentí asustada. Tenerlo aquí era como si todo volviera a comenzar. Ya estaba haciéndome preguntas otra vez. Y sentí miedo. Temí que pudiera descubrir algo nuevo con lo que acosarnos.

—Jean, me gustaría saber por qué te hiciste amiga de Dawn Elliott en Facebook.

Eso no me lo esperaba. Y no supe qué contestarle. Había empezado a navegar por internet después de que Glen fuera acusado y lo encerraran. Quería comprender cómo funcionaba y, en cierto modo, ponerme en el lugar de mi marido. Así pues, compré una pequeña *laptop* y el hombre de la tienda me ayudó a configurar una dirección de correo electrónico y una página de Facebook. Tardé un tiempo en agarrarle el modo, pero me compré una guía para idiotas y pasé horas aprendiendo cómo funcionaba. Comencé a pasar así las tardes y supuso un cambio después de tanta tele. A Glen, que todavía estaba encerrado en Belmarsh, no se lo conté.

Temía que pensara que estaba intentando buscar cosas en su contra. No quería que creyera que lo estaba traicionando.

En cualquier caso, tampoco llegué a utilizar mucho la computadora, y cuando Glen salió de la cárcel se quedó sorprendido, pero no se enojó. Supongo que ya teníamos suficientes cosas de las que preocuparnos como para darle importancia a algo que hubiera hecho yo.

Lo que él no sabía era que yo me había hecho amiga de la página de Facebook de Dawn, y ahora Bob Sparkes estaba aquí para inquirir al respecto y causarnos problemas por ello. Fue una estupidez por mi parte. «Una insensatez», diría Glen si se enteraba. Lo hice una noche después de ver a Dawn en las noticias. Sólo quería formar parte de la campaña para encontrar a Bella, hacer algo para ayudar, porque creía que estaba viva.

No pensaba que la policía fuera a verme en medio de todos esos cientos de nombres, aunque, claro, ellos lo ven todo. «Nunca piensas las cosas, Jean», diría Glen si estuviera aquí ahora. En cualquier caso, no debería haberlo hecho porque ahora esto hará que la policía nos vuelva a investigar y le causará problemas a Glen. El inspector Sparkes está mirándome, pero creo que no debería decir nada. Mejor me hago la tonta y dejo que avance a tientas.

Y eso hace.

—¿Te uniste tú a la campaña, Jean, o utilizó alguien tu identidad?

Supongo que se refiere a Glen.

—¿Cómo quiere que lo sepa, inspector Sparkes? —Debo mantener las distancias. Nada de nombres de pila. ¿Dónde está Glen? Dijo que sólo estaría fuera diez minutos. Oigo por fin su llave en la cerradura.

»¡Estamos aquí, Glen! —exclamo—. El inspector Sparkes está aquí.

Glen se asoma todavía con el abrigo puesto y saluda al inspector con un movimiento de cabeza. Bob Sparkes se pone de pie y se dirige al vestíbulo para hablar con él a solas. Yo permanezco sentada, aterrada por si Glen tiene un arrebato de ira por lo de

Facebook, pero nadie levanta la voz y luego oigo cómo se cierra la puerta.

—Ya se fue —dice Glen desde el vestíbulo—. No debería haber venido. Le dije que es acoso policial y se fue. ¿Qué te dijo?

—Nada. Quería saber cuándo regresarías. —Bueno, eso era cierto.

Subo al primer piso para poner mis medias enjuagadas en el tendedero que hay sobre la tina y luego tomo la computadora para ver si puedo borrarme de la página de Facebook de Dawn. Un poco absurdo porque la policía ya lo vio, pero Glen todavía no. No creo que el inspector Sparkes le dijera nada. Eso estuvo bien de su parte.

Pero sí me temo que volverá.

Cuando bajo la escalera, veo que Glen está rebuscando en el refrigerador algo con lo que hacerse un sándwich y, en un tono gracioso, lo empujo a un lado para hacérselo yo.

—¿Qué se te antoja? ¿Queso o atún?

Le preparo un plato de comida con un poco de lechuga y jitomate. Tiene que comer más verduras frescas. De tanto estar sentado en casa, está cada vez más demacrado y ha ganado peso.

—¿Dónde estuviste todo este tiempo? —le pregunto dejando el plato delante de él.

Glen pone esa cara, la que siempre hace cuando estoy irritándolo.

—Fui al puesto de periódicos, Jean. Deja de controlarme.

—Sólo estoy interesada, eso es todo. ¿Qué tal el sándwich? ¿Me dejas ver el periódico?

—Se me olvidó comprarlo. Ahora déjame comer en paz.

Me voy a la sala e intento no preocuparme; sin embargo, creo que ha vuelto a las andadas. A sus tonterías. Nunca lo hace en casa, pues me enteraría. Desaparece, igual que antes. A veces se va durante una o dos horas y cuando regresa es incapaz de decirme dónde estuvo y se molesta si le hago demasiadas preguntas.

No es que quiera saberlo realmente, pero no tengo más remedio. Para ser honesta, pensaba que ésa era la razón por la que Bob Sparkes vino hoy. Creía que habían pescado a Glen haciendo algo otra vez en una computadora.

Intento no dudar de él, pero algunos días —como hoy— me cuesta no hacerlo. Me pongo a pensar en lo que podría pasar. Tal y como mi padre le dice a mi madre cuando ésta sufre uno de sus ataques de pánico, no tiene sentido pensar en lo peor, pero es difícil no hacerlo. Sobre todo cuando lo peor está ahí afuera. Justo al otro lado de la puerta.

Debería hacer algo para ponerle fin. Si no lo hago, ambos estaremos perdidos.

CAPÍTULO 41

Viernes, 11 de junio de 2010

La viuda

Tom Payne me llama al hotel y me dice que el contrato parece estar bien pero que le preocupa lo que puedan escribir. Es difícil hablar con Kate en la habitación, de modo que voy al baño para tener algo de privacidad.

—Los medios de comunicación no son amigos tuyos, Jean —me dice Tom—. Publicarán lo que quieran escribir. En el contrato no se indica que tengas control del contenido, así que no podrás hacer nada si malinterpretan las cosas. Me preocupa que estés haciendo esto sola. ¿No quieres que vaya al hotel?

No quiero a Tom aquí. Querrá que cambie de opinión, pero sé lo que estoy haciendo. Estoy preparada.

—No hace falta, Tom, gracias. Ya te diré qué tal va la cosa.

Cuando salgo, Kate está esperándome con el contrato en las manos.

—Vamos, Jean —dice—. Firmemos esto y hagamos la entrevista.

Ella está decidida y yo quiero irme a casa, así que tomo los papeles y firmo con mi nombre en la línea de puntos. Kate sonríe, sus hombros se relajan y se sienta en uno de los sillones.

—Ahora las formalidades ya no se interponen, Jean —afirma, y toma una grabadora maltratada del fondo de su bolsa—.

No te importa que grabe la entrevista, ¿verdad? —pregunta, colocando el aparato delante de mí—. Por si no entiendo alguna de las notas —añade, sonriendo.

Yo asiento en silencio y pienso en cómo diablos empezar, aunque no hace falta que me preocupe de nada. Kate está a cargo.

—¿Cuándo te enteraste de que Bella Elliott había desaparecido, Jean?

Ésta me la sé. Mi mente se retrotrae al día de octubre de 2006 en el que oí la noticia en el radio mientras estaba en la cocina.

—Por la mañana estuve trabajando —le digo a Kate—. Pero tenía la tarde libre por haber trabajado el turno de mañana del domingo anterior. Estuve flojeando un poco, recogiendo la casa, pelando papas para la cena. Glen pasó a la casa para tomar una taza de té rápida cuando yo me preparaba para ir a una clase en el centro deportivo. Al poco de regresar, cuando estaba encendiendo el horno, emitieron la noticia en el radio. Dijeron que habían desplegado un gran contingente policial para buscar a una niña que se había perdido en Southampton. Una niña pequeña que había desaparecido en su jardín. Sentí frío y me estremecí. Una niña tan pequeña, prácticamente un bebé. Me resultaba inconcebible.

Vuelvo a sentir frío. Supuso un auténtico *shock* verse confrontada con ese pequeño rostro, el parche y los rizos... Kate parece inquietarse, de modo que prosigo.

—Al día siguiente, la noticia estaba en todos los periódicos. Había muchas fotografías y algunas citas de su abuela sobre lo dulce que era la niña. Desgarrador, la verdad. En la peluquería no se hablaba de otra cosa. Todo el mundo estaba contrariado y, al mismo tiempo, sentía curiosidad; ya sabes cómo es la gente...

—¿Y Glen? —pregunta Kate—. ¿Cuál fue su reacción?

—Se sintió conmovido. Ese día hizo un reparto en Hampshire (bueno, eso ya lo sabes...), y le costaba aceptarlo. A ambos nos gustaban mucho los niños. Nos sentimos muy apenados.

La verdad es que no hablamos mucho al respecto. Sólo comentamos la coincidencia de que él hubiera estado ese día en Hampshire. Vimos las noticias en la tele con una taza de té en el regazo y luego él subió al primer piso para sentarse delante de su computadora. Recuerdo que dije: «Espero que encuentren a esa niña, Bella». Y no recuerdo que él dijera mucho más. En aquel momento no me pareció nada raro; sólo era Glen siendo Glen.

—Y entonces vino la policía —dice Kate, inclinándose hacia delante sobre su cuaderno y mirándome atentamente—. Eso debió de ser terrible.

Le cuento lo de que me quedé en un estado de *shock* tal que fui incapaz de hablar y que, una hora después de que la policía se fue, todavía seguía de pie en el vestíbulo como una estatua.

—¿Tuviste alguna duda sobre su implicación, Jean? —me interroga.

Le doy otro trago al café y niego con la cabeza. Esperaba que me hiciera esta pregunta. Es lo que la policía me ha estado preguntando una y otra vez, y tengo la respuesta preparada.

—¿Cómo iba yo a creer que él podía estar implicado en algo tan terrible? —digo—. Le encantan los niños. A ambos nos encantan.

Aunque al parecer no del mismo modo.

Kate está mirándome fijamente y me doy cuenta de que debo de haberme quedado callada otra vez.

—¿En qué estás pensando, Jean?

Quiero decirle que estoy pensando en el momento en el que Glen me dijo que había visto a Bella, pero no puedo hacerlo. Supondría revelarle demasiado.

—Sólo cosas —le respondo, y luego añado—: Sobre Glen y si realmente lo conocía.

—¿Qué quieres decir, Jean? —me pregunta, y yo le hablo del rostro de Glen cuando lo detuvieron.

—Su rostro se volvió inexpresivo —digo—. Durante unos segundos no lo reconocí. Me asustó.

Ella lo anota todo mirándome a los ojos y asintiendo. Deja que me explaye sobre lo del porno mientras escribe rápidamente en el cuaderno sin apartar la vista de mí, mostrándome su compasión y su comprensión y alentándome para que prosiga. Durante años, cargué con la culpa por lo que Glen hizo diciéndome a mí misma que había sido mi enfermiza obsesión por tener un niño lo que lo había llevado a hacer esas cosas terribles, pero hoy él no está aquí para censurarme con la mirada. Puedo estar enojada y herida por lo que hacía en nuestro cuarto de invitados. Mientras yo yacía en nuestra cama, él les abrió las puertas de casa a esas obscenidades.

—¿Qué tipo de hombre mira fotografías como ésas, Kate? —le pregunto.

Ella se encoge de hombros con impotencia. Su hombre no mira fotografías de niños sufriendo abusos. Qué suerte la suya.

—Me dijo que no era real. Que sólo eran mujeres vestidas como niñas, pero no era así. O no siempre. La policía dijo que eran fotografías auténticas. Glen me explicó que se trataba de una adicción. Y que no podía evitarlo. Todo había comenzado con «porno normal», me dijo. No estoy segura de qué quería decir con lo de normal. ¿Tú sí?

Ella vuelve a negar con la cabeza.

—No, Jean, tampoco estoy segura. Mujeres desnudas, supongo.

Yo asiento; eso es lo que pensaba. Lo que puede encontrarse en las revistas porno del puesto de periódicos o en películas para mayores de dieciocho años.

—Pero esto no era normal. Me dijo que no podía evitarlo, que estaba buscando cosas nuevas sin cesar y que algunas las había encontrado accidentalmente; pero eso no es posible, ¿verdad?

Ella se encoge de hombros y luego niega con la cabeza.

—Tienes que pagar —le digo—. Tienes que escribir el número de tu tarjeta de crédito, tu nombre y tu dirección. Todo. No llegas por casualidad a una de esas páginas. Es un acto deliberado que exige tiempo y concentración. Eso es lo que el testigo de la policía declaró en el juicio. Y que mi Glen lo había hecho noche tras noche, buscando cada vez cosas peores. Nuevas fotografías y vídeos; centenares, según la policía. ¡Centenares! Cuesta pensar que uno pueda descargar tantas. Él me dijo que odiaba ver todo eso pero que algo en su interior le hacía buscar más. Explicó que era una enfermedad. Que no podía evitarlo. ¡Y me culpó a mí!

Kate se me queda mirando fijamente a la espera de que prosiga, y yo ahora ya no puedo parar.

—Me dijo que fui yo quien lo impulsó a ello. Pero él me traicionó a mí. Fingía que era un hombre normal, que iba a trabajar y a tomar cervezas con sus amigos, o que me ayudaba con el quehacer, pero en realidad cada noche se comportaba como un monstruo en nuestro cuarto de invitados. Ya no era Glen. Era él quien estaba enfermo, no yo. Si podía hacer eso, creo que era capaz de hacer cualquier cosa.

Me detengo, sorprendida por el sonido de mi propia voz, y Kate levanta la mirada hacia mí. Cuando deja de escribir, se inclina hacia delante y coloca una mano sobre la mía. Está caliente y seca y yo doy la vuelta a mi mano para tomársela.

—Sé lo duro que debe de ser esto, Jean —dice y parece hacerlo en serio. Yo quiero parar, pero ella me aprieta la mano con fuerza.

—Es un alivio poder decir estas cosas —señalo finalmente y comienzo a llorar. Ella me ofrece un pañuelo y yo me sueno la nariz. Luego sigo hablando entre sollozos—. No sabía que hacía esas cosas. De verdad. De haberlo hecho lo habría dejado. Nunca me habría quedado con un monstruo así.

—Pero cuando lo descubriste seguiste con él, Jean.

—Tuve que hacerlo. Me lo explicó todo de tal modo que al final yo ya no sabía qué estaba bien. Hizo que me sintiera culpable por pensar que había hecho esas cosas. Según él, todo era una trampa de la policía, o del banco, o de las compañías de internet. Y luego también me culpaba a mí. Hacía que pareciera que era culpa mía. Era muy convincente. Logró que le creyera —digo, y es así. Pero ahora ya no está aquí para hacerlo.

—¿Y Bella? —me pregunta Kate, tal como esperaba que hiciera—. ¿Qué hay de Bella? ¿La secuestró, Jean?

Ya fui demasiado lejos como para detenerme ahora.

—Sí —afirmo—. Creo que lo hizo.

En la habitación se hace el silencio y yo cierro los ojos.

—¿Te dijo él que la había secuestrado? ¿Qué crees que hizo con ella, Jean? —me pregunta Kate—. ¿Dónde la escondió?

Sus preguntas se suceden con rapidez, aturdiéndome. No puedo pensar. No debo decir nada más o lo perderé todo.

—No lo sé, Kate —digo.

El esfuerzo que hago para no decir nada más hace que sienta frío y me ponga a temblar, de modo que envuelvo mi cuerpo con los brazos. Kate se levanta, se sienta en el descansabrazos de mi sillón y me abraza. Resulta agradable que la abracen a una y me siento como cuando mi madre lo hacía siempre que yo estaba triste. «No llores, pollito», me decía y me abrazaba para que me sintiera a salvo. Nada podía hacerme daño. Por supuesto, ahora la cosa es distinta. Kate Waters no puede protegerme de lo que vaya a suceder, pero aun así permanezco un momento ahí sentada con la cabeza apoyada en su cuerpo.

Al poco, ella vuelve a la carga:

—Antes de ser atropellado, ¿te dijo Glen algo sobre Bella, Jean?

—No —susurro.

Entonces tocan la puerta. La señal secreta. Debe de ser Mick. Ella murmura algo entre dientes y noto que está debatiéndose entre exclamar «¡Vete a la mierda!» o dejarlo entrar. Finalmente, me suelta, levanta las cejas como queriendo decir «malditos fotógrafos» y va a abrir la puerta. Ambos conversan entre susurros. Consigo distinguir las palabras «Ahora no», pero Mick no se va. Dice que tiene que tomarme algunas fotos porque el director de arte está «volviéndolo loco». Antes de que entre a la habitación, yo me pongo de pie y voy al baño para recuperar la calma.

Veo mi rostro en el espejo. Está enrojecido y tengo los ojos hinchados.

—¿Qué más da el aspecto que tenga? —observo en voz alta.

Es algo que digo a menudo; últimamente, casi cada vez que me miro al espejo. Tengo un aspecto terrible y no puedo hacer nada al respecto, de modo que decido darme un baño. No puedo oír lo que está sucediendo en la habitación hasta que cierro las llaves. Kate está gritando, Mick está gritando.

—¡¿Dónde está?! —exclama él.

—¡En el baño, idiota, ¿dónde diablos va a estar?! Tuviste que aparecer justo cuando estábamos entrando en materia.

Me sumerjo en las burbujas del hotel provocando que el agua de la tina se agite de un lado a otro y me pongo a pensar. Al final, decido que ya dije todo lo que tenía que decir. Me sentaré y dejaré que me tomen fotografías porque prometí hacerlo, pero luego me iré directamente a casa. Vaya, una decisión propia. Toma, Glen. ¡Púdrete! Luego sonrío.

Quince minutos después, salgo del baño. Tengo la piel rosada del calor del baño y el pelo encrespado por el vapor. Kate y Mick están sentados sin mirarse ni hablar entre sí.

—Jean —dice Kate, levantándose rápidamente—. ¿Estás bien? Estaba preocupada. ¿No oíste cómo te llamaba a través de la puerta?

Me siento mal por ella, la verdad. Debo de estar volviéndola loca, pero debo pensar en mí misma.

Mick finge una amigable sonrisa.

—Tienes buen aspecto, Jean —miente—. ¿Te importa que te tome algunas fotografías ahora que la luz es buena?

Yo asiento y busco mi cepillo de pelo. Kate se acerca a mí para ayudarme y me susurra:

—Lo siento, pero tiene que hacerse. Te prometo que no dolerá. —Y me da un apretón en el brazo.

Tenemos que salir porque Mick dice que se verá más natural. «¿Más natural que qué?», quiero preguntarle, pero no lo hago. Terminemos de una vez con esto y así podré irme a casa.

Mick me hace caminar por el jardín del hotel: arriba y abajo, acercándome a él y alejándome de él.

—Mira a lo lejos, Jean —me pide, y yo lo hago—. ¿Puedes ponerte otra cosa? Voy a necesitar algún cambio de vestuario.

Yo obedezco en silencio y regreso a la habitación para ponerme mi nuevo suéter azul y tomo prestado un collar de Kate. Luego vuelvo a bajar. La recepcionista debe de pensar que soy famosa o algo así. Y supongo que estoy a punto de serlo. Famosa.

Cuando hasta Mick está aburrido de fotografiarme inclinada en un árbol, sentada en un banco, apoyada en una cerca o recorriendo un camino —«¡No sonrías, Jean!»—, regresamos al interior del hotel.

Kate dice que tiene que comenzar a escribir, y Mick debe descargar las fotos a la computadora. En el pasillo, Kate me propone que me relaje un par de horas y que cargue lo que quiera a la habitación. Cuando me deja sola, sin embargo, yo voy a hacer la maleta. No estoy segura de si puedo quedarme la ropa que me compró el periódico, pero ahora mismo llevo puesta la mayoría de las cosas y no tengo ganas de cambiarme. Me siento de nuevo. Por un momento, no tengo claro si puedo irme. Esto es ridículo. Soy una mujer de cuarenta años. Puedo hacer lo que quiera. Tomo mis cosas y bajo la escalera. La recepcionista me sonríe. Supongo que todavía piensa que soy una celebridad. Le pido que llame a un taxi para que me lleve a la estación más cercana y lo espero sentada en uno de los sillones. Delante de mí hay un tazón de manzanas. Tomo una y le doy un mordisco.

CAPÍTULO 42

Viernes, 11 de junio de 2010

La periodista

Kate se sentó delante del escritorio de falso estilo Regencia y empujó la carpeta de imitación de piel a un lado. Su muy querida y maltratada computadora portátil estaba sobre la cama, donde la había dejado esa mañana después de pasar en limpio sus notas mientras tomaba la primera taza de café del día. El cable serpenteaba a lo largo de las sábanas blancas hasta el enchufe que había detrás del buró. Lo desenredó y lo volvió a enchufar, se quitó el saco y encendió la computadora. En su mente resonaba la voz de Jean Taylor y el artículo ya estaba tomando forma en su cabeza.

A la hora de escribir, no planeaba sus artículos. Del mismo modo que tampoco planificaba su día a día. Algunos de sus colegas se sentaban con sus cuadernos y marcaban citas con asteriscos y subrayaban puntos importantes. Algunos incluso numeraban párrafos, como si temieran que sus notas pudieran desaparecer o que, al comenzar a escribir, fuera a romperse una especie de hechizo.

Otros —los verdaderamente talentosos, admitió Kate para sí— lo escribían todo en sus cabezas mientras tomaban un café o una cerveza y luego vertían en la página un hermoso y fluido borrador. Ella hacía un poco de ambas cosas, dependiendo del bullicio que hubiera a su alrededor: escribía un poco en la cabeza al terminar la entrevista y, cuando se sentaba con la computadora, se sumergía a fondo en el artículo e iba editando y reorganizando sus partes a medida que avanzaba.

Era curioso: a pesar de que todos escribían con computadora, los periodistas de su generación todavía hablaban como si garabatearan sus artículos en un pedazo de papel y se los dictaran a insensibles transcriptores —«¿Falta mucho para terminar?»— desde cabinas telefónicas con olor a orina. Ella había comenzado a trabajar como periodista hacia el final de los años dorados de Fleet Street,[8] pero le encantaban las formas poco pulidas del periodismo de la época. Por aquel entonces, la redacción aún bullía con el ruido de los periodistas. Ahora, su redacción era un piso sin paredes, silenciado y apaciguado por los diseñadores. Parecía más la oficina de una aseguradora que la de un periódico nacional y, expuestos por ese silencio, fueron desapareciendo el mal comportamiento y los personajes extravagantes. Ahora era un mundo gris.

Tenía que llamar al redactor jefe, pero todavía no quería oír su opinión sobre la entrevista. Lo más probable era que quisiera entrometerse y decirle cómo escribirla a pesar de que sólo conocía un par de declaraciones. Luego iría al despacho del director y le diría que consiguió la exclusiva. Era su recompensa —rara vez remunerada— por todo lo que tenía que soportar. Ella lo comprendía, pero quería saborear el momento: obtuvo una confesión de Jean sobre Glen y Bella. La cosa podría haber dado más de sí, pero al menos Jean le había dicho que pensaba que Glen secuestró a la niña. Era suficiente. Se trataba de las primeras palabras de la viuda. Kate comenzó a escribir.

De vez en cuando, levantaba la mirada para reformular una frase y veía el reflejo de su rostro en el enorme espejo que había encima del escritorio. Parecía otra persona: seria, concentrada en algo a lo lejos y, de algún modo, más joven. No parecía una madre o una esposa. Parecía una periodista.

---

[8] Famosa calle de Londres en la que antaño se concentraban las redacciones de la mayoría de los periódicos ingleses importantes. (N. del t.)

Mientras terminaba la sección de citas impactantes, sonó su teléfono y lo tomó de inmediato.

—Hola, Terry. Acabo de terminar la entrevista. Tengo una frase genial de Jean.

Quince minutos después, volvió a llamarla. El periódico le había reservado tres páginas y había planeado asimismo dedicarle al tema un segundo día. Lo único que Kate tenía que hacer era terminar de escribir el artículo.

—Dos mil quinientas palabras para las páginas interiores, Kate. Dejemos la historia sobre su matrimonio y todo eso para el segundo día. Piensa en un buen titular para la portada, ¿de acuerdo?

La mujer seria del espejo asintió.

Se preguntó qué estaría haciendo Jean Taylor en la habitación contigua mientras escribía sobre ella.

—Qué situación más extraña —se dijo a sí misma al tiempo que se disponía a realizar una intervención quirúrgica en el cuerpo del artículo para extraer todas las buenas declaraciones sobre el matrimonio de los Taylor y copiarlas en el artículo que se publicaría el segundo día.

A pesar de la opinión de mucha gente, los hombres y las mujeres a los que Kate entrevistó después de haber sufrido una tragedia o drama se mostraron en su mayor parte agradecidos por la atención que les había dedicado y los artículos que había escrito. Las celebridades, la gente de mala fama y otros críticos decían que todo el mundo odiaba a la prensa sólo porque ellos lo hacían, pero un buen número de entrevistados permaneció en contacto con Kate durante años. Ella formaba parte de sus vidas, parte de un acontecimiento que, para la mayoría, lo cambió todo.

—El tiempo que pasamos juntos es realmente intenso e íntimo —le contó a Steve al principio de su relación—. Aunque sea sólo por unas pocas horas. Es como cuando conoces a alguien en un tren de largo recorrido y le cuentas todo. Porque puedes, porque es un momento especial.

Steve se rio de su seriedad.

Se conocieron a través de amigos comunes en una desastrosa fiesta de Cluedo en vivo celebrada en el norte de Londres y conectaron cuando ambos se rieron en el momento equivocado, ofendiendo con ello a sus huéspedes.

Luego compartieron un taxi y él se sentó de lado en el asiento para poder mirarla. Animados por el alcohol que habían ingerido, se pusieron a hablar sobre sí mismos.

Steve estudiaba el último año de la carrera de medicina y trabajaba con pacientes de cáncer. A su parecer, el periodismo era superficial o incluso frívolo. Ella lo comprendía, era una idea errónea muy extendida e intentó explicarle por qué el periodismo era importante para ella. Luego esperó a ver si su relación iba a más y, cuando lo hizo, Steve comenzó a ver las cosas de otro modo.

Fue testigo de las llamadas a primera hora de gente en apuros, o de las noches que su esposa se pasaba leyendo documentos judiciales o manejando por la autopista para ir a localizar un testimonio importante para un artículo. Se trataba de algo serio, y la prueba eran los montones de tarjetas de Navidad que colgaban junto a las de los agradecidos pacientes del doctor Steve. Las de ella eran alegres felicitaciones de padres de víctimas de asesinatos o violaciones, supervivientes de accidentes aéreos, víctimas de secuestro rescatadas o ganadores de juicios. Todos ocupaban su lugar en las cintas que decoraban su casa desde principios de diciembre. Recordatorios de días felices.

Dos horas después, Kate ya estaba puliendo lo que había escrito: leyendo y releyendo en busca de adjetivos repetidos, cambiando una palabra aquí y allá, intentando mirar la introducción con ojos frescos. Contaba con apenas cinco minutos antes de que Terry comenzara a pedir una copia a gritos y debería apretar de una vez el botón de enviar, pero no quería desprenderse del artículo. Estaba postergando el envío cuando, de repente, se dio cuenta de que no le había comentado a Mick que habría un segundo día, así que lo llamó.

Cuando descolgó, su voz sonaba muy relajada; probablemente, estaba acostado en la cama viendo una película para adultos en el canal de pago.

—Lo siento, Mick, pero en el periódico decidieron que dividirán el artículo en dos días. Quería saber si las fotografías que tomaste serán suficientes.

No lo eran.

—Hagamos otra sesión —sugirió él.

Kate llamó a la habitación de Jean mientras pensaba cómo decirle que tenían que hacer otra sesión de fotos y que sólo sería un momento. No contestó nadie a pesar de que se podían oír los timbrazos a través de la pared que separaba ambas habitaciones.

—Vamos, Jean, contesta —susurró Kate. Luego se puso los zapatos y salió al pasillo para tocar directamente la puerta—. ¡Jean! —exclamó con la boca prácticamente pegada a la superficie de la puerta.

Mick salió de su habitación con la cámara en la mano.

—No contesta. ¿Qué demonios estará haciendo? —dijo Kate, y volvió a tocar la puerta.

—Tranquilízate. A lo mejor fue al spa. El masaje que le hicieron le encantó —dijo Mick.

Kate salió disparada hacia el elevador, luego dio media vuelta y regresó corriendo a su habitación. Primero tenía que enviar el artículo.

—Eso mantendrá ocupados a los jefes mientras nosotros la buscamos —le indicó a Mick.

La estilista del spa con aroma a ylang-ylang no pudo ayudarlos. Mientras pasaba el dedo por la pantalla que tenía delante, ladeó su cabeza peinada con un apretado chongo y repitió los nombres en voz baja. No había ninguna reserva.

Los periodistas se retiraron y se reencontraron. Mientras Mick buscaba a Jean por el hotel, Kate no dejó de llamarla al celular. La sensación de pánico fue aumentando a medida que imaginaba posibles escenarios catastróficos. Temía que otro periódico la hubiera encontrado y la hubiera escondido en su cara. ¿Qué les diría a sus jefes? ¿Cómo se lo diría?

Veinte minutos después, la pareja de periodistas estaba en el vestíbulo, mirando por las puertas acristaladas y planeando desesperadamente el siguiente paso, cuando la segunda recepcionista regresó de su descanso y, desde detrás del mostrador, les preguntó:

—¿Están buscando a su amiga?

—Sí —exclamó Kate—. ¿La vio?

—Se fue hace un par de horas. En realidad, casi tres. Pedí un taxi para que la llevara a la estación.

El celular de Kate sonó.

—Es de la redacción —le dijo a Mick.

Mick hizo una mueca y decidió salir a la calle a fumarse un cigarro.

—Hola, Terry —contestó con un tono de voz algo forzado para tratar de compensar su agitación—. No, todo va bien... Bueno, más o menos. Verás, tenemos un pequeño problema. Jean desapareció. Por lo visto, se fue mientras yo escribía el artículo. Estoy segura de que se fue a su casa, pero... Sí, ya lo sé... Ya lo sé... Lo siento. Te llamaré en cuanto sepa algo más... ¿Qué te parece el artículo?

CAPÍTULO 43

La viuda

Cuando llego a casa, la encuentro pequeña y deslucida después de todas esas alfombras y candelabros. La recorro en silencio, abriendo las puertas y encendiendo las luces. Me digo a mí misma que voy a venderla tan pronto como pueda. Glen está en todas partes, como un leve olor. No voy al cuarto de invitados. Está vacío: tiramos todo lo que la policía no se había llevado. «Un nuevo comienzo», dijo Glen.

Cuando regreso al vestíbulo, oigo un zumbido y, por un momento, no sé de qué se trata. Finalmente comprendo: es mi celular. Debo de haberlo silenciado antes y lo rebusco en la bolsa. El maldito aparato está en el fondo y me veo obligada a sacar todo lo que traigo y a desperdigarlo en la alfombra para tomar el celular. Tengo docenas de llamadas perdidas. Todas de Kate. Espero que el zumbido termine, luego respiro hondo y le devuelvo la llamada. Kate responde casi antes de que llegue a sonar.

—¿Dónde estás, Jean? —pregunta. Parece alterada. Su tono de voz es tenso y chillón.

—En casa, Kate. Tomé un tren y regresé a casa. Me pareció que ya terminaron conmigo y quería regresar. Lo siento. ¿Acaso no debería haberlo hecho?

—Ahora mismo voy. No salgas de casa. Llegaremos en unos

293

cuarenta minutos. No te muevas hasta que llegue —me dice—. Por favor —añade finalmente.

Mientras espero, enciendo la tetera y me preparo una taza de té. ¿Qué más puede querer de mí? Pasamos dos días hablando y me tomaron cientos de fotos. Ya tiene su artículo. La viuda habló.

Tarda mucho y me estoy hartando de esperar. Quiero ir a comprar algo de comida para la semana. Ya casi no nos queda nada. Ya casi no me queda nada.

Cuando por fin oigo que tocan la puerta, me pongo de pie de un salto y la abro, pero no se trata de Kate. Es el hombre de la tele.

—Vaya, señora Taylor, me alegro de haberla encontrado —dice, claramente entusiasmado.

Me pregunto quién le habrá avisado que estaba en casa. Levanto la mirada hacia la vivienda de la señora Grange y me parece ver un movimiento en la ventana.

—¿Puedo hablar con usted un momento? —pregunta el hombre de la tele y hace el intento de entrar.

De repente, sin embargo, Kate aparece en el camino. Viene hacia nosotros a toda velocidad y, en vez de contestar, me limito a esperar la inminente reprimenda.

—Hola, Jean —dice Kate, empujando a un lado al señor Tele y metiéndome a la casa con ella. El pobre tipo ni se enteró de lo que pasó y, mientras la puerta se cierra, puedo oír cómo exclama:

—¡Señora Taylor! ¡Jean!

Kate y yo nos quedamos en el vestíbulo. Comienzo a explicarle que creía que era ella quien había tocado la puerta, pero ella me interrumpe:

—Jean, firmaste un contrato. Accediste a cooperar con nosotros y con tu comportamiento estás poniendo en riesgo el acuerdo. ¿En qué estabas pensando para escaparte?

No puedo creer que esté hablándome en esos términos. ¿Cómo se atreve a regañarme como si fuera una niña? ¡En mi propia casa, además! Algo cede en mi interior y noto que mi rostro se enrojece. No puedo evitarlo. Glen solía decir que nunca podría ser una buena jugadora de póquer.

—Si vas a hablarme así, ya puedes irte —digo alzando un poco la voz. Ésta resuena por las paredes y estoy segura de que el señor Tele puede oírla—. Puedo ir y venir cuando quiera y nadie va a impedírmelo. Ya te concedí la maldita entrevista y Mick tiene las fotografías que necesita. Hice todo lo que me pidieron. Ya terminamos. Que firmara un papel no significa que sean mis dueños.

Kate se me queda mirando como si le hubiera dado una bofetada. La pequeña Jeanie se hizo respetar. Está claro que no se lo esperaba.

—Lamento haberte hablado con esta dureza, Jean, pero estaba preocupada por tu desaparición. Ven al hotel una noche más, hasta que el artículo se haya publicado en el periódico. Piensa que, cuando suceda, todo el mundo tocará tu puerta.

—Me dijiste que concederte la entrevista haría que eso dejara de pasar —digo—. Voy a quedarme aquí. —Y me doy la vuelta para ir a la cocina.

Ella me sigue en silencio. Está pensando.

—De acuerdo —contesta al fin—. Me quedaré aquí contigo.

Eso es lo último que necesito, pero se ve tan abatida que accedo.

—Sólo por esta noche. Mañana te irás. Necesito tiempo para mí sola —digo.

Me voy al baño y me siento en el escusado mientras ella llama a Mick y a su jefe. Puedo oírlo todo.

—No, ningún otro medio contactó con ella. No, tampoco habló con nadie, pero no quiere volver al hotel, Terry —explica—. Lo intenté. Por el amor de Dios, claro que intenté convencerla, pero ella no quiere. No quiere otro masaje, Terry. Quiere estar en casa. A no ser que la secuestre, no puedo hacer nada más. No, esa opción no es válida. Todo irá bien. Me aseguraré de que ninguna otra persona hable con ella.

Hay un silencio e imagino a Terry armándole la bronca por teléfono. Ella dice que no le tiene miedo y que en realidad es inofensivo, pero no le creo. Vi cómo se lleva la mano al estómago para aliviar el nudo que siente cuando él le levanta la voz. Su tensa sonrisa lo dice todo.

—¿Qué tal el borrador? —pregunta finalmente para cambiar de tema. Se refiere a la entrevista. Ya comencé a aprender el lenguaje. Subo al primer piso en busca de un poco de paz.

Más tarde, ella también sube y toca con los nudillos la puerta del dormitorio.

—Jean, estoy preparando té. ¿Quieres una taza?

Volvemos a estar en la primera casilla. Es curioso que las cosas vayan en círculos. Le digo a Kate que no hay leche y ella se ofrece a hacer el súper.

—¿Hacemos una lista? —dice a través de la puerta.

Finalmente voy a la sala y me siento a su lado mientras ella anota lo que necesitamos.

—¿Qué quieres cenar esta noche? —pregunta, y a mí me dan ganas de reír.

¿Cómo podemos estar discutiendo si comer filetes de pescado empanizados o pollo al curry como si éste fuera un hogar normal?

—No me importa, escoge tú —digo yo—. No tengo mucha hambre.

A ella le parece bien y añade a la lista pan con mantequilla, té, café, detergente y una botella de vino.

—Llamaré a Mick para que vaya a comprar todo esto y nos lo traiga —dice, y toma el celular.

Kate le lee la lista por teléfono y él parece estar anotándolo todo muy despacio, pues ella tiene que repetírselo todo dos veces. Al final, ella comienza a impacientarse y, cuando por fin cuelga el teléfono, exhala un largo suspiro.

—¡Hombres! —dice y suelta una risa forzada—. ¿Por qué son tan tremendamente inútiles?

Le cuento entonces que Glen nunca fue a hacer el súper solo, ni siquiera con una lista.

—Lo odiaba y siempre compraba cosas equivocadas. No se molestaba en leer las etiquetas y llegaba a casa con mermelada para diabéticos o café descafeinado. Cuando apenas había comprado la mitad de los ingredientes de una receta, comenzaba a aburrirse y, por ejemplo, se le olvidaban las latas de jitomate para un plato de espagueti o la carne para un guisado. Puede que lo hiciera a propósito para que no le volviera a pedir que fuera a comprar.

—Mi hombre es igual. ¡No es más que un quehacer doméstico! —añade Kate, quitándose los zapatos con los pies y agitando los dedos como si viviera aquí—. Resulta irónico que Glen estuviera comprando cuando ocurrió el accidente.

Ya lo llama Glen. Al principio era siempre «tu marido», pero ya se comporta como si lo hubiera conocido y lo hubiera tratado lo suficiente para hablar así de él. No lo hizo.

—No era habitual que viniera a comprar conmigo —digo—. Antes de que sucediera todo esto nunca me acompañaba. Mientras yo hacía el súper, él solía ir a entrenar con el equipo de futbol del bar. Después de que lo encerraron, comenzó a ir conmigo para que no tuviera que aguantar yo sola a la gente. Lo hacía para protegerme, me dijo.

Al cabo de un tiempo, sin embargo, dejó de acompañarme porque la gente se cansó de decir cosas. No creo que ya no pensaran que éramos unos asesinos de niños, pero supongo que acusarnos de ello ya no era una novedad y a los demás dejó de resultarles excitante.

—El día en que murió, insistió en venir. Resulta extraño, la verdad.

—¿Y eso? —pregunta Kate.

—Creo que quería vigilarme —contesto yo.

—¿Por qué? ¿Acaso planeabas desaparecer en un Sainsbury's? Yo me encojo de hombros.

—Esa semana las cosas estaban un poco tensas —digo.

El adjetivo *tensas* no hace justicia a la situación. El aire se había espesado y yo casi no podía respirar. Me sentaba en el jardín junto a la puerta de la cocina en busca de alivio, pero no servía de nada. Mis pensamientos me asfixiaban. Intentaba reprimirlos cerrando los ojos para no verlos o subiendo el volumen del radio para no oírlos. Pero ahí seguían, fuera de mi alcance, esperando a que me mostrara débil.

El lunes anterior a su fallecimiento, Glen me trajo una taza de té a la cama. A veces lo hacía. Se sentó en el borde y se me quedó mirando. Yo todavía estaba medio dormida, colocando bien las almohadas en mi espalda y tratando de estar cómoda para tomar el té.

—Jean —dijo en un tono de voz plano y sin vida—. No me siento bien.

—¿Qué sucede? —le pregunté—. ¿Es uno de esos dolores de cabeza? En el estante del baño tengo uno de esos analgésicos tan fuertes.

Él negó con la cabeza.

—No, no me duele la cabeza. Es sólo que estoy muy cansado. No puedo dormir.

Ya lo sabía. Esa noche no había dejado de dar vueltas a mi lado y a la mitad de la noche se había levantado.

Se veía cansado. Viejo, en realidad. Tenía la piel grisácea y unas sombras oscuras debajo de los ojos. Pobre Glen.

—Tal vez tendrías que ir al médico —sugerí, pero él volvió a negar con la cabeza y se volteó hacia la puerta.

—No dejo de verla cuando cierro los ojos —dijo.

—¿A quién? —le pregunté yo entonces, pero sabía perfectamente a quién se refería. A Bella.

CAPÍTULO 44

Lunes, 1 de febrero de 2010

El inspector

Mientras Fry y su equipo analizaban los datos, Sparkes volvió a dedicar la atención a la vagoneta. Taylor realizaba rutas a la costa sur con regularidad, y Sparkes comenzó a cotejar otras fechas y horas de los registros de la empresa con declaraciones de Taylor, informes de tráfico y cámaras de autopistas. Era la segunda vez que lo hacía y debería haber sido una tarea tediosa, pero se sentía impulsado por una renovada energía.

Elevó peticiones oficiales a las policías de Londres, Sussex y Kent, que controlaban las autopistas y carreteras que el sospechoso podría haber utilizado, y le prometieron volver a buscar las apariciones del número de placa de la vagoneta de Taylor en los días que rodeaban el secuestro. Ahora sólo tenía que esperar.

La primera llamada que recibió, sin embargo, no estaba relacionada con Taylor.

La hizo un coche patrulla de su propia unidad.

—¿Inspector Sparkes? Lamento molestarlo, pero detuvimos a un tal Michael Doonan y a un tal Lee Chambers en una gasolinera Fleet Services. Ambos nombres aparecen en la base de datos vinculados al caso de Bella Elliott. ¿Los conoce?

Sparkes tragó saliva.

—Sí. Los conozco a ambos. Maldita sea, sabía que volvería a cruzarme algún día con Chambers, pero no con Mike Doonan.

¿Está seguro de que es él? Creía que estaba incapacitado y que no podía salir de su departamento.

—Bueno, al parecer logró llegar a la gasolinera para comprar unas fotografías repulsivas, señor. Detuvimos a cinco hombres por negociar con imágenes pornográficas ilegales.

—¿Adónde los llevan?

—A su comisaría. Llegaremos en unos treinta minutos.

Sparkes permaneció sentado en su escritorio, intentando procesar la información que acababa de recibir y sus implicaciones. ¿Doonan, no Taylor? Consternado ante la enfermiza posibilidad de que hubiera estado persiguiendo al hombre equivocado durante más de tres años, Sparkes rememoró el interrogatorio que realizaron a Doonan en su departamento, reflexionando sobre cada palabra que dijo el conductor. ¿Qué se le pasó por alto?

¿Se le pasó por alto Bella?

Dividido entre el temor a descubrir y la ardiente necesidad de saber, el inspector permaneció unos minutos abstraído hasta que una voz procedente del pasillo lo sacó de la parálisis. En cuanto volvió en sí, se puso de pie de un salto y bajó a toda velocidad la escalera en dirección al laboratorio forense.

—¡Salmond! ¡Fry! Mike Doonan fue arrestado con cargos de pornografía extrema. Lo sorprendieron comprando pornografía a Lee Chambers en una gasolinera.

Los dos policías se lo quedaron mirando con los ojos muy abiertos.

—¿Cómo? ¿El conductor incapacitado por una lesión en la espalda? —preguntó Salmond.

—Al parecer, no está tan inmovilizado como decía. Busquemos las imágenes de las cámaras de seguridad de la gasolinera el día que Bella desapareció.

En los rostros de todo el mundo podía percibirse la gravedad de la situación mientras los técnicos llevaban a cabo la búsqueda en internet, y la tensión creciente siguió a Sparkes al pasillo. Estaba buscando el número de teléfono de Ian Matthews cuando Salmond asomó la cabeza por la puerta.

—Será mejor que venga a ver esto, señor.

Sparkes se sentó delante de la granulosa imagen de la pantalla.

—Es él. Está junto a la cajuela del coche de Chambers, hojeando las revistas. Inclinado. Está claro que ese día no tenía problemas de espalda —dijo Salmond.

—¿De qué fecha son las imágenes? ¿Son del día que secuestraron a Bella?

Zara Salmond se quedó un momento callada y luego respondió:

—Sí, son del día que desapareció. —Sparkes casi se levanta de un salto de la silla, pero su sargento alzó la mano—. Esto, sin embargo, lo descarta como posible sospechoso.

—¿Qué quieres decir? Las imágenes demuestran que Doonan nos mintió sobre el alcance de su incapacidad y lo ubican en la zona del secuestro comprando pornografía extrema de camino a casa.

—Sí, pero, según estas imágenes, Doonan estaba con Chambers a la misma hora en la que secuestraron a Bella: las 15:02. No pudo ser él quien lo hizo.

Sparkes cerró los ojos y confió en que el alivio que sentía no se reflejara en su rostro.

—De acuerdo. Buen trabajo. Sigamos adelante —dijo sin levantar los párpados.

Una vez de vuelta en la privacidad de su despacho, descargó el puño sobre el escritorio y luego fue a dar un paseo para aclararse las ideas.

Cuando regresó, su mente se retrotrajo al Día 1 y a las sensaciones que tuvo entonces sobre el caso. Ellos —él— siempre trataron el secuestro de Bella como un crimen oportunista. El secuestrador había visto a la niña y la había tomado. Ninguna otra cosa tenía sentido. No encontraron ningún vínculo entre Dawn y Taylor y, tras descartar al tipo de pelo largo que se había inventado Stan Spencer, no tuvieron noticia de nadie que deambulara por esa calle o actuara de forma sospechosa en la zona antes de la desaparición de Bella. No había denuncias de ningún exhibicionista ni ningún crimen sexual.

Y no había ningún verdadero patrón de comportamiento que el depredador hubiera podido seguir. La niña iba y venía de la guardería con Dawn, pero no todos los días, y sólo jugaba afuera de vez en cuando. Si alguien hubiera planeado el secuestro, seguramente éste habría tenido lugar de noche, cuando pudiera estar seguro de dónde estaba la niña. Nadie se habría sentado de día en una calle residencial a la espera del improbable caso de que saliera a jugar. Lo habrían visto.

La línea de investigación de la policía consistía en que la pequeña fue secuestrada en una fortuita ventana de oportunidad de veinticinco minutos. En su momento, pues, y basándose en las pruebas con las que contaban, actuaron correctamente al descartar un secuestro planificado.

Pero, bajo la fría luz del día, tres años y medio después, Sparkes pensó que quizá se habían apresurado demasiado en descartarlo y quiso reconsiderar esa posibilidad.

—Bajo un momento a la sala de control a pedir un favor —le dijo a Salmond.

Russell Lynes, el mejor amigo que tenía en el cuerpo —se habían unido al mismo tiempo—, estaba en servicio.

—Hola, Russ, ¿quieres un café?

Sentados en la cafetería, ambos revolvían con la cuchara el líquido marrón que tenían delante sin demasiadas intenciones de bebérselo.

—¿Cómo vas, Bob?

—Muy bien. Volver a realizar auténtico trabajo policial supone una gran diferencia. Y tengo una nueva pista en la que concentrarme.

—La última vez te enfermaste, Bob. Ten cuidado.

—Lo tendré, Russ. Pero no estaba enfermo, sólo cansado. Verás, quiero echarle un vistazo a una cosa que quizá se me pasó por alto la primera vez.

—Tú eres el jefe. ¿Cómo es que andas pidiendo favores? Haz que lo compruebe alguien del equipo.

—Ya tienen suficientes cosas en las manos y podrían pasar semanas hasta que tuvieran tiempo para dedicarle a ello. Si tú pudieras echarme una mano, podría saber en un par de días si debo descartarlo o no.

—De acuerdo, ¿qué quieres que haga? —preguntó Russell Lynes, empujando sin querer el café a un lado y vertiendo un poco sobre la mesa.

—Gracias, compañero. Sabía que podía contar contigo.

Los dos hombres se sentaron en el despacho de Sparkes delante de la hoja de cálculo con las entregas de Taylor y desentrañaron las visitas que había realizado a Southampton y las ciudades vecinas.

—Ya revisamos cada fotograma de las imágenes de las cámaras de vigilancia de la zona que rodea la casa de Dawn Elliott el día del secuestro —dijo Sparkes—. Sin embargo, la única vez que vimos la vagoneta de Taylor fue en una dirección de entrega de Winchester, y en la intersección de la M3 y la M25. Me la he pasado revisando las imágenes, pero no logré ubicar su vagoneta en la escena del crimen.

Podía recordar vívidamente las expectativas que sentía cada vez que cargaban una nueva tanda de imágenes y la amarga decepción cuando terminaban el visionado sin haber visto ninguna vagoneta azul.

—Quiero mirar otras fechas —dijo—. Aquellas en las que Taylor realizó otras entregas en Hampshire. Recuérdame dónde están las cámaras de vigilancia en la zona de Manor Road.

Lynes marcó las localizaciones en los mapas con un marcador de color verde fluorescente: había una en el patio delantero de una gasolinera, a un par de calles de la casa de Bella; otra en los faroles de la gran intersección para atrapar a los que se pasan el semáforo en rojo; y algunas tiendas —entre las cuales se localizaba el puesto de periódicos— habían instalado pequeñas versiones baratas para disuadir a los ladrones.

—Y delante de la guardería de Bella hay otra más; sin embargo, aquel día ella no fue a la escuela. Ya revisamos las imágenes de todas estas cámaras, pero no hay nada de interés.

—Bueno, volvamos a checar. Algo se nos tiene que haber pasado por alto.

Cuatro días después, el teléfono de Sparkes sonó y, en cuanto el inspector oyó la voz de Lynes, supo que éste había encontrado algo.

—Voy ahora mismo —dijo.

—Ahí está —le dijo Lynes señalando el vehículo que cruzaba el fotograma.

Sparkes aguzó la mirada para reajustarla a la granulosa resolución de las imágenes.

Estuvo ahí. La vagoneta estuvo ahí. Los dos hombres se miraron triunfalmente y luego se voltearon de nuevo hacia la pantalla para disfrutar otra vez del momento.

—¿Estamos seguros de que es él? —preguntó Sparkes.

—Concuerda con la fecha y la hora de una entrega a Fareham que aparece en su hoja de ruta y el número parcial de placa que obtuvo el equipo informático forense incluye tres letras que corresponden con las del vehículo de Taylor.

Lynes volvió a reproducir las imágenes.

—Y ahora observa.

La vagoneta se detenía justo en la zona que cubría la cámara, de espaldas a la guardería. Justo en ese momento, Dawn y Bella aparecían detrás de la muchedumbre de niños y padres que había en la puerta de la escuela. La madre iba peleándose con el cierre del abrigo de su hija y ésta avanzaba aferrada a una enorme hoja de papel. Ambas pasaban entonces junto a la vagoneta y luego doblaban en la esquina, con la tranquilidad que confiere la rutina diaria. Al cabo de unos segundos, la vagoneta partía en la misma dirección.

Sparkes sabía que estaba contemplando el momento en el que Glen Taylor tomó su decisión y los ojos se le humedecieron.

Dijo entre dientes que iba a buscar un cuaderno y se fue a su despacho para estar un instante a solas. «Estamos muy cerca. Ahora no metamos la pata. No nos apresuremos. Vayamos paso a paso», se dijo a sí mismo.

El inspector miró la imagen de un Taylor sonriente que colgaba en la pared y le devolvió la sonrisa.

—Espero que no hayas planeado unas vacaciones, Glen.

De vuelta en el laboratorio, Lynes estaba escribiendo algo en un pizarrón.

—Estas imágenes fueron grabadas el jueves 28 de septiembre, cuatro días antes del secuestro de Bella —dijo.

Sparkes cerró los ojos antes de decidirse a hablar.

—Lo planeó, Russ. No fue un secuestro fortuito. La estuvo observando. ¿Aparece la vagoneta en las imágenes de alguna otra cámara?

—En una gasolinera de Hook, llenando el tanque de camino a casa. Las horas encajan.

—Démosles a las imágenes la máxima cantidad de detalle posible. Luego iré a ver a Glen Taylor —dijo Sparkes.

Los dos hombres se volvieron a sentar delante del monitor mientras el técnico reproducía hacia delante y hacia atrás las imágenes de la vagoneta y ampliaba la zona del parabrisas.

—Está muy borroso, pero estamos bastante seguros de que se trata de un hombre blanco de pelo oscuro, sin lentes ni vello facial —dijo el técnico.

El rostro del parabrisas se inclinó y quedó a la vista. Un óvalo blanco con dos zonas oscuras por ojos.

CAPÍTULO 45

Lunes, 2 de octubre de 2006

El marido

Glen Taylor vio por primera vez a Bella Elliott en Facebook después de haber conocido a Dawn (alias Miss Alegría) ese verano en un chat. Ella les estaba relatando a un grupo de desconocidos una visita al zoo que hizo con su hija.

Uno de los nuevos amigos internautas de Dawn le preguntó a ésta si tenía alguna fotografía de la visita al zoo en la que apareciera Bella con esos changos que tanto le gustaron. Glen fue testigo a escondidas de esa conversación y cuando Dawn le habló a todo el mundo de su página de Facebook, no dudó en echarle un vistazo. La seguridad de la página no estaba activada y pudo fisgonear todas las fotos sin ningún problema.

Cuando apareció la imagen de Bella, miró ese pequeño y confiado rostro y se lo aprendió de memoria para poder evocarlo a voluntad en sus fantasías más oscuras. Glen la incorporó mentalmente a su galería pero, a diferencia de las demás niñas, no se quedó ahí y se sorprendió a sí mismo pensando en ella cada vez que veía a una niña rubia en la calle o en los parques en los que a veces comía cuando estaba en la carretera.

Era la primera vez que sus fantasías pasaban de la pantalla a la vida real y eso lo asustaba y excitaba en partes iguales. Quería hacer algo al respecto. Al principio, no estaba seguro de qué con exactitud, pero durante las horas que pasaba detrás del volante, comenzó a planear un modo de ver a Bella.

Miss Alegría era la clave y Glen adoptó un nuevo avatar sólo para sus encuentros con ella. La Operación Oro de la policía le enseñó que no debía dejar rastro, de modo que, tras realizar alguna entrega, solía ir a un cibercafé que había cerca del estacionamiento de la empresa para adentrarse en el mundo de Bella. Así la atraía al suyo.

Glen se llamó a sí mismo DesconocidoAltoyMoreno y entabló contacto con Miss Alegría poco a poco, uniéndose a grupos cuando sabía que ella estaba en la sala y sin decir mucho. No quería llamar la atención, de modo que se limitaba a hacerle alguna pregunta profunda o a halagarla ocasionalmente. De este modo, poco a poco consiguió convertirse en uno de sus amigos habituales. Al cabo de un par de semanas, Miss Alegría le envió a DesconocidoAltoyMoreno su primer mensaje privado.

Miss Alegría: Hola, ¿qué tal?

DesconocidoAltoyMoreno: Muy bien. ¿Y tú? ¿Muy ocupada?

Miss Alegría: Pasé todo el día encerrada en casa con mi hija.

DesconocidoAltoyMoreno: Podría ser peor. Parece encantadora.

Miss Alegría: Lo es. En realidad soy afortunada.

No entraba todos los días en el chat. Era imposible con Jeanie y el trabajo, pero se las arregló para mantenerse en contacto durante un tiempo utilizando un lugar al que Mike Doonan lo llevó una vez, cuando todavía se hablaban y visitaban los mismos chats y los mismos foros. Antes, pues, de que Glen le contara a su jefe la estafa que Doonan estaba intentando llevar a cabo con lo de su incapacidad. Glen lo vio bajar de su vagoneta de un salto delante de Internet Inc. y creyó que era su deber denunciar su mentira. Tal y como le dijo a Jean, era lo que haría cualquier persona honrada. Y ella se mostró de acuerdo.

Fue en el club de internet donde fisgoneó los detalles de la vida de Dawn. Gracias a su página de Facebook, se enteró de su verdadero nombre y de la fecha del cumpleaños de Bella y, a raíz de una conversación sobre restaurantes aptos para ir con niños, también averiguó que vivían en algún lugar de Southampton. Dawn prefería McDonald's porque «nadie chasquea la lengua cuando tu hija llora y, además, es barato», tras lo cual mencionó su sucursal local.

La próxima vez que le tocó realizar una entrega en la zona, Glen hizo una visita al establecimiento. «Sólo para mirar», se dijo a sí mismo mientras desenvolvía la hamburguesa que había pedido y observaba a las familias que lo rodeaban.

Cuando salió del local, dio una vuelta por el barrio. «Sólo para mirar.»

Tardó en hacerlo, pero finalmente a Dawn se le escapó el nombre de la guardería de Bella. Lo hizo mientras hablaba con otra madre de esa manera despreocupada con la que solía tratar a la gente en internet. Dawn se comportaba en el chat como si sus conversaciones fueran privadas; era como esa gente que, en los autobuses, habla por el teléfono celular de la ruptura de su matrimonio o de sus verrugas genitales. «Sí», dijo Glen para sus adentros y tomó nota de la información.

Más tarde, mientras comía con Jean un guiso de pollo, Glen le preguntó a su esposa qué tal le fue en el día.

—Lesley me dijo que hice un gran trabajo con el pelo de Eve. Quería un corte bob a lo Keira Knightley. Yo sabía que no le quedaría bien, porque con esa cara tan redonda no se parece en nada a Keira Knightley, pero a ella le encantó.

—Bien hecho, querida.

—Me pregunto qué le habrá dicho su marido cuando ha llegado a casa... ¿Quieres este último pedazo de pollo? Cómetelo o tendré que tirarlo.

—De acuerdo. No sé por qué tengo tanta hambre. Para almorzar comí un sándwich enorme. En cualquier caso, esto está delicioso. ¿Qué ponen hoy en la tele? *¿Top Gear?* Lavemos rápido los platos y vayamos a verlo un rato.

—Ve tú. Yo me encargo de los platos.

Él le dio un beso en la cabeza cuando pasó a su lado de camino al fregadero. Mientras éste se llenaba de agua caliente, ella encendió la tetera.

Sólo cuando estuvo delante de la televisión, se permitió a sí mismo pensar en la nueva información que había obtenido y evaluarla minuciosamente. Sabía dónde encontrar a Dawn y a Bella. Podía esperarlas delante de la guardería y seguirlas. Pero ¿luego qué? ¿Qué haría? No quería pensarlo allí, en su sala y con su esposa acurrucada en el sillón.

Ya se le ocurriría algo cuando estuviera solo. Sólo quería verlas. Sólo quería echarles un vistazo.

No hablaría con Dawn. Tuvo cuidado de asegurarse de que ella no supiera qué aspecto tenía él, pero aun así no podía arriesgarse a hablar con ella. Tenía que mantenerla a distancia. Al otro lado de la pantalla.

Pasaron varias semanas hasta que volvió a hacer una entrega en la costa sur. Resultaba agotador estar inquietándose y agobiándose por los detalles de su fantasía mientras cumplía con su papel de marido devoto en casa. Pero tenía que guardar las apariencias. No debía meter la pata.

Cuando se cumplió el decimoséptimo aniversario de su matrimonio con Jean, Glen decidió celebrarlo a lo grande y le regaló flores y la llevó a cenar fuera. Su mente no dejó de divagar durante toda la cena (celebrada en su restaurante italiano favorito), pero Jean no pareció darse cuenta. O, al menos, eso esperaba él.

De camino a la costa sur, las expectativas no dejaron de remorderle la conciencia. Vio la guardería en el club de internet y tenía la dirección. Se estacionaría al final de la calle y se limitaría a observar.

Llegó justo cuando los niños comenzaban a salir del edificio. Muchos iban agarrados de sus madres con una mano y, con la otra, sostenían un dibujo hecho con pasta pintada. Temió haber llegado demasiado tarde, pero aun así se estacionó para poder observarlo todo en el espejo retrovisor y que nadie pudiera verle la cara.

Casi no las ve. Dawn tenía un aspecto más avejentado y desaliñado que en las fotografías de Facebook. Iba con el pelo recogido en una cola y llevaba un viejo suéter varias tallas más grande. Fue a Bella a quien reconoció primero. Iba saltando por la banqueta. Glen estuvo mirándolas por el espejo hasta que pasaron al lado de su vagoneta y al fin pudo verlas directamente por primera vez. Pasaron lo bastante cerca para reparar en el maquillaje algo corrido bajo los ojos de la madre y en el destello dorado del pelo de Bella.

En cuanto doblaron en la esquina, Glen arrancó el motor. «Sólo quiero ver dónde viven —se dijo a sí mismo—. Eso es todo. ¿Qué hay de malo en ello? Ni siquiera sabrán que estuve ahí.»

Más tarde, de regreso a casa, se detuvo un momento en un camino rural, apagó su teléfono celular y se masturbó. Intentó pensar en Dawn, pero la imagen de ésta no dejaba de desvanecerse. Luego se quedó ahí sentado, pensando en la intensidad de la experiencia y asustado por el hombre en el que se había convertido. Se dijo a sí mismo que no volvería a suceder. Dejaría de navegar por internet y mirar pornografía. Era una enfermedad y lograría curarse.

Aun así, el 2 de octubre le tocó realizar una entrega en Winchester y supo que volvería a ir a la calle de Bella.

De camino, encendió el radio para distraerse, pero no podía dejar de pensar en aquel resplandor dorado.

—Sólo miraré a ver si están en casa —se dijo a sí mismo. Sin embargo, cuando se detuvo a llenar el tanque en una gasolinera compró una bolsa de dormir de oferta y dulces.

Estaba tan embelesado con su fantasía, que se le pasó la salida y tuvo que dar media vuelta hacia la central. El encuentro con el cliente para realizar la entrega fue como una ensoñación. Glen interpretó su papel de mensajero y bromeó con él y le preguntó por el negocio mientras atesoraba el secreto en su interior. Iba a Manor Road y nada podía detenerlo.

En parte, lo estaba haciendo por la sensación de peligro. Glen Taylor, antiguo ejecutivo de un banco y marido devoto, era consciente de la vergüenza y la deshonra que podían conllevar sus actos, pero DesconocidoAltoyMoreno quería acercarse a ellas, tocarlas, quemarse.

—Nos vemos, Glen —exclamó uno de los tipos del departamento de repuestos.

—Adiós —contestó él. Se dirigió hacia la vagoneta y subió. Todavía se encontraba a tiempo de dar media vuelta, regresar a casa y volver a ser él, pero sabía lo que iba a hacer y se puso en marcha.

Manor Road estaba desierta. Todo el mundo estaba trabajando o en casa. Manejó despacio, como si estuviera buscando una dirección, interpretando el papel de mensajero. Entonces la vio, de pie detrás de un muro bajo, mirando un gato gris que se revolcaba en la polvorienta banqueta. El tiempo se ralentizó y, sin siquiera darse cuenta, detuvo la vagoneta. El ruido del motor distrajo a la niña y ahora estaba mirándolo con una sonrisa.

Glen volvió en sí de golpe cuando oyó un portazo detrás de la vagoneta. Al mirar por el espejo retrovisor, vio a un hombre mayor de pie en la entrada de su casa. Casi inmediatamente, Glen siguió adelante y dobló a la izquierda, para rodear la cuadra. ¿Lo había visto? ¿Le había visto la cara? Y, en caso de que lo hubiera hecho, ¿importaba? No había hecho nada malo. Sólo se detuvo un momento.

Pero sabía que debía regresar. La niña estaba esperándolo.

Glen dio la vuelta a la cuadra para regresar a Manor Road y advirtió que ahora no había nadie. Los únicos seres vivos eran el gato y la niña. Ésta seguía en el jardín y lo saludó con la mano.

No recordaba haber descendido de la vagoneta ni haberse dirigido hacia ella. Sí tomarla en brazos, regresar al vehículo, sentarla en el asiento del acompañante y abrocharle el cinturón de seguridad. Tardó menos de un minuto y la niña no armó ningún escándalo. Se limitó a aceptar el dulce y permaneció sentada mientras él se la llevaba de Manor Road.

CAPÍTULO 46

Viernes, 11 de junio de 2010

La viuda

Dawn no deja de salir por la tele. Le gusta decirle a todo el mundo que Bella todavía está viva. Que alguien se la llevó porque no podía tener hijos y se moría por tener uno. Alguien que está cuidándola, queriéndola y proporcionándole una buena vida. Dawn se casó con uno de los voluntarios de su campaña, un tipo mayor que siempre parece estar tocándola. Y tiene otra hija. ¿Qué justicia hay en eso? Cuando aparece en el programa matutino sujeta con fuerza a su hija para demostrar lo buena madre que es, pero a mí no me engaña.

Antes de morir, cada vez que Dawn aparecía en televisión, Glen solía apagarla despreocupadamente, haciendo ver que no le importaba, y luego se iba. Pero si él no estaba conmigo, yo seguía mirándola. Y también compraba los periódicos y las revistas cuando hablaban sobre Bella. Me encantaba ver películas y videos de ella. Jugando, riendo, abriendo sus regalos de Navidad, cantando a su confusa manera infantil, empujando su pequeña carriola. A estas alturas, poseo una colección bastante extensa procedente de las revistas y los periódicos en los que Dawn ha aparecido. Siempre le gustó la publicidad. Sus cinco minutos de fama.

Y ahora yo estoy a punto de tener los míos.

Cuando finalmente Mick llega a casa, trae consigo bolsas del súper y comida china para llevar.

—No quería cocinar —dice Kate con una risa—. Pensé que, en vez de eso, podíamos disfrutar de comida preparada.

Está claro que Mick también se va a quedar en casa, de modo que procuro recordar dónde puse las sábanas y el edredón del sillón cama.

—No te molestes por mí, Jean —me dice él con su sonrisa adolescente—. Puedo dormir en el piso, no soy nada exigente.

Yo me encojo de hombros. Estoy demasiado harta de todo este asunto para que me importe. Antes, habría hecho las camas, preparado toallas limpias y cambiado el jabón. Ahora me da igual. Me siento con un plato de reluciente pollo rojo con fideos en el regazo y me pregunto si tengo la energía suficiente para levantar el tenedor.

Kate y Mick se sientan delante de mí en el sillón y comienzan a comer sus fideos sin el menor entusiasmo.

—Están malísimos —dice finalmente Mick, y los deja a un lado.

—Tú lo elegiste —le replica Kate y luego ve mi plato lleno—. Lo siento, Jean. ¿Quieres que te vaya a comprar otra cosa?

Yo niego con la cabeza.

—Sólo una taza de té —digo.

Mick pregunta si tengo alguna lata en las alacenas de la cocina y va a prepararse un pan tostado con frijoles. Yo me levanto para irme a la cama, pero Kate enciende las noticias y me vuelvo a sentar. Dicen algo sobre unos soldados en Irak y me reclino en mi asiento.

A continuación, hablan de mí. No puedo creer lo que estoy viendo. En la tele aparece una de las fotografías que me tomó Mick.

—¡Mick, ven, corre, en la tele hay una foto tuya! —exclama Kate en dirección a la cocina, y él aparece a toda prisa y se deja caer a plomo en el sillón.

—¡Al fin la fama! —dice con una sonrisa mientras el presentador habla de la entrevista exclusiva que concedí al *Daily Post* y la «revelación» de que Glen fue quien secuestró a Bella.

Comienzo a decir algo, pero el programa da paso a unas imágenes de Dawn, que tiene los ojos hinchados de llorar y a la que le preguntan qué piensa de la entrevista.

—Esa mujer es un monstruo malvado —declara. Y tardo un momento en darme cuenta de que se refiere a mí—. Seguro que sabe qué le hizo su marido a mi pobre hija.

Yo me pongo de pie y me volteo hacia Kate.

—¿Qué escribiste? —inquiero—. ¿Qué dijiste para convertirme en un monstruo? Confiaba en ti. Te lo conté todo.

A ella le cuesta mirarme a los ojos, pero me dice que Dawn «lo entendió todo mal».

—Eso no es lo que dice el artículo —insiste—. Lo que dice es que tú fuiste otra de las víctimas de Glen y que no pensaste que quizá la había secuestrado hasta mucho más adelante.

Mick asiente en silencio para respaldar su historia, pero no los creo. Estoy tan enojada que me voy de la sala. No puedo soportar su traición. Luego vuelvo a entrar.

—Váyanse —digo—. Salgan de mi casa o llamo a la policía para que los corra.

Hay un silencio mientras Kate se pregunta si no podrá volver a convencerme para que se queden.

—Pero el dinero, Jean... —comienza a decir mientras los empujo a ella y a Mick hacia el vestíbulo, y la interrumpo:

—Quédatelo —digo, y abro la puerta.

El señor Tele todavía está esperando al final del camino con su equipo.

Cuando Kate llega a la reja, él le dice algo, pero ella ya está hablando por teléfono con Terry, explicándole que todo «se fue al diablo». Le indico al equipo de televisión que entre a la casa. Quiero decir algo.

CAPÍTULO 47

Viernes, 14 de mayo de 2010

El inspector

Pasaron días y luego semanas sin que se tomara la decisión de volver a arrestar a Taylor. Estaba claro que los nuevos jefes no querían cometer los mismos errores de sus predecesores y defendieron con tenacidad su inacción.

—¿Dónde están las pruebas que vinculen a Taylor con estas nuevas imágenes procedentes de una cámara de vigilancia? ¿O con el club de internet? —preguntó la inspectora jefe Wellington después de ver las imágenes—. De momento, sólo tenemos el número parcial de una placa y la sospechosa palabra de un comerciante de pornografía. Aparte de tus instintos, Bob, no contamos con nada más para identificar al sospechoso.

Sparkes estuvo a punto de renunciar, pero no podía abandonar a Bella.

Estaban muy cerca. El equipo informático forense estaba trabajando en las imágenes del número de placa para intentar obtener un número o letra más, y unos expertos estaban tratando de demostrar que la fraseología de los correos electrónicos de DesconocidoAltoyMoreno y OsoGrande era la misma. Ya casi tenía a Glen Taylor.

Así pues, no es de extrañar que sintiera una sacudida física cuando se enteró de que había muerto.

—¿Muerto?

Un agente que conocía en la policía metropolitana de Londres lo llamó en cuanto la noticia llegó a la sala de operaciones.

—Pensé que querrías saberlo inmediatamente, Bob. Lo siento.

Ese «Lo siento» remató el duro golpe. Nada más colgar, Sparkes apoyó la cabeza en las manos. Ambos sabían que ya no habría confesión ni triunfo. Ya nunca encontrarían a Bella.

De repente, sin embargo, cayó en la cuenta. Jean. Ahora se había librado de él. Podría hablar. Decir la verdad sobre lo que pasó ese día.

Sparkes llamó a Salmond a gritos y cuando ésta asomó la cabeza por la puerta, el inspector le dio la noticia:

—Glen Taylor murió. Atropellado por un autobús. Vamos a ir a Greenwich.

Salmond pareció estar a punto de romper a llorar, pero se tranquilizó y, tras ponerse en modo Superwoman, comenzó a organizar cosas con premura.

Una vez en el coche, Sparkes la puso al corriente de todos los detalles. Ella conocía el caso tan bien como él, pero el inspector necesitaba decirlo todo en voz alta y revisarlo una vez más.

—Siempre pensé que Jean cubría a Glen. Es una mujer decente, pero estaba completamente dominada por él. Se casaron jóvenes. Él era inteligente, había estudiado y tenía un buen trabajo. Ella era su linda mujercita.

Salmond se volteó hacia su jefe.

—¿Linda mujercita?

Sparkes tuvo la decencia de reírse.

—Lo que quiero decir es que Jean era tan joven cuando se casaron que el traje y las perspectivas de futuro de Glen Taylor la subyugaron por completo. Ella nunca tuvo la oportunidad de ser alguien por sí misma.

—Creo que mi madre era un poco así —dijo Salmond al tiempo que le indicaba la salida de la autopista.

«Pero tú no», pensó Sparkes. Había conocido a su marido. Era un tipo honrado que no intentaba eclipsarla o ningunearla.

—Podría tratarse de un *folie à deux*, señor —dijo Salmond pensativamente—. Como Brady y Hindley, o Fred y Rose West. Estudié sus casos para un trabajo que hice en la universidad. Cuando uno de sus miembros es tan dominante, las parejas suelen compartir sus psicosis o delirios. En esos casos, terminan creyendo las mismas cosas. Como por ejemplo su derecho a hacer algo. Comparten un sistema de valores no aceptado por nadie fuera de su asociación o relación. Creo que no estoy explicándolo muy bien, lo siento.

Bob Sparkes se quedó un momento en silencio, pensando en la teoría que le había expuesto Salmond.

—Pero si fuera un *folie à deux*, Jean habría estado al tanto del secuestro de Bella y lo habría aprobado.

—Como dije, es algo que ha sucedido antes —prosiguió Salmond sin apartar la mirada de la carretera—. Luego, cuando la pareja se separa, es posible que el miembro que fue dominado abandone el delirio compartido con bastante rapidez y vuelva a entrar en razón. ¿Entiende lo que digo?

Mientras Glen estuvo encerrado, sin embargo, a Jean Taylor no se le cayó la venda de los ojos. ¿Era posible que él hubiera mantenido su control desde el otro lado de los barrotes?

—Podría tratarse de disonancia cognitiva o amnesia selectiva —aventuró Sparkes, un poco nervioso por el hecho de estar recurriendo a sus lecturas académicas sobre psicología forense—. Puede que ella temiera perderlo todo si admitía la verdad. He leído que los traumas pueden provocar que la mente borre cosas que son demasiado dolorosas o estresantes. En ese caso, ella habría borrado cualquier detalle que desafiara su creencia de que Glen era inocente.

—¿Es eso realmente posible? ¿Puede uno hacerse creer a sí mismo que algo negro es en realidad blanco? —preguntó Salmond.

«La mente humana es tremendamente poderosa», pensó Sparkes, pero le pareció un comentario demasiado trillado para decirlo en voz alta.

—No soy ningún experto, Zara. Sólo he estado haciendo algunas lecturas en casa. Tendríamos que hablar con alguien que lo haya estudiado a fondo.

Era la primera vez que la llamaba Zara y sintió una punzada de vergüenza. «Es inapropiado», se dijo a sí mismo. En el trabajo, siempre había llamado a Ian Matthews por su apellido. Echó un vistazo a su sargento a escondidas. Ella no parecía haberse sentido ofendida ni, de hecho, haber registrado siquiera su poco profesional desliz.

—¿A quién podríamos acudir, señor?

—Conozco a una profesora que podría echarnos una mano. La doctora Fleur Jones nos ayudó con anterioridad.

Agradeció que Salmond no reaccionara al oír el nombre. No fue culpa de Fleur Jones que todo saliera mal.

—¿Por qué no la llama? —dijo ella—. Antes de que lleguemos. Necesitamos saber cuál es la mejor forma de abordar a Jean Taylor.

Sparkes se detuvo en la siguiente gasolinera y la llamó.

Una hora más tarde, el inspector estaba cruzando las puertas de la sala de Urgencias.

—Hola, Jean —dijo, y se sentó a su lado en una silla de plástico naranja.

Ella apenas pareció percatarse de su presencia. Tenía el rostro muy pálido y los ojos oscurecidos por el dolor.

—Jean —volvió a decir, y le tomó una mano. Nunca la había tocado antes (salvo el día en el que la llevó hacia la patrulla), pero no pudo evitarlo. Se veía muy vulnerable.

La mano de la mujer estaba completamente helada, pero él no se la soltó y siguió hablando en un tono bajo y apremiante. Tenía que aprovechar la oportunidad.

—Ahora puedes decírmelo, Jean. Puedes contarme qué hizo Glen con Bella. Dónde la escondió. Ya no hay necesidad de secretos. Era el secreto de Glen, no el tuyo. Tú eras su víctima, Jean. Tú y Bella.

La viuda se volteó hacia el otro lado y pareció estremecerse.

—Por favor, dímelo, Jean. Hazlo ahora y tendrás algo de paz.

—No sé nada sobre Bella, Bob —dijo ella en voz baja y como si se lo explicara a un niño. Luego liberó su mano y comenzó a llorar. Sin hacer el menor ruido, las lágrimas empezaron a recorrer sus mejillas y a caer en su regazo.

Un momento después, se puso de pie y se fue al baño. Sparkes siguió sentado, incapaz de irse.

Quince minutos más tarde, la mujer volvió a salir sosteniendo un pañuelo de papel ante la boca, se dirigió directamente a las puertas acristaladas de Urgencias y desapareció tras ellas.

La decepción paralizó a Sparkes.

—Eché a perder nuestra última oportunidad —le dijo entre dientes a Salmond, que ahora estaba sentada en la silla de Jean—. La eché a perder por completo.

—Está en *shock*, señor. Ahora mismo se siente totalmente desorientada. Deje que se tranquilice un poco y pueda pensar con claridad. Deberíamos ir a verla a su casa dentro de un par de días.

—Mañana. Iremos mañana —dijo Sparkes, levantándose.

Veinticuatro horas después se presentaron en la puerta de su casa. Jean Taylor los recibió vestida de negro y parecía diez años mayor.

—¿Cómo estás, Jean? —preguntó Sparkes.

—Bien y mal. La madre de Glen se quedó a pasar la noche conmigo —contestó—. Pasen.

Sparkes se sentó junto a ella en el sillón y, colocándose de lado para que Jean contara con toda su atención, inició un cortejo más amable que su anterior encuentro. Zara Salmond y la doctora Jones habían considerado atentamente la situación y ambas habían sugerido que empezara adulándola; debía conseguir que ella se sintiera importante y a cargo de sus decisiones.

—Fuiste un gran apoyo para Glen, Jean. Siempre estuviste ahí para él.

Ella parpadeó ante el cumplido.

—Era su esposa y él dependía de mí.

—Eso debe de haber sido duro para ti en algunas ocasiones, Jean. Una gran presión sobre tus hombros.

—Estuve feliz de hacerlo. Sabía que él no había hecho nada malo. —La constante repetición de esa respuesta automática parecía subrayar su falta de sinceridad.

La sargento Salmond se puso de pie y echó un vistazo por la estancia.

—¿Todavía no recibes ninguna tarjeta? —preguntó.

—No espero ninguna, sólo las habituales cartas llenas de odio —dijo Jean.

—¿Dónde harás el funeral, Jean? —quiso saber Sparkes.

La madre de Glen Taylor apareció en la puerta. Estaba claro que había estado escuchándolos a escondidas desde el vestíbulo.

—En un crematorio. Haremos un servicio sencillo y privado para despedirnos, ¿no, Jean? —dijo.

Ésta asintió, absorta en sus pensamientos, y luego preguntó:

—¿Creen que se presentarán los medios de comunicación? No creo que pudiera soportarlo.

Mary Taylor se sentó en el descansabrazos del sillón junto a su nuera y le acarició el pelo.

—Lo soportaremos, Jeanie. Hasta el momento lo hemos hecho. Puede que ahora te dejen por fin en paz.

El comentario no sólo iba dirigido a los medios de comunicación sino también a los dos policías que se encontraban en la sala.

—Están tocando desde las ocho de la mañana —prosiguió—. Les dije que Jean está demasiado afectada para hablar, pero no dejan de insistir. Creo que debería venir a mi casa durante un tiempo, pero ella prefiere quedarse aquí.

—Glen está aquí —dijo Jean, y Sparkes se levantó para irse.

CAPÍTULO 48

Jueves, 27 de mayo de 2010

La viuda

El día del funeral llegó con tal rapidez que dejo que sea Mary quien escoja los cantos y las lecturas. Yo no puedo pensar con claridad y no sabría qué elegir. Ella opta por las opciones más seguras, «Amazing Grace» y «The Lord Is My Shepherd», porque todo el mundo conoce las melodías (por suerte, pues en la capilla del crematorio sólo seremos quince personas).

Previamente, fuimos a ver a Glen a la capilla ardiente. Él iba vestido con el elegante traje de tres piezas que solía llevar en el banco y la corbata azul marino y dorado que tanto le gustaba. Además, le lavé y planché su mejor camisa, de modo que su aspecto era perfecto. A él le habría encantado. Por supuesto, no era realmente Glen quien estaba en el ataúd. Lo que quiero decir es que no parecía él, sino más bien una versión de cera. Su madre se puso a llorar y yo me mantuve a cierta distancia para que pudiera tener un momento a solas con él. Mientras tanto, me quedé mirando las manos de su hijo y sus uñas perfectamente pulidas y rosadas; unas manos inocentes.

Tras salir de la capilla ardiente, Mary y yo fuimos a John Lewis para comprarnos unos sombreros.

—Por aquí —dijo el dependiente y nos mostró una selección de treinta sombreros negros mientras ambas intentábamos imaginarnos a nosotras mismas en el funeral de Glen.

Yo escogí una especie de boina con un pequeño velo de rejilla para ocultar los ojos, y Mary optó por uno con ala. Costaban una fortuna, pero ninguna de las dos tenía la energía necesaria para que le importara. Luego salimos a la calle con nuestras bolsas y, por un momento, nos quedamos ahí desorientadas.

—Vamos, Jeanie, vayamos a casa a tomar una taza de té —sugirió entonces Mary. Y eso hicimos.

Hoy nos ponemos nuestros nuevos sombreros delante del espejo del vestíbulo antes de subir a un taxi para ir al crematorio. Mary y yo nos tomamos de la mano (débilmente, sin apenas tocarnos) mientras el padre de Glen mira la llovizna por la ventana.

—Siempre llueve en los funerales —dice—. ¡Qué día más espantoso!

Son curiosos, los funerales. Se parecen mucho a las bodas, creo yo. Hay gente a la que una no ve en ninguna otra ocasión, todo el mundo se pone al día de sus cosas mientras come un *buffet*, la gente ríe y llora. Incluso aquí, en el funeral de Glen, oigo a uno de sus viejos tíos riendo en voz baja con alguien. Cuando llegamos, nos llevan a una sala de espera. Somos yo, mis padres, sus padres y un pequeño grupo de Taylor. Me alegro de que no venga nadie más, la verdad.

Nadie del banco o de la peluquería. Ya no formamos parte de ese mundo.

Luego aparece Bob Sparkes respetuosamente vestido con un traje negro y corbata; parece un enterrador. Se mantiene lejos de nosotros, cerca del Jardín de la Remembranza, haciendo ver que lee los nombres de los muertos en las placas de las tumbas. No ha enviado flores, pero le pedimos a la gente que no lo hiciera. «Sólo flores de la familia», nos aconsejó el encargado de la funeraria, de modo que sólo está mi corona de lirios y laureles —«Clásico y elegante», dijo la joven florista casi alegremente— y el nombre de Glen en crisantemos blancos que pidió Mary. Él lo habría odiado. «Qué vulgar», casi puedo oírle renegar, pero a ella le encanta y eso es lo que importa.

Yo no dejo de buscar con la mirada a Bob Sparkes.

—¿Quién lo invitó? —dice Mary enojada.

—No te preocupes por él, querida. —George le da unas palmaditas en el hombro—. Hoy no es importante.

El pastor de la iglesia de Mary lleva a cabo la misa fúnebre y se refiere a Glen como si fuera una persona de verdad, no el hombre del que hablaban los periódicos. Mientras lo hace, no deja de mirarme como si estuviera hablándome únicamente a mí. Cuando se refiere a Glen como si lo conociera, yo me escondo detrás del velo de mi sombrero. Habla de su futbol, de su inteligencia en la escuela y del apoyo de su maravillosa esposa durante los momentos difíciles. La congregación emite un murmullo, y yo apoyo la cabeza sobre el hombro de mi padre y cierro los ojos mientras el ataúd desaparece detrás de unas cortinas. Glen se fue.

Una vez afuera, busco a Bob Sparkes pero éste también parece haberse ido. Todo el mundo quiere darme un beso, abrazarme y decirme lo fantástica que fui. Yo me las arreglo para sonreír y devolverle el abrazo a la gente hasta que por fin termina todo. Por un instante, consideramos la posibilidad de que todo el mundo viniera a casa a tomar una taza de té, pero no estábamos seguras de si vendría alguien y, además, si lo hacíamos tendríamos que hablar sobre Glen y podía ser que alguien mencionara a Bella.

Finalmente, pues, optamos por hacer algo sencillo y sólo nosotros cinco vamos a casa a tomar té y unos sándwiches de jamón que Mary preparó antes y que me hizo guardar en el refrigerador. Una vez en casa, coloco mi sombrero en su envoltura, lo vuelvo a meter en la bolsa de John Lewis e introduzco ésta en lo alto del ropero. Cuando mis padres y los de Glen se van, la casa se queda en silencio por primera vez desde la muerte de Glen y yo me pongo la bata y deambulo por todas las habitaciones. No es una casa grande, pero Glen está en todos los rincones y continuamente espero oírle decir: «Jeanie, ¿dónde pusiste el periódico?» o «Me voy a trabajar, nos vemos luego».

Al final me preparo algo para beber y me voy a la cama con un puñado de tarjetas y cartas de la familia. Las desagradables las quemé en la estufa.

La cama parece más grande sin Glen. Él no siempre dormía en ella: cuando estaba inquieto, a veces se quedaba en el sillón de la sala: «No quiero impedirte dormir, Jean», decía mientras tomaba su almohada. Ya no quería ir al cuarto de invitados, así que compramos un sillón con una cama incorporada en su interior y se metía en ella a la mitad de la noche. Durante el día, guardábamos debajo un edredón. No sé si alguien llegó a darse cuenta.

CAPÍTULO 49

Sábado, 12 de junio de 2010

El inspector

Después del funeral, Bob Sparkes leyó la cobertura realizada por los medios de comunicación y miró las fotografías de Jean en el crematorio y un primer plano de la palabra *Glen* formada con flores. «AHORA, ¿CÓMO TE ENCONTRAREMOS, BELLA?», decían los periódicos como si se burlaran de él.

Intentó concentrarse en el trabajo; sin embargo, no dejaba de sorprenderse a sí mismo mirando al vacío, perdido e incapaz de continuar adelante. Finalmente, decidió pedir la baja para reordenar sus pensamientos.

—Hagamos las maletas, tomemos el coche y vayámonos unos días a Devon. Ya encontraremos un lugar en el que dormir cuando lleguemos —le dijo a Eileen el sábado por la mañana.

Ella fue a hablar con su vecino para que le diera de comer al gato y él se sentó a la mesa con el correo.

Luego, Eileen volvió a entrar a la casa por la puerta trasera con las manos llenas de vainas de chícharos.

—Las recogí a toda prisa porque para cuando volvamos ya estarán malas. Sería una pena desperdiciarlas.

Estaba claro que Eileen estaba decidida a que en su casa la vida siguiera adelante aunque la cabeza de su marido estuviera en pausa. Bob siempre había sido un pensador; eso era lo que a ella le había cautivado de él. Es profundo, dijeron sus amigos. A ella le gustaba eso. Su profundidad. Ahora, sin embargo, era sólo negrura.

—Vamos, Bob, termina de desenvainar los chícharos mientras yo hago la maleta. ¿Cuánto tiempo estaremos fuera?

—¿Una semana? ¿Tú qué crees? Sólo necesito un poco de aire fresco y largos paseos.

—Eso suena genial.

Sparkes se puso a hacer la tarea que le había encargado su esposa mecánicamente, deslizando una uña por cada vaina y empujando los chícharos en un colador mientras intentaba lidiar con sus sentimientos. Era consciente de que había permitido que se convirtiera en algo personal. Ningún otro caso lo había afectado así. Éste no sólo lo había hecho llorar, sino que había llegado a amenazar su carrera. A lo mejor debía volver a ver a esa psicóloga chiflada. Soltó una risa. Fue breve, pero Eileen la oyó y bajó corriendo para ver qué pasaba.

El viaje fue fácil: un cálido día veraniego anterior a las vacaciones escolares y con poco tráfico en la autopista, hecho que Sparkes aprovechó para poner distancia entre él y el caso lo más rápido posible. Eileen iba a su lado y de vez en cuando le daba unas palmaditas en la rodilla o lo tomaba de la mano. Ambos se sentían rejuvenecidos y algo atolondrados ante esta muestra de espontaneidad.

Eileen le habló de sus hijos y lo puso al día sobre su familia como si él acabara de regresar de un coma.

—Sam dice que ella y Pete se casarán el próximo verano. Ella quiere hacerlo en una playa.

—¿Una playa? Supongo que no será Margate. Bueno, lo que quiera ella. Parece feliz con Pete, ¿verdad?

—Muy feliz, Bob. Es James quien me preocupa. Está trabajando demasiado duro.

—Me pregunto de quién lo habrá heredado —dijo él, y se volteó hacia su esposa para ver su reacción. Se sonrieron y el nudo que Sparkes tenía en el estómago desde hacía semanas (en realidad, meses) comenzó a aflojarse.

Era maravilloso estar hablando sobre su propia vida en vez de la de otras personas.

Decidieron detenerse en Exmouth para comerse unos sándwiches de cangrejo. Fueron allí con sus hijos cuando éstos eran pequeños y les trajo recuerdos. Cuando se estacionaron, vieron que todo seguía igual: las borlas azules de las hortensias, las banderas ondeando alrededor de la torre del reloj del Jubileo, los graznidos de las gaviotas, los colores pastel de las casetas de la playa... Era como si hubieran vuelto a la década de 1990, y fueron al paseo marítimo para estirar las piernas y ver el mar.

—Vamos, querida. Pongámonos en marcha. Ya llamé al hotel para reservar una habitación para esta noche —dijo él, y luego la atrajo hacia sí y la besó.

En una hora más o menos llegarían a Dartmouth, y luego irían a la playa de Slapton para cenar pescado.

Manejaron con las ventanas abajo y dejando que el viento les alborotara el pelo.

—Así se llevará todo lo malo —dijo Eileen, tal y como él sabía que haría. Era lo que siempre decía. A él le hizo pensar en Glen Taylor, pero no dijo nada.

Cuando llegaron al hotel, se acomodaron en los bancos del balcón para disfrutar los últimos rayos del sol y planear su baño matutino.

—Despertémonos pronto y hagámoslo —sugirió él.

—No. Quedémonos en la cama y luego vayamos a dar un paseo. Tenemos toda la semana, Bob —propuso Eileen, y se rio ante la perspectiva de estar toda una semana ellos dos solos.

Subieron tarde a su habitación y, como de costumbre, Sparkes encendió la televisión para ver las noticias mientras Eileen se daba un baño rápido. Las imágenes de la entrevista a Jean Taylor en su sala provocaron que su estómago se contrajera de nuevo y que él retomara su papel de policía.

—Eileen, querida, debo regresar —explicó en voz alta—. Se trata de Jean Taylor. Cuenta que fue Glen quien se llevó a Bella.

Eileen salió del baño con el cuerpo envuelto en una toalla y otra alrededor de su pelo mojado formando un turbante.

—¿Cómo? ¿Qué dices? —Luego vio las caras de la televisión y se sentó en la cama—. Dios mío, Bob. ¿Es que esto no va a terminar nunca?

—No, Eileen. Lo siento mucho, pero no lo hará hasta que sepa qué le pasó a esa niña. Jean lo sabe y tengo que volver a preguntárselo. ¿Puedes estar lista para irnos en quince minutos?

Ella asintió y se quitó la toalla de la cabeza para secarse el pelo con ella.

Hicieron el viaje de vuelta en silencio. Eileen dormía mientras Sparkes manejaba por carreteras desiertas. Cada hora, encendía el radio para ver si había alguna novedad.

Cuando llegaron a casa, despertó a su esposa tocándole suavemente el hombro. Luego se metieron en la cama sin apenas intercambiar una palabra.

CAPÍTULO 50

Domingo, 13 de junio de 2010

La periodista

—¡Aquí está, nuestra periodista estrella! —exclamó el director del periódico desde la otra punta de la redacción cuando Kate llegó a la mañana siguiente—. ¡Una exclusiva genial, Kate! ¡Bien hecho!

Hubo algunos aplausos de sus colegas e incluso algún grito de «¡Así se hace, Kate!». Ella notó que se sonrojaba e intentó sonreír sin parecer engreída.

—Gracias, Simon —dijo cuando al fin llegó a su escritorio y pudo dejar la bolsa y quitarse el saco.

El redactor jefe, Terry Deacon, se acercó rápidamente a ella para asegurarse de que las alabanzas que el director del periódico estaba concediendo lo alcanzaran también a él.

—¡¿Qué tenemos para el segundo día, Kate? ¿Otra exclusiva?! —preguntó a voces el director con una amplia sonrisa que dejaba a la vista sus dientes amarillos.

Kate sabía que él estaba al corriente de todo porque había enviado el artículo esa noche, pero Simon Pearson quería hacer un numerito delante de sus empleados. Últimamente no había tenido demasiadas oportunidades. «Maldita política. Qué aburrimiento. ¿Dónde están las exclusivas?» era su mantra, y ese día iba a aprovechar al máximo la situación.

—Tenemos lo del matrimonio sin hijos —dijo Terry—. ¿«Es esto lo que convirtió a míster Normal en un monstruo»?

Simon sonrió de oreja a oreja y Kate hizo una mueca. Ese titular era vulgar y convertía su ponderada y sensible entrevista en un gritón póster cinematográfico (aunque también era cierto que ya debería haberse acostumbrado a ello). «Vende el artículo» era otro de los mantras de Simon. Era un hombre de mantras. Fuerza bruta y aprender las cosas de memoria eran sus *modus operandi* favoritos con sus ejecutivos. Nada de presuntuosas muestras de pensamiento creativo o dar a entender curiosidad. «Simon dice», solían repetir en broma los ejecutivos.

El redactor jefe reconocía un buen titular cuando escribía uno y, en su opinión, siempre valía la pena utilizar los buenos más de una vez. A veces hasta cada semana si le gustaban especialmente, para luego descartarlos a toda velocidad cuando incluso él se daba cuenta de que estaba convirtiéndose en fuente de escarnio en los bares de periodistas. La cuestión que planteaba el titular —«¿Es éste el hombre más malvado de Gran Bretaña?»— ya era un clásico. Y con él no corrían riesgos innecesarios. No afirmaban nada, sólo preguntaban.

—Tengo algunas buenas declaraciones de la viuda —dijo Kate mientras encendía su computadora.

—Unas declaraciones geniales —añadió Terry, subiendo la apuesta—. Anoche, todo el mundo tuvo que hacer mención de nuestra exclusiva, y las revistas y los periódicos extranjeros ya se pusieron en contacto con nosotros para las fotografías. Somos la comidilla de la calle.

—Ese comentario delata tu edad, Terry —dijo Simon—. «La calle» ya no existe. ¿No sabías que ahora vivimos en una aldea global?

El redactor jefe hizo caso omiso a la reprimenda de su jefe y optó por considerarla una mera broma. Nada iba a estropearle el día: consiguió la exclusiva del año y gracias a ello obtendría el aumento de sueldo que tanto se merecía. Así podría llevar a cenar al Ritz a su esposa (o quizá a su amante).

Kate dejó a los hombres con su pelea de gallos y se dispuso a ver su correo electrónico.

—¿Cómo es ella, Kate? Me refiero a Jean Taylor —le preguntó el director.

Kate se volteó hacia él y, por detrás de su fanfarronería, distinguió auténtica curiosidad. Simon tenía uno de los trabajos más poderosos de la industria periodística, pero nada le habría gustado más que volver a ser periodista: enfrascarse en un artículo, preguntar, hacer guardia en las puertas de las casas, ser quien enviaba sus palabras de oro a la redacción en vez de limitarse a oírlas luego.

—Es más lista de lo que parece. Interpreta el papel de ama de casa que apoya incondicionalmente a su marido; en cambio, en su cabeza no tiene las cosas tan claras. La situación resulta difícil para ella porque durante un tiempo me parece que creyó que Glen era inocente, pero algo cambió. Algo cambió en su relación.

Kate sabía que debería haber conseguido más, que debería haber conseguido toda la historia. Culpaba a Mick por la interrupción, aunque advirtió el repentino desinterés en los ojos de Jean. El control de la entrevista fue pasando de una mujer a otra, si bien no había duda de quién se impuso al final. Pero Kate no iba a reconocerlo en público.

Los demás periodistas de la redacción se dieron la vuelta en sus sillas giratorias para poner atención a la plática.

—¿Fue Glen quien lo hizo, Kate? ¿Estaba Jean al tanto? —preguntó el encargado de sucesos—. Eso es lo que quiere saber todo el mundo.

—Sí y sí —dijo ella—. La pregunta, sin embargo, es: ¿cuándo se enteró ella? ¿En ese momento o más adelante? A mi parecer, el problema es que Jean Taylor se encuentra atrapada entre lo que sabe y lo que quiere creer.

Todo el mundo se quedó mirando a Kate a la espera de más, pero, justo en ese momento, el celular de la periodista comenzó a sonar. Según la pantalla, se trataba de Bob Sparkes.

—Lo siento, Simon, debo tomar esta llamada. Se trata del poli que lleva el caso de Bella. Puede que haya un tercer día.

332

—Mantenme informado, Kate —dijo él mientras se iba a su despacho y ella cruzaba las puertas batientes rumbo al elevador en busca de algo de privacidad.

—Hola, Bob. Ya imaginaba que tendría noticias tuyas.

Sparkes ya estaba enfrente de las oficinas del periódico, protegiéndose de la lluvia veraniega en el majestuoso pórtico del edificio.

—Ven a tomar un café conmigo, Kate. Tenemos que hablar.

La cafetería italiana que había en una sucia calle lateral a la vuelta de la esquina estaba llena y tenía las ventanas empañadas a causa del vapor de la máquina de café. Se sentaron en una mesita alejada del mostrador y, durante un minuto, se limitaron a mirarse uno al otro. Finalmente, el inspector dijo:

—Felicidades, Kate. Lograste que Jean te cuente más cosas de las que yo llegué a sonsacarle.

La periodista le sostuvo la mirada. La generosidad del inspector la desarmó e hizo que quisiera explicarle la verdad. Tenía que admitir que Sparkes era una persona buena.

—Debería haber logrado que me soltara más cosas, Bob. Había más, pero ella decidió callarse. Hizo gala de un autocontrol increíble. Diría incluso que aterrador. Un minuto estaba sosteniéndome la mano y, literalmente, llorando en mi hombro por el monstruo con el que se había casado y, al siguiente, volvía a ser quien conducía la entrevista. Callada y cerrándose de tajo. —Removió su café—. Ella sabe lo que sucedió, ¿verdad?

Sparkes asintió.

—Creo que sí. Pero no quiere revelarlo y no sé por qué. Al fin y al cabo, Glen está muerto. ¿Qué tiene ella que perder?

Kate negó con la cabeza en solidaridad con el inspector.

—Está claro que algo.

—A menudo me pregunto si estuvo implicada en el crimen —dijo Sparkes, sobre todo para sí—. ¿Quizá a la hora de planearlo? Puede que se tratara de conseguir un hijo para ambos, pero que algo saliera mal. Puede incluso que fuera ella quien empujara a Glen a hacerlo.

Los ojos de Kate relucían ante las posibilidades.

—Maldita sea, Bob. ¿Cómo vas a lograr que confiese?

Efectivamente, ¿cómo?

—¿Cuál es su punto débil? —preguntó Kate jugueteando con su cuchara.

—Glen —contestó él—. Pero él ya no está aquí.

—Son los niños, Bob. Ése es su punto débil. Está obsesionada con ellos. En nuestra plática, todo llevaba a los niños. Ella quiso saber todo sobre mis hijos.

—Lo sé. Deberías ver sus álbumes de recortes llenos de fotografías de bebés.

—¿Álbumes de recortes?

—Esto es confidencial, Kate.

Ella se lo guardó para luego y, de forma automática, ladeó la cabeza para indicarle que lo acataba y que podía confiar en ella.

A él no lo engañó.

—Lo digo en serio. Es algo que podría formar parte de una futura investigación.

—Está bien, está bien —aceptó ella malhumorada—. ¿Qué crees que hará ahora?

—Si sabe algo más, puede que vaya en busca de la niña —dijo Sparkes.

—En busca de Bella —repitió Kate—. Dondequiera que esté.

Sparkes estaba seguro de que, ahora que Jean no tenía ninguna otra cosa en la que pensar, daría algún paso en alguna dirección.

—¿Me llamarás si te enteras de algo? —preguntó a Kate.

—Puede —contestó ella automáticamente. Kate reparó en el sonrojo del inspector y, a su pesar, le encantó que respondiera a la coquetería con la que se había dirigido a él. De repente, Sparkes se quedó confundido.

—Esto no es ningún juego, Kate —dijo intentando retomar un tono más profesional—. Estaremos en contacto.

Una vez en la calle, él fue a darle la mano para despedirse pero ella se inclinó para darle un beso en la mejilla.

CAPÍTULO 51

Viernes, 11 de junio de 2010

La viuda

Cuando el equipo de televisión se va, me siento en silencio a esperar las noticias vespertinas. El señor Tele me dijo que mi entrevista las encabezará y así es. «La viuda del caso Bella habla por primera vez» es el texto que aparece en la pantalla y luego se ve mi sala con una música de fondo. Por fin ahí estoy, en la tele. En realidad, no dura mucho, pero emiten el momento en el que digo que no sé nada de la desaparición de Bella y que tan sólo sospecho que Glen tuvo algo que ver. Digo muy claramente que no lo sé a ciencia cierta y que él no llegó a confesármelo, que el periódico que publicó la entrevista conmigo tergiversó mis palabras.

Contesté sus preguntas con calma, sentada en el sillón. Admití que el periódico me ofreció una compensación económica pero que la rechacé al descubrir lo que publicó. Luego emitieron una breve declaración del *Post* y unas imágenes de Kate y Mick saliendo de mi casa. Eso fue todo.

Espero las llamadas. La primera es de la madre de Glen, Mary.

—¿Cómo pudiste decir esas cosas, Jeanie? —me pregunta.

—Tú lo sabes tan bien como yo —contesto—. Por favor, no finjas que no sospechabas de él, porque sé que lo hacías.

Ella se queda callada y finalmente me dice que ya hablaremos mañana.

Luego me llama Kate. Su tono es formal y me dice que incluirá mi declaración televisiva en su artículo para que pueda ofrecer mi «versión de la historia».

Yo me río ante su desfachatez.

—Se suponía que tú ibas a escribir mi versión —digo—. ¿Siempre mientes a tus víctimas?

Ella ignora mi pregunta y me dice que puedo llamarla al celular a cualquier hora. Yo cuelgo sin despedirme.

A la mañana siguiente, recibo el periódico en el buzón de la puerta. No estoy suscrita, así que me pregunto si no habrá sido Kate quien me lo hizo llegar. O un vecino. El titular reza: «LA VIUDA CONFIESA LA CULPA DEL ASESINO DE BELLA», y me sobreviene un temblor tal que me impide abrir el periódico. En la portada aparece una fotografía en la que estoy mirando al infinito tal y como me pidió Mick. Lo dejo en la mesa de la cocina y espero.

El teléfono no deja de sonar en toda la mañana. Los periódicos, la tele, el radio, la familia. Me llama mi madre llorando por la humillación que les estoy causando. De fondo, oigo cómo mi padre dice a gritos que él me advirtió que no me casara con Glen. No lo hizo, pero supongo que ahora desearía haberlo hecho.

Yo intento tranquilizar a mi madre y le digo que el periódico me citó mal y que tergiversó mis palabras, pero no sirve de nada y al final cuelga.

Después de eso, me siento agotada, así que desconecto el teléfono y me acuesto en la cama. Me pongo a pensar en Bella y Glen. Y luego en los días previos a la muerte de éste.

Comenzó a preguntarme qué pensaba hacer.

—¿Vas a abandonarme, Jeanie? —decía, y yo le contestaba:

—Voy a prepararme una taza de té. —Y lo dejaba ahí plantado. Demasiadas cosas en las que pensar. Traición. Decisiones. Planes.

Y no volvía a hablar con él a no ser que fuera esencial.

—Es tu madre en el teléfono. —Lo mínimo.

Él me seguía por toda la casa como si se tratara de un fantasma. Solía sorprenderlo mirándome desde detrás del periódico. Ahora estaba bajo mi dominio. No sabía qué haría su Jeanie y eso lo aterraba.

Esa semana, Glen no me dejó ni un momento sola. Allá adonde fuera, él venía detrás. Puede que temiera que fuera a ver a Bob Sparkes. Esto se debía a que no me entendía para nada. Yo no tenía ninguna intención de contarle nada a nadie. No para protegerlo, no me hagas reír.

El sábado en cuestión, salió del Sainsbury's detrás de mí y vi cómo miraba a una niña que iba en una carriola. No fue más que un vistazo, pero percibí algo en sus ojos. Algo muerto. Y lo empujé para alejarlo de la niña. Fue un empujón mínimo, pero él tropezó con la banqueta y cayó a la calzada. Justo en ese momento, apareció el autobús. Sucedió todo muy rápido y, mientras Glen yacía inmóvil sobre un pequeño charco de sangre, recuerdo que pensé: «Bueno, con esto terminan sus tonterías».

¿Me convierte eso en una asesina? Me miro en el espejo e intento averiguar si se me nota en los ojos, pero no lo creo. En el fondo, Glen salió bien parado. Podría haber estado sufriendo durante años, sin dejar de preguntarse cuándo sería descubierto. He oído que la gente como Glen no puede controlarse, así que en cierto modo lo ayudé.

Voy a vender la casa tan pronto como pueda. Primero, claro está, debe finalizar la investigación, pero Tom Payne dice que se trata de una mera formalidad. Sólo tengo que decirle al juez de instrucción que Glen tropezó y todo habrá terminado. Podré volver a comenzar de cero.

Llamo a una agente inmobiliaria para averiguar cuánto podría obtener por la casa. Le doy mi nombre y ella no parece reconocerlo (aunque no creo que tarde en hacerlo). Le digo que quiero venderla rápido y ella me dice que vendrá a verla mañana por la mañana. Me pregunto si su vínculo con Glen hará que el precio suba o baje. Alguna persona macabra puede que esté dispuesta a pagar un poco más. Nunca se sabe.

Todavía no sé adónde iré, pero seguro que dejaré Londres. Buscaré lugares en internet. Puede que me vaya al extranjero, o quizá a Hampshire. Para estar cerca de mi pequeña.

CAPÍTULO 52

Jueves, 1 de julio de 2010

La periodista

El juez de instrucción era un viejo conocido de la prensa. A Hugh Holden, un pequeño y atildado jurista que solía llevar corbatas de moño de seda de colores vivos y que lucía un bigote canoso meticulosamente recortado, le gustaba considerarse a sí mismo un Personaje, una espina ocasional en el costado de las autoridades que no temía llegar a controvertidos veredictos.

Por lo general, a Kate le hacían gracia sus extravagantes interrogatorios y sus florituras verbales, pero ese día no estaba de humor. Temía que, probablemente, ésta fuera a ser la última aparición pública de Jean Taylor, pues ya no tendría necesidad de volver a mostrar su rostro y podría desaparecer para siempre detrás de la puerta de su casa.

Mick estaba con los sus compañeros de profesión frente a la puerta del juzgado, a la espera de fotografiar la llegada de la testigo principal.

—Hola, Kate —exclamó por encima de sus cabezas—. Nos vemos luego.

Cuando entró a la sala junto a los demás periodistas y los curiosos, Kate se sentó en uno de los últimos asientos reservados para los medios de comunicación, justo delante del estrado. No dejaba de pensar en Jean con la vista puesta en la puerta por la que iba a entrar, de modo que no vio cómo Zara Salmond lo hacía por la parte trasera de la sala con algunos de los policías de Londres que subirían al estrado. Sparkes la envió en su lugar. «Ve tú, Salmond. Necesito tus ojos y tu análisis sobre la actuación de Jean Taylor. Ahora mismo soy incapaz de ver nada con claridad.»

Acababa de llegar cuando el rechinido de las bisagras de la puerta anunció la irrupción de la viuda. Jean Taylor tenía una apariencia discreta y cautelosa e iba ataviada con el mismo vestido que usó en el funeral de Glen.

Cruzó a paso lento la sala con su abogado rumbo a su asiento en la primera fila. «Vaya perro, este Tom Payne», pensó Kate mientras saludaba al abogado con un movimiento de cabeza y le decía en voz baja «Buenos días, Tom». Él alzó la mano para saludarla y Jean se volteó para ver a quién se dirigía. Las miradas de las dos mujeres se encontraron y, por un momento, Kate pensó que Jean también la saludaría, así que le sonrió levemente, pero la viuda apartó la mirada con indiferencia.

Los demás testigos se tomaron su tiempo antes de ocupar sus asientos y permanecieron un rato en los pasillos, abrazándose y negando con la cabeza. Cuando el juez de instrucción entró al fin a la sala, sin embargo, ya se encontraban en su lugar y todo el mundo se puso de pie.

El asistente del juez de instrucción declaró a la sala que el padre del fallecido había confirmado que el cadáver se trataba de Glen George Taylor y luego el patólogo describió la autopsia que le había realizado. Kate mantuvo la mirada puesta en Jean y registró cada una de sus reacciones a los detalles de la disección de su marido. «Parece que Glen tuvo un buen último desayuno», pensó la periodista mientras el patólogo enumeraba con desgana el contenido de su estómago. No había señales de que el fallecido sufriera ninguna enfermedad. Las contusiones y laceraciones en brazos y piernas eran consistentes con la caída y la colisión con el vehículo. La herida mortal la sufrió en la cabeza: una fractura de cráneo causada por el impacto con el autobús y la superficie de la calle y que resultaría en una lesión cerebral traumática. La muerte fue prácticamente instantánea.

Jean abrió la bolsa que descansaba sobre su regazo y, con grandes aspavientos, tomó un pequeño paquete de pañuelos de papel y sacó uno para secarse un ojo. «No está llorando —pensó Kate—. Está fingiendo.»

A continuación fue el turno del conductor del autobús. Sus lágrimas sí eran auténticas. Contó que apenas tuvo tiempo de ver el destello de un hombre cayendo delante del parabrisas de su vehículo.

—No llegué a verlo bien, de modo que no pude hacer nada. Todo sucedió muy rápidamente. Frené de golpe, pero fue demasiado tarde.

Un oficial lo ayudó a bajar del estrado. Luego llamaron a Jean.

Su actuación fue pulcra; demasiado pulcra. A Kate, cada una de las palabras de la viuda le sonó como si las hubiera ensayado delante del espejo. Jean Taylor comenzó describiendo el episodio paso a paso: ella y su marido recorrieron los pasillos, salieron a la calle por las puertas automáticas, discutieron por el cereal y Glen Taylor tropezó y cayó delante del autobús. Lo contó todo en un tono de voz bajo y serio.

Kate fue tomando nota al tiempo que iba levantando la mirada para captar las expresiones y las emociones.

—Señora Taylor, ¿puede decirnos por qué tropezó su marido? La policía examinó el pavimento y no encontró nada que le hubiera podido hacer perder el equilibrio —preguntó el juez de instrucción amablemente.

—No lo sé, señor. Se cayó delante del autobús ahí mismo, ante mí. Ni siquiera tuve tiempo de gritar. Ya había muerto —contestó ella.

«Esto lo dijo como de memoria —pensó Kate—. Está utilizando las mismas frases que en anteriores ocasiones.»

—¿Le sostenía su marido la mano o el brazo? Sé que yo lo hago cuando salgo con mi pareja —insistió el juez de instrucción.

—No. Bueno, quizá. No lo recuerdo —dijo ella, menos segura de sí misma.

—¿Estaba su marido distraído ese día? ¿Se comportaba con normalidad?

—¿Distraído? ¿Qué quiere decir?

—Si parecía estar concentrado en lo que hacía, señora Taylor.

—Tenía muchas cosas en la cabeza —explicó Jean Taylor y lanzó una mirada hacia los bancos de la prensa. Luego prosiguió—: Pero estoy segura de que esto ya lo sabe.

—Ciertamente —dijo el juez, satisfecho consigo mismo por haber obtenido una nueva información—. Así pues, ¿cuál era su estado de ánimo esa mañana?

—¿Su estado de ánimo?

«Esto no va tal y como Jean había planeado», pensó Kate. Repetir las preguntas era una señal clara de estrés. Algo que se hacía para ganar tiempo. La periodista se inclinó hacia delante para asegurarse de que no se perdía ninguna palabra.

—Sí, su estado de ánimo, señora Taylor.

Jean Taylor cerró los ojos y pareció tambalearse en el estrado. Tom Payne y el asistente del juez se lanzaron rápidamente sobre ella para evitar que se cayera al suelo y sentarla en la silla mientras un murmullo de preocupación recorría la sala.

—Supongo que es un buen titular —dijo en voz baja el periodista que había detrás de Kate a su colega—: «La viuda del sospechoso de Bella se desmaya». Mejor que nada.

—Esto todavía no terminó —susurró ella por encima del hombro.

Jean tomó el vaso de agua que le ofrecían y se quedó mirando al juez.

—¿Se siente mejor, señora Taylor? —le preguntó éste.

—Sí, gracias. Lo lamento. No desayuné nada esta mañana y...

—No pasa nada. No hace falta que nos dé explicaciones. ¿Podemos regresar ya a mi pregunta?

Jean respiró hondo.

—Hacía tiempo que Glen no dormía demasiado bien y sufría migrañas.

—¿Y recibía algún tratamiento para el insomnio y las migrañas?

Ella negó con la cabeza.

—Decía que no se sentía bien, pero que no quería ir al médico. Creo que no quería hablar de ello.

—Entiendo. ¿Por qué no, señora Taylor?

Ella bajó un momento la mirada al regazo y luego volvió a levantarla.

—Porque decía que no dejaba de soñar con Bella Elliott.

Hugh Holden le sostuvo la mirada un instante y la sala se quedó en silencio. Él le indicó que prosiguiera con un movimiento de cabeza.

—Glen me dijo que en cuanto cerraba los ojos se le aparecía su imagen y eso estaba poniéndolo enfermo. Por eso no me dejaba sola un segundo. Me seguía por toda la casa. Yo no sabía qué hacer. No estaba bien.

El juez lo anotó todo con mucho cuidado al tiempo que a su izquierda los periodistas tomaban nota furiosamente.

—Teniendo en cuenta el estado mental de su marido, señora Taylor, ¿existe la posibilidad de que se arrojara delante del autobús a propósito? —preguntó el juez.

Tom Payne se puso de pie para protestar por la pregunta, pero Jean le hizo una seña con la mano para que se volviera a sentar.

—No lo sé, señor. Nunca me dijo nada sobre quitarse la vida. Pero no se sentía bien.

El juez le dio las gracias por su testimonio, luego le ofreció sus condolencias y dictó el veredicto de muerte accidental.

—Esta noche apareceré en todas las noticias —le dijo alegremente al oficial mientras los periodistas salían a toda velocidad de la sala.

CAPÍTULO 53

Jueves, 1 de julio de 2010

El inspector

Los sueños que Glen Taylor tuvo con Bella encabezaron los informes de noticias del radio toda la tarde y ocuparon un respetable tercer puesto en el noticiario vespertino de la televisión. En plena canícula veraniega —la «temporada boba» de los medios de comunicación: los políticos están de vacaciones, las escuelas cerradas y, poco a poco, el país va interrumpiendo su actividad hasta llegar a un alto—, cualquier información mínimamente jugosa funciona bien.

Sparkes lo oyó todo de labios de Salmond justo después del juicio, pero aun así lo volvió a leer en los periódicos, analizando cada palabra.

—Jean está comenzando a desembuchar, Bob —le dijo Salmond por teléfono, jadeando un tanto por la velocidad a la que caminaba de vuelta a su coche—. Después del juicio intenté hablar con ella. Todos los periodistas estaban presentes, incluida tu Kate Waters, pero ya no dijo nada más. Todavía mantiene la compostura, aunque por poco.

Para Sparkes, el desmayo en el juzgado fue una señal de que, ahora que no estaba Glen, el secreto resultaba demasiado asfixiante para ella.

—Está revelándolo de forma controlada, del mismo modo que desangraban a alguien en la época medieval. Librándose de lo malo poquito a poco —le sugirió a Salmond. Luego levantó la mirada hacia ella. Estaba sentada delante de su computadora, leyendo las noticias—. Vamos a tener que permanecer a la espera. Literalmente.

A las cinco de la mañana del día siguiente ya estaban en su puesto, estacionados a casi un kilómetro de la casa de Jean Tay-lor, esperando la llamada del equipo de vigilancia.

—Sé que es improbable, pero debemos intentarlo. Hará algo —le dijo Sparkes a Salmond.

—¿Lo siente en sus entrañas, señor? —preguntó ella.

—No estoy seguro de la fiabilidad de mis entrañas, pero sí, lo hago.

Doce horas después, el aire en el coche se había espesado con su aliento y la comida rápida que habían ingerido.

A las diez de la noche, habían agotado las anécdotas sobre su vida, los criminales a los que habían atrapado, sus desastres vacacionales, los programas de televisión de su infancia, las comidas favoritas, las mejores películas de acción y chismes sobre quién se acostaba con quién en la oficina. Sparkes tenía la sensación de que podía acudir a *Mastermind* y responder preguntas sobre Zara Salmond sin saltarse ninguna, y ambos se sintieron aliviados cuando el equipo de vigilancia finalmente llamó para decirles que todas las luces de la casa se habían apagado.

Sparkes dio por terminada la jornada. Se hospedarían en el hotel barato que había cerca y harían una siesta antes de retomar la vigilancia. Otro equipo ocuparía su lugar durante la noche.

El teléfono de Sparkes sonó a las cuatro de la madrugada.

—Las luces se encendieron, señor.

Mientras se vestía, llamó a Salmond y el celular se le cayó por una pernera del pantalón.

—¿Es usted, señor?

—Sí, sí. Se despertó. Nos vemos en el vestíbulo en cinco minutos.

Por primera vez, el aspecto de Zara Salmond no era del todo perfecto; estaba esperándolo en la puerta de entrada con el pelo revuelto y sin maquillaje.

—Y pensar que le dije a mi madre que quería ser azafata —dijo.

—Ocupe su asiento, pues: vamos a despegar —respondió con un intento de sonrisa.

Tras encender las luces exteriores de la casa, Jean salió por la puerta rápidamente y se quedó un momento debajo de un foco mirando a un lado y a otro de la calle por si había señales de vida. Luego presionó el botón del control remoto del coche y el pitido electrónico resonó entre las fachadas de las casas mientras abría la puerta y se sentaba detrás del volante. Volvía a llevar puesto el vestido del funeral.

A dos calles de ahí, Zara Salmond arrancó el motor del coche y esperó las instrucciones del equipo. A su lado, Sparkes permanecía absorto en sus pensamientos con un mapa sobre su regazo.

—Acaba de tomar la A2 en dirección a la M25, señor —le dijo por teléfono el agente que iba en la vagoneta sin distintivos, y ellos se pusieron en marcha e iniciaron la persecución.

—Seguro que se dirige a Hampshire —dijo Salmond mientras aceleraba por la carretera de doble circulación.

—Será mejor que no intentemos anticipar sus intenciones —dijo Sparkes, temeroso de alimentar demasiadas esperanzas mientras con el dedo seguía la ruta en el mapa.

El sol naciente comenzaba a iluminar el cielo, pero el GPS todavía no había cambiado los colores nocturnos cuando tomaron la M3 en dirección a Southampton. La distancia entre los coches era uniforme y, en total, el convoy se extendía a lo largo de cinco kilómetros de autopista, con Sparkes y Salmond al final para evitar que los reconocieran.

—Puso las intermitentes para detenerse en una gasolinera, señor —le informaron los hombres de la vagoneta—. ¿Dónde están los demás agentes? Tendrán que relevarnos o la mujer nos descubrirá.

—Hay otro vehículo a la espera en el siguiente cruce. Síganla ustedes hasta que deje la gasolinera y luego ya nos ocuparemos nosotros —respondió Sparkes.

La vagoneta entró en el estacionamiento y encontró un lugar a dos coches del objetivo. En cuanto se estacionó, un miembro del equipo policial descendió del vehículo, se rascó la cabeza, estiró los músculos y luego fue detrás de Jean Taylor. Ésta se dirigió al baño y el agente optó por hacer fila para pedir una hamburguesa y fingió que comparaba las cualidades de las comidas anunciadas con colores nucleares sobre el mostrador mientras esperaba que la viuda volviera a salir. Ésta no tardó en hacerlo agitando las manos para secarse las últimas gotas de agua mientras caminaba. El agente le dio un mordisco a su doble hamburguesa con queso en el mismo momento en que ella entraba en la tienda y examinaba los botes de flores. Al final, escogió un ramo de capullos de rosa y lirios blancos envuelto en papel de seda y celofán de color rosado. De camino al mostrador de dulces, se las llevó a la nariz para aspirar el aroma de los estambres y, una vez llegó allí, tomó un paquete de colores brillantes. Skittles, advirtió el agente desde el otro lado de la tienda. A continuación, la mujer hizo fila para pagar.

—Compró flores y dulces, señor. Ahora se dirige al coche. La seguiremos hasta la autopista y ahí se la dejaremos a usted —le informó el agente.

Sparkes y Salmond intercambiaron una mirada.

—Se dirige a una tumba —dijo Sparkes con la boca seca—. Avisa a nuestros hombres para que estén preparados.

Cinco minutos después, otros dos vehículos iban detrás de ella, adelantándose entre sí y turnándose para ser el coche que iba detrás de la viuda. Jean Taylor mantenía una velocidad constante de cien kilómetros por hora. Era una conductora prudente. «Seguramente, no está acostumbrada a conducir sola por la autopista —pensó Sparkes—. Me pregunto si es la primera vez que hace este trayecto.»

Él y Salmond no hablaban desde que dejaron la gasolinera; estaban concentrados en las conversaciones de los canales de radio de la policía. Ya en Winchester, sin embargo, cuando oyeron que el coche de Jean Taylor salía de la autopista y se dirigía al este, Sparkes le dijo a la sargento que pisara el acelerador.

Ahora había un poco más de tráfico, pero el coche de Jean se encontraba a sólo un kilómetro y medio y entre ambos iba otro vehículo de la policía.

—Está deteniéndose —les informó el agente—. Hay árboles a la derecha, y un camino. Ninguna reja. Yo tengo que seguir adelante o me descubrirá. Daré media vuelta inmediatamente. Es toda suya.

—Adelante, Salmond —dijo Sparkes—. Sin prisa, pero sin pausa.

Jean Taylor había estacionado el coche en un camino de tierra y casi no lo ven. En el último minuto, sin embargo, Sparkes distinguió un resplandor metálico entre los árboles.

—Está aquí —señaló; Salmond ralentizó la marcha y dio media vuelta—. Estaciónate al otro lado del camino. Debemos dejar paso a los demás vehículos.

En cuanto bajaron del coche, comenzó a caer una ligera lluvia sobre los árboles, de modo que tomaron los abrigos de la cajuela.

—Seguro que oyó nuestro coche —susurró Sparkes—. No sé hasta dónde llegan estos árboles. Yo iré adelante. Usted mientras tanto espere al equipo. La llamaré cuando la necesite.

Salmond asintió con ojos repentinamente llorosos.

Sparkes cruzó el camino a paso rápido y, antes de desaparecer entre los árboles, se volteó y se despidió con la mano.

Aún no había suficiente luz para que penetrara entre las ramas, así que fue avanzando con mucho cuidado. No podía oír nada salvo su respiración y los graznidos de los cuervos sobre su cabeza, molestos por su presencia.

De repente, vio un movimiento unos metros más adelante. Algo blanco se agitaba con rapidez en la oscuridad. El inspector se detuvo y esperó un instante hasta que estuvo listo. Necesitaba recuperar el equilibrio y se alegraba de que Salmond no estuviera allí para verlo temblar como un clavadista en el trampolín. Respiró hondo tres veces y luego comenzó a avanzar con cuidado. Temía tropezar y caer. No quería asustarla.

Entonces la vio. Estaba en el piso, debajo de un árbol. Sentada sobre sus piernas y encima de un abrigo, exactamente como si se tratara de un picnic. A su lado, las flores descansaban en el suelo todavía envueltas en su papel de seda.

—¿Eres tú, Bob?

Él se quedó inmóvil al oír su voz.

—Sí, Jean.

—Me pareció oír un coche. Sabía que serías tú.

—¿Por qué estás aquí, Jean?

—Jeanie. Prefiero que me llames Jeanie —dijo ella, todavía sin mirarlo.

—¿Por qué estás aquí, Jeanie?

—Vine a ver a nuestra pequeña.

Sparkes se agachó a su lado y luego se quitó el abrigo y se sentó encima para estar cerca de ella.

—¿Quién es su pequeña, Jeanie?

—Bella, claro. Está aquí. Glen la dejó aquí.

CAPÍTULO 54

Sábado, 3 de julio de 2010

La viuda

No pude evitarlo. Tuve que ir a verla. El interrogatorio y la investigación judicial desataron algo en mi interior y no podía dejar de pensar en ello. Ni siquiera las pastillas podían hacer nada al respecto. Creía que, sin Glen, conseguiría algo de paz, pero no era así. Seguía pensando en ella todo el tiempo. No podía comer ni dormir. Sabía que debía ir a verla. Ninguna otra cosa importaba.

No era la primera visita que hacía a la tumba de Bella. Glen me llevó el lunes anterior a su accidente. Lo hizo después de sentarse en la cama y decirme que no podía dormir más. Luego comenzó a hablar del día en el que Bella desapareció y se acurrucó en su lado de la cama, dándome la espalda para que no pudiera verle la cara. Mientras hablaba, yo no me moví ni una sola vez. Temía romper el hechizo y que se callara. Así pues, me limité a escucharlo en silencio.

Me contó que se llevó a Bella porque ella así quiso que lo hiciera. No lo soñó. Sabía que dejó a Bella en el límite de un pequeño bosque de camino a casa y que hizo algo terrible. Ella se quedó dormida en la parte trasera de la vagoneta. Él llevaba una bolsa de dormir. La levantó mientras ella todavía estaba dormida y la dejó al pie de un árbol para que alguien la encontrara ahí. Le dejó asimismo unos cuantos dulces para que comiera. Skittles. Pensó en llamar a la policía, pero fue presa del pánico.

Entonces se levantó y se fue de la habitación antes de que yo pudiera decir nada. Yo permanecí acostada como si fuera capaz de detener el tiempo, pero los pensamientos se arremolinaban en mi mente. No dejaba de preguntarme por qué llevaba una bolsa de dormir en la vagoneta y de dónde la habría sacado. Era incapaz de pensar en lo que sucedió en la vagoneta. En lo que hizo mi marido.

Quería borrarlo de mi mente y permanecí un largo rato en la regadera dejando que el agua golpeteara sobre mi cabeza y me llenara los oídos. Nada, sin embargo, conseguía interrumpir mis pensamientos.

Bajé a la cocina y le dije que iríamos a buscarla. Glen me miró inexpresivamente y me contestó:

—Jeanie, la dejé ahí hace casi cuatro años.

Yo no pensaba aceptar un no por respuesta.

—Tenemos que hacerlo —le dije.

Tomamos el coche y fuimos en busca de Bella. Me aseguré de que no nos viera nadie al salir de casa, aunque los medios de comunicación ya no vivían en nuestra calle. En cuanto a nuestros vecinos, ya había decidido que, si veíamos a alguno, le diríamos que íbamos a comprar a Bluewater.

Había mucho tráfico y avanzamos en silencio siguiendo los letreros que conducen a la M25.

Estábamos haciendo la misma ruta que Glen debió de hacer aquel día de Winchester a Southampton. Las carreteras secundarias que tomó con Bella en la parte trasera de la vagoneta. Me la imaginé sentada feliz en el piso con un puñado de dulces y me aferré con fuerza a esa imagen. Sabía que en realidad no fue así, pero todavía no podía pensar en ello.

Glen estaba pálido y sudoroso al volante.

—Esto es demasiado estúpido, Jean —dijo. Pero sabía que él deseaba volver a ese día. A lo que pasó. Y yo estaba permitiéndole hacerlo porque quería a Bella.

Dos horas después de haber salido de casa, se confesó:

—Fue aquí. —Y señaló un lugar que no se diferenciaba en nada de las docenas de arboledas que habíamos visto de camino.

—¿Cómo puedes estar seguro? —le pregunté.

—Hice una marca en la cerca —dijo. Y ahí está. Una descolorida mancha de aceite de motor en un poste de la cerca.

Seguramente, tenía la intención de volver, pero más adelante descartó esa idea.

Glen se estacionó a cierta distancia de la carretera para que nadie pudiera verlo. Aquel día debió de hacer lo mismo. Luego nos quedamos sentados en silencio. Al final, fui yo quien se movió primero.

—Vamos —dije.

Y él se quitó el cinturón de seguridad. Su rostro volvía a estar pálido, como aquel día en el vestíbulo. No parecía Glen, pero yo no estaba asustada. Él, en cambio, estaba temblando, pero no lo toqué. Cuando salimos del coche, me llevó a un árbol que había cerca del límite del bosque y señaló el piso.

—Aquí —admitió—. Aquí es donde la dejé.

—Mentiroso —le dije, y él se sobresaltó—. ¿Dónde está? —exigí. Mi voz sonó como un chillido y nos asustó a ambos.

Me llevó entonces a un lugar más profundo del bosque y se detuvo ahí. No había ninguna señal de que alguien hubiera estado allí antes, pero esta vez sí creí que estaba diciendo la verdad.

—La dejé aquí —dijo, y se arrodilló.

Yo me agaché a su lado debajo del árbol y le pedí que me lo volviera a contar todo.

—Ella estiró los brazos hacia mí. Era hermosa, Jeanie, y yo me incliné sobre el muro y la tomé y la metí a la vagoneta. Cuando nos detuvimos, la abracé muy fuerte y le acaricié el pelo. Al principio, a ella le gustó. Se rio. Entonces le besé la mejilla y le di un dulce. Le gustó mucho. Luego se puso a dormir.

—Estaba muerta, Glen. No dormida. Bella estaba muerta —le aclaré, y él comenzó a llorar.

—No sé por qué murió —dijo—. Yo no la maté. Si lo hubiera hecho, lo sabría, ¿no?

—Sí, lo sabrías —dije—. Lo harías.

Sólo podía oír sus sollozos, pero creo que estaba llorando por él, no por la niña que asesinó.

Finalmente, admitió:

—Puede que la abrazara con demasiada fuerza. No era mi intención. Fue como un sueño, Jeanie. Luego la tapé con la bolsa de dormir, algunas ramas y otras cosas para mantenerla a salvo.

Vi un resto de tela azul atrapado en las raíces del árbol. Nos arrodillamos junto a la tumba de Bella y yo acaricié el suelo para tranquilizarla y hacerle saber que ahora estaba a salvo.

—No pasa nada, pequeña mía —dije, y por un segundo, Glen creyó que se lo decía a él.

Luego me levanté y volví al coche, dejándolo solo. No estaba cerrado con llave y, una vez dentro, guardé este lugar en el GPS como «Casa». No supe por qué lo hacía, pero me hizo bien. Al poco, Glen apareció y regresamos a casa en silencio. Yo iba mirando por la ventana y, a medida que el paisaje campestre iba dando paso a los barrios residenciales, me puse a pensar en mi futuro.

Glen hizo algo terrible, pero ahora yo podría ocuparme de Bella, cuidarla y quererla. Podría ser su madre para siempre.

Y, anoche, decidí que me levantaría temprano e iría a verla. Todavía estaría oscuro, así que no me vería nadie. No dormí en toda la noche. Me asustaba la idea de manejar por la autopista; era Glen quien siempre lo hacía cuando realizábamos algún viaje largo. Era su terreno. Aun así, junté el valor necesario. Por ella.

Me detuve en la gasolinera porque quería comprar flores y llevarle unos capullos de color rosa. A ella le gustarían. Eran unas flores pequeñas, rosadas y bonitas como ella. Y también algunos lirios para su tumba. No estaba segura de si dejaría las flores ahí. Puede que me las volviera a llevar a casa para mirarlas con ella. También le compré unos dulces. Me decidí por unos Skittles y luego, en el coche, me di cuenta de que era la misma marca que había escogido Glen. Los tiré por la ventanilla.

El GPS me llevó directamente. «Ha llegado a su destino», dijo. Y así era. «Casa», se podía leer en la pantalla. Aminoré un poco la marcha para dejar que me adelantara el coche que iba detrás y luego tomé el camino de tierra. Para entonces, ya estaba comenzando a clarear, pero todavía era temprano, así que no había nadie por los alrededores. Me adentré en la arboleda y busqué el lugar en el que se encontraba Bella. Había dejado el trapo amarillo que Glen solía utilizar para limpiar el parabrisas junto a la tela azul que había debajo de la raíz del árbol, y esperaba que todavía estuviera ahí. La arboleda no era muy grande pero, por si acaso, llevé una linterna. No tardé mucho en localizar el lugar. El trapo seguía ahí, un poco mojado por la lluvia.

Había planeado lo que haría. Rezaría y luego hablaría con Bella, pero al final sólo quise sentarme y estar cerca de ella. Extendí mi abrigo en el suelo, me senté a su lado y le enseñé las flores. No sé cuánto rato llevaba cuando, de repente, lo oí. Sabía que sería él quien me encontraría. El destino, solía decir mi madre.

Me habló con mucha dulzura y me preguntó por qué estaba ahí. Ambos lo sabíamos, claro está, pero necesitaba que se lo dijera. Lo necesitaba de veras. Así que se lo dije.

—Vine a ver a nuestra pequeña.

Él pensó que con lo de «nuestra» me refería a Glen y a mí, pero en realidad Bella era más de Bob y mía. Él la amaba tanto como yo. Glen nunca la amó. Sólo quería que fuera suya y la tomó.

Nos quedamos un rato sentados sin hablar, y luego Bob me contó la verdadera historia. La que Glen no pudo contarme. Me explicó que éste descubrió a Bella en internet y que luego fue en su busca. La policía vio unas imágenes en las que la seguía a ella y a Dawn desde la guardería hasta su casa cuatro días antes del secuestro. Lo planeó todo.

—Me confesó que lo hizo por mí —dije yo.

—Lo hizo por él, Jean.

—Me dijo que yo lo impulsé a hacerlo porque me moría de ganas por tener un hijo. Fue culpa mía. Lo hizo porque me quería.

Bob se me quedó mirando fijamente y me explicó muy despacio:

—Glen la secuestró para él, Jean. Nadie más tiene la culpa. Ni Dawn, ni tú.

Me sentí como si estuviera debajo del agua y no pudiera ni oír ni ver con claridad. Era como si me estuviera ahogando. Tuve la sensación de que habíamos pasado ahí horas cuando, finalmente, Bob me ayudó a ponerme el abrigo sobre los hombros y me tomó de la mano para sacarme de ahí. Yo me di la vuelta y susurré:

—Adiós, cariño. —Y luego caminamos en dirección a las luces azules que se veían entre los árboles.

Vi las fotografías del funeral por la televisión. Un pequeño ataúd blanco con capullos de color rosa sobre la tapa. Acudieron cientos de personas de todo el país, pero yo no pude. Dawn obtuvo una orden judicial para impedírmelo. Yo apelé, pero el juez estuvo de acuerdo con el psiquiatra en que sería demasiado para mí.

Aun así, estuve presente.

Bella sabe que estuve presente, y eso es lo único que importa.

AGRADECIMIENTOS

A la hermana Ursula (del IBVM) por encender la luz.

Y a aquellos que me ayudaron a cambiar el foco: mis padres, David y Jeanne Thurlow; mi hermana, Jo West; y Rachel Bletchly, Carol Maloney, Jennifer Sherwood, Wendy Turner, Rick Lee y Jane McGuinn.

A los expertos: el exinspector jefe Colin Sutton, por aclararme las cuestiones policiales, y John Carr, la fuente de todo mi conocimiento sobre seguridad infantil en internet.

A mi maravillosa agente, Madeleine Milburn; a mis editores Danielle Perez y Frankie Gray, y a todo el personal de Transworld y NAL/Penguin Random House por sus ánimos, paciencia y determinación para llevar a imprenta *La viuda*.

¿CALLAR, MENTIR O ACTUAR?
TÚ ELIGES

www.planetadelibros.com.mx
#laviuda